O SILÊNCIO DOS INOCENTES

O SILÊNCIO DOS INOCENTES

THOMAS HARRIS

INCLUI NOTA DO AUTOR EM COMEMORAÇÃO
AO 25º ANIVERSÁRIO DA EDIÇÃO ORIGINAL

TRADUÇÃO DE
Antonio Gonçalves Penna

TRADUÇÃO DA NOTA DO AUTOR
Flora Pinheiro

27ª EDIÇÃO

EDITORA RECORD
RIO DE JANEIRO • SÃO PAULO
2025

CIP-BRASIL. CATALOGAÇÃO NA PUBLICAÇÃO
SINDICATO NACIONAL DOS EDITORES DE LIVROS, RJ

H26s
27ª ed.
Harris, Thomas, 1940-
    O silêncio dos inocentes / Thomas Harris; tradução de Antonio Carlos
Gonçalves Penna. – 27ª ed. – Rio de Janeiro: Record, 2025.

    Tradução de: The Silence of the Lambs
    Sequência de: Dragão vermelho
    Continua com: Hannibal
    ISBN 978-85-01-11362-7

    1. Ficção americana. I. Penna, Antonio Carlos Gonçalves. II. Título.

18-52369
CDD: 813
CDU: 82-3(73)

Leandra Felix da Cruz – Bibliotecária – CRB-7/6135

TÍTULO ORIGINAL:
THE SILENCE OF THE LAMBS

Copyright © 1988 by Yazoo Fabrications, Inc.

Capa e projeto gráfico: Elmo Rosa

Imagens de capa
Mariposa: Shutterstock
Pintura simétrica: Pincasso / Shutterstock
Pintura abstrata: korkeng / Shutterstock
Corpo feminino: Alushka / Shutterstock

Texto revisado segundo o novo Acordo Ortográfico da Língua Portuguesa.

Todos os direitos reservados. Proibida a reprodução, no todo ou em parte,
através de quaisquer meios. Os direitos morais do autor foram assegurados.

Direitos exclusivos de publicação em língua portuguesa somente para o Brasil
adquiridos pela
EDITORA RECORD LTDA.
Rua Argentina, 171 – Rio de Janeiro, RJ – 20921-380 – Tel.: (21) 2585-2000,
que se reserva a propriedade literária desta tradução.

Impresso no Brasil

ISBN 978-85-01-11362-7

Seja um leitor preferencial Record.
Cadastre-se no site www.record.com.br e receba informações
sobre nossos lançamentos e nossas promoções.

Atendimento e venda direta ao leitor:
sac@record.com.br

APRESENTAÇÃO

Aos 12 anos, escondido dos meus pais, aluguei uma fita cassete de *O silêncio dos inocentes*, na versão eternizada pelas atuações de Anthony Hopkins e Jodie Foster. Quando assisti, fiquei faminto por mais. Só depois descobri que o filme era baseado em um livro de Thomas Harris. Corri para devorá-lo também (prometo que este será meu último trocadilho com comida).

Para reiterar o clichê, o livro é melhor que o filme. Ainda que a adaptação seja fiel, é no livro que encontramos Hannibal Lecter em sua essência, que conhecemos melhor personagens como Buffalo Bill, Jack Crawford e Clarice Starling, que mergulhamos na caçada e, diante das informações apresentadas com rigor científico, nos sentimos na pele de agentes do FBI em busca do assassino em série.

Em *O silêncio dos inocentes*, o subgênero serial killer se realiza em sua potência máxima: estão presentes a jovem policial determinada; a corrida contra o tempo; o perfil psicológico do criminoso traçado por meio de pistas; a mente brilhante do assassino. Não à toa, o famoso Hannibal Lecter mereceu outros livros e recentemente até virou série de televisão.

Quando decidi escrever romances policiais, me questionei o que havia de tão atraente nessa história, nesses personagens. De início, uma resposta fácil me levou a pensar que a atração estava no diferente, no inusitado, no chocante. Hoje, ouso dizer que o que nos fascina são justamente os pontos de aproximação: Hannibal é um sujeito inteligente, irônico, apreciador da boa gastronomia. Seria um bom amigo, não fosse um assassino canibal. Clarice é uma mulher forte, dona de si, tentando provar sua força num universo machista como o policial. No fundo, somos todos um pouco Clarice Starling, um pouco Hannibal Lecter. Caminhamos nessa corda bamba entre o certo e o errado. A cada leitura, meu encantamento se renova. Apreciar *O silêncio dos inocentes* nesta edição luxuosa é uma iguaria, uma refeição completa (desculpe, não resisti).

RAPHAEL MONTES

Em memória do meu pai.

NOTA DO AUTOR

Há 25 anos, em um prédio antigo com o piso desnivelado em Sag Harbor, escrevi as palavras finais: "no silêncio dos inocentes." De repente, percebi que havia terminado o romance, e naquela mesma página estava o título do livro. Senti uma enorme felicidade e me afastei da mesa, o que fez minha cadeira deslizar pelo piso inclinado da sala até eu bater de costas na parede.

Ainda no universo dos personagens da obra, ainda sentindo o cheiro de pólvora no quarto, tive vontade de pronunciar em voz alta os nomes das pessoas que eu amava.

Uma memória de infância se intrometeu: ainda pequeno, brincando sozinho de caubói, atiro em um pardal. Eu me vejo nos arbustos olhando o pássaro, morno nas minhas mãos, enquanto lágrimas quentes escorrem pelo meu rosto.

Balancei a cabeça e pensei em começos...

Certa vez, a revista *Argosy* pediu que eu fosse à prisão estadual Nuevo León, em Monterrey, no México, para entrevistar um americano sentenciado à morte pelo assassinato de três jovens.

Eu tinha 23 anos e achava que, por trabalhar na editoria de polícia de um jornal no Texas, já sabia tudo sobre a vida.

O prisioneiro era Dykes Askew Simmons, um ex-paciente psiquiátrico. Quando o encontrei, vi um homem branco, na casa dos 30 anos, com cerca de um metro e oitenta, pesando oitenta quilos, de cabelos castanhos grisalhos. Sinais peculiares: uma cirurgia malfeita para reparar um lábio leporino e pequenas cicatrizes na testa. Ele tinha o olhar de uma tartaruga feroz. Na maior parte do tempo, ele mantinha os olhos cobertos com óculos escuros.

Simmons me apresentou a alguns dos seus companheiros: um dos oficiais de justiça de seu julgamento, que tinha sido condenado por saquear uma propriedade; e um fotógrafo de jornal, preso por roubar relógios de pulso de mortos e feridos em acidentes de automóveis. O fotógrafo puxou a manga da camisa para exibir os cinco relógios que estava usando e me ofereceu um bom preço por um Bulova com uma mancha na pulseira.

Também fui apresentado à sua mulher, uma enfermeira bonita de Ohio, que havia se casado com Simmons depois de ele ter sido mandado para a prisão. Tinham permissão para realizar visitas conjugais nas noites de sábado e recebiam cobertores para pendurar na frente da cela e, assim, terem privacidade.

A mulher era agradável, e sua presença, tranquilizadora, como um oásis naquele lugar.

Simmons havia tentado fugir cerca de um ano antes, subornando um guarda para que deixasse a porta destrancada e lhe desse uma pistola. Quando entregou o dinheiro e se aproximou da porta proibida, percebeu a traição: a porta continuava trancada. O guarda enfiou o dinheiro na calça e atirou em Simmons, que ficou caído no chão sujo, esvaindo-se em sangue. Só não sangrou até a morte porque um médico da prisão, muito habilidoso, salvou sua vida.

Quando perguntei sobre o tratamento de Simmons, o diretor destrancou a porta da enfermaria do presídio e me apresentou ao médico.

O dr. Salazar era um homem pequeno e esguio, com cabelo castanho-avermelhado. Estava de pé, quase imóvel, e possuía certa elegância. Ele me convidou a sentar.

A mobília era escassa. Nós nos sentamos em bancos. Um armário na parede exibia alguns frascos rotulados. Havia poucos instrumentos: agulha e linha, um esterilizador, tesouras sem pontas e, curiosamente, um espéculo.

O médico respondeu minhas perguntas sobre o ferimento de bala e como ele havia estancado o sangramento.

O dr. Salazar apoiou o queixo nas mãos com os dedos entrelaçados e olhou para mim.

— Sr. Harris, como o senhor se sentiu ao olhar para Simmons?

— Eu estava tentando ver se ele se enquadrava em alguma descrição do assassino feita pela testemunha ocular.

— O senhor se permitiu formar outras opiniões além dessa?

— Na verdade, não.

— Ele foi receptivo às suas perguntas?

— Bem, sim, mas não pude tirar muitas conclusões. Ele é bem durão. E já tem as respostas prontas.

— Sim, para as perguntas que já esperava. Ele estava usando óculos escuros na cela?

— Estava.

— É meio escuro lá dentro, não é?

— Sim.

— Por que o senhor acha que ele estava usando óculos escuros?

— Talvez para se esconder um pouco.

— O senhor diria que os óculos escuros deixam o rosto dele mais simétrico? Melhoram sua aparência?

— Eu realmente não pensei nisso, doutor. Parece que ele apanhou bastante na cabeça.

O dr. Salazar fechou os olhos, talvez em busca de paciência, e os abriu de novo. Seus olhos eram castanhos com faíscas como pedras do sol.

— Ele virou o rosto de lado enquanto conversava com o senhor, cerca de dez graus para a esquerda?

— Talvez ele tenha desviado o olhar, as pessoas fazem isso.

— O senhor acha que Simmons é feio? A cirurgia do lábio dele não foi muito bem-feita, não é?

— Não, não foi.

— O senhor vai encontrar Simmons outra vez, sr. Harris?

— Acho que sim. Eles vão nos deixar tirar algumas fotos fora do complexo, com o carro dele.

— O senhor trouxe seus óculos escuros, sr. Harris?

— Trouxe.

— Eu gostaria de sugerir que o senhor não os usasse quando fosse entrevistá-lo.

— Por quê?

— Porque ele pode ver o próprio reflexo neles. O senhor acha que Simmons era atormentado no pátio da escola por sua aparência desfigurada?

— Provavelmente. É comum.

O médico parecia ter achado graça.

— Sim. É comum. O senhor já viu fotos das vítimas, as duas jovens e o irmão mais novo delas?

— Vi.

— O senhor diria que eram jovens atraentes?

— Eram. Jovens de boa aparência e de boa família. Boas maneiras, me disseram. O senhor está dizendo que elas o provocaram?

— De jeito nenhum. Mas ser atormentado na infância faz com que seja fácil... imaginar novos tormentos.

Ele me encarou e seu semblante mudou, parecia mais amplo, como uma mariposa abrindo as asas para exibir um falso rosto de coruja.

— O senhor é um *jornalista*, sr. Harris. Como diria isso em seu jornal? Como o senhor falaria do medo de ser atormentado no jargão jornalístico? Será que diria algo engraçadinho sobre o assunto, como "Quem atormenta por último atormenta melhor"?

Naquele momento, um guarda bateu à porta e enfiou a cabeça dentro da sala.

— Doutor, os pacientes chegaram.

O dr. Salazar se levantou.

— Com licença, mas tenho que ir.

Agradeci ao médico e pedi a ele que me ligasse se fosse ao Texas. Poderíamos ir a um bar, sair para almoçar, qualquer coisa do gênero. Recordando esses acontecimentos, não me lembro de perceber nenhum sinal de ironia em sua resposta:

— Obrigado, sr. Harris. Certamente vou ligar da próxima vez que viajar.

No corredor da prisão fora de sua sala, dois guardas e uma freira enfermeira vinda de um convento próximo esperavam com um pequeno grupo de moradores locais.

Havia homens e mulheres em uniforme de trabalho calçando sandálias de couro, todos de banho tomado para a visita ao médico. Eram pacientes de fora, pessoas da região que ele tratava de graça.

O diretor me acompanhou até a saída. Agradeci-lhe por seu tempo e disse que estava grato pela ajuda do médico. Perguntei quanto tempo fazia que o dr. Salazar trabalhava ali.

— *Hombre*! Você não sabe quem ele é?

— Não. Nós conversamos sobre Simmons.

O diretor parou na escada e se virou para mim.

— Aquele médico é um assassino. Como ele é um cirurgião, sabia colocar a vítima em caixas bem pequenas. Ele nunca vai sair daqui. O sujeito é louco.

— Louco? Mas eu vi vários pacientes entrando na sala dele.

O diretor deu de ombros e estendeu as mãos abertas.

— Ele não é louco com os pobres.

Fui para casa e escrevi meu artigo sobre Dykes Simmons.

O tempo passou. Cobri crimes em outras partes do México e não voltei a rever o médico.

Enquanto isso, a esposa de Simmons anunciou sua gravidez. Conforme as semanas se passavam, sua barriga aos poucos crescia. Em algum ponto do terceiro trimestre, houve uma visita conjugal em um sábado, o dia em que as freiras enfermeiras saíam do convento para cuidar dos presos doentes. Perto do fim do dia, a mulher de Simmons se despediu amorosamente dele.

Doze irmãs chegaram à prisão naquele dia. Treze deixaram o presídio. Uma delas era Dykes Simmons, que vestira o hábito e os sapatos de freira, entregues a ele por sua esposa sob o vestido de grávida.

Simmons fugiu para o Texas. Poucos meses depois, foi encontrado morto em um carro em Fort Worth depois de uma briga.

O dr. Salazar cumpriu vinte anos na prisão. Quando foi solto, mudou-se para o bairro mais pobre de Monterrey para tratar dos idosos e dos pobres. Seu nome verdadeiro não é Salazar. Eu o deixo em paz.

Anos mais tarde, eu estava tentando escrever um romance. Meu personagem, um detetive, precisava falar com alguém com um entendimento especial da mente criminosa. Perdido no enredo da obra, eu seguia meu detetive quando ele foi consultar um preso no Hospital Estadual de Baltimore para Criminosos com Transtornos Mentais. Quem você acha que estava esperando na cela? Não era o dr. Salazar. Mas por causa do dr. Salazar pude reconhecer seu colega de profissão, Hannibal Lecter.

Thomas Harris
Sag Harbor, Nova York
Maio de 2013
Texto escrito em comemoração aos 25 anos de publicação da edição original de *O silêncio dos inocentes*

Se, como homem, combati em Éfeso contra as bestas, que me aproveita isso, se os mortos não ressuscitam?

1 Coríntios, 15, 32

Preciso ser lembrado da caveira no dobrar do sino, se tenho uma em minha cabeça?

John Donne, "Devotions"

1

A Ciência do Comportamento, divisão do FBI que trata de assassinatos em série, fica no primeiro andar do edifício da Academia, em Quantico, um pouco abaixo do nível do chão. Clarice Starling chegou ofegante, depois de uma rápida caminhada desde o estande de tiro em Hogan's Alley. Tinha grama no cabelo e seu agasalho da Academia do FBI fora manchado pelo mato, porque tivera de se jogar no chão sob fogo num exercício de captura no campo.

Não havia ninguém na antessala, por isso ajeitou os cabelos rapidamente diante de seu reflexo nas portas de vidro. Sabia que tinha uma boa aparência mesmo sem se arrumar muito. Suas mãos cheiravam a fumaça da pistola, mas não houve tempo para lavá-las — a convocação do chefe de divisão, Crawford, era clara: *imediatamente*.

Encontrou Jack Crawford sozinho no bagunçado conjunto de escritórios. Ele estava de pé ao lado de uma mesa, falando ao telefone, e ela teve a chance de revê-lo depois de um ano. O que viu a deixou perturbada.

Em geral, Crawford parecia um engenheiro de meia-idade, em forma, que poderia ter custeado a faculdade jogando no time de beisebol — um *catcher* eficiente, até mesmo violento quando bloqueava a base do rebatedor. Agora estava magro, o colarinho da camisa folgado demais, e tinha bolsas escuras sob os olhos avermelhados. Qualquer um que lesse os jornais saberia que a Divisão de Ciência do Comportamento vinha sendo muito criticada. Clarice esperava que Jack Crawford não tivesse bebido, o que parecia improvável ali.

Crawford terminou a conversa ao telefone com um curto "Não". Tirou o arquivo dela de baixo do braço e o abriu.

— Starling, Clarice M., bom dia.

— Olá — cumprimentou ela, sorrindo educadamente.

— Não há nada de errado na sua ficha. Espero que não tenha ficado assustada com a minha convocação.

— Não. — *Não é totalmente verdade*, pensou Clarice.

— Seus instrutores informaram que você tem se saído muito bem, a melhor da turma nesse trimestre.

— Espero que sim, eles não falam nada sobre isso.

— Eu os questiono de tempos em tempos.

Isso foi uma surpresa para Clarice; ela acreditava que Crawford era um filho da puta, um sargento recrutador de duas caras.

Havia conhecido o agente especial Crawford quando ele era um conferencista convidado na Universidade da Virgínia. A qualidade dos seminários dele em criminologia colaborou para a vinda de Clarice para o Bureau. Ela lhe escrevera depois de ter sido aprovada para a Academia, mas jamais havia recebido uma resposta, e, durante os três meses em que esteve em treinamento em Quantico, Crawford a ignorara.

Clarice descendia de gente que não pedia favores nem se esforçava para fazer amizades, mas tinha ficado intrigada e ressentida com o comportamento de Crawford. Agora, na presença dele, voltava a achá-lo simpático, o que encarou com pesar.

Estava claro que havia algo de errado com ele. Além de inteligente, Crawford tinha um talento peculiar, que Clarice percebera na primeira vez que o vira ao aprovar seu bom gosto na escolha de cores e tecidos das roupas, mesmo dentro dos padrões rígidos do FBI para os trajes de um agente. Ele continuava decente agora, mas um tanto desmazelado, como se estivesse na muda.

— Apareceu um serviço e pensei em você — explicou ele. — Não é um serviço propriamente, mas uma missão interessante. Pode tirar esse material de Berry que está na cadeira e se sentar. Você declarou na sua ficha que pretende vir direto para a Ciência do Comportamento depois de terminar o curso na Academia.

— Correto.

— Você tem bastante prática forense, mas não tem experiência em atividade policial. Geralmente exigimos seis anos, no mínimo.

— Meu pai era policial. Eu conheço esse tipo de vida.

Crawford deu um leve sorriso.

— O que você tem *de fato* são dois diplomas de ensino superior, em psicologia e criminologia. E quantos períodos de trabalho no verão num centro de tratamento psiquiátrico... Dois?

— Dois.

— Sua licença como orientadora psicológica está em dia?

— Só vence daqui a dois anos. Eu tirei a licença antes do seu seminário na Universidade da Virgínia... Antes de decidir me dedicar a esse serviço.

— Não era período de admissões.

Clarice acenou positivamente com a cabeça.

— Eu dei sorte. Descobri a tempo de me qualificar para uma bolsa em estudos forenses. Assim, pude trabalhar no laboratório até surgir uma vaga na Academia.

— Você me escreveu solicitando sua vinda para cá, não foi? E creio não ter respondido... Sei que não fiz isso. Eu devia ter dado uma resposta.

— O senhor tinha coisas mais importantes a fazer.

— Você está sabendo do PACV?

— Sei que é o Programa de Avaliação de Criminosos Violentos. O *Boletim da Polícia* disse que vocês estão trabalhando numa base de dados, mas que o programa ainda não está em andamento.

Crawford fez que sim com a cabeça.

— Desenvolvemos um questionário. É aplicável a todos os assassinos em série conhecidos nos tempos modernos. — Ele lhe entregou um bloco de papéis volumoso numa encadernação frágil. — Tem uma seção para investigadores e outra para as raras vítimas sobreviventes. O questionário azul, opcional, é para o assassino responder, e o rosa contém uma série de perguntas que o examinador faz ao criminoso, observando suas reações e suas respostas. É muita papelada.

Papelada. O interesse pessoal de Clarice Starling farejou algo mais, como um cãozinho esperto. Pressentiu uma oferta de trabalho — provavelmente a tarefa enfadonha de alimentar um computador com dados insossos. Era tentador ingressar na Ciência do Comportamento em qualquer função, mas ela sabia o que acontecia a uma mulher se fosse rotulada como secretária — o estigma permanece até o fim dos tempos. Se havia uma escolha à vista, queria escolher bem.

Crawford parecia estar esperando que ela dissesse algo — ele devia ter feito alguma pergunta. Clarice teve de se esforçar para lembrar.

— Quais testes você já usou? Minnesota multifásico? Rorschach?

— O MMPI, sim. Rorschach, nunca — respondeu ela. — Já fiz apercepção temática e apliquei o Bender-Gestalt em crianças.

— Você se apavora com facilidade, Starling?

— Até agora, não.

— Veja bem, tentamos interrogar e examinar todos os trinta e dois assassinos em série que temos sob custódia, para criar um banco de dados e obter o perfil psicológico dos casos ainda não solucionados. A maioria concordou em cooperar conosco; penso que grande parte deles gosta de se exibir. Vinte e sete estavam dispostos a cooperar. Quatro, que estão no "corredor da morte" dependendo de apelação, se negaram a falar, o que é compreensível. Mas ainda não conseguimos nenhuma colaboração do assassino que mais nos interessa. Quero que você fale com ele amanhã no hospital psiquiátrico.

Clarice Starling sentiu um lampejo de alegria no peito mas também certa apreensão.

— Quem é o sujeito?

— O dr. Hannibal Lecter, o psiquiatra — informou Crawford.

Esse nome gera um breve momento de silêncio, sempre, em qualquer conversa.

Clarice encarou Crawford, embora ainda estivesse refletindo.

— Hannibal, o Canibal...

— Sim.

— Ora, bem... Ok, está certo. Fico feliz com a oportunidade, mas o senhor deve saber que estou surpresa: por que eu?

— Principalmente, porque você está disponível — explicou Crawford. — Não espero que ele coopere. Lecter já se recusou antes, mas foi com um intermediário, o diretor do hospital. Eu preciso estar em condições de dizer que um examinador nosso, qualificado, esteve com ele e tentou realizar o interrogatório. Existem razões para isso, que não são problema seu. Não tenho mais ninguém no setor para fazer isso.

— O senhor está encrencado: Buffalo Bill e a situação em Nevada — comentou Clarice.

— Isso. É a velha história: não temos pessoal suficiente.

— O senhor disse amanhã; está com pressa. O assunto tem algo a ver com algum caso de Buffalo Bill?

— Não. Gostaria que tivesse.

— Caso ele evite o questionário, o senhor ainda vai querer uma avaliação psicológica?

— Não. Estou até o pescoço de avaliações que consideram o dr. Lecter um "paciente inacessível", e todas elas diferentes.

Crawford colocou dois comprimidos de vitamina c na palma da mão, então dissolveu uma pastilha de Alka-Seltzer num copo de água gelada para ajudar a engolir.

— É ridículo, sabe? Lecter é um psiquiatra e escreve para publicações de psiquiatria, artigos extraordinários, mas nunca sobre os próprios transtornos. Certa vez ele fingiu concordar com o dr. Chilton, o diretor do hospital, em se submeter a alguns testes, então se sentou com um medidor de pressão preso ao pênis para ver pornografia. E foi Lecter quem publicou o que tinha descoberto sobre o dr. Chilton, fazendo o sujeito parecer um idiota. Ele troca correspondências sérias com estudantes de psiquiatria sobre assuntos que não têm relação com seu caso, e isso é tudo o que faz. Se ele não quiser falar com você, limite-se a fazer um relatório simples: como ele é, como é a cela dele, o que ele está fazendo. A cor local, por assim dizer. Cuidado com a imprensa quando entrar e sair. Não a imprensa legítima, a imprensa marrom. Eles adoram Lecter, mais até do que o príncipe Andrew.

— Uma dessas revistas baratas não ofereceu a ele cinquenta mil dólares por algumas receitas? Eu me lembro de algo assim — comentou Clarice.

Crawford fez que sim com a cabeça.

— Tenho quase certeza de que o *National Tattler* colocou alguém dentro do hospital, e eles vão acabar sabendo que você vai lá assim que eu marcar o compromisso.

Crawford se inclinou para a frente até encará-la a dois palmos de distância. Clarice percebeu que seus óculos de leitura disfarçavam as bolsas debaixo dos olhos. Crawford havia feito gargarejo com Listerine.

— Agora eu quero toda a sua atenção, Starling. Você está me ouvindo?

— Sim, senhor.

— Tenha muito cuidado com Hannibal Lecter. O dr. Chilton, diretor do hospital psiquiátrico, vai recapitular com você todo o procedimento físico que se deve adotar na presença de Lecter. Não se descuide. *Não se descuide um só instante, não importa o motivo.* Quando Lecter falar com você, não se esqueça de que ele vai estar tentando descobrir alguma coisa a seu respeito. É o mesmo tipo de curiosidade que leva uma serpente a fixar o olhar num ninho de pássaros. Nós dois sabemos que num interrogatório é preciso ouvir e falar, mas não diga a ele nada específico sobre você. Você não quer nenhuma informação pessoal sua na cabeça dele. Você sabe o que ele fez com Will Graham.

— Eu li quando aconteceu.

— Lecter o eviscerou com uma faca feita de linóleo quando Will se aproximou demais. Foi um milagre ele não ter morrido. Você se lembra do Dragão Vermelho? Lecter fez Francis Dolarhyde se virar contra Will e a família dele. O rosto de Will ficou parecendo uma pintura de Picasso, graças a Lecter. Ele rasgou uma enfermeira no hospital psiquiátrico. Faça o seu trabalho, mas não se esqueça do que ele é.

— E o que ele é? O senhor sabe?

— Sei que é um monstro. Mais que isso, ninguém pode dizer com certeza. Talvez você descubra, Starling; você não foi escolhida por acaso. Você me fez algumas perguntas interessantes quando estive na universidade. O diretor da Academia vai dar uma olhada no seu relatório, se o texto for claro, conciso e organizado. Eu é que decido isso. E quero o relatório nas minhas mãos às nove da manhã de domingo. Ok, Starling, eu quero um desempenho de acordo com o esperado.

Crawford sorriu para ela, mas não havia brilho no seu olhar.

2

O DR. FREDERICK CHILTON, 58 anos, diretor do Hospital Estadual de Baltimore para Criminosos com Transtornos Mentais, tem uma mesa comprida e larga sobre a qual jamais se veem objetos duros ou pontiagudos. Alguns dos membros da equipe se referem a ela como "o fosso". Outros não sabem o que *fosso* significa. O dr. Chilton permaneceu sentado à mesa quando Clarice Starling entrou na sala.

— Já recebemos muitos detetives, mas não me recordo de nenhum tão atraente — comentou Chilton, sem se levantar.

Clarice sabia instintivamente que o brilho na mão estendida de Chilton se devia à lanolina que ele usava para fixar o cabelo. Ela soltou a mão do diretor antes que ele fizesse isso.

— É a *srta.* Sterling, estou certo?

— É *Star*ling, doutor, com *a*. Obrigada por me receber.

— Então o FBI está selecionando mulheres, como todo mundo tem feito, hein? Haha! — Ele deu um sorriso com seus dentes manchados de tabaco.

— O Bureau está melhorando, dr. Chilton. Sem dúvida.

— A senhorita vai passar alguns dias em Baltimore? Pois saiba que aqui tem tanta diversão quanto em Nova York ou Washington, desde que se conheça a cidade.

Ela desviou o olhar para se esquivar do sorriso dele, e percebeu imediatamente que o diretor havia sentido sua aversão.

— Estou certa de que é uma grande cidade, mas tenho instruções para ver o dr. Lecter e me apresentar de volta hoje à tarde.

— Existe algum número em Washington para o qual eu possa ligar para falar com a senhorita mais tarde e acompanhar o caso?

— É claro. É muito gentil da sua parte se preocupar. O agente especial Jack Crawford é o encarregado desse projeto, e o senhor pode entrar em contato comigo através dele.

— Entendo — disse Chilton. Seu rosto, repleto de manchas rosadas, contrastava com o improvável castanho-avermelhado de sua cabeleira. — A senhorita poderia me mostrar sua identificação, por favor. — Ele a deixou de pé enquanto realizava um vagaroso exame do documento. Então o devolveu e se levantou. — Isso não vai levar muito tempo. Me acompanhe.

— Eu achei que o senhor tinha instruções para mim, dr. Chilton.

— Posso fazer isso enquanto caminhamos. — Ele deu a volta na mesa, consultando o relógio. — Vou sair para almoçar daqui a meia hora.

Droga! Deveria tê-lo analisado melhor, mais rápido. Talvez ele não fosse um completo cretino. Talvez soubesse de algo que lhe seria útil. Não teria perdido nada se tivesse dado um sorrisinho afetado, embora não fosse boa nisso.

— Dr. Chilton, eu tenho um compromisso marcado com o senhor, agora. Foi combinado de acordo com sua conveniência, quando pudesse dispor de algum tempo. Algo pode surgir durante o interrogatório... Talvez eu precise discutir algumas das respostas dele com o senhor.

— Eu duvido muito. Ah, preciso fazer uma ligação antes de irmos. Nos encontramos na sala de espera.

— Eu gostaria de deixar meu casaco e meu guarda-chuva aqui.

— Lá fora — determinou Chilton. — Entregue suas coisas para Alan na sala de espera. Ele vai guardá-las.

Alan usava a roupa parecida com um pijama que era fornecida aos detentos. Ele estava limpando os cinzeiros com a bainha da camisa.

Rolou a língua por dentro da bochecha enquanto pegava o casaco de Clarice.

— Obrigada.

— Não tem de quê. Quantas vezes por dia você caga?

— O que foi que você disse?

— Seu cocô é muito comprido?

— Bem, pode deixar que eu mesma penduro as minhas coisas.

— É bem simples, você pode se abaixar e observar quando ele sai para ver se muda de cor em contato com o ar. Você faz isso? Não fica parecendo que você tem um rabo comprido e marrom? — Alan não largava o casaco dela.

— O dr. Chilton precisa de você no escritório dele agora mesmo.

— Não, não preciso — disse o dr. Chilton. — Coloque o casaco no armário, Alan, e não o tire de lá enquanto a gente não voltar. *Agora*. Eu tinha uma secretária em tempo integral, mas ela foi dispensada num corte de despesas. Agora, a garota que abriu a porta para você passa três horas por dia digitando, e no resto do tempo tenho a ajuda de Alan. Por onde andam as secretárias, srta. Starling? — Seus óculos lançam reflexos na direção dela. — A senhorita está armada?

— Não, não estou.

— Posso ver sua bolsa e sua pasta?

— O senhor viu minhas credenciais...

— E elas dizem que a senhorita é estudante. Me deixe ver suas coisas, por favor.

Clarice Starling se encolheu quando a primeira das pesadas portas de metal se fechou com um estrondo e foi trancada. Chilton caminhava um pouco à frente ao longo do corredor verde da instituição, que cheirava a Lisol e era preenchido pelo som distante de batidas de portas. Clarice estava irritada consigo mesma por ter deixado Chilton pôr as mãos em sua bolsa e sua pasta, por isso dava passos pesados, como se pisasse na raiva, para se concentrar. Em pouco tempo estava tudo bem. Sentia o controle como algo sólido sob seus pés, um bom fundo de cascalho sob uma forte correnteza.

— Lecter nos dá muito trabalho — comentou Chilton sem olhar para trás. — Um guarda leva pelo menos dez minutos todo dia para remover os grampos das publicações que ele recebe. Tentamos cortar as assinaturas ou reduzi-las, mas ele fez uma reclamação e a justiça nos desautorizou. A quantidade de correspondência pessoal que ele recebia era enorme, mas felizmente diminuiu quando ele foi ofuscado por outras criaturas nos jornais.

Durante um bom tempo parecia que todo estudante fazendo uma tese de pós-graduação em psicologia queria incluir qualquer coisa de Lecter nela. As revistas de medicina ainda publicam o que ele escreve, mas apenas pela excentricidade de suas opiniões.

— Acho que ele publicou um ótimo artigo sobre o vício em cirurgia na *Revista de psiquiatria clínica* — disse Clarice.

— A senhorita o analisou, hein? *Nós* tentamos estudar Lecter. Pensamos: "Aí está a oportunidade de realizar um estudo que vai fazer história"... É tão raro conseguir um vivo.

— Um o quê?

— Um verdadeiro sociopata, algo que ele obviamente é. Mas o sujeito é impenetrável, sofisticado demais para os testes convencionais. E, por Deus, ele nos odeia. Ele me considera sua nêmesis. Crawford foi muito esperto usando a senhorita no caso Lecter, não?

— O que o senhor quer dizer com isso, dr. Chilton?

— Uma mulher jovem para "animá-lo", creio que é assim que se diz. Presumo que Lecter não veja uma mulher há anos; quando muito, pode ter olhado de relance para uma das mulheres da limpeza. Em geral, não aceitamos mulheres aqui. Elas são um problema nas prisões.

Ora, vai se foder, Chilton!

— Eu me formei pela Universidade da Virgínia com louvor, doutor. Não numa escola de sedução.

— Então não se esqueça das regras: não enfie as mãos pelas barras, nem toque nelas. Não entregue nada a ele exceto papel liso. Nada de caneta ou lápis. Ele tem a própria caneta com ponta de feltro. Os papéis que a senhorita entregar a ele não devem ter grampos, clipes ou alfinetes. Qualquer objeto só pode chegar às mãos dele pelo carrinho de comida. E a devolução deve ser feita da mesma forma. Sem exceções! Não aceite nada que ele tente passar através das barras. A senhorita está me entendendo?

— Sim.

Haviam atravessado mais dois portões e deixado a luz natural para trás. Agora estavam além das alas onde os detentos podiam se misturar, num local onde só havia solitárias, sem janelas. As lâmpadas do corredor eram protegidas por grades grossas, como as das salas de máquinas nos navios.

O dr. Chilton parou embaixo de uma. Quando pararam, Clarice ouvia gritos distantes além da parede.

— Lecter nunca sai da cela sem estar totalmente imobilizado e amordaçado — explicou Chilton. — Vou mostrar por quê. Ele foi um modelo de cooperação durante o primeiro ano detido. A segurança em torno dele relaxou ligeiramente; isso durante a administração anterior, veja bem. Na tarde do dia 8 de julho de 1976, ele se queixou de dores no peito e foi levado para a enfermaria. A imobilização foi retirada para facilitar a realização de um eletrocardiograma. Quando a enfermeira se inclinou sobre ele, Lecter fez isso aqui com ela. — Chilton passou para Clarice Starling uma foto com os cantos desgastados. — Os médicos conseguiram salvar um dos olhos dela. Ele quebrou a mandíbula da enfermeira para arrancar a língua dela. Lecter estava o tempo todo ligado aos monitores. A pulsação dele nunca passou de oitenta e cinco, mesmo quando ele engoliu a língua da mulher.

Clarice não sabia o que era pior — a foto ou o olhar inquieto de Chilton examinando-a. Sua mente formou a imagem de uma galinha com sede bicando lágrimas no seu rosto.

— Eu mantenho Lecter aqui — avisou Chilton, e apertou um botão ao lado de pesadas portas duplas de vidro de segurança. Um guarda grandalhão os deixou entrar.

Clarice tomou uma decisão e parou assim que atravessaram as portas.

— Dr. Chilton, nós realmente precisamos dos resultados desses testes. Se o dr. Lecter considera o senhor como inimigo e é obcecado por isso, como o senhor disse, talvez eu tenha mais sorte se o abordar sozinha. O que acha?

O rosto de Chilton treme levemente.

— Concordo plenamente. A senhorita poderia ter sugerido isso no escritório. Eu mandaria um guarda acompanhá-la e não perderia meu tempo.

— Eu teria proposto isso se o senhor tivesse me instruído quando ainda estávamos lá.

— Acho que não vou voltar a vê-la, srta. *Star*ling. — Então ele se vira para o guarda: — Barney, quando ela terminar com Lecter, chame alguém para acompanhá-la até a saída.

Chilton se afastou sem olhar para ela.

Agora havia apenas o enorme e impassível guarda, o relógio silencioso atrás dele, sua salinha protegida por uma grade com um cassetete e uma camisa de força pendurados, uma mordaça e a pistola tranquilizante na mesa. Num suporte de parede havia um tubo em U para imobilizar detentos violentos na parede.

O guarda olhava para ela.

— O dr. Chilton avisou à senhorita que não deve tocar nas barras? — A voz dele era ao mesmo tempo forte e rouca. Fazia com que ela se lembrasse de Aldo Ray.

— Sim, ele me avisou.

— Ok. Bem, é a última cela, à direita. Caminhe pelo centro do corredor e ignore tudo. A senhorita pode levar a correspondência dele, vai ser um bom começo. — O guarda parecia estar se divertindo. — Mas coloque as coisas na bandeja e deixe que o carrinho role para dentro. Se a bandeja estiver dentro da cela, a senhorita pode puxá-la com a corda, ou Lecter pode mandá-la de volta. Ele não tem como alcançar a senhorita no lugar onde a bandeja para do lado de fora. — O guarda lhe entregou duas revistas com as folhas soltas, três jornais e várias cartas abertas.

O corredor tinha uns trinta metros de comprimento, com celas em ambos os lados. Algumas eram acolchoadas, com uma janela de observação, uma fenda longa e estreita no centro da porta. Outras eram celas padrão de prisão, com uma porta de grade que dava para o corredor. Clarice Starling sentia as presenças no interior dos cubículos, mas tentava não olhar. Tinha percorrido mais da metade do caminho quando ouviu uma voz sibilante.

— Eu consigo sentir o cheiro da sua boceta.

Ela fingiu que não tinha ouvido e continuou andando.

As luzes estavam acesas na última cela. Clarice se dirigiu ao lado esquerdo do corredor e olhou para o interior da cela, sabendo que os saltos dos seus sapatos já a haviam anunciado.

3

A CELA DO DR. LECTER ficava bem depois das outras, de frente para um armário embutido do lado oposto do corredor, e era especial sob outros aspectos. A frente era composta de barras, mas por trás delas, a uma distância maior que um braço humano, havia uma segunda barreira, uma forte rede de náilon que se estendia do chão ao teto e de parede a parede. Por trás da rede, Clarice consegue ver uma mesa aparafusada ao chão, em cima dela uma grande pilha de livros e jornais, e, ao lado, uma cadeira de espaldar reto, também aparafusada ao chão.

O dr. Hannibal Lecter estava reclinado na cama, folheando uma edição italiana da *Vogue*. Segurava as páginas soltas com a mão direita e as colocava de lado, uma por uma, com a esquerda. O dr. Lecter tinha seis dedos na mão esquerda.

Clarice Starling parou, deixando entre ela e a grade o espaço de um pequeno vestíbulo.

— Dr. Lecter. — Sua voz soou adequada para ela.

O psiquiatra ergueu os olhos da leitura.

Por um breve momento ela teve a impressão de que o olhar dele produzia um ruído, mas o que ouvia era a própria pulsação.

— Meu nome é Clarice Starling. Posso falar com o senhor? — A cortesia estava implícita na distância que ela mantinha e no tom de voz.

O dr. Lecter pareceu refletir, um dedo encostado nos lábios que formavam um bico. Depois se levantou devagar e caminhou tranquilamente para a frente da cela, detendo-se antes da rede de náilon, mas ignorando-a, como se ele escolhesse a distância adequada.

Clarice pôde observar que ele era baixo e franzino; nas mãos e nos braços, a musculatura se destacava tanto quanto a dela.

— Bom dia — disse ele, como se tivesse atendido à porta. Sua voz refinada tinha um ligeiro timbre metálico, possivelmente pelo pouco uso.

Os olhos do dr. Lecter eram castanhos e refletiam a luz em diminutos pontos vermelhos. Às vezes esses pontos luminosos pareciam voar como centelhas para o centro dos olhos. Seu olhar percorreu Clarice de cima a baixo.

Ela avançou uma distância bem medida em direção à grade. Os pelos do seu antebraço se eriçaram e pressionaram as mangas da blusa.

— Doutor, estamos com um problema sério para traçar um perfil psicológico. Eu vim pedir sua ajuda.

— "Temos" significa a Ciência do Comportamento em Quantico. Jack Crawford mandou a senhorita, certo?

— Certo.

— Posso ver suas credenciais?

Ela ficou surpresa. Não esperava por isso.

— Eu mostrei meus documentos para... a diretoria.

— A senhorita quer dizer que mostrou para Frederick Chilton, Ph.D.?

— Sim.

— A senhorita viu as credenciais *dele*?

— Não.

— Os acadêmicos não se dedicam muito à leitura, eu lhe asseguro. A senhorita foi apresentada a Alan? Ele não é encantador? Com qual dos dois a senhorita preferiria conversar?

— Para ser sincera, eu diria que com Alan.

— A senhorita pode ser uma repórter que Chilton deixou entrar em troca de dinheiro. Eu tenho o direito de ver suas credenciais.

— Muito bem. — Ela levantou seu documento plastificado.

— Não consigo ler a essa distância, mande o documento para cá, por favor.

— Não posso.

— Por ser de material rígido?

— Isso.

— Consulte Barney.

O guarda se aproximou e avaliou a situação.

— Dr. Lecter, vou deixar esse cartão passar. Mas, se o senhor não devolver quando eu pedir, se a gente tiver que incomodar todo mundo e segurar o senhor para recuperar o cartão, eu vou ficar bastante aborrecido. E, se me aborrecer, o senhor vai ficar numa camisa de força até eu me sentir melhor ao seu respeito. Eu suspendo a comida através do tubo, as trocas das fraldas geriátricas duas vezes por dia... Tudo. E retenho sua correspondência por uma semana. Entendeu?

— Certamente, Barney.

Na bandeja, o cartão entrou na cela e o dr. Lecter o expôs à luz.

— Uma estagiária? Aqui diz "em treinamento". Jack Crawford mandou uma *estagiária* me interrogar? — Bateu o cartão nos pequenos dentes brancos e depois o cheirou.

— Dr. Lecter... — lembrou Barney.

— Claro. — Ele pôs o cartão de volta na bandeja e Barney o trouxe para fora.

— Eu ainda estou em treinamento na Academia, é verdade — disse Clarice —, mas não estamos discutindo o FBI, estamos falando de psicologia. O senhor pode decidir se eu sou qualificada sobre o assunto de que estamos falando?

— Hummmm... — disse o dr. Lecter. — Na verdade... isso parece meio ardiloso da sua parte. Barney, você poderia trazer uma cadeira para a policial Starling?

— O dr. Chilton não me falou nada de cadeira.

— O que lhe diz sua educação, Barney?

— A senhorita quer uma cadeira? — perguntou Barney. — Podemos arranjar uma, mas ele nunca... Bem, em geral ninguém fica tanto tempo.

— Quero, obrigada.

Barney tirou uma cadeira dobrável do armário trancado em frente à cela, abriu-a e se retirou.

— Agora — disse Lecter, sentando-se de lado à mesa para ficar de frente para ela —, o que Miggs disse?

— Quem?

— O múltiplo Miggs, na cela ali adiante. Ele sussurrou alguma coisa quando a senhorita passou. O que foi que ele disse?

— Ele disse: "Eu consigo sentir o cheiro da sua boceta."

— Entendo. Pois eu não consigo. A senhorita usa creme para pele Evyan e às vezes L'Air du Temps, mas não hoje. Hoje a senhorita está propositalmente sem perfume. Como se sentiu com o que Miggs disse?

— Ele é hostil por razões que desconheço. É uma pena! Presumo que ele seja hostil com as pessoas e as pessoas sejam hostis com ele. É um círculo vicioso.

— A senhorita é hostil em relação a ele?

— Eu lamento por ele ser perturbado. Além do mais, ele foi incomodado. Como o senhor descobriu o perfume que eu uso?

— Um cheirinho da sua bolsa quando a senhorita a abriu para tirar o cartão. É uma bela bolsa.

— Obrigada.

— A senhorita trouxe sua melhor bolsa, não foi?

— O senhor está certo. — Era verdade. Ela havia economizado para comprar uma elegante bolsa social, e era o melhor objeto que possuía.

— Tem muito mais classe que seus sapatos.

— Talvez eles também tenham classe um dia...

— Não duvido.

— Foi o senhor quem fez os desenhos nas paredes, doutor?

— O que acha? Que chamei um decorador?

— Aquele acima da pia é uma cidade da Europa?

— É Florença. Ali estão o Palazzo Vecchio e o Duomo, vistos do Belvedere.

— O senhor o fez de memória, com tantos detalhes?

— Memória, agente Starling, é tudo a que tenho acesso.

— O outro é uma crucificação? A cruz do meio está vazia.

— É o Gólgota depois da Deposição. Giz de cera e canetinha sobre papel pardo. Ali está o que o bom ladrão realmente ganhou quando levaram o cordeiro pascoal.

— O que foi que ele ganhou?

— Pernas quebradas, naturalmente, assim como seu companheiro que zombou de Cristo. A senhorita não conhece nada do Evangelho segundo são

João? Pois então olhe para Duccio, ele pinta crucificações perfeitas. Como Will Graham está? Como está a aparência dele?

— Eu não conheço Will Graham.

— A senhorita sabe quem ele é. Trata-se do protegido de Jack Crawford. Aquele que a antecedeu. Como está o rosto dele?

— Eu nunca estive com ele.

— Isso é o que se chama de "lembrar os velhos tempos", agente Starling. A senhorita não se incomoda, não é?

Depois de alguns segundos de silêncio, ela tentou ir direto ao ponto.

— Não me incomoda nem um pouco. Inclusive, poderíamos falar dos seus velhos tempos. Eu trouxe aqui...

— Não. Não, isso é idiota e errado. Nunca tente ser engraçadinha ao ligar um assunto ao outro. Ouvir, entender um chiste e respondê-lo faz seu interlocutor realizar um exame imparcial e rápido da situação, o que prejudica a sutileza da ideia. Deve-se embarcar na sutileza. A senhorita estava indo bem, tinha sido cortês e receptiva à cortesia, se mostrou confiante ao me contar a situação embaraçosa com Miggs, e agora me vem com um corte grosseiro em favor do seu questionário. Assim não vai funcionar.

— Dr. Lecter, o senhor, um psiquiatra experiente, acredita que sou tão estúpida a ponto de me iludir sobre como conquistar sua boa vontade? Me dê algum crédito. Eu peço ao senhor que responda o questionário, e o senhor vai responder se quiser. Pode fazer algum mal olhar para ele?

— Agente Starling, a senhorita leu os artigos publicados recentemente pela Ciência do Comportamento?

— Sim.

— Eu também. O FBI se recusa veementemente a me enviar o *Boletim da Polícia*, mas eu consigo cópias, assim como recebo o *News* da John Jay e as revistas de psiquiatria. Eles estão dividindo assassinos em série em dois grupos: os organizados e os desorganizados. O que a senhorita acha disso?

— É... fundamental. Eles evidentemente...

— *Simplista* é a palavra que a senhorita está procurando. De fato, a psicologia em geral é pueril, agente Starling, e a que é praticada na Ciência do Comportamento está no nível da frenologia. Para começar, a psicologia não tem material humano muito bom. Vá ao departamento de psicologia de qualquer universidade e observe os estudantes e o corpo docente: são amadores e têm mentes limitadas. Dificilmente podem ser considerados os melhores cérebros do *campus*. *Organizados* e *desorganizados*: realmente, uma classificação muito pobre.

— E como o senhor mudaria a classificação?

— Eu não a mudaria.

— Por falar em publicações, li seus artigos sobre o vício em cirurgia e aspectos da face direita e da face esquerda.

— Sim, foram trabalhos especiais — assentiu o dr. Lecter.

— Foi como os julguei, assim como Jack Crawford. Foi ele quem os recomendou para mim. Essa é uma das razões pelas quais Crawford está ansioso para que o senhor...

— Crawford, o Estoico, está ansioso? Ele deve andar muito ocupado para buscar auxílio no corpo de estudantes.

— Ele está, e quer...

— Está ocupado com Buffalo Bill.

— É o que parece.

— Não! Nada de "é o que parece", agente Starling. A senhorita sabe perfeitamente que está. Eu pensei que Jack Crawford tivesse mandado a senhorita para me questionar acerca disso.

— Não.

— Então a senhorita não está fazendo rodeios para chegar a esse ponto?

— Não. Eu vim porque precisamos da sua...

— O que a senhorita sabe de Buffalo Bill?

— Ninguém sabe muito a respeito.

— Os jornais têm publicado tudo?

— Imagino que sim, dr. Lecter. Eu não vi nenhum material confidencial sobre esse assunto. Meu trabalho é...

— Quantas mulheres Buffalo Bill já usou?

— A polícia encontrou cinco.

— Todas com a pele arrancada?

— Sim, parcialmente.

— Os jornais nunca explicaram o nome dele. Por acaso a senhorita sabe por que ele é chamado de Buffalo Bill?

— Sei.

— Então me diga.

— Eu digo se o senhor der uma olhada no questionário.

— Eu vou olhar, pronto. Agora responda: por quê?

— Começou como uma piada infeliz na Divisão de Homicídios de Kansas City.

— Sim...?

— Ele é chamado de Buffalo Bill porque esfola as ancas.

Clarice percebeu que tinha deixado de se sentir assustada para se sentir vulgar. Entre uma coisa e outra, preferia ficar assustada.

— Mande esses papéis para cá.

Clarice passou o questionário azul para o outro lado pela bandeja no carrinho. Ficou sentada, imóvel, enquanto Lecter o folheava.

O psiquiatra o remeteu de volta pelo transportador.

— Ora, agente Starling, a senhorita acha que vai poder me dissecar com essa ferramentazinha cega?

— Não, acho que o senhor pode fornecer uma visão do problema e fazer esse estudo avançar.

— E que razão eu teria para fazer isso?

— Curiosidade.

— Curiosidade em relação a quê?

— Em relação ao motivo pelo qual o senhor está aqui. Em relação ao que aconteceu ao senhor.

— Não aconteceu nada comigo, agente Starling. *Eu* aconteci. A senhorita não pode me reduzir a um jogo de influências. Vocês trocaram o bem e o mal pelo behaviorismo, agente Starling. Fizeram todo mundo vestir fraldas morais. Nada mais é culpa de ninguém. Olhe para mim, agente Starling. A senhorita pode afirmar que eu sou mau? Eu sou mau, agente Starling?

— Acredito que o senhor tenha sido destrutivo. Para mim é a mesma coisa.

— O mal é, portanto, destrutivo? Então as *tempestades* são o mal, se tudo é tão simples. E temos o *fogo*, e temos o *granizo*. As companhias de seguro listam todos como "atos da Providência".

— A deliberação...

— Eu coleciono destroços de igrejas por diversão. A senhorita viu o último, na Sicília? Maravilhoso! A fachada caiu em cima de sessenta e cinco vovós em uma missa especial. Isso foi um mal? Se foi, quem o cometeu? Se Ele está lá em cima, Ele adora esse tipo de coisa, agente Starling. Febre tifoide e cisnes têm ambos a mesma origem.

— Eu não posso explicar, doutor, mas conheço alguém que pode.

Lecter a fez se calar erguendo a mão. Tinha um belo formato, e o dedo médio era duplicado com perfeição. Era a forma mais rara de polidactilia.

Quando ele voltou a falar, seu tom era suave e ameno.

— A senhorita quer me analisar, agente Starling. A senhorita é muito ambiciosa, não é? Sabe o que me parece, com sua bela bolsa e seus sapatos baratos? Parece uma caipira. Uma caipira melhorada, limpa, com um pouco de bom gosto. Seus olhos são como pedras baratas: toda a superfície brilha quando consegue uma pequena resposta. E a senhorita brilha por trás deles, não é? Fica desesperada para não ser como sua mãe. Uma boa nutrição lhe garantiu bons ossos, mas a senhorita está fora das minas há menos de uma geração, *agente* Starling. A senhorita é dos Starlings da Virgínia Ocidental ou de Oklahoma? Houve uma decisão de cara ou coroa entre a universidade e o Corpo Feminino do Exército, não houve? Vou lhe dizer algo específico sobre a senhorita, estudante Starling. No seu quarto há um colar de ouro de contas soltas e a senhorita sente um baque ao perceber como parecem sem graça agora, não é verdade? Tantos agradecimentos cansativos vida afora, tantas mesuras e hesitações, banalizando cada uma daquelas contas. Maçante. Maçante. Chaaaaato. Ser inteligente estraga um monte de coisas, não é? E o gosto não é agradável. Quando a senhorita pensar nesta conversa, vai se lembrar do animal estúpido ferido no rosto quando tiver se livrado dele. — E, no mais suave dos tons, o dr. Lecter acrescentou: — Se o colar de contas ficou sem graça, o que mais vai perder a graça no curso da sua vida? A senhorita se faz essa pergunta de noite, não faz?

Clarice levantou a cabeça para encará-lo.

— O senhor enxerga longe, dr. Lecter. Não nego nada do que acabou de dizer. Mas eis uma pergunta que o senhor vai me responder agora mesmo, querendo ou não: o senhor é forte o suficiente para direcionar essa percepção acurada a si mesmo? Descobri nos últimos minutos que é difícil encarar isso.

O que o senhor me diz? Questione-se e revele a verdade. Que assunto mais adequado ou mais complexo poderia encontrar? Ou será que o senhor tem medo de si mesmo?

— A senhorita é uma pessoa determinada, não é, agente Starling?

— Sim, razoavelmente.

— E odiaria pensar que é uma criatura comum. Isso não doeria? Por Deus! Bem, a senhorita está longe de ser comum, agente Starling. Mas tem medo de ser. De que tamanho são as contas do seu colar, sete milímetros?

— Sete.

— Me deixe fazer uma sugestão. Arranje algumas contas de olho-de-tigre e as enfie alternadamente com as contas de ouro. A senhorita pode colocar duas a cada três ou uma a cada duas, o que lhe parecer melhor. O olho-de-tigre vai refletir a cor dos seus olhos e o reflexo do seu cabelo. Alguém já lhe mandou um presente de Valentine's Day?

— Claro.

— Estamos na Quaresma. O Valentine's Day é daqui a apenas uma semana. Bem, a senhorita está esperando algum presente?

— Nunca se sabe.

— Nunca se sabe... Eu tenho pensado no Valentine's Day. Ele me faz lembrar algo engraçado. Agora que estou pensando nisso, me ocorre que eu poderia torná-la muito feliz nesse dia, Clarice Starling.

— Como, dr. Lecter?

— Mandando um presente maravilhoso para a senhorita. Vou ter de pensar nisso. Agora, por favor, me dê licença. Adeus, agente Starling.

— E o questionário?

— Um recenseador tentou me avaliar certa vez. Comi o fígado dele com favas e uma boa garrafa de Amarone. Volte à escola, pequena Starling!

Hannibal Lecter, educado até o último instante, não lhe voltou as costas. Foi recuando da grade para trás até chegar ao seu leito e, deitando-se, ficou tão alheio a ela como um crucifixo de pedra sobre uma tumba.

Clarice se sentiu repentinamente vazia, como se tivesse perdido seu sangue. Levou mais tempo que o necessário para colocar os papéis de volta na pasta, porque não sentia firmeza nas pernas. Foi dominada por um sentimento de fracasso, algo que ela odiava. Dobrou a cadeira e a deixou apoiada na porta do armário embutido. Teria de passar por Miggs de novo. De longe, Barney parecia estar lendo. Pensou em chamá-lo para vir buscá-la. Maldito Miggs! Contudo, não era pior do que passar diariamente por operários de construção ou entregadores na cidade. Começou a caminhar pelo corredor.

Bem perto dela, a voz de Miggs soou como um silvo.

— Eu mordi o meu pulso para que eu possa moorreeerrr... Veja como está sangrando?

Ela devia ter chamado Barney, mas, assustada, olhou para a cela; viu Miggs fazer um movimento rápido com os dedos e sentiu algo quente no rosto e no ombro antes que pudesse se esquivar.

Afastou-se rapidamente e percebeu que era esperma, não sangue. Só então percebeu que o dr. Lecter a chamava. A voz distante do dr. Lecter fazia a rouquidão parecer mais acentuada.

— Agente Starling!

Ele estava de pé, chamando-a, enquanto ela se afastava. Meteu a mão na bolsa, procurando um lenço de papel.

Ouviu-o chamar de novo.

— Agente Starling!

De volta aos frios trilhos do seu controle, ela caminhava com firmeza para a saída.

— Agente Starling! — Havia uma nova inflexão na voz de Lecter.

Ela parou. *Por que, em nome de Deus, eu desejo tanto voltar?* Ao se virar, Miggs disse algo que ela não ouviu.

Clarice se deteve mais uma vez diante da cela de Lecter e viu o raro espetáculo de agitação do doutor. Ela sabia que ele era capaz de sentir o cheiro no seu corpo. Ele era capaz de farejar qualquer coisa.

— Eu jamais desejaria que isso acontecesse com a senhorita. Não tolero nenhum tipo de descortesia.

Era como se cometer assassinatos o tivesse livrado de rudezas menores. Ou talvez, pensou Clarice, excitava-o vê-la marcada daquela forma inusitada. Não tinha como saber. As faíscas nos olhos do dr. Lecter entraram em sua penumbra como vaga-lumes numa caverna.

O que quer que seja, aproveite! Ela ergueu a pasta.

— Por favor, faça isso por mim!

Talvez fosse tarde demais; ele havia recuperado a calma.

— Não. Mas vou deixá-la feliz por ter vindo. Vou lhe dar outra coisa. Vou lhe dar o que a senhorita mais aprecia, Clarice Starling.

— E o que é, dr. Lecter?

— Progresso, é claro. É perfeito. Fico contente. O Valentine's Day me fez pensar nisso. — O sorriso sobre seus pequenos dentes brancos poderia ter surgido por qualquer motivo. Sua voz era tão suave que ela mal conseguia escutar. — Procure pelo seu presente no carro de Raspail. A senhorita me ouviu? Procure no *carro de Raspail* pelo seu presente. É melhor partir agora; não creio que Miggs consiga de novo em tão pouco tempo, mesmo louco como ele é, a senhorita não acha?

4

Clarice Starling estava agitada, esgotada, apelando para a força de vontade. Algumas das coisas que Lecter tinha dito a respeito dela eram verdadeiras, outras apenas se aproximavam da verdade. Por alguns segundos, sentira uma presença estranha na cabeça que parecia derrubar as coisas de suas prateleiras como um urso numa barraca de acampamento.

Odiava o que ele tinha dito sobre sua mãe e precisava se livrar dessa raiva. Fazia parte do trabalho.

Ficou sentada no velho carro, em frente ao hospital, e respirou fundo. Quando as janelas ficaram embaçadas, sentiu um pouco de privacidade em relação à rua.

Raspail. Ela se lembrava do nome. Raspail havia sido um dos pacientes de Lecter e uma de suas vítimas. Clarice passara apenas uma noite com o material sobre Lecter; o arquivo era enorme, e Raspail, uma das muitas vítimas. Agora precisava ler os detalhes.

Tinha pressa em continuar, mas sabia que essa urgência era uma invenção de sua cabeça. O caso Raspail fora encerrado havia anos. Ninguém estava em perigo. Ela dispunha de tempo. Era melhor se informar bem e estar preparada antes de prosseguir.

Crawford poderia afastá-la do caso e entregá-lo a outra pessoa. Era um risco que deveria correr.

Tentou falar com ele de um telefone público, mas foi informada de que Crawford tinha ido fazer uma apelação, em nome do Departamento de Justiça, ao Comitê Orçamentário do Congresso.

Poderia obter detalhes do caso na Divisão de Homicídios do Departamento de Polícia de Baltimore, mas assassinato não é um crime federal, e ela sabia que lhe tirariam o caso imediatamente.

Dirigiu até Quantico e foi para a Divisão de Ciência do Comportamento, com suas aconchegantes cortinas marrons em tecido xadrez e seus arquivos cinza repletos de casos infernais. Ficou lá noite adentro, depois de a última secretária ter saído, analisando o microfilme de Lecter. O antigo projetor brilhava como fogo-fátuo na sala escura, as palavras e os negativos das fotos desfilando diante do seu rosto concentrado.

Raspail, Benjamin René, branco, sexo masculino, 46 anos, primeiro-flautista da Orquestra Filarmônica de Baltimore, era um dos pacientes da clínica psiquiátrica do dr. Hannibal Lecter.

No dia 22 de março de 1975, ele deixou de se apresentar para um concerto em Baltimore. No dia 25 de março, seu corpo foi encontrado. Estava sentado num banco, em uma pequena igreja rural perto de Falls Church, Virgínia, vestindo apenas uma casaca e uma gravata branca. A necropsia revelou que o coração de Raspail tinha sido perfurado e que lhe faltavam o timo e o pâncreas.

Clarice Starling, que desde os primeiros anos de vida sabia muito mais do que queria sobre processamento de carne, identificou os órgãos ausentes como a moleja.

A Divisão de Homicídios de Baltimore acreditava que esses órgãos apareceram no menu de um jantar que Lecter ofereceu ao presidente e ao maestro da Filarmônica de Baltimore na noite seguinte ao desaparecimento de Raspail.

O dr. Hannibal Lecter declarou não saber nada a respeito do assunto. Em seu testemunho, o presidente e o maestro da Filarmônica de Baltimore não conseguiram se lembrar de todo o cardápio do jantar do dr. Lecter, embora o psiquiatra fosse conhecido pela excelência de sua mesa, tendo contribuído com numerosos artigos para revistas de gastronomia.

O presidente da Filarmônica mais tarde passou por um tratamento para anorexia e problemas relacionados com dependência de álcool num hospital psiquiátrico em Basileia.

Raspail foi a nona vítima conhecida de Lecter, segundo a polícia de Baltimore.

Morrera sem deixar testamento, e os processos legais por causa da herança foram acompanhados pela imprensa durante vários meses, até que o interesse do público esfriou.

Os parentes de Raspail se juntaram às famílias de outras vítimas pacientes de Lecter numa ação legal bem-sucedida para que os arquivos e as fitas gravadas do psiquiatra criminoso fossem destruídos. Era impossível saber que segredos embaraçosos ele poderia revelar, e aqueles arquivos constituíam uma documentação indiscreta.

A corte havia designado o advogado de Raspail, Everett Yow, para ser executor testamentário de sua herança.

Clarice teria de apelar a esse advogado para ter acesso ao carro. Talvez o advogado quisesse proteger a memória de Raspail e, se recebesse uma notificação, poderia destruir provas para proteger seu antigo cliente.

Ela preferia agir logo, e precisava de conselhos e de autorização. Como estava sozinha na Ciência do Comportamento, podia se movimentar à vontade. Encontrou o número do telefone da casa de Crawford no arquivo de contatos.

O telefone sequer chegou a chamar. De repente, a voz dele surgiu, muito tranquila e regular.

— Jack Crawford.

— Aqui é Clarice Starling. Espero não ter interrompido o jantar do senhor... — Não houve resposta, e ela continuou, apesar do silêncio no outro lado. — ... Hoje Lecter me disse algo sobre o caso Raspail; estou no escritório pesquisando. Ele me disse que existe algo interessante no carro de Raspail. Para ter acesso ao carro eu tenho que entrar em contato com o advogado, e, como amanhã é sábado e eu não tenho aula, eu gostaria de perguntar se...

— Starling, você tem alguma lembrança do que eu disse para fazer com as informações sobre Lecter? — A voz de Crawford soava terrivelmente calma.

— Apresentar um relatório no domingo às nove da manhã.

— Faça isso, Starling. Faça exatamente isso.

— Sim, senhor.

O sinal de linha do telefone soou como uma picada em seu ouvido. Uma onda de calor se espalhou pelo seu rosto e fez seus olhos arderem.

— Caralho, que merda! — esbravejou. — Velho nojento! Filho da puta... Deixa o Miggs gozar *em você* e aí eu quero ver como vai se sentir depois.

DE BANHO TOMADO e usando a camisola da Academia do FBI, Clarice estava trabalhando na segunda minuta do relatório quando sua companheira de dormitório, Ardelia Mapp, chegou, vindo da biblioteca. O rosto largo, bronzeado e muito saudável de Mapp foi uma das visões mais bem-vindas para ela naquele dia.

Ardelia Mapp percebeu o cansaço na fisionomia da amiga.

— O que você fez hoje, meu bem? — Mapp sempre fazia perguntas como se não se interessasse nem um pouco pelas respostas.

— Arrumei um jeito de fazer um maluco gozar na minha cara.

— Gostaria de ter tempo para ter uma vida social como a sua... Não sei como você consegue conciliar com os estudos.

Clarice percebeu que estava rindo. Ardelia Mapp ria junto com ela, tanto quanto a piadinha merecia. Clarice não parou de rir, e se ouvia de longe, rindo e rindo. Através das lágrimas nos seus olhos, Mapp parecia estranhamente velha, e seu sorriso tinha um ar triste.

5

JACK CRAWFORD, 53 anos, lê sentado numa poltrona no quarto, sob a luz de uma luminária. À frente dele há duas camas de casal, ambas com calços para que fiquem na altura de uma cama de hospital. Uma é a dele; na outra está Bella, sua esposa. Crawford consegue ouvi-la respirando pela boca. Fazia dois dias desde que ela conseguiu se mexer ou falar com ele pela última vez.

Ela para de respirar brevemente. Crawford levanta os olhos da leitura e a observa por cima dos óculos. Ele baixa o livro. Bella volta a respirar, primeiro uma aspiração curta, depois uma expiração completa. Ele se levanta para examiná-la e aferir sua pressão e seu pulso. Durante aqueles meses Crawford havia se tornado um perito com o aparelho de medir pressão.

Como não queria deixá-la sozinha durante a noite, tinha mandado instalar sua cama ao lado da dela. E, para poder estender a mão no escuro para atendê-la, sua cama também ficava alta, sobre calços.

À exceção das camas elevadas e dos poucos tubos necessários para manter Bella confortável, Crawford tinha conseguido fazer com que aquele não parecesse o quarto de uma pessoa doente. Há flores, mas não muitas. Não há nenhum frasco de remédio à vista — Crawford esvaziou um armário de roupas de cama no corredor e o encheu com remédios e aparelhos antes de Bella ser trazida do hospital. (Foi a segunda vez que ele atravessou uma porta carregando-a no colo, e esse pensamento quase o deprimiu.)

Uma frente de calor havia chegado do sul. As janelas estavam abertas e o ar da Virgínia era suave e fresco. Sapinhos coaxavam uns para os outros na escuridão.

O quarto está impecavelmente limpo, mas os fios do tapete estavam começando a ficar embolados — Crawford não vai passar um aspirador barulhento no quarto, por isso usa um varredor de tapetes manual, que é menos eficiente. Vai com passos silenciosos até o armário no corredor e acende a luz. Há duas pranchetas penduradas no lado interno da porta. Numa delas, ele anota a pressão e o pulso de Bella. Os números dele e os da enfermeira do dia se alternavam numa coluna que se estendia em muitas páginas amarelas, por muitos dias e noites. Na outra prancheta, a enfermeira registrava a medicação de Bella.

Crawford é capaz de ministrar qualquer medicação de que a mulher necessite durante a noite. Seguindo as instruções da enfermeira, ele treinou dando injeções num limão e depois nas próprias pernas antes de trazer a esposa para casa.

Crawford para diante dela por uns três minutos, observando seu rosto. Um belo lenço de *moiré* de seda cobre os cabelos dela como um turbante. Bella insistiu em usá-lo, enquanto era capaz de insistir. Agora é ele quem cumpre esse papel. Crawford umedece os lábios da esposa com glicerina e remove um cisco do canto do olho dela com seu polegar grosso. Bella não se mexe. Ainda não está na hora de virá-la na cama.

Olhando-se no espelho, assegura-se de que não está doente, de que não vai segui-la para baixo da terra, de que está bem. Então percebe o que está fazendo e se sente envergonhado.

De volta à cadeira, não consegue lembrar o que estava lendo. Passa a mão pelos livros ao seu lado até descobrir um que ainda está morno.

6

NA MANHÃ DE SEGUNDA-FEIRA, Clarice Starling encontrou a seguinte mensagem de Crawford na caixa do correio:

CS:

Prossiga com o carro de Raspail. Leve o tempo que precisar. Meu escritório lhe fornecerá um número de cartão de crédito para realizar ligações interurbanas. Entre em contato comigo antes de se comunicar com o espólio ou ir a qualquer lugar. Apresente-se na quarta-feira às 16 horas. O diretor recebeu seu relatório sobre Lecter. Você se saiu muito bem.

JC
SAIC/Seção 8

Clarice se sentiu ótima. Sabia que Crawford só estava lhe dando um ratinho exausto para que brincasse um pouco. Mas ele queria ensiná-la. Queria que ela se saísse bem. Para Clarice, isso era melhor que qualquer cortesia.

Raspail morrera havia oito anos. Que provas poderiam restar num carro depois de todo esse tempo?

Ela sabia, por experiência na família, que, como os automóveis se depreciam muito rápido, uma corte de apelação pode permitir que o carro seja vendido antes da decisão sobre a herança, e o dinheiro é incorporado ao espólio. Ela achava improvável que mesmo um inventário tão confuso e disputado quanto o de Raspail fosse segurar um carro por um período tão longo.

Havia também o problema do tempo. Contando a hora de almoço, Clarice tinha uma hora e quinze minutos livre por dia para usar o telefone durante o horário comercial. Ela precisava se apresentar a Crawford na tarde de quarta. Com isso, dispunha de um total de três horas e quarenta e cinco minutos para seguir a pista do carro, divididas em três dias, se usasse os períodos de estudo e os compensasse estudando à noite.

Tinha boas notas na aula de procedimentos de investigação, e tivera a oportunidade de fazer perguntas genéricas aos instrutores.

Durante o horário de almoço de segunda, o pessoal do Tribunal de Justiça do condado de Baltimore fez Clarice esperar ao telefone e se esqueceu dela três vezes. Na sua hora de estudo, conseguiu falar com um atencioso funcionário do tribunal, que procurou no arquivo os autos do julgamento do espólio de Raspail.

O funcionário confirmou que fora dada uma permissão para a venda do carro e passou para Clarice o fabricante e o número de série, além do nome da pessoa que o havia comprado.

Na terça-feira ela perdeu metade da hora de almoço procurando o nome que recebeu. Levou o restante do horário de almoço para descobrir que o Departamento de Veículos Automotores de Maryland não tinha um banco de dados capaz de localizar um veículo pelo número de série — apenas pelo número de registro ou pela placa em uso.

Na tarde de terça, uma chuva pesada obrigou os estagiários a abandonar o estande de tiro. Numa sala de conferências úmida por causa das roupas molhadas e do suor, o instrutor de armas de fogo, John Brigham, ex-fuzileiro naval, decidiu testar a firmeza das mãos de Clarice diante da turma, vendo quantas vezes ela conseguia acionar o gatilho de um Smith & Wesson Modelo 19 em sessenta segundos.

Conseguiu realizar setenta e quatro disparos com a mão esquerda, soprou uma mecha de cabelo que tinha caído sobre seus olhos e começou de novo com a mão direita, enquanto um estudante contava. Ela estava na posição Weaver, o corpo bem firme, a massa de mira em foco, mas a alça de mira e o alvo improvisado propositadamente fora de foco. Por meio minuto deixou a mente divagar para aliviar a tensão provocada pela rigidez da postura. O alvo na parede entrou em foco. Era um certificado de reconhecimento da Comissão Interestadual de Comércio, a ICC, no nome do seu instrutor, John Brigham.

Ela fez perguntas a Brigham com o canto da boca enquanto outro estudante contava os cliques da arma.

— Como descobrir o número de registro de um carro...

— ... *sessentaeseisessentaesetesessentaeoitosessenta...*

— ... tendo apenas o número de série...

— ... *setentaeoitosetentaenoveoitentaoitentaeum...*

— ... e o fabricante. Sem saber o número da placa.

— ... *oitentaenove noventa. Tempo esgotado.*

— Ok, pessoal — concluiu o instrutor. — Gostaria que vocês prestassem atenção nisso. A força da mão é um importante fator para a firmeza do tiro de combate. Alguns dos senhores estão preocupados de serem os próximos. Essa é uma preocupação justificada: Starling está muito acima da média com as duas mãos. Isso acontece porque ela é dedicada. Ela pratica apertando objetos de acesso geral. Muitos de vocês não estão acostumados a apertar nada mais duro que — sempre atento para não usar a terminologia que aprendeu com os fuzileiros, esforçou-se para não ser grosseiro — os botões dos seus pagers — disse, por fim. — Pare de brincadeira, Starling, você também ainda não está boa o suficiente. Quero ver essa mão esquerda acima de noventa antes da formatura. Formem pares e façam as contagens uns com os outros. Vamos lá!

Ele se voltou para Clarice.

— Menos você, Starling, venha cá. O que mais você tem sobre o carro?

— Só o número de série e o fabricante, é isso. E o nome de um antigo proprietário, de cinco anos atrás.

— Ok, preste atenção. A maioria das pessoas fod... se atrapalha quando tenta pular dos registros de um proprietário para o seguinte. A coisa se perde entre os estados. Às vezes até mesmo policiais perdem esse registro. E registro e número de placa é tudo o que o computador tem. Estamos acostumados a usar os números da placa ou do registro, não o número de série do veículo.

A sala estava tomada pelo som dos cliques dos gatilhos dos revólveres de exercício com cabo azul, e ele tinha de falar perto do ouvido dela.

— Existe uma maneira fácil. A R. L. Polk & Cia., que publica guias de cidades, publica também uma lista atualizada de registros de carros por fabricante e por números de série de fabricação consecutivos. É o único lugar em que se encontra isso. Os vendedores de carros usados se orientam por essa lista para fazer os anúncios. Por que você decidiu perguntar a mim?

— O senhor foi agente da ICC, por isso imaginei que deve ter seguido a pista de muitos veículos. Obrigada.

— Você vai ter que me pagar: treine essa sua mão esquerda ao máximo e vamos fazer alguns desses caras de mãozinhas delicadas passar vergonha.

De volta à cabine telefônica durante o período de estudo, as mãos de Clarice tremiam, o que tornava suas anotações quase ilegíveis. O carro de Raspail era um Ford. Havia um revendedor da Ford perto da Universidade da Virgínia que por anos pacientemente havia feito o que podia pelo seu Ford Pinto. Agora, com a mesma paciência, o vendedor correu os olhos pela lista da Polk. Ele voltou ao telefone com o nome e o endereço da pessoa que havia registrado o carro de Benjamin Raspail pela última vez.

Clarice está numa maré de sorte, Clarice está no controle. Deixe de ser idiota e ligue para o sujeito. Vejamos: Number Nine Ditch, Arkansas. Jack Crawford jamais vai me deixar ir até lá, mas pelo menos vou poder confirmar quem está com o carro.

Ninguém atendeu. O toque de chamada soava estranho e muito distante, com um ruído duplo, como se a linha fosse partilhada por duas pessoas. Tentou à noite, e mais uma vez ninguém atendeu.

Na hora do almoço de quarta, um homem atendeu a ligação de Clarice.

— WPOQ Toca Músicas Antigas.

— Alô, estou ligando para...

— Não estou interessado em frisos laterais de alumínio e não quero morar em nenhum estacionamento de trailers na Flórida. O que mais você tem para me oferecer?

Ela percebeu muito bem o sotaque das montanhas do Arkansas na voz do homem. Clarice conseguia falar com esse sotaque se quisesse, e não havia tempo a perder.

— Sim, senhor. Se o senhor puder me ajudar eu agradeço muito. Estou tentando encontrar o sr. Lomax Bardwell. Meu nome é Clarice Starling.

— É uma pessoa chamada qualquer coisa Starling... — gritou o homem para dentro de casa. — O que a senhora quer com Bardwell?

— Aqui é o escritório regional do Centro-Sul da Divisão de Reparos da Ford. O sr. Bardwell tem direito a um serviço de garantia gratuito em seu LTD.

— Aqui é Bardwell. Achei que você queria me vender alguma coisa com essa ligação interurbana barata. Agora é tarde demais para qualquer reparo, eu preciso de um carro novo. Eu e a patroa estávamos em Little Rock, saindo do Southland Mall.

— E então?

— E aquela maldita haste do pistão furou o fundo do cárter. Foi óleo pra todo lado, e aquele caminhão Orkin que tem uma carroceria enorme, sabe?, derrapou no óleo e atravessou a pista.

— Misericórdia!

— Aí bateu na cabine da Fotomat, tirou ela do chão e quebrou os vidros dela. O camarada da Fotomat saiu de dentro da cabine meio tonto. A gente teve que impedir que ele fosse para o meio da estrada.

— Que coisa, hein? E o que aconteceu com ele depois?

— O que aconteceu com quem?

— Com o carro.

— Eu disse pro Buddy Sipper no ferro-velho que ele podia ficar com o carro por cinquenta paus se viesse buscar o troço. Imagino que ele tenha sido desmontado.

— O senhor poderia me informar o número do telefone dele, sr. Bardwell?

— O que você quer com o Sipper? Se alguém tiver que receber alguma indenização, esse alguém sou eu.

— Compreendo, senhor. Eu só faço o que eles me mandam até as cinco horas, e eles me mandaram encontrar o carro. O senhor tem o número do telefone do ferro-velho, por favor?

— Não sei por onde anda o meu caderninho de telefones. Ele sumiu tem um tempão. Você sabe como são os netos... A central deve conseguir te informar, o nome é Sipper Salvage.

— Muito obrigada, sr. Bardwell.

O ferro-velho confirmou que tinha desmontado o carro para aproveitar as peças, e a carcaça tinha sido mandada para uma prensa de reciclagem. O encarregado deu a Starling o número de série do veículo que constava em seu arquivo.

Que grande merda!, pensou Clarice, ainda com um pouco do sotaque do Arkansas. Era um beco sem saída. Que belo presente de Valentine's Day!

Clarice apoiou a testa no compartimento frio de moedas do aparelho telefônico na cabine. Ardelia Mapp, com os livros apoiados no quadril, deu uma batida à porta e lhe entregou uma garrafa de Crush.

— Muito obrigada, Ardelia. Preciso fazer mais uma ligação. Se eu terminar a tempo, me encontro com você na lanchonete, ok?

— Eu queria *tanto* que você perdesse esse sotaque horroroso — comentou Mapp. — Tem livros que podem ajudar. *Eu* não uso mais as gírias típicas da minha cidade. Continue falando com esse sotaque do interior e as pessoas vão dizer que você é igual àqueles patetas, menina. — E fechou a porta da cabine.

Clarice sentia que precisava tentar tirar mais informações de Lecter. Se ela já tivesse um compromisso agendado, talvez Crawford a deixasse voltar ao hospital psiquiátrico. Ligou para o dr. Chilton, mas não conseguiu passar da secretária dele.

— O dr. Chilton está com o médico-legista e o assistente do promotor público — avisou a mulher. — Ele já conversou com seu supervisor e não tem mais nada para dizer a você. Até logo.

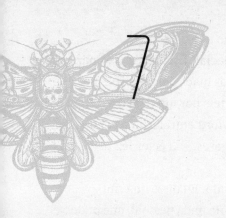

7

— Seu amigo Miggs morreu — avisou Crawford. — Você me contou tudo, Starling? — O rosto cansado de Crawford era tão sensível a expressões quanto uma esfinge e não demonstrava nenhuma compaixão.

— Como? — Sentiu-se entorpecida, mas tinha de lidar com isso.

— Engoliu a própria língua pouco antes do amanhecer. Chilton presume que Lecter tenha sugerido isso a ele. O guarda da noite ouviu o doutor falando com Miggs em voz baixa. Lecter sabia muita coisa sobre Miggs e passou bastante tempo falando com ele, mas o guarda-noturno não conseguiu ouvir o que Lecter disse. Miggs chorou por algum tempo, depois parou. Você me contou tudo, Starling?

— Eu coloquei tudo no relatório e no memorando, quase palavra por palavra.

— Chilton ligou para se queixar de você... — Crawford esperou um pouco e pareceu satisfeito por Clarice não ter feito nenhum comentário. — Eu disse que julguei seu comportamento satisfatório. Chilton está tentando evitar uma investigação sobre direitos civis.

— Vai haver uma?

— Certamente, se a família de Miggs quiser. Provavelmente a Divisão de Direitos Civis vai chegar a oito mil casos esse ano. O pessoal de lá vai ficar satisfeito de incluir Miggs na lista. — Crawford a observou com atenção. — Você está bem?

— Não sei como devo me sentir em relação a isso.

— Você não tem que sentir nada de especial. Lecter fez isso para se divertir. Ele sabe que ninguém pode colocar as mãos nele, então... por que não? Chilton tira os livros e o vaso sanitário dele por um tempo e é só isso. Talvez ele não ganhe mais gelatina. — Crawford entrelaçou os dedos por cima da barriga e ficou comparando os polegares. — Lecter fez perguntas a meu respeito, não foi?

— Ele perguntou se o senhor estava ocupado. Eu disse que sim.

— Só isso? Você não deixou fora do relatório nada pessoal, que pudesse me desagradar?

— Não. Ele disse que o senhor era estoico, mas isso eu incluí.

— Sim, você incluiu. Mais nada?

— Bem, creio que não tenha deixado nada de fora. O senhor não está achando que eu prometi alguma revelação a ele, e que só por isso Lecter falou comigo, não é?

— Não.

— Eu não sei nenhuma informação pessoal a seu respeito, e se soubesse não iria compartilhar. Se o senhor tem algum problema em acreditar nisso, vamos pôr tudo em pratos limpos agora mesmo.

— Estou satisfeito. Próximo assunto.

— O senhor pensou *em algo* ou...

— Próximo assunto, Starling.

— A dica de Lecter sobre o carro de Raspail é um beco sem saída. O carro virou um cubo prensado há quatro meses num ferro-velho em Number Nine Ditch, no Arkansas, e foi vendido para reciclagem. Se eu voltar ao hospital e falar com Lecter, talvez ele me diga mais alguma coisa.

— Você esgotou a pista?

— Sim.

— O que leva você a crer que o carro que Raspail dirigia era o único carro dele?

— Era o único registrado, e ele era solteiro, então eu presumi...

— A-há, pare por aí. — O dedo de Crawford apontou para algum princípio invisível no ar entre os dois. — Você presumiu... Você *presumiu*, Starling. Se ficar por aí *presumindo* coisas quando eu mando *você* para uma missão,

Starling, *nós dois* vamos parecer idiotas. — Ele se recostou na cadeira. — Raspail colecionava carros, você sabia disso?

— Não. Os herdeiros dele ainda têm os carros?

— Não sei. Você acha que pode dar um jeito de descobrir?

— Sim, posso.

— Por onde começaria?

— Pelo executor do testamento.

— Um advogado em Baltimore; um chinês, se bem me lembro — indicou Crawford.

— Everett Yow — disse Starling. — Está na lista telefônica de Baltimore.

— Você já pensou na questão de arrumar um mandado para inspecionar o carro de Raspail?

Às vezes o tom de Crawford fazia Clarice pensar na lagarta que sabia tudo no livro de Lewis Carroll. Ela não ousou retrucar com muita ênfase.

— Uma vez que Raspail está morto e não é suspeito de nada, se tivermos permissão de seu executor testamentário para examinar o carro, o exame vai ser válido, e suas conclusões, admissíveis em outras questões legais — recitou ela.

— Precisamente. Eis o que eu vou fazer: eu vou ligar para o nosso escritório de Baltimore avisando que você vai lá. Sábado, Starling, no seu dia de folga. Vá buscar as provas, se houver alguma.

Crawford fez um pequeno porém bem-sucedido esforço para não acompanhar Clarice com o olhar quando ela saiu. De sua cesta de lixo tirou com a ponta dos dedos uma bola de papel de carta lilás amassado. Esticou-o sobre a mesa. Era sobre sua esposa e dizia, numa caligrafia caprichada:

Ó escolas em contenda, que investigam que fogo
Queimará este mundo, nenhuma teve a verve
De aspirar neste jogo
Que deve sê-lo esta sua febre?

Lamento muito sobre Bella, Jack.

Hannibal Lecter

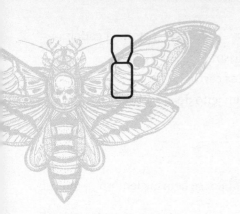

8

EVERETT YOW dirigia um Buick preto com um adesivo da Universidade De Paul no vidro da janela traseira. Enquanto o seguia debaixo de chuva na saída de Baltimore, Clarice Starling percebeu que o peso dele fazia o veículo ficar ligeiramente inclinado para a esquerda. Anoitecia; o dia de Clarice como investigadora estava quase no fim e ela não tinha outro para compensar. Lutava contra a impaciência, batendo no volante ao ritmo dos limpadores de para-brisa. O tráfego se arrastava ao longo da rota 301.

Yow era inteligente, gordo e tinha um problema respiratório. Starling avaliou que devia ter uns 60 anos. Até agora havia se mostrado prestativo. O dia perdido não era culpa dele; com voltara muito tarde de uma viagem de negócios a Chicago, o advogado de Baltimore tinha vindo diretamente do aeroporto para o escritório a fim de se encontrar com Clarice.

O Packard clássico de Raspail já estava num depósito muito antes de ele morrer, explicou Yow. Nunca teve uma licença e nunca foi usado. Yow o vira uma vez, coberto no depósito, pois tinha de confirmar sua existência para o inventário dos bens que fizera logo após o assassinato de seu cliente. Se a investigadora Starling concordasse em revelar qualquer evidência que pudesse ser prejudicial ao interesse do falecido cliente, ele lhe mostraria o automóvel, prometeu. O mandado e o trabalho que isso implicava não seriam necessários.

Clarice estava desfrutando por um dia de um Plymouth da garagem do FBI, equipado com telefone, e tinha um novo cartão de identificação, fornecido por Crawford. Dizia apenas INVESTIGADOR FEDERAL — e ela notou que venceria dentro de uma semana.

O destino deles era o Minidepósito Split City, que ficava cerca de seis quilômetros fora dos limites da cidade. Dirigindo vagarosamente por causa do tráfego, Starling usou o telefone para descobrir o que pudesse sobre o lugar. Quando avistou o cartaz alto cor de laranja, MINIDEPÓSITO SPLIT CITY — A CHAVE FICA COM VOCÊ, ela já contava com algumas informações.

O depósito possuía uma licença como transportador de cargas da Comissão Interestadual de Comércio, no nome de Bernard Gary. Um júri federal quase havia processado Gary por transporte interestadual de mercadorias roubadas havia uns três anos, e sua licença estava sendo investigada para renovação.

Yow fez a volta por baixo do cartaz e mostrou as chaves a um jovem sardento uniformizado que estava no portão. O porteiro anotou a placa dos seus carros, abriu o portão e, com certa impaciência, sinalizou para que entrassem, como se tivesse algo mais importante a fazer.

Split City era um descampado. Assim como o chamado "voo do divórcio" dos domingos entre os aeroportos LaGuardia e Juárez, essa era uma indústria de serviço voltada para o insensato movimento browniano da nossa população; a maior parte do negócio consistia em armazenar os variados bens móveis que sobravam de divórcios. Suas unidades estavam abarrotadas de jogos de salas de estar, conjuntos de copa, colchões manchados, brinquedos e fotos que restaram. Entre os policiais de Baltimore, acreditava-se que Split City também escondia boas e valiosas mercadorias de processos de falência.

Parecia uma instalação militar: doze hectares de longas construções divididas por paredes corta-fogo em unidades do tamanho de uma espaçosa garagem para um só carro, cada uma delas com sua porta de enrolar. O preço dos aluguéis era razoável e algumas das propriedades estavam ali havia anos. A segurança era eficiente. O lugar era protegido por duas cercas altas, à prova de furacões, patrulhada por cães vinte e quatro horas por dia.

Um palmo de folhas murchas, misturadas com copos de papel e lixo, havia se acumulado na porta da unidade do depósito de Raspail, de número 31. Um grande cadeado trancava cada lado da porta. O ferrolho do lado esquerdo também exibia um adesivo que selava a porta. Everett Yow, com dificuldade, se curvou para olhar o adesivo de perto. Clarice segurava o guarda-chuva e uma lanterna para iluminar a penumbra do cair da noite.

— Parece que não foi aberto desde que estive aqui há cinco anos — afirmou ele. — Dá para ver a impressão do meu adesivo oficial aqui no plástico. Na época eu não fazia a menor ideia de que os parentes iam brigar tanto, arrastando a conclusão do inventário por tanto tempo.

Yow segurou o guarda-chuva e a lanterna enquanto Clarice tirava uma foto do ferrolho e do adesivo.

— O sr. Raspail tinha um estúdio-escritório na cidade, que eu fechei para evitar que o espólio tivesse que pagar o aluguel. Eu trouxe os móveis para cá e guardei tudo junto do carro de Raspail e de outras coisas que já estavam aqui. A gente ainda trouxe um piano, livros, partituras e uma cama, se não me engano.

Yow testou uma chave.

— Os cadeados podem estar enferrujados. Esse, pelo menos, está bastante emperrado. — Para ele, não era fácil se abaixar e respirar ao mesmo tempo. Quando tentou ficar de cócoras, seus joelhos estalaram.

Clarice ficou satisfeita ao ver que os grandes cadeados cromados eram de padrão americano. Pareciam muito seguros, mas ela sabia que podia estourar os cilindros de latão com facilidade usando uma chave de fenda e um martelo de unha — seu pai havia lhe mostrado como os arrombadores faziam isso quando ela ainda era criança. O problema imediato seria encontrar martelo e chave de fenda; e ela estava sem as velhas ferramentas que guardava no carro.

Procurou na bolsa e encontrou o spray para degelar que usava nas fechaduras das portas do seu Ford.

— Quer descansar um pouco no carro, sr. Yow? Por que o senhor não se aquece por uns minutos enquanto eu faço uma tentativa? Pode levar o guarda-chuva; a chuva está mais fraca agora.

Clarice colocou o Plymouth do FBI perto da porta para aproveitar a luz dos faróis. Pegou a vareta usada para verificar o nível de óleo e deixou cair umas gotas no orifício da chave; depois usou o spray degelante para afinar o óleo. Do carro, o sr. Yow sorriu e aprovou com um aceno de cabeça. Clarice estava satisfeita por Yow ser um homem inteligente; ela podia fazer o que era preciso sem ter de afastá-lo.

Já havia anoitecido por completo agora. Clarice se sentia exposta sob o brilho dos faróis do Plymouth, e a correia do ventilador chiava em seus ouvidos com o motor em marcha lenta. Ela havia trancado o carro com o motor funcionando. O sr. Yow parecia inofensivo, mas Clarice não via motivo para correr o risco de ser esmagada contra a porta.

O cadeado pulou feito uma rã na sua mão, aberto, pesado e cheio de óleo. O outro, depois de lubrificado, abriu com mais facilidade.

A porta não subia. Segurando a alça, Clarice fez força até começar a ver pontinhos luminosos. Yow foi ajudá-la, mas a alça pequena e inadequada e sua hérnia o impediram de fazer força suficiente.

— A gente pode voltar na semana que vem, com meu filho ou com um ajudante — sugeriu o sr. Yow. — Eu adoraria voltar logo para casa.

Clarice não estava de forma alguma convencida de que voltaria àquele lugar; seria muito mais simples para Crawford pegar o telefone e pedir ao escritório de Baltimore que cuidasse do caso.

— Sr. Yow, eu vou ser rápida. O senhor tem um macaco no carro?

Clarice posicionou o elevador do macaco sob a alça da porta e usou o próprio peso para girar a chave de roda que servia de alavanca para o macaco. A porta rangeu terrivelmente e subiu uns dois centímetros. Parecia estar se dobrando no centro. Subiu outros dois centímetros e depois mais dois, até que Clarice pôde enfiar o pneu sobressalente por baixo, escorando a porta. Em seguida, pegou o macaco do seu carro e o do sr. Yow e colocou um de cada lado da porta, perto dos trilhos de correr.

Acionando os macacos alternadamente, ergueu a porta pouco a pouco até quase meio metro. Então a porta emperrou de vez, e todo o peso do seu corpo sobre as alavancas dos macacos não adiantava mais.

O sr. Yow veio espiar por baixo da porta. Ele não conseguia ficar curvado por muito tempo.

— Sinto cheiro de rato — comentou. — Me garantiram que haviam colocado veneno contra roedores aí dentro. Acho que isso está previsto no contrato. Eles disseram que não tinha ratos por aqui. Mas dá até para ouvi-los, não dá?

— Dá, sim — confirmou Clarice.

Com a lanterna, foi capaz de distinguir caixas de papelão e um grande pneu com uma faixa branca larga na calota debaixo da ponta de uma coberta de pano. O pneu estava vazio.

Ela deu ré no Plymouth até a luz dos faróis iluminar por baixo da porta, e pegou um dos tapetes de borracha do chão do carro.

— Você vai entrar aí, agente Starling?

— Tenho que dar uma olhada, sr. Yow.

— Posso sugerir — disse ele, sacando do bolso um lenço — que amarre isso nas pernas da calça bem apertado, em volta do tornozelo? Para evitar que camundongos entrem.

— Obrigada, senhor, é uma ótima ideia. Se a porta baixar... ou se acontecer qualquer outro imprevisto, o senhor poderia fazer o favor de ligar para esse número? É do nosso escritório regional de Baltimore. Eles sabem que estou com o senhor nesse momento e vão ficar preocupados se não tiverem notícias minhas dentro de algum tempo, entende?

— Sim, naturalmente. Eu faço isso, sem dúvida alguma. — E entregou a ela a chave do Packard.

Clarice pôs o tapete de borracha no chão molhado em frente à porta e se deitou nele, segurando um pacote de sacos plásticos para evidências junto das lentes de sua câmara, as pernas das calças firmemente apertadas com o lenço de Yow e o dela própria. A chuva fina caía no seu rosto, e o cheiro de ratos e de mofo invadiu suas narinas. Por mais absurdo que fosse, o que ocorreu a Starling foi uma frase em latim.

Escrita no quadro-negro pelo instrutor de práticas forenses no primeiro dia de treinamento, era o lema dos médicos romanos: *Primum non nocere*. Em primeiro lugar, não causar danos.

Ele não disse isso dentro da merda de uma garagem cheia de camundongos.

E, de repente, ouviu a voz do pai, falando com ela enquanto mantinha a mão pousada no ombro de seu irmão:

— Se você não consegue brincar sem chorar, vá para casa, Clarice.

Clarice abotoou a gola da blusa, ergueu os ombros e deslizou sob a porta.

Agora estava embaixo da traseira do Packard. O carro foi estacionado no lado esquerdo do depósito, quase encostado na parede. Havia caixas de papelão empilhadas à direita, preenchendo o espaço ao lado do carro. Clarice se arrastou de costas até sua cabeça chegar ao espaço apertado entre o carro e as caixas. Usou a lanterna para iluminar a parede formada pelas caixas. Muitas aranhas haviam preenchido o vão estreito com teias. A maioria das teias era redonda, repleta de restos secos de insetos firmemente presos.

Bem, uma aranha-marrom-reclusa é a única espécie com que eu me preocuparia, e elas não fazem teias ao ar livre, pensou Clarice. *As outras não causam lá muito estrago.*

Havia espaço para ficar de pé junto ao para-choque traseiro. Ela continuou se arrastando até sair de baixo do carro, com o rosto muito perto do pneu com a faixa branca na calota. Estava todo ressecado e apodrecido, e ela conseguiu ler GOODYEAR DOUBLE EAGLE escrito nele. Tomando cuidado com a cabeça, levantou-se no reduzido espaço, com a mão na frente do rosto para afastar as teias de aranha. Era assim que se sentia alguém usando um véu?

Ouviu a voz do sr. Yow do lado de fora.

— Tudo bem, srta. Starling?

— Tudo, sim — confirmou.

Ao som de sua voz, algo dentro do piano saiu correndo, passando sobre algumas notas altas. As luzes do carro lá fora iluminavam suas pernas até o meio da canela.

— Vejo que encontrou o piano, agente Starling — comentou o sr. Yow.

— Bem, não fui eu...

— Hum.

O carro era grande, alto e comprido. Uma limusine Packard 1938, de acordo com o inventário de Yow. Estava coberto por um tapete, com o lado felpudo para baixo. Clarice jogou o feixe de luz da lanterna sobre ele.

— O senhor cobriu o carro com esse tapete, sr. Yow?

— Já estava assim — respondeu Yow por baixo da porta. — Não posso lidar com um tapete cheio de poeira. Era assim que Raspail mantinha o carro. Só me certifiquei de que o carro estava aí. Os homens que fizeram a mudança colocaram o piano perto da parede, empilharam mais caixas ao lado do carro e foram embora. O serviço deles era pago por hora. A maioria das caixas contém livros e partituras.

O tapete era grosso e pesado. Quando ela o puxou, a poeira se espalhou no feixe de luz da lanterna. Clarice espirrou duas vezes. Ficando na ponta dos pés, conseguiu dobrar o tapete ao meio no topo do carro antigo e alto. As cortinas das janelas traseiras estavam baixadas, e a maçaneta da porta, coberta de poeira. Teve de se debruçar sobre as caixas para alcançá-la. Tocando apenas na ponta da maçaneta, tentou abri-la. Estava trancada. Não havia buraco para chave na porta traseira. Precisaria tirar do caminho uma porção de caixas para chegar à porta dianteira, e quase não havia espaço para mudá-las de lugar. Ela conseguia ver uma pequena fresta entre a cortina e a janela traseira.

Clarice se inclinou por cima das caixas para aproximar um olho da janela do carro e iluminou o interior com a lanterna. A única coisa que conseguia ver era o próprio reflexo, até cobrir o alto da lanterna com a mão. Um raio de luz, difundindo-se pelo vidro empoeirado, deslocou-se sobre o banco. Havia um álbum aberto em cima do assento. Não dava para discernir bem as cores com aquela iluminação fraca, mas foi capaz de ver cartões de Valentine's Day colados nas páginas. Cartões antigos, rendados, que pareciam felpudos.

— Muito, muito obrigada, dr. Lecter.

Quando falou, sua respiração agitou a camada de poeira na base da janela e obscureceu o vidro. Não queria limpar aquilo, então esperou que a poeira se assentasse. Sob o feixe de luz em movimento, ela viu um tapete enrolado no chão do carro e um par de sapatos masculinos de couro envernizado. Acima dos sapatos, meias pretas, e, acima das meias, a calça de um smoking com pernas dentro delas.

Ninguémentrouporessaportanosúltimoscincoanos... Calma, calma, não se afobe, garota...

— Ei, sr. Yow! Por favor, sr. Yow!

— Diga, agente Starling!

— Sr. Yow, parece que tem alguém sentado nesse carro.

— Ah, não! Acho melhor sair já daí, srta. Starling.

— Ainda não, sr. Yow. Só me espere aí, por favor.

Nesse momento o importante é pensar. Esse momento é mais importante que qualquer merda que você vá passar o resto da vida remoendo. Engula o choro e faça isso direito. Eu não posso destruir provas. Eu preciso de ajuda. Mas, acima de tudo, não quero gritar pedindo socorro se isso não for nada. Se eu acionar o escritório de Baltimore e os policiais da cidade por motivo nenhum, estou acabada. Estou vendo uma coisa parecida com pernas. O sr. Yow não teria me trazido aqui se soubesse que havia um "presunto" no carro. Clarice riu de si mesma. "Presunto" era só fanfarronice. *Ninguém esteve aqui depois da última visita de Yow. Muito bem. Isso significa que todas as caixas foram trazidas depois do que quer que seja aquilo dentro do carro. E isso significa que posso mover as caixas sem perder nada importante.*

— Tudo certo, sr. Yow.

— Está bem. Temos que chamar a polícia ou você dá conta, agente Starling?

— Preciso ver do que se trata. Espere um pouco, por favor.

O problema de mover as caixas era tão irritante quanto resolver um cubo mágico. Ela tentou fazer isso com a lanterna debaixo do braço, mas a deixou cair duas vezes e, por fim, a acomodou em cima do carro. Teve de colocar algumas caixas atrás de si, e as caixas menores, de livros, foram para debaixo do carro. Sentiu uma espécie de picada ou espetada de farpa na ponta do polegar.

Agora conseguia ver o assento do motorista através do vidro empoeirado da janela no lado do passageiro. Uma aranha havia tecido uma teia entre o volante e o câmbio. A divisória entre o compartimento da frente e o de trás estava fechada.

Lamentou não ter pensado em passar óleo na chave do Packard antes de se infiltrar por baixo da porta, mas, quando enfiou a chave, a porta abriu.

Não havia espaço suficiente para abrir completamente a porta. Ela bateu nas caixas com um barulho que espantou os camundongos e fez soar mais algumas notas no piano. Um cheiro de podridão e produtos químicos saiu de dentro do carro; o cheiro transportou sua memória para outro local, mas ela não identificou qual.

Clarice se inclinou para dentro, abriu a divisória atrás do assento do motorista e iluminou o compartimento traseiro da limusine com a lanterna. A primeira coisa brilhante que a luz encontrou foram os botões de uma camisa social. Então subiu rapidamente da camisa para o rosto, mas não havia rosto nenhum. Passou de novo a luz sobre os botões reluzentes da camisa e pelas lapelas de cetim até uma braguilha com o zíper baixado.

Voltou para cima até a gravata-borboleta bem arrumada e o colarinho, de onde saía o vulto do pescoço de um manequim. Acima do pescoço, entretanto, havia alguma coisa que refletia um pouco de luz. Um pano, um capuz preto onde deveria estar a cabeça, grande, como se cobrisse uma gaiola de papagaio. *Veludo*, pensou Clarice. Estava sobre uma prateleira de madeira que se estendia por cima do pescoço do manequim até o tampão do porta-malas.

Ela tirou várias fotos do assento da frente, focando com a lanterna e piscando por causa do flash. Então se esticou fora do carro. De pé na escuridão, suada, coberta de teias de aranha, ficou pensando no que devia fazer.

O que *não* iria fazer era convocar o agente especial do escritório regional de Baltimore para olhar um manequim com a braguilha aberta e um álbum de cartões de Valentine's Day.

Depois que decidiu que iria para o banco de trás e tiraria o capuz daquela coisa, não quis refletir muito sobre o assunto. Do compartimento do motorista, passou a mão pela divisória, destrancou a porta traseira e rearranjou algumas caixas para poder abri-la. Tudo pareceu levar muito tempo. O cheiro do compartimento de trás ficou mais intenso quando ela abriu a porta. Enfiou a mão dentro do carro e, erguendo com cuidado o álbum de cartões, segurando-o pelos cantos, colocou-o dentro de um saco de evidências que deixou em cima do carro. Colocou outro saco no assento.

As molas da suspensão do carro rangeram quando ela entrou, e a figura se mexeu um pouco quando se sentou ao seu lado. A mão direita com a luva branca escorregou de cima da coxa e pousou sobre o assento. Ela tocou a luva com um dedo. A mão que estava dentro era dura. Com cuidado, tirou a luva do pulso, que era feito de algum material sintético branco. Na calça havia uma protuberância que, por um instante, lhe trouxe lembranças da época da escola.

Veio de baixo do banco o som de algo se mexendo.

Gentilmente, como se o acariciasse, tocou o capuz. O pano se moveu com facilidade sobre algo duro e escorregadio por baixo dele. Quando apalpou uma saliência no alto, Clarice soube do que se tratava. Sabia que era um grande pote de vidro de laboratório e imaginou o que estava dentro dele. Com medo mas determinada, retirou o pano.

A cabeça no interior do pote havia sido cortada com perícia logo abaixo do maxilar. Fitava-a, os olhos havia muito opacos e leitosos por causa do álcool que os conservara. A boca estava aberta e a língua pendia ligeiramente para fora, muito cinzenta. Ao longo dos anos parte do álcool tinha evaporado, até a cabeça descansar no fundo do pote. O topo da cabeça se projetava para além da superfície do fluido e estava começando a apodrecer. Virada em relação ao corpo num ângulo impossível para um ser humano, olhava boquiaberta e estúpida para Clarice. Mesmo com a luz brincando em suas feições, parecia inexpressiva e sem vida.

Nesse momento, Clarice fez uma avaliação de si mesma. Estava satisfeita. Sentia-se radiante. Quis saber por um instante se esses sentimentos eram dignos. Agora, sentada naquele carro, ao lado da cabeça e de alguns camundongos, conseguia pensar com clareza e por isso se sentia orgulhosa.

— Muito bem, Toto — disse ela —, acho que não estamos mais no Kansas! — Sempre quisera dizer isso sob estresse; mas agora, ao fazê-lo, soava falso, e ficou satisfeita por ninguém tê-la ouvido. Tinha trabalho a fazer.

Encostou-se com cuidado no banco e olhou ao redor.

Esse ambiente havia sido pensado e criado por alguém com a mente a mil anos-luz de distância do tráfego que se arrastava ao longo da rota 301.

Flores secas pendiam de vasinhos de cristal lapidado presos às colunas entre as portas. A mesa da limusine estava posta e coberta com uma toalha de linho. Sobre ela, um decantador reluzia, destacando-se da poeira. Uma aranha havia tecido sua teia entre o decantador e um pequeno castiçal ao lado.

Tentou imaginar Lecter, ou outra pessoa, sentado com seu companheiro, tomando uma bebida e tentando lhe mostrar os cartões. E o que mais? Com muito cuidado, mexendo na figura o mínimo possível, revistou-o à procura de alguma identificação. Não havia nada. Num bolso do paletó encontrou tiras de pano que haviam sobrado do ajuste no comprimento da calça — o traje a rigor provavelmente era novo quando foi vestido.

Clarice apalpou a protuberância na calça. Duro demais, mesmo para um adolescente... Abriu mais a braguilha e iluminou o interior com a lanterna: era um consolo de madeira trabalhada e polida. E também com um belo tamanho. Ficou se perguntando se era uma depravada.

Com cuidado, girou o pote de vidro e examinou as laterais da cabeça e a nuca à procura de ferimentos. Não havia nenhum visível. No vidro, em relevo, leu o nome de uma empresa fornecedora de material de laboratório.

Examinando mais uma vez o rosto, admitiu ter aprendido algo que lhe seria muito valioso. Olhar atentamente para aquele rosto, com a língua mudando de cor no ponto em que encostava no vidro, não era tão terrível quanto ver, em seus sonhos, Miggs engolindo a própria língua. Sentia-se capaz de ver qualquer coisa se tivesse algo de positivo a fazer com ela. Clarice era jovem.

NOS DEZ SEGUNDOS depois que a unidade móvel de notícias da WPIK-TV freou e parou, Jonetta Johnson pôs os brincos, passou pó facial no belo rosto moreno e avaliou a situação. Ela e sua equipe jornalística, monitorando o rádio da polícia de Baltimore, chegaram a Split City antes das viaturas.

Tudo o que a equipe de notícias viu à luz dos faróis do carro foi Clarice Starling de pé em frente à garagem, com sua lanterna e seu pequeno cartão de identificação. Estava com o cabelo ensopado por causa da chuva fina.

Jonetta Johnson era capaz de detectar um novato imediatamente. Ela pulou para fora do carro com a equipe e foi até Clarice. As lâmpadas fortes da câmera foram acesas.

O sr. Yow estava tão afundado no Buick que só seu chapéu era visível sobre a borda da janela.

— Jonetta Johnson, da WPIK Notícias. Você reportou um homicídio?

Clarice sabia que sua aparência não era a de uma autoridade policial.

— Eu sou policial federal e isso aqui é a cena de um crime. Preciso manter tudo intocado até as autoridades de Baltimore...

O cinegrafista assistente já havia agarrado a base da porta de enrolar e estava tentando levantá-la.

— Parado aí! — gritou Clarice. — Eu estou falando com o *senhor*! Parado aí! Afaste-se, por favor. Não estou brincando. E peço que colaborem comigo.

— Lamentava não dispor de um distintivo, de um uniforme, de qualquer coisa apropriada.

— Tudo bem, Harry — instruiu a jornalista. — Olha, policial, nós queremos cooperar no que for possível. Sendo bem franca, essa equipe custa dinheiro, e eu só quero saber se devo manter o pessoal aqui até outras autoridades chegarem. Afinal, existe mesmo um cadáver aí dentro? Nada de câmera, só entre nós. Me diga isso e nós esperamos. Vamos nos comportar bem, eu prometo. Que tal?

— Eu esperaria, se fosse você — confirmou Starling.

— Obrigada, você não vai se arrepender — prometeu Jonetta Johnson. — Olha, eu tenho algumas informações sobre o Minidepósito Split City que poderiam ser úteis. Você poderia iluminar a prancheta com a lanterna? Vamos ver se consigo encontrá-las aqui.

— A unidade móvel da WEYE acabou de aparecer no portão, Joney — avisou o homem chamado Harry.

— Vamos ver se encontro aqui, policial... Ah, aqui está. Houve um escândalo há cerca de dois anos quando tentaram provar que estavam usando esse lugar para vender e armazenar... fogos de artifício? — Jonetta Johnson olhava insistentemente por cima do ombro de Clarice.

Clarice se virou e viu o cinegrafista deitado de costas no chão, a cabeça e os ombros dentro da garagem. Acocorado ao lado dele, o assistente, pronto para lhe passar a minicâmera.

— Ei! — exclamou Clarice. Ela se agachou no chão molhado e o puxou pela camisa. — Você não pode entrar aí! Eu já disse para não fazer isso!

Durante todo o tempo os homens falavam com ela, repetindo num tom gentil:

— A gente não vai tocar em nada. Somos profissionais, você não precisa se preocupar. De qualquer forma, a polícia vai deixar a gente entrar. Não tem problema, queridinha!

O tom condescendente deles a fez ficar de saco cheio.

Clarice correu até um dos macacos na lateral da porta e acionou a alavanca. A porta desceu uns cinco centímetros, rangendo. Acionou de novo a alavanca. Agora a porta estava encostada no peito do sujeito. Como ele não saiu do lugar, ela tirou a chave de roda do encaixe e foi até o cinegrafista deitado. Agora havia outros refletores de televisão acesos, e à luz deles Clarice bateu na porta com a ferramenta, fazendo cair uma chuva de poeira e ferrugem no homem.

— Presta atenção no que eu vou dizer — preveniu ela. — Sai daí agora mesmo. Você está prestes a ser preso por obstrução de justiça.

— Vai com calma — apaziguou o assistente, colocando a mão no ombro dela.

Clarice se virou para ele. Perguntas eram gritadas por trás das luzes, e em seguida ouviu-se o som de sirenes.

— Tira as mãos de mim e se afasta, cara!

Ela pisou no tornozelo do cinegrafista e encarou o assistente, segurando a chave de roda. Não chegou a erguê-la. Foi melhor assim. Mesmo sem violência, não ia ficar nada bem na televisão.

9

OS CHEIROS DA ALA dos presos violentos pareciam mais intensos na penumbra. Um aparelho de TV ligado sem som no corredor lançava a sombra de Clarice nas barras da cela do dr. Lecter.

Ela não conseguia enxergar na escuridão além das barras, mas não pediu ao guarda que acendesse as luzes. A ala inteira seria iluminada de uma só vez e ela sabia que a polícia de Baltimore havia exigido que as luzes estivessem totalmente acesas durante horas a fio enquanto gritava perguntas para Lecter. Ele se recusara a falar, mas reagiu lhes mostrando o origami de uma galinha que dava bicadas quando se manipulava o rabo para cima e para baixo. O policial mais antigo, furioso, havia amassado o origami no cinzeiro da entrada quando fez sinal para Clarice entrar.

— Dr. Lecter? — Ela ouvia a própria respiração, além de outras ao longo do corredor, exceto da cela de Miggs, agora um enorme vazio. Sentia o peso daquele silêncio.

Clarice sabia que Lecter a observava da escuridão. Dois minutos se passaram. Estava com as pernas e as costas doloridas depois da luta com a porta da garagem, e suas roupas estavam úmidas. Sentou-se no chão em cima dos calcanhares, sobre o casaco, bastante afastada das barras, e tirou o cabelo molhado e embaraçado de dentro da gola para afastá-lo do pescoço.

Por trás dela, na TV, um pastor agitava os braços.

— Dr. Lecter, ambos sabemos o que está acontecendo. Eles acham que o senhor vai falar comigo.

Silêncio. No fim do corredor, alguém assobiava "Over the Sea to Skye". Depois de uns cinco minutos, ela disse:

— Foi estranho ir até lá. Eu gostaria de falar sobre isso com o senhor.

Clarice se sobressaltou quando o carrinho de comida voltou da cela de Lecter. Na bandeja havia uma toalha limpa, dobrada. Não tinha ouvido nenhum movimento dentro da cela.

Olhou para a bandeja e, depois de refletir por um breve instante, pegou a toalha e secou o cabelo.

— Obrigada.

— Por que a senhorita não faz perguntas a respeito de Buffalo Bill? — A voz de Lecter soava próxima, no mesmo nível da dela. Parecia que ele também estava sentado no chão.

— O senhor sabe algo sobre ele?

— Poderia saber se estudasse o caso.

— Eu não estou nesse caso — retrucou Clarice.

— E também não vai estar no atual quando terminarem de usá-la.

— Eu sei disso.

— A senhorita poderia conseguir o arquivo sobre Buffalo Bill. Os relatórios e as fotos. Eu gostaria de ver isso.

Aposto que gostaria...

— Dr. Lecter, foi o senhor quem começou essa história. Agora, por favor, me fale sobre a pessoa no Packard.

— A senhorita encontrou uma pessoa inteira? Curioso. Eu vi apenas uma cabeça. De onde a senhorita supõe que veio o restante?

— Está certo. De quem era aquela *cabeça*?

— Conte o que descobriu.

— Bem, eles fizeram apenas exames preliminares. Sexo masculino, branco, uns 27 anos, restaurações dentárias. Quem era ele?

— O amante de Raspail. Raspail, o da flauta melosa...

— Em que circunstância... Como ele morreu?

— Circunlóquio, agente Starling?

— Não. Eu vou perguntar mais tarde.

— Deixe eu lhe poupar algum tempo. Não foi obra minha. Raspail gostava de marinheiros. Esse era um escandinavo chamado Klaus qualquer coisa. Raspail nunca me disse o sobrenome.

A voz do dr. Lecter pareceu soar mais baixa. Talvez tivesse se deitado no chão, pensou Clarice.

— Klaus estava embarcado num navio sueco em San Diego. Raspail estava na cidade dando aulas no conservatório durante o verão. Ele ficou alucinado pelo jovem. O sueco viu vantagem na situação e desertou do navio. Os dois compraram uma espécie de trailer e começaram a vagar pelos bosques nus como sílfides. Raspail disse que o jovem havia sido infiel e por isso o estrangulou.

— Raspail contou isso ao senhor?

— Ah, sim, sob o selo de confidencialidade de sessões de terapia. Acho que era mentira. Raspail sempre aumentava os fatos. Ele gostava de parecer perigoso e romântico. O sueco provavelmente morreu durante uma asfixia autoerótica banal. Raspail era fraco demais para estrangular alguém. A senhorita notou como a cabeça de Klaus foi cortada perto da mandíbula? Provavelmente para se livrar da marca alta de uma ligadura, resultado de um enforcamento.

— Entendo.

— O sonho de felicidade de Raspail estava arruinado. Ele colocou a cabeça de Klaus num saco para bolas de boliche e voltou para a Costa Leste.

— E o que ele fez com o restante?

— Enterrou nas montanhas.

— Ele mostrou ao senhor a cabeça no carro?

— Sim, ao longo da terapia ele achou que podia se abrir comigo. Era comum Raspail se sentar ao lado de Klaus e mostrar os cartões a ele.

— E depois o próprio Raspail morreu... Por quê?

— Para ser sincero, eu fiquei enojado e farto dos seus lamentos. No fim das contas, foi o melhor para ele. A terapia não levava a lugar nenhum. Creio que a maioria dos psiquiatras tenha um paciente ou dois que gostaria de encaminhar para mim. Jamais discuti isso antes e agora estou ficando cansado de fazê-lo.

— E ele foi servido no jantar oferecido aos dirigentes da orquestra.

— A senhorita nunca passou pela experiência de receber visitas para o jantar e não ter tempo de fazer compras? É preciso se virar com o que se tem na geladeira, *Clarice*. Posso chamá-la de Clarice?

— Certo. E acho que vou chamá-lo de...

— Dr. Lecter. Parece adequado para sua idade e posição — interrompeu ele.

— Sim.

— Como você se sentiu ao entrar na garagem?

— Assustada.

— Por quê?

— Camundongos e insetos.

— Você se serve de algo quando quer controlar os nervos? — perguntou o dr. Lecter.

— Nada que eu conheço funciona, a não ser desejar aquilo que estou perseguindo.

— Memórias ou fatos passados lhe ocorrem então, quer você queira, quer não?

— Talvez. Nunca pensei nisso.

— Fatos de sua vida pregressa.

— Vou ter que ver para saber.

— Como você se sentiu quando soube de Miggs, meu falecido vizinho? Você não me perguntou sobre ele.

— Eu ia chegar nisso.

— Você não ficou contente quando soube?

— Não.

— Ficou *triste*?

— Não. Foi o senhor quem o incitou a fazer isso?

O dr. Lecter riu baixinho.

— Você está me perguntando, agente Starling, se *instiguei* o sr. Miggs à covardia do suicídio? Não seja tola. Existe certa simetria agradável, no entanto, o fato de ele engolir aquela língua ofensiva, não concorda?

— Não.

— Agente Starling, isso foi uma mentira. É a primeira vez que você mente para mim. Uma ocasião *triste*, diria Truman.

— O presidente Truman?

— Esqueça... Por que você acha que resolvi ajudá-la?

— Não sei.

— Jack Crawford gosta de você, não gosta?

— Não sei.

— Provavelmente isso não é verdade. Gostaria que ele gostasse de você? Diga: você sente necessidade de agradar Jack Crawford e isso a preocupa? Você *tem consciência* de sua necessidade de lhe agradar?

— Todo mundo gosta de ser apreciado, dr. Lecter.

— Nem todo mundo. Você acha que Jack Crawford a deseja sexualmente? Tenho certeza de que ele agora anda muito frustrado. Você acha que ele imagina... fantasias, trocas... enfim, trepar com você?

— É um assunto que não me desperta curiosidade, dr. Lecter, e é o tipo de pergunta que Miggs faria.

— Ele não pode mais fazer perguntas...

— O senhor sugeriu a ele que engolisse a própria língua?

— Você usa com frequência o subjuntivo em suas perguntas. Com esse sotaque, sua aparência bem-cuidada... Crawford certamente gosta de você e a acha competente. Sem dúvida não lhe escapou a estranha confluência dos acontecimentos, Clarice, pois você tem tido a ajuda de Crawford e a minha. Você diz que não sabe por que Crawford a ajuda... Você sabe por que eu o faço?

— Não. Diga.

— Acha que é porque eu gosto de olhar para você e de pensar em comê-la... e em qual seria o seu gosto?

— É por isso?

— Não. Eu quero algo que Crawford pode me dar, e desejo negociar com ele. Mas ele não vem me ver. Não pede minha ajuda no caso de Buffalo Bill, embora saiba que, com isso, mais mulheres jovens vão morrer.

— Não posso acreditar nisso, dr. Lecter.

— Eu quero algo muito simples e ele pode conseguir para mim. — Lecter girou vagarosamente o interruptor de sua cela. Seus livros e desenhos tinham desaparecido. O assento do toalete sumira. Chilton havia desnudado a cela para puni-lo por causa de Miggs. — Estou neste lugar há oito anos, Clarice. Sei que eles jamais me vão me deixar sair vivo daqui. Tudo o que eu quero é uma vista. Uma janela por onde eu possa ver uma árvore ou mesmo água.

— Seu advogado já fez uma petição...

— Chilton mandou instalar aquela televisão no corredor, sintonizada num canal religioso. Assim que você se retirar, o guarda irá novamente aumentar o volume e meu advogado não pode impedi-lo, pois a justiça não está inclinada a ser favorável a meu respeito. Desejo ir para uma instituição federal, com meus livros de volta e alguma vista. Posso dar algo valioso em troca disso. Crawford pode conseguir. Pergunte a ele.

— Posso relatar a ele o que o senhor me contou.

— Ele vai ignorar tudo isso. E Buffalo Bill vai continuar. Espere até ele escalpelar mais uma vítima e veja se você vai gostar. Hum... Eu lhe digo uma coisa a respeito de Buffalo Bill sem mesmo avaliar o caso. Daqui a alguns anos, quando o capturarem, *se* o capturarem, você vai ver que eu estava certo e que poderia ter ajudado. Poderia ter poupado vidas. Clarice?

— Sim?

— Buffalo Bill tem uma casa de dois andares — revelou o dr. Lecter, e apagou a luz.

Ele não falaria mais nada.

10

CLARICE STARLING se inclinou por cima de uma mesa de roleta no cassino do FBI e tentou prestar atenção a uma palestra sobre lavagem de dinheiro em apostas. Haviam se passado trinta e seis horas desde que a polícia de Baltimore tomara seu depoimento (com uma datilógrafa que usava apenas dois dedos para escrever e que fumava um cigarro atrás do outro: "Você pode abrir aquela janela se ficar incomodada com a fumaça.") e a dispensara de sua jurisdição, não sem antes lhe lembrar que assassinato não é crime federal.

Os canais de notícias no domingo à noite mostraram a briga de Clarice com os cinegrafistas da equipe de televisão, e ela teve certeza de que estava afundada na impopularidade. Durante todo esse tempo, não ouviu nada de Crawford nem do escritório regional de Baltimore. Era como se tivesse jogado o relatório num buraco.

O cassino onde estava agora era pequeno — havia operado num trailer até que o FBI o apreendeu e o instalou na Academia como um instrumento auxiliar de ensino. O espaço apertado estava apinhado de policiais de muitas jurisdições. Agradecendo a gentileza, Clarice recusara as cadeiras que lhe foram oferecidas por dois policiais do Texas e por um detetive da Scotland Yard.

O restante da sua turma estava num salão do prédio da Academia, procurando fios de cabelo no genuíno carpete de motel do "Quarto do Crime Passional" e varrendo o "Banco Anônimo" em busca de impressões digitais.

Clarice tinha passado tantas horas à procura de fios de cabelo e à cata de impressões digitais como bolsista em estudos forenses que preferiram enviá-la àquela conferência, parte de uma série destinada a autoridades policiais visitantes.

Ela se perguntava se haveria alguma outra razão para ser separada da turma: talvez costumassem isolar novatos antes de os demitirem.

Clarice descansou os cotovelos na borda da mesa de roleta e tentou se concentrar na lavagem de dinheiro em apostas. Mas ela não parava de pensar no fato de o FBI detestar ver seus agentes na televisão fora de entrevistas oficiais.

O dr. Hannibal Lecter era um presente para a mídia, e a polícia de Baltimore não havia tido o menor problema em fornecer o nome de Clarice aos repórteres. Ela se viu repetidamente no jornal de domingo à noite. Lá estava "Clarice Starling do FBI" batendo com força a chave de roda do macaco na porta da garagem, enquanto o cinegrafista tentava se esgueirar por baixo dela. E depois a "agente federal Starling" se virando para o assistente, ainda com a chave de roda na mão.

A emissora rival, a WPIK, que não tinha imagens próprias, anunciou uma ação legal por danos pessoais contra "Clarice Starling do FBI" e contra a própria agência do governo, porque caiu poeira e ferrugem nos olhos do cinegrafista quando Clarice bateu com força na porta.

Jonetta Johnson, da WPIK, apareceu num programa em rede nacional com a revelação de que Clarice Starling tinha encontrado os macabros restos mortais na garagem por intermédio de um "laço sinistro com um homem que as autoridades tinham estigmatizado como… um *monstro*!" Ficara claro que a WPIK tinha uma fonte no hospital psiquiátrico.

NOIVA DE FRANKENSTEIN!!!, gritava o *National Tattler* de suas prateleiras expositoras nos supermercados.

Não houve nenhuma declaração pública do FBI, mas houve muitos comentários dentro do Bureau, disso Starling estava certa.

No café da manhã, um dos seus colegas de turma, um jovem que usava uma quantidade exagerada de pós-barba, tinha se referido a Starling como o "Melvin Pélvis", um trocadilho idiota com Melvin Purvis, o homem do governo número 1 de Hoover na década de trinta. Ardelia Mapp disse a ele algo que o fez empalidecer e abandonar o café na mesa sem sequer tocar na xícara.

Agora Clarice se encontrava num estado curioso, no qual já não seria surpreendida. Durante um dia e uma noite havia se sentido envolvida num silêncio semelhante ao que os mergulhadores experimentam debaixo d'água. Pretendia se defender, caso lhe dessem a oportunidade.

O palestrante fazia girar a roleta enquanto falava, mas nunca deixava a bolinha cair. Observando-o, Clarice se convenceu de que ele jamais na vida havia deixado a bola cair. Ele estava dizendo alguma coisa agora.

— Clarice Starling.

Por que ele estaria dizendo "Clarice Starling"? *Sou eu!*

— Sim?

Com o queixo, o palestrante apontou para a porta atrás dela. Pronto! O chão pareceu se abrir quando olhou na direção apontada. Mas era Brigham, o instrutor de tiro, que se inclinava para dentro da sala e apontava para ela no meio do grupo. Quando Clarice o viu, ele acenou.

Por um segundo pensou que estava sendo expulsa, mas não seria função de Brigham fazer isso.

— Se prepare, Starling. Cadê seu material de trabalho? — perguntou ele no corredor.

— No meu quarto... Na ala C.

Ela precisou caminhar depressa para acompanhá-lo.

Brigham estava carregando o estojo grande para coleta de impressões digitais que ficava no setor de materiais — o verdadeiro, não o de treinamento — e uma bolsinha de lona.

— Hoje você vai acompanhar Jack Crawford. Leve o que for preciso para passar uma noite fora. Vocês vão poder voltar antes, mas é melhor se prevenir.

— Onde?

— Uns caçadores de patos encontraram um corpo no rio Elk, na Virgínia Ocidental, no começo do dia. Numa circunstância típica de Buffalo Bill. Está sendo retirado por policiais. Foi um grande achado, e Jack não está inclinado a esperar que os caras passem os detalhes para ele. — Brigham parou na entrada da ala C. — Ele precisa de alguém para ajudá-lo, alguém capaz de colher impressões digitais de uma pessoa que morreu afogada, entre outras coisas. Você era boa no laboratório. Pode fazer isso, não?

— Claro, me deixe verificar o equipamento.

Brigham manteve o estojo de impressões aberto enquanto Starling levantava as bandejas uma a uma. As seringas finas e os frascos estavam lá, mas não a câmera fotográfica.

— Preciso da Polaroid de foco fixo, a CU-5, sr. Brigham. E filmes e baterias para ela.

— Do almoxarifado? Vou apanhar.

Ele lhe passou a bolsinha de lona, e, quando ela sentiu o peso, compreendeu por que Brigham veio acompanhá-la.

— Você ainda não tem uma arma de serviço, não é?

— Não.

— Você precisa do equipamento completo. É a que você tem usado no estande de tiro. A arma é minha. A mesma Smith modelo K com a qual você treina, mas com o gatilho mais leve. Teste no quarto hoje à noite, quando puder. Vou estar num carro atrás da ala C com a câmera daqui a dez minutos. Olha só, não tem banheiro no Blue Canoe. É melhor ir agora enquanto pode, é o meu conselho. Rápido, Starling.

Ela tentou fazer uma pergunta, mas ele já havia ido embora.

Tem de ser Buffalo Bill, se o próprio Crawford está indo. O que raios é o Blue Canoe? Porém, quando se está arrumando uma mala, é preciso se concentrar apenas nisso. Clarice o fez rápido e com atenção.

— Por acaso...?

— Não tem problema — interrompeu Brigham quando ela entrou no carro. — A coronha aparece um pouco sob o casaco se alguém prestar atenção diretamente nisso, mas não tem problema por enquanto. — Ela portava o revólver de cano curto debaixo do blazer, num coldre bem preso às costelas, além de um carregador rápido preso ao cinto do outro lado.

Brigham dirigia no limite de velocidade em direção à pista de aviões de Quantico.

Ele pigarreou e disse:

— O estande de tiro tem uma coisa boa, Starling: por lá não se faz política.

— Não?

— Você agiu certo ao impedir a entrada daqueles jornalistas na garagem em Baltimore. Está preocupada com a televisão?

— Deveria estar?

— Essa é uma conversa só entre nós dois, certo?

— Certo.

Brigham respondeu ao cumprimento de um fuzileiro que controlava o tráfego.

— Levando você hoje, Jack está demonstrando confiança em você de um jeito que ninguém vai poder ignorar — frisou ele. — Vamos supor que alguém do Escritório de Responsabilidade Profissional tenha tentado colocá-lo contra você e ele tenha ficado irritado... Você está me acompanhando?

— Hum.

— Crawford é do tipo que segura a barra. Ele deixou claro que você tinha que preservar a cena do crime. Ele mandou você *nua*, isso é, sem nenhum símbolo visível de autoridade. E os policiais de Baltimore levaram muito tempo para agir. Além do mais, Crawford precisa de ajuda hoje e teria que esperar uma hora até Jimmy Price mandar alguém do laboratório. Então a coisa estava bem desenhada para você, Starling. Lidar com um cadáver encontrado na água não é nenhum passeio no parque. Também não é nenhuma punição contra você, mas, se alguém de fora quisesse interpretar a coisa dessa forma, poderia. Olha, Crawford é um cara muito sutil, mas não se sente inclinado a explicar as coisas, e é por isso que estou contando isso... Se você vai trabalhar com Crawford, precisa saber como é o negócio com ele, entendeu?

— Na verdade, não.

— Ele tem muitas preocupações além de Buffalo Bill. A mulher dele, Bella, está muito doente. Está em fase... terminal. Ele a mantém em casa. Se não fosse por Buffalo Bill, Crawford já teria tirado uma licença por motivo de doença na família.

— Eu não sabia disso.

— Ele não fala desse assunto. Não diga que você sente muito nem nada parecido, não vai ajudar em nada... Os dois tiveram uma boa vida.

— Agradeço por ter me contado.

Brigham estava menos sério quando chegaram à pista.

— Tenho várias palestras importantes para fazer no fim do curso sobre armas de fogo, Starling. Tente não perdê-las.

Ele cortou caminho entre dois hangares.

— Não vou perder.

— Olha só, talvez você nunca tenha que pôr em prática nada do que eu ensino. Espero que não seja preciso. Mas você tem aptidão, Starling. Se tiver que atirar, você sabe atirar. Continue fazendo os exercícios.

— Pode deixar.

— Jamais coloque a arma dentro da bolsa.

— Certo.

— Saque a arma algumas vezes à noite no quarto. Coloque-a numa posição de fácil acesso.

— Vou fazer isso.

Um antigo bimotor Beechcraft estava no pátio para taxiar na pista de Quantico com as luzes de navegação acionadas e a porta aberta. Uma das hélices girava agitando a relva ao lado do asfalto.

— Não me diga que isso aí é o Blue Canoe! — exclamou Starling.

— É isso mesmo.

— É pequeno e velho.

— É velho *mesmo* — confirmou Brigham, animado. — O DEA pegou esse avião na Flórida há muito tempo, quando caiu no parque nacional Everglades. Mas hoje está em boas condições mecânicas. Espero que Gramm e Rudman não descubram que estamos usando... A gente devia viajar de ônibus.

Brigham aproximou o carro do avião e pegou a bagagem de Clarice do banco traseiro. Desajeitado, conseguiu lhe passar a bagagem e lhe dar um aperto de mão.

E então, irrefletidamente, disse:

— Que Deus a abençoe, Starling!

Essas palavras pareciam estranhas saindo da boca de um fuzileiro. Ele não sabia de onde tinham vindo, e ficou ruborizado.

— Obrigada... Muito obrigada, sr. Brigham.

Crawford estava no assento do copiloto, usando roupas informais e óculos de sol. Ele se virou para Clarice quando ouviu o piloto bater a porta do avião.

Ela não conseguia ver os olhos dele por trás dos óculos escuros, e teve a sensação de que não o conhecia. Crawford estava pálido e tenso, como uma raiz arrancada do chão por um trator.

— Escolha um banco e leia isso — foi tudo o que ele disse.

Havia uma pasta de arquivo grossa no assento atrás dele. Na capa, em maiúsculas, lia-se BUFFALO BILL. Clarice a segurou com força contra o peito quando o motor do Blue Canoe roncou, fazendo o avião estremecer e avançar.

11

As MARGENS DA PISTA de decolagem ficaram indistintas e logo desapareceram. Ao leste via-se uma nesga do sol da manhã sobre a baía de Chesapeake quando o pequeno avião fez uma curva para se afastar do tráfego.

Clarice Starling conseguia ver a escola e a base de Quantico do Corpo de Fuzileiros lá embaixo. Na pista de treinamento de assalto, pequenos vultos de fuzileiros se deslocavam e corriam.

Era assim visto de cima.

Certa vez, depois de um exercício de tiro noturno, caminhando no escuro ao longo de um Hogan's Alley deserto apenas para espairecer, tinha ouvido aviões roncando no alto e, depois, no silêncio que se seguiu, vozes no céu negro acima dela — soldados realizando um salto noturno conversando enquanto desciam na escuridão. E Clarice tentou imaginar como alguém se sentiria na porta do avião à espera de ordens para saltar, e como se sentiria se lançando naquela escuridão ameaçadora.

Talvez como ela se sentia agora.

Abriu a pasta.

Buffalo Bill tinha atacado cinco vezes, até onde sabiam. Nos últimos seis meses, ao menos cinco vezes — e provavelmente mais —, ele havia raptado mulheres para então assassiná-las e esfolá-las. (Starling correu os olhos pelos relatórios de necropsia até encontrar os testes de histamina, confirmando que ele as matara antes de fazer o resto.)

Os corpos foram jogados na água depois de terminado o serviço. Cada um deles foi encontrado num rio diferente, perto de cruzamentos de estradas interestaduais, cada um num estado diferente. Todo mundo tinha certeza de que Buffalo Bill era um homem que viajava. Era tudo o que a polícia sabia a respeito dele, tudo, exceto que ele tinha pelo menos uma arma, com seis ranhuras e estriamento à esquerda — possivelmente um revólver Colt ou uma imitação de Colt. Marcas do estriamento nas balas recuperadas indicavam que ele preferia usar o .38 Specials nas câmaras mais longas de um .357.

Os rios não deixavam nenhuma impressão digital, nem vestígio de fios de cabelo ou fibras que levassem a ele.

Era quase certo que era um homem branco: assassinos em série geralmente matam dentro do próprio grupo étnico e todas as vítimas eram brancas; homem, porque quase não se sabe de assassinas em série.

Dois colunistas de um grande jornal haviam encontrado uma manchete no pequeno poema sobre a morte de e.e. cummings, "Buffalo Bill": ... *o senhor gosta de seu menino de olhos azuis, sr. Morte.*

Alguém, talvez Crawford, tinha colado a citação na parte interna da capa da pasta.

Não havia uma relação clara entre o lugar onde Bill raptava as jovens mulheres e onde as jogava na água.

Nos casos em que os corpos foram encontrados cedo o bastante para que a hora da morte fosse determinada com precisão, a polícia descobriu outra coisa sobre o assassino: Bill as mantinha vivas por algum tempo. As vítimas só morreram entre uma semana e dez dias após o rapto. Isso significava que ele precisava ter um lugar para mantê-las, um lugar onde pudesse agir com discrição. Isso também significava que não era um vagabundo. Estava mais para uma aranha de alçapão. Com um alojamento próprio. Em algum lugar.

O fato de ele mantê-las presas por uma semana ou mais, cientes de que seriam assassinadas, foi o que mais chocou o público.

Duas foram enforcadas; três, baleadas. Não havia evidência de estupro ou abuso físico antes da morte, e os relatórios da necropsia não registravam nenhuma evidência de desfiguração "especificamente genital", embora fosse quase impossível para os legistas realizar esse exame nos corpos mais deteriorados.

Todas foram encontradas nuas. Em dois casos, peças de roupas das vítimas foram achadas ao lado de estradas próximas de suas casas, cortadas nas costas como roupas para defuntos.

Clarice não teve problemas para examinar as fotos. Fisicamente, cadáveres de pessoas que morreram afogadas são os piores para se lidar. Além do mais, eles despertam muita compaixão, como muitas vezes acontece com vítimas de outros tipos de homicídio. As indignidades que a vítima sofre e a exposição ao ambiente a que são submetidas revoltam o investigador, se seu serviço lhe permitir se revoltar.

Em homicídios domésticos, muitas vezes testemunhas de atitudes desprezíveis da vítima e vítimas da própria vítima — esposas espancadas, crianças que sofreram abusos — aparecem para sussurrar que o morto merecia o que lhe aconteceu, e muitas vezes isso é verdade.

Entretanto, nenhuma das vítimas de Bill havia merecido o castigo. Elas sequer tinham a própria pele quando apareciam em meio ao lixo nas margens dos rios, entre vasilhames de óleo de motor e embalagens de sanduíche. Muitas das vítimas mortas durante o inverno ainda tinham os rostos. Clarice lembrou a si mesma que as vítimas não estavam mostrando os dentes numa expressão de dor, e, sim, porque, ao se alimentar, tartarugas e peixes criaram aquela expressão cadavérica. Bill arrancava a pele dos torsos e, em geral, deixava os membros intocados.

Examinar as fotos não seria tão terrível, pensou Clarice, se aquela cabine não estivesse tão quente, se o maldito avião não desse aquelas guinadas constantes para o lado porque uma das hélices pegava mais vento que a outra, e se o sol não varasse as janelas de plástico arranhadas, fazendo-a ficar com dor de cabeça.

Ele pode ser pego. Starling se agarrou a esse pensamento para ajudá-la a se manter sentada naquela cabine que parecia cada vez menor, com o colo repleto de informações horrorosas. Ela poderia ajudar a acabar com ele. Depois recolocaria na gaveta aquela pasta nojenta, ligeiramente pegajosa, trancando-a à chave.

Passou a contemplar a nuca de Crawford. Se queria acabar com Buffalo Bill, estava na companhia certa. Crawford havia organizado caçadas bem-sucedidas a três assassinos em série, mas não sem vítimas. Will Graham, o cão de caça mais esperto que já havia feito parte da matilha de Crawford, uma lenda na Academia, era agora um beberrão na Flórida e tinha um rosto para o qual era difícil olhar, segundo diziam.

Talvez Crawford tenha sentido que ela estava observando sua nuca, porque ele se levantou do assento de copiloto. O piloto ajustou o balanceamento do avião quando ele foi para o banco traseiro e se sentou ao lado dela. No momento em que tirou os óculos de sol e recolocou os bifocais, ela sentiu que o reconhecia.

Quando ele olhou do rosto de Clarice para o relatório e de volta para o rosto dela, algo lhe ocorreu. Um rosto mais expressivo que o de Crawford teria manifestado pena.

— Eu estou com calor, e você? — perguntou ele. — Bobby, está um calor danado aqui — disse para o piloto.

Bobby fez um ajuste qualquer e a cabine passou a receber lufadas de ar fresco. Alguns flocos de neve se formaram naquele ar úmido e pousaram no cabelo de Clarice.

Então Jack Crawford começou a relatar sua caçada, os olhos brilhando como um dia claro de inverno.

Ele abriu a pasta num mapa das regiões central e leste dos Estados Unidos. Os locais onde os corpos foram encontrados estavam marcados no mapa — uns pontos esparsos tão mudos e irregulares quanto a constelação de Órion. Crawford tirou uma caneta do bolso e marcou a localização mais recente, seu objetivo.

— O rio Elk, cerca de dez quilômetros abaixo da autoestrada 79 — comentou. — Tivemos sorte com esse. O corpo foi fisgado por uma linha de pesca atirada no rio. Eles acham que a vítima não estava na água há muito tempo. O corpo está sendo levado para Potter, a sede do condado. Quero descobrir logo a identidade da vítima para que possamos procurar testemunhas do rapto. Vamos mandar as impressões por um transmissor assim que as tivermos. — Crawford inclinou a cabeça para olhar para Clarice através da parte inferior dos óculos. — Jimmy Price disse que você consegue colher impressões de um corpo encontrado na água.

— Na verdade, eu nunca trabalhei com um cadáver inteiro que tenha estado imerso — observou Clarice. — Eu coletava as impressões digitais das mãos que o sr. Price recebia pelo correio todos os dias. Muitas eram de pessoas que, de fato, haviam morrido afogadas.

Quem nunca trabalhou sob a supervisão de Jimmy Price acredita que ele seja um sujeito rabugento porém adorável. Como a maioria das pessoas rabugentas, ele é realmente um velho cruel. Jimmy Price é um especialista em impressões latentes do laboratório de Washington. Clarice havia trabalhado com ele quando era bolsista em estudos forenses.

— Ah, o Jimmy... — lembrou Crawford com afeto. — Como é mesmo que chamam aquele serviço...

— O nome do cargo é "desgraçado do laboratório", ou "Igor", como algumas pessoas preferem... É o que está escrito no avental de borracha que lhe dão.

— É isso mesmo.

— Eles dizem para você fingir que está dissecando uma rã.

— Sei...

— Então trazem um pacote da UPS. Todo mundo fica olhando... Alguns voltam correndo do café, todos esperando que você vomite. Posso muito bem coletar as impressões de um cadáver encontrado debaixo d'água. Na verdade...

— Bem, agora olhe isso. A primeira vítima dele que conhecemos foi encontrada no rio Blackwater, no Missouri, nos arredores de Lone Jack, em junho passado. A jovem, Bimmel, foi dada como desaparecida em Belvedere, Ohio, no dia 15 de abril, dois meses antes. Não pudemos dizer muito a respeito do ocorrido... Levamos mais três meses só para identificá-la. A seguinte ele pegou em Chicago, na terceira semana de abril. Ela foi encontrada no rio Wabash, na parte central de Lafayette, Indiana, apenas dez dias depois de ser raptada, de modo que pudemos apurar o que aconteceu com ela. A seguinte foi uma mulher branca, de 20 e poucos anos, jogada no rio Rolling Fork, próximo à estrada I-65, cerca de sessenta quilômetros ao sul de Louisville, Kentucky. Essa nunca foi identificada. E a mulher chamada Varner, raptada em Evansville, Indiana, e jogada no rio Embarras logo abaixo da interestadual 70, no leste de Illinois.

"Depois ele viajou para o sul e jogou uma no Conasauga, abaixo de Damascus, na Geórgia, ao sul da interestadual 75, que foi a pequena

Kittridge, de Pittsburgh. Aqui tem uma foto de formatura dela. A sorte dele é inacreditável, ninguém jamais o viu atacar uma mulher. Exceto pelo fato de abandonar os cadáveres perto de uma interestadual, não vemos nenhum padrão de comportamento."

— Seguindo de volta as vias de tráfego mais intenso desde onde ele jogou os corpos, elas convergem de alguma forma?

— Não.

— E se o senhor... *considerar*... que ele faz a desova e o novo rapto na mesma viagem? — sugeriu Clarice, tomando o cuidado de evitar a palavra proibida "presumir". — Ele primeiro se livraria do corpo, não?, caso tivesse alguma dificuldade em apanhar a próxima vítima. Assim, se fosse pego raptando alguém, poderia escapar alegando abuso sexual e não confessar nada, já que não haveria um corpo no carro. Portanto, que tal traçar um caminho de volta a partir de cada ponto de rapto, passando pelo lugar anterior de desova do corpo? O senhor já tentou isso, não?

— É uma boa ideia, mas ele também pensou nisso. Se ele está fazendo ambas as coisas numa mesma viagem, fica andando em zigue-zague. Já programamos simulações no computador, primeiro com ele se movimentando para oeste nas interestaduais, depois para leste, depois várias combinações com as melhores datas que podemos atribuir à desova dos corpos e aos raptos. Você entra com isso no computador e só sai fumaça. O computador nos diz que ele vive no leste. Não segue um ciclo lunar. Essas cidades não têm nenhuma correlação com datas de convenções. Não conseguimos nada significativo. Não, ele sabe o que estamos fazendo, Starling.

— O senhor acha que ele é cuidadoso demais para ser um suicida.

Crawford acenou positivamente com a cabeça.

— Definitivamente, ele é muito cuidadoso. Agora que descobriu como manter um relacionamento significativo com a polícia, ele vai repetir isso muitas vezes. Não tenho esperanças de ele ser um suicida.

Crawford passou para o piloto um copo com água de uma garrafa térmica. Entregou outro para Clarice e misturou uma pastilha de Alka-Seltzer no seu.

O estômago dela subiu quando o avião começou a descer.

— Mais alguns recados, Starling. Espero de você uma prática forense de primeira linha, mas preciso de mais que isso. Você não tem muito a dizer, e não tem problema; eu também não. Mas jamais pense que precisa ter um novo fato para me contar antes de trazer qualquer assunto pertinente. Nenhuma pergunta é idiota. Você vai ver coisas que eu não vou ver e quero que compartilhe comigo. Talvez você tenha jeito para isso. De repente surge uma chance para vermos se tem mesmo.

Escutando-o, com o estômago no alto e a expressão devidamente atenta, Clarice se perguntava desde quando Crawford teria decidido usá-la nesse caso, o quanto ele desejava que ela estivesse ávida por uma oportunidade. Tudo bem, ele era um líder e tinha a conversa fiada franca e aberta de um líder.

— Você pensa nele o tempo inteiro, imagina por onde andou, você cria uma impressão dele — continuou Crawford. — Você até que não desgosta dele o tempo todo, por mais difícil que seja acreditar nisso. Então, se tiver sorte, do meio de toda a informação que acumulou, algo lhe salta, chamando sua atenção. Sempre me diga quando isso acontecer, Starling.

"Preste atenção, um crime já é uma coisa confusa sem uma investigação para complicá-lo. Não se deixe ser confundida por uma horda de policiais. Viva de acordo com aquilo que pode ver, escute a si mesma. Mantenha o crime separado do que estiver acontecendo ao redor. Não tente impor nenhum padrão ou simetria nesse cara. Esteja receptiva e deixe que ele mostre o caminho.

"Outra coisa: uma investigação como essa parece um zoológico. Ela se espalha por um monte de jurisdição, e algumas delas são comandadas por sujeitos incompetentes. Precisamos tolerar essas pessoas para que não escondam nada de nós. Vamos para Potter, Virgínia Ocidental. Eu não sei nada sobre as pessoas que vamos encontrar. Podem ser boas ou podem nos tratar como cobradores de impostos."

O piloto tirou o fone dos ouvidos e falou, virando-se para trás:

— Aproximação final, Jack. Você vai continuar aí atrás?

— Sim — respondeu Crawford. — Fim da aula, Starling.

12

Eis a Funerária Potter, a maior casa branca de madeira da rua Potter, em Potter, Virgínia Ocidental, que serve como necrotério para o condado de Rankin. O médico-legista é um clínico chamado dr. Akin. Se ele decide que uma morte é questionável, o corpo é encaminhado para o Centro Médico Regional de Claxton, no condado vizinho, onde eles têm um legista experiente.

Viajando do aeroporto para Potter no banco de trás de uma viatura do xerife, Clarice Starling precisava encostar o rosto na tela divisória do compartimento de prisioneiros para ouvir o delegado ao volante, explicando essas coisas para Jack Crawford.

Estava para começar um velório na capela mortuária. As pessoas enlutadas, usando suas melhores roupas de domingo, formavam uma fila na calçada entre arbustos e se acotovelavam nos degraus aguardando a vez de entrar. A casa recém-pintada e os degraus, cada um para um lado, estavam um pouco fora de prumo.

No estacionamento particular nos fundos da casa, onde os carros funerários esperavam, havia dois policiais jovens e um mais velho ao lado de dois guardas estaduais debaixo de um olmo desfolhado. Não estava frio suficiente para condensar a respiração deles.

Clarice observou os homens quando a viatura entrou no estacionamento, e percebeu imediatamente que tipo de pessoas eram. Sabia que provinham de lares com guarda-roupas em vez de closets e sabia muito bem o que havia dentro deles. Sabia que o policial mais velho tinha crescido com uma bomba de água na varanda de casa e caminhara com dificuldade por uma estrada lamacenta durante a primavera para pegar o ônibus escolar com os sapatos pendurados no pescoço por cordões, como seu pai havia feito. Sabia que haviam levado seus lanches para a escola em sacos de papel manchados de gordura por serem reutilizados e que, depois do lanche, os dobravam e os enfiavam no bolso de trás do jeans.

Ela tentava imaginar quanto Crawford saberia a respeito deles.

Não havia maçanetas por dentro das portas traseiras da viatura, algo que Clarice descobriu quando o motorista e Crawford desembarcaram e se dirigiram para os fundos da casa funerária. Ela precisou bater no vidro até um dos policiais debaixo da árvore vê-la, e o motorista teve de voltar, encabulado, para ajudá-la a sair do carro.

Os policiais a olharam de soslaio quando ela passou por eles. Um deles a cumprimentou, dizendo "senhora". Ela lhes cumprimentou com um aceno de cabeça e um sorriso discreto quando foi se juntar a Crawford na varanda nos fundos da casa.

Quando ela havia se afastado o suficiente, um dos policiais jovens, recém-casado, coçou o queixo e disse:

— Ela não é tão bonita quanto pensa que é.

— Bem, se ela pensa que é *uma gostosona*, acho que teria que concordar com ela — disse o outro policial jovem. — Eu não teria nenhum problema em cair de boca.

— Eu preferiria uma grande melancia, se estivesse bem geladinha — disse quase para si mesmo o policial mais velho.

Crawford já estava conversando com o assistente do xerife, um homem pequeno, empertigado, de óculos com aros de aço e botas com um elástico nas laterais que os catálogos chamam de "Romeos".

Eles foram para o corredor sombrio nos fundos da casa funerária, onde havia uma máquina de Coca-Cola e diversos objetos estranhos encostados na parede: uma máquina de costura com pedal, um triciclo e um rolo de grama artificial, assim como um toldo de lona listrada embrulhado com seus suportes. Na parede havia uma gravura sépia de santa Cecília ao piano. O cabelo da santa estava arrumado em tranças em volta da cabeça e rosas caíam do ar em cima do teclado.

— Agradeço por ter nos informado tão rápido, xerife — disse Crawford. O assistente do xerife não queria conversa.

— Foi alguém do escritório do promotor público que chamou vocês — informou ele. — Sei que o xerife não chamou; o xerife Perkins está no momento em excursão pelo Havaí com a sra. Perkins. Eu falei com ele pelo telefone de manhã, às oito, ou seja, às três da madrugada no Havaí. Ele vai me ligar de volta mais tarde ainda hoje, mas disse que a tarefa número um é descobrir se essa garota é da região. Ela pode ter sido desovada na nossa jurisdição por alguém de fora. A gente vai cuidar disso antes de fazer qualquer outra coisa. Já aconteceu de trazerem corpos para cá vindos de muito longe, de Phenix City, Alabama.

— Podemos ajudá-lo com isso, xerife. Se...

— Já entrei em contato pelo telefone com o chefe dos serviços de campo da polícia estadual em Charleston. Ele vai enviar alguns homens do Departamento de Investigações Criminais, o CIS. Eles vão dar todo o apoio de que precisarmos. — O corredor estava se enchendo de subdelegados e policiais fardados; o assistente do xerife tinha agora uma grande audiência. — A gente vai procurar vocês assim que puder, e vamos corresponder à sua cortesia; vamos trabalhar em conjunto com vocês de *toda forma possível*, mas, por enquanto...

— Xerife, esse tipo de crime sexual tem alguns aspectos que eu preferiria discutir somente entre nós, homens, se compreende o que quero dizer — disse Crawford, indicando a presença de Clarice com um leve movimento de cabeça.

Ele empurrou o sujeito mais baixo para dentro de uma sala tumultuada que dava para o corredor e fechou a porta. Clarice ficou sozinha, tendo de disfarçar seu embaraço sob os olhares dos policiais. Com os dentes cerrados, ela olhou para santa Cecília e retribuiu o sorriso etéreo da imagem, ao mesmo tempo que tentava escutar o que se passava atrás da porta. Conseguiu ouvir vozes exaltadas, depois uns trechos de conversas telefônicas. Em menos de quatro minutos todos estavam de volta ao corredor.

O assistente do xerife tinha os lábios cerrados.

— Oscar, vá lá na frente e chame o dr. Akin. Ele meio que é obrigado a acompanhar esses funerais, mas imagino que ainda não tenham começado. Diga que estamos com Claxton ao telefone.

O legista, dr. Akin, veio até a saleta. Apoiou o pé em cima de uma cadeira e ficou batendo nos dentes da frente com um leque que exibia uma imagem do Bom Pastor, enquanto conversava brevemente ao telefone com o legista em Claxton. Em seguida, concordou com tudo.

Na sala de embalsamamento, com pé-direito alto, forrada com papel de parede decorado com rosas-de-cem-folhas e uma sanca para pendurar quadros, dentro de uma casa branca de madeira de um estilo que lhe era familiar, Clarice Starling teve seu primeiro contato direto com uma obra de Buffalo Bill.

O lustroso saco verde, bem fechado com um zíper, era a única coisa moderna no aposento. Estava em cima de uma antiga mesa de embalsamar com tampo de porcelana, refletida muitas vezes nos painéis de vidro dos armários que guardavam ferramentas de cirurgia e pacotes de fluidos para preencher cavidades.

Crawford foi até o carro pegar o transmissor de impressões digitais, enquanto Starling desembrulhava o material no escorredor de uma grande pia dupla encostada à parede.

Havia gente demais na sala. Vários subdelegados, o assistente do xerife, todos tinham entrado e não pareciam inclinados a sair. Estava tudo errado. *Por que Crawford não se mexia e se livrava deles?*

O papel de parede, que estava meio solto, voltou à posição normal quando o médico ligou o grande e velho ventilador coberto de poeira.

De pé ao lado da pia, Clarice Starling precisava reunir uma coragem maior que qualquer salto de paraquedas dos fuzileiros exigia. Ocorreu-lhe uma imagem que a ajudou, mas ao mesmo tempo a deixou perturbada.

Sua mãe de pé em frente à pia, lavando o sangue do chapéu do seu pai, fazia correr água nele, dizendo: "Vamos nos arrumar, Clarice. Diga aos seus irmãos que se lavem e venham à mesa. Precisamos conversar e depois vamos servir o jantar."

Clarice retirou o lenço do pescoço e o amarrou sobre os cabelos, como uma parteira do interior. Do estojo tirou um par de luvas cirúrgicas. Ao abrir a boca pela primeira vez em Potter, a vibração em sua voz era maior que o normal, e sua energia levou Crawford até a porta para escutá-la.

— Cavalheiros, cavalheiros! Senhores policiais e cavalheiros! Peço sua atenção, por favor! Agora deixem que eu cuide dela. — Clarice ergueu as mãos diante deles enquanto enfiava as luvas. — Preciso realizar alguns procedimentos com ela. Os senhores a trouxeram até aqui, e eu sei que a família agradeceria aos senhores por isso. Agora, por favor, queiram sair e me deixem cuidar dela.

Crawford os viu sair em silêncio e, respeitosamente, sussurrando para chamar uns aos outros.

— Vamos, Jess. Vamos esperar no pátio.

E notou que a atmosfera havia mudado: de onde quer que aquela vítima tivesse vindo, quem quer que fosse, o rio a havia carregado para aquele lugar do interior, e, enquanto jazia inerte, Clarice Starling tinha um relacionamento especial com ela. Crawford viu que naquele lugar Clarice era a herdeira das mulheres idosas, das sábias, das curandeiras, das mulheres corajosas do interior que sempre fazem o que é preciso, que velam os defuntos e, quando o velório termina, que lavam e vestem os mortos para o enterro.

Restaram Crawford, Clarice e o legista, além da vítima. O dr. Akin e Clarice olharam um para o outro com uma espécie de identificação. Ambos estavam estranhamente contentes, ambos estranhamente envergonhados.

Crawford tirou uma latinha de Vick VapoRub do bolso e ofereceu aos demais. Clarice ficou observando, e, quando Crawford e o doutor esfregaram a pasta nas narinas, ela fez o mesmo.

De costas para a sala, ela tirou as câmeras fotográficas de dentro da bolsa de equipamento e as colocou na bancada da pia. Atrás dela, ouviu o zíper do saco que continha o corpo ser aberto.

Clarice piscou os olhos para as rosas-de-cem-folhas no papel de parede e respirou fundo. Virou-se e olhou para o corpo em cima da mesa.

— Deviam ter protegido as mãos dela com sacos de papel — comentou. — Vou fazer isso quando terminarmos.

Com todo o cuidado, colocando a câmera em modo manual para fotografar com diferentes exposições de luz, Clarice tirou fotos do corpo.

A vítima, uma mulher jovem de quadris largos, tinha um metro e setenta de altura, de acordo com a fita métrica de Clarice. A água tinha acinzentado as partes em que a pele fora retirada, mas estava evidente que havia passado poucos dias debaixo d'água. O corpo fora habilmente esfolado a partir de um corte preciso logo abaixo dos seios até os joelhos, mais ou menos a área que seria coberta pelos calções e pela faixa da cintura de um toureiro.

Os seios eram pequenos e entre eles, por sobre o esterno, via-se a aparente causa da morte, um ferimento profundo, que parecia uma estrela, com um palmo de largura.

A cabeça redonda estava raspada até o osso, desde acima das sobrancelhas e orelhas até a nuca.

— O dr. Lecter disse que ele iria começar a escalpelar — comentou Clarice. Crawford estava em pé, de braços cruzados, enquanto ela tirava as fotos.

— Fotografe as orelhas dela com a Polaroid — foi tudo o que disse.

Limitou-se a franzir o cenho enquanto andava em torno do corpo. Clarice tirou uma luva para correr o dedo ao longo da panturrilha da vítima. Um pedaço da linha de pesca e a garateia que se enrolaram e seguraram o corpo no rio ainda estavam presos em volta da perna.

— Alguma coisa especial, Starling?

— Bem, ela não é da região. Tem três furos nas orelhas e usa um esmalte brilhante. Para mim, parece alguém da cidade. Tem pelo nas pernas de mais ou menos duas semanas. E vejam como cresceu macio. Provavelmente usava cera para se depilar. Nas axilas também. Reparem como descoloriu os pelos do buço. Ela se cuidava, mas não pôde fazer isso nos últimos dias.

— O que você acha da ferida?

— Não sei — respondeu Clarice. — Eu diria que é um ferimento de saída de bala, mas também parece parte de uma escoriação, e percebe-se a marca de uma boca de cano de arma aqui em cima.

— Bom, Starling. É uma ferida de contato com entrada acima do esterno. Os gases da explosão se expandem entre o osso e a pele e formam uma estrela em volta do orifício.

Do outro lado da parede, um órgão tocou uma nota quando o serviço fúnebre começou na casa funerária.

— Uma morte infeliz! — lamentou o dr. Akin, balançando a cabeça. — Tenho que ir lá fora pelo menos para uma parte do serviço. A família sempre espera que eu acompanhe a última fase. Lamar vem ajudar vocês assim que terminar a oferenda musical. Conto com a palavra de vocês em preservar as evidências para o legista em Claxton, sr. Crawford.

— Ela tem duas unhas quebradas na mão esquerda — indicou Clarice quando o médico saiu. — Estão quebradas até o sabugo e parece que têm um acúmulo de sujeira ou de algumas partículas duras. Podemos colher amostras?

— Colha amostras do material e escamas do esmalte das unhas — pediu Crawford. — Vamos informar a eles depois de obter os resultados.

Lamar, o assistente esguio da casa funerária com as maçãs do rosto coradas de uísque, entrou enquanto ela fazia o serviço.

— Você já deve ter trabalhado como manicure — observou ele.

Ficaram satisfeitos ao ver que a jovem vítima não tinha marcas de unhas nas palmas das mãos — uma indicação de que, como as outras, morrera antes que qualquer coisa fosse feita com ela.

— Você quer virá-la de costas para colher as impressões? — perguntou Crawford.

— Vai ser mais fácil.

— Primeiro vamos tirar uma foto da arcada dentária, depois Lamar pode nos ajudar a colocá-la de bruços.

— Só fotos ou um mapeamento?

Clarice encaixou o equipamento de fotos dentais em frente à câmera de datiloscopia, aliviada ao verificar que todas as peças estavam na bolsa.

— Só fotos — preferiu Crawford. — Um mapeamento sem uma radiografia pode confundir. Com as fotos já podemos excluir alguns casos de mulheres desaparecidas.

Lamar foi bastante hábil com suas mãos de organista ao abrir a boca da jovem sob a orientação de Clarice e afastar seus lábios, enquanto a policial apontava a Polaroid para o rosto da vítima para registrar os detalhes de seus dentes da frente. Essa parte era fácil, mas ela devia fotografar os molares com um refletor palatal, observando de lado o brilho através da bochecha para ter certeza de que o estroboscópio em volta das lentes estava iluminando o interior da boca. Só tinha visto isso ser feito em aulas.

Clarice avaliou as primeiras fotos dos molares, ajustou os controles de exposição e repetiu. A foto saiu melhor. Ficou realmente muito boa.

— Tem alguma coisa na garganta dela — observou Clarice.

Crawford olhou para a foto; havia um objeto cilíndrico, escuro, logo atrás do véu palatino.

— Me passe a lanterna.

— Quando um corpo é retirado da água, muitas vezes aparecem folhas e outras coisas na boca — comentou Lamar, ao lado de Crawford.

A policial tirou algumas pinças da bolsa. Ela olhou para Crawford, do outro lado do corpo. Ele fez que sim com a cabeça e Clarice levou apenas um segundo para retirar o objeto.

— O que é isso, uma espécie de vagem com sementes? — perguntou Crawford.

— Não, senhor, é o casulo de um inseto — informou Lamar.

Clarice o colocou num frasco.

— Você poderia pedir ao agente do condado para examinar isso — sugeriu Lamar.

Era mais fácil colher as impressões digitais de um corpo de bruços. Clarice estava preparada para o pior — embora no fim não fosse preciso de nenhum dos entediantes e delicados métodos de injeção ou aplicação de dedeiras. Ela coletou as impressões num cartão fino preso a um aparelho no formato de uma calçadeira. Colheu também um jogo de impressões das plantas dos pés, caso só conseguissem impressões da maternidade para comparação.

Faltavam dois pedaços triangulares de pele perto dos ombros. Clarice tirou mais fotos.

— É bom medir também — aconselhou Crawford. — Ele cortou a garota de Akron quando abriu uma fenda nas costas da roupa dela, não muito mais que um arranhão, mas batia com o corte nas costas da blusa quando foi encontrada na beira da estrada. Mas isso é novo. Ainda não tinha visto.

— Parece uma queimadura na panturrilha dela — disse Clarice.

— Idosos é que costumam ter marcas assim — ponderou Lamar.

— O quê? — questionou Crawford.

— EU DISSE QUE IDOSOS TÊM MARCAS ASSIM.

— Eu ouvi muito bem o que disse, mas quero que explique. Que marcas em idosos?

— Idosos morrem se aquecendo com uma almofada térmica elétrica, e quando estão mortos ela queima a pele deles, mesmo que não estejam excessivamente quente. As pessoas sofrem queimaduras por uma almofada térmica quando estão mortas. Não tem circulação debaixo dela.

— Vamos pedir ao legista em Claxton que examine a queimadura e veja se é *post-mortem* — disse Crawford a Clarice.

— É mais provável que tenha sido o silencioso de um cano de descarga — sugeriu Lamar.

— O quê?

— O SILENCIOS... silencioso de um cano de descarga. Billy Petrie foi morto a tiros e enfiaram o corpo dele no porta-malas do próprio carro. A mulher dele dirigiu o carro por dois ou três dias procurando o marido. Quando ele foi trazido para cá, estava assim; o silencioso tinha esquentado por baixo do porta-malas e ele tinha ficado queimado assim, só que foi na altura do quadril — contou Lamar. — Eu não posso colocar as compras do mercado na mala do meu carro porque o sorvete derrete.

— Está aí uma boa observação, Lamar. Gostaria que você trabalhasse para mim — disse Crawford. — Você conhece os caras que encontraram o corpo no rio?

— Jabbo Franklin e o irmão dele, Bubba.

— O que eles fazem?

— Arrumam briga lá no Moose, sacaneiam as pessoas que não estão incomodando os dois... A pessoa entra no Moose só pra beber uma coisinha, cansada de ver gente de luto o dia todo, e eles dizem: "Senta ali, Lamar, e toca 'Filipino Baby'." Fazem a pessoa tocar "Filipino Baby" de novo e de novo naquele piano velho maldito. É disso que Jabbo gosta. "Bem, inventa uns versos se você não sabe, e dessa vez faz a coisa rimar." Ele recebe um cheque mensal dos Veteranos e visita a sede da associação no Natal para beber até cair. Estou esperando por ele nessa mesa há quinze anos...

— Precisamos de testes de serotonina das perfurações dos anzóis — comentou Crawford. — Vou enviar um recado para o legista.

— Aqueles anzóis estão perto demais um do outro — notou Lamar.

— O que você disse?

— Os irmãos estavam usando um espinel com os anzóis próximos demais, o que é proibido. Provavelmente é por isso que eles só ligaram hoje de manhã.

— O xerife disse que eram caçadores de patos.

— É claro que eles diriam isso — concordou Lamar. — Eles também são capazes de dizer que uma vez lutaram com Duke Keomuka em Honolulu, ou que jogaram no time de Satellite Monroe. Você pode acreditar nisso, se quiser.

— O que você acha que aconteceu, Lamar?

— Jabbo e Bubba estavam usando esse espinel, o espinel deles com esses anzóis ilegais, e recolheram a linha para ver se pegaram algum peixe.

— Por que você acha isso?

— A moça aí não estava nem perto de ter condições de boiar.

— Não.

— Assim, se não estivessem recolhendo a linha, jamais teriam encontrado o corpo. Eles provavelmente fugiram assustados, mas acabaram ligando. Imagino que você queira ouvir o que o guarda-florestal tem a dizer sobre isso.

— Quero, sim — disse Crawford.

— Muitas vezes eles levam um telefone de manivela atrás do assento do carro, e isso já rende uma multa enorme, se não levar direto para a cadeia.

Crawford ergueu as sobrancelhas, curioso.

— Para "ligar para os peixes" — disse Clarice. — Eles atordoam os peixes com a corrente elétrica da bateria enfiando os fios dentro da água e acionando a manivela. Os peixes boiam, e então é só recolher com um puçá.

— Isso mesmo — disse Lamar. — Você é dessas bandas?

— Fazem isso em muitos lugares — explicou Clarice.

Clarice teve vontade de dizer alguma coisa antes que o zíper do saco mortuário fosse fechado, fazer um gesto ou comentário. Contudo, apenas balançou a cabeça e foi guardar as amostras na bolsa.

Tudo parecia diferente agora que não via mais o corpo nem o problema que tinha à frente. Nessa pausa, sentiu-se oprimida pelo que tinha acabado de fazer. Arrancou as luvas e abriu a torneira da pia. De costas para a sala, deixou a água correr pelos pulsos. A água da tubulação não estava tão fria. Lamar, que a observava, desapareceu no corredor. Voltou da máquina de Coca-Cola com uma lata de refrigerante gelada e a ofereceu a Clarice.

— Não, obrigada — disse Clarice. — Acho que não quero beber nada.

— Então coloca a lata na parte de trás do pescoço — ensinou Lamar —, embaixo, no calombo entre o pescoço e as costas. O frio vai fazer você se sentir melhor. Bem, sempre faz com que eu me sinta melhor.

Quando Clarice terminou de registrar o memorando para o legista no gravador, perto do saco com o corpo, o transmissor de impressões digitais de Crawford já estava ligado na mesa do escritório.

Encontrar essa vítima pouco depois do crime havia sido um golpe de sorte. Crawford estava determinado a identificá-la rapidamente e começar uma varredura em torno da casa dela à procura de testemunhas do rapto. Seu método dava muito trabalho a todo mundo, mas era rápido.

Crawford carregava um transmissor de impressões digitais Litton Policefax. Ao contrário das máquinas de fac-símile de uso federal, o Policefax era compatível com a maioria dos sistemas dos departamentos de polícia das grandes cidades. O cartão de impressões digitais que Clarice havia colhido ainda não estava completamente seco.

— Passe-o no cilindro, Starling, você tem os dedos mais ágeis.

Não vá manchá-lo, era o que ele queria dizer, e Clarice não o fez. Era difícil enrolar o cartão composto de impressões coladas em torno do pequeno tambor, enquanto seis salas de receptores esperavam no país inteiro.

Crawford estava falando com a central telefônica do FBI e com a sala de receptores em Washington.

— Dorothy, todo mundo está na linha? Ok, cavalheiros, vamos reduzir a transmissão para 1.20 para manter uma boa definição. Todo mundo, 1.20. Atlanta, que tal? Ok, me deem a linha de imagem... agora.

Em seguida o tambor estava girando em baixa velocidade para maior nitidez, enviando as impressões da mulher morta simultaneamente para as salas de recepção do FBI e dos principais departamentos de polícia no leste. Se Chicago, Detroit, Atlanta ou qualquer um dos outros encontrasse um correspondente para as impressões, a busca começaria imediatamente.

Então, Crawford enviou fotos dos dentes e do rosto da vítima; a cabeça fora coberta por Clarice com uma toalha para o caso de a imprensa marrom ter acesso às fotos.

Três policiais do Departamento de Investigações Criminais da Polícia Estadual da Virgínia Ocidental chegaram de Charleston quando eles já estavam de saída. Crawford trocou muitos apertos de mão e distribuiu cartões com o número restrito do Centro Nacional de Informações Criminais. Clarice estava interessada em ver quanto tempo levaria para ele criar uma atmosfera de solidariedade masculina. Os policiais certamente iriam colaborar da melhor forma possível — quanto a isso não havia a menor dúvida. Você pode apostar, e muito obrigado. Talvez não fosse solidariedade masculina; essa atitude funcionava com ela também.

Da varanda, Lamar se despediu agitando os dedos quando Crawford e Clarice se afastaram no carro com o xerife em direção ao rio Elk. A Coca-Cola ainda estava bem fresquinha; Lamar a levou para a despensa e preparou um drinque refrescante com ela.

13

—M E DEIXE NO LABORATÓRIO, Jeff — ordenou Crawford ao motorista. — Depois quero que você espere a agente Starling no Smithsonian. De lá ela vai para Quantico.

— Sim, senhor.

Estavam cruzando o rio Potomac em sentido contrário ao tráfego noturno, que partia do Aeroporto Nacional e seguia para o centro de Washington.

O jovem que dirigia o carro parecia fascinado por Crawford e dirigia com extrema cautela, percebeu Clarice. Não o culpava por isso; as pessoas comentavam na Academia que o último agente que tinha fodido tudo sob o comando de Crawford estava agora investigando roubos de linhas telegráficas nos confins do círculo ártico.

Crawford não estava de bom humor. Nove horas haviam se passado desde que transmitira as impressões digitais e as fotos da vítima, que permanecia não identificada. Auxiliados por guardas da Virgínia Ocidental, ele e Clarice tinham vasculhado os arredores da ponte e as margens do rio, sem resultado.

Clarice o ouvira falar ao telefone no avião, requisitando a ida de uma enfermeira para sua casa à noite.

O sedã simplório oficial do FBI parecia maravilhosamente silencioso depois da viagem no Blue Canoe, e dava para conversar com facilidade.

— Vou usar a linha reservada e o Índice de Identificação Latente quando levar as impressões que você colheu para o Departamento de Identificação — avisou Crawford. — Faça uma minuta de entrada para o arquivo. Uma entrada, não um trezentos e dois. Você sabe como fazer?

— Sei.

— Imagine que eu sou o Índice e me diga o que encontrou.

Clarice levou alguns segundos para encontrar as palavras — e ficou aliviada porque Crawford parecia interessado nos andaimes do Jefferson Memorial quando passaram por ele.

O Índice de Identificação Latente no computador do Departamento de Identificação compara as características de um crime sob investigação com as tendências conhecidas dos criminosos que constam do arquivo. Quando encontra semelhanças acentuadas, revela quais são os suspeitos e fornece suas fichas datiloscópicas. Então um operador humano compara as impressões do arquivo com as encontradas na cena do crime. Ainda não havia impressões digitais de Buffalo Bill, mas Crawford queria estar preparado.

O sistema requer dados breves e concisos. Clarice tentou apresentar alguns.

— Mulher branca, idade aproximada de 20 anos, morta a tiros, parte inferior do torso e coxas esfoladas...

— Starling, o Índice já sabe que ele mata mulheres jovens e brancas e que arranca a pele do torso delas... Aliás, use "arrancar a pele" em vez de "esfolar", que é um termo pouco comum, que outro policial pode não usar e não dá para saber se o maldito programa vai interpretar como um sinônimo. Ele já sabe que as vítimas são jogadas num rio. Ele não sabe o que é *novo* nesse caso. O que é novo aqui, Starling?

— Essa é a sexta vítima, a primeira que ele escalpelou, a primeira com pedaços triangulares de pele arrancados dos ombros, a primeira com um casulo na garganta.

— Você se esqueceu das unhas quebradas.

— Não, senhor, ela é a segunda com unhas quebradas.

— Certo. Olhe só, na entrada para o arquivo deixe claro que o casulo é confidencial. Nós vamos usar isso para eliminar confissões falsas.

— Gostaria de saber se ele já fez isso antes, colocar um casulo ou um inseto — ponderou Clarice. — Seria fácil algo assim passar despercebido numa necropsia, especialmente no caso do corpo encontrado dentro da água. O senhor sabe como é, o médico examinador vê uma causa óbvia para a morte, a sala de necropsias está quente, e ele quer terminar logo... Será que podemos verificar isso?

— Se for necessário. Pode ter certeza de que os legistas vão dizer que nada escapou a eles, naturalmente. A jovem desconhecida que está em Cincinnati ainda está na geladeira. Vou pedir a eles que deem uma olhada, mas as outras quatro estão enterradas. Ordens de exumação desagradam muito às pessoas. Tivemos que fazer com quatro pacientes que morreram sob os cuidados do dr. Lecter, só para ter certeza de que ele mesmo os matou. Me deixe dizer uma coisa: exumar dá um trabalho danado e deixa os parentes muito abalados. Eu vou fazer se for necessário, mas vamos ver o que você descobre no Smithsonian antes que eu tome uma decisão.

— Escalpelar... Isso é raro, não?

— Pouco comum — confirmou Crawford.

— Mas o dr. Lecter disse que Buffalo Bill faria isso. Como ele sabia?

— Ele não sabia.

— Mas ele disse.

— Isso não é muito surpreendente, Starling. Eu não fiquei surpreso. Eu considerava isso raro até o caso Mengel, lembra? O cara que escalpelou a mulher? Dois ou três o imitaram depois disso. Os jornais, quando estavam se ocupando do caso Buffalo Bill, enfatizaram mais de uma vez que esse assassino não arrancava couros cabeludos. Não foi uma surpresa depois disso. Buffalo provavelmente lê o que os jornais falam dele. Lecter estava dando um palpite. Ele não disse *quando* isso iria acontecer, então ele nunca poderia estar errado. Se pegássemos Bill e não tivesse havido nenhum escalpelamento, Lecter iria alegar que o pegamos *antes* que ele o fizesse...

— O dr. Lecter também disse que Buffalo Bill vive numa casa de dois andares. Nunca discutimos isso. Por que ele diria uma coisa dessas?

— Isso não é um palpite. É bem provável que ele saiba disso e poderia ter dito por quê, mas preferiu provocar você. É a única fraqueza que já notei nele: Lecter gosta de parecer esperto, mais esperto que qualquer outra pessoa. Ele vem fazendo isso há anos.

— Você me disse para perguntar o que não soubesse. Bem, devo pedir que me explique isso.

— Ok. Duas das vítimas foram enforcadas, certo? Marcas de ligadura, deslocamento cervical e, sem a menor dúvida, enforcamento. Como o dr. Lecter sabe por experiência própria, Starling, é muito difícil enforcar alguém contra a vontade. Pessoas *se enforcam* todos os dias em maçanetas de portas. Elas se enforcam até sentadas, é fácil. Mas é difícil enforcar outra pessoa; mesmo amarradas, elas conseguem se sustentar se encontrarem qualquer apoio para os pés. Uma escada dobrável aberta representa uma ameaça. As vítimas não vão subir em uma se estiverem vendadas e certamente não vão fazer isso se virem um laço de forca. Por isso um assassino usaria o poço de uma escada. Escadas não causam estranhamento. Pode-se dizer às vítimas que estão sendo levadas ao banheiro, cobrir a cabeça delas com um capuz, enfiar rapidamente o laço no pescoço e empurrá-las do último degrau com a corda amarrada no corrimão. É a maneira mais fácil dentro de uma casa. Um sujeito na Califórnia popularizou o método. Se Bill não tivesse um vão de escada, ele mataria as vítimas de outra forma. Agora me dê aqueles nomes: o agente sênior de Potter e o cara da polícia estadual, o mais graduado deles.

Clarice encontrou os nomes no caderninho e os leu à luz de uma lanterna de caneta presa nos dentes.

— Bom, Starling, quando estiver falando por uma linha direta, sempre se refira aos policiais pelo nome. Quando ouvem os próprios nomes, eles ficam mais predispostos a se comunicar. O prestígio os ajuda a se lembrar de nos ligar caso descubram alguma coisa. O que aquela queimadura na perna lhe diz?

— Depende de se foi feita antes ou após a morte.

— Se tiver sido feita depois?

— Então ele tem um caminhão fechado, um furgão, uma caminhonete, um veículo longo qualquer.

— Por quê?

— Porque a queimadura é transversal à panturrilha.

Eles estavam no cruzamento da rua 10 com a Pennsylvania Avenue, em frente ao novo quartel-general do FBI, ao qual ninguém jamais se refere como o edifício J. Edgar Hoover.

— Jeff, pode me deixar aqui — pediu Crawford. — Aqui mesmo, antes da passagem subterrânea. Fique no carro, Jeff, só abra o porta-malas. Venha me mostrar, Starling.

Ela desceu do carro com Crawford, que retirou seu data-fax e a pasta do porta-malas.

— Ele transportou o corpo em algo comprido o bastante para poder deitá-lo de costas — observou Clarice. — É a única forma de a panturrilha ficar por cima do cano de descarga. Na mala de um carro como esse, ela estaria toda encolhida e...

— Sim, eu sei o que você quer dizer — concordou Crawford.

Só então Clarice compreendeu que ele a havia feito sair do carro para poderem conversar em particular.

— Quando eu disse àquele agente que ele e eu não devíamos falar diante de uma mulher, você ficou incomodada, não foi?

— Claro.

— Aquilo foi só uma desculpa. O que eu queria era falar com ele sem outros policiais por perto.

— Eu sei disso.

— Ok. — Crawford fechou o porta-malas e se virou para ir embora.

Clarice não podia deixar isso passar.

— É importante, sr. Crawford.

Ele voltou para perto de Clarice, carregando o fax e a pasta, e ela sentiu que tinha toda a atenção de Crawford.

— Aqueles policiais sabem quem o senhor é — comentou ela. — Eles o observam bem para ver como o senhor age. — Ela manteve as costas retas, deu de ombros, abriu as mãos. Pronto, era a pura verdade.

Crawford mediu as palavras.

— Devidamente anotado, Starling. Agora vá pesquisar sobre o inseto.

— Sim, senhor.

Clarice ficou observando-o se afastar: um homem de meia-idade carregando um monte de material, a roupa amarrotada por causa do voo, as bainhas da calça enlameadas por causa da margem do rio, indo para o que o esperava em casa.

Ela faria qualquer coisa por ele. Esse era um dos grandes talentos de Crawford.

14

O MUSEU NACIONAL de História Natural, mantido pelo Instituto Smithsonian, estava fechado havia horas, mas Crawford tinha ligado e um guarda esperava Clarice Starling no portão da Constitution Avenue.

Nem todas as lâmpadas estavam acesas e não havia ventilação no museu fechado. Apenas a estátua colossal de um chefe de tribo dos mares do sul voltada para a entrada era alta o bastante para que a luz fraca no teto iluminasse seu rosto.

O guia de Clarice era um sujeito negro enorme da ótima equipe de segurança do Smithsonian. Achou-o parecido com o chefe tribal quando ergueu os olhos para as luzes do elevador. Houve um momento de alívio com essa fantasia despretensiosa, como quando se massageia uma cãibra.

O segundo andar, acima do grande elefante empalhado, um enorme recinto vedado ao público, é compartilhado pelos departamentos de Antropologia e de Entomologia. Os antropólogos o chamam de quarto andar. Os entomologistas insistem em dizer que é o terceiro. Alguns cientistas do Departamento de Agricultura dizem ter provas de que é o sexto. Cada departamento tem um espaço próprio no velho edifício, com seus anexos e suas subdivisões.

Clarice seguiu o guarda até um labirinto escuro de corredores, cheios até o teto de caixas de madeira contendo espécimes antropológicos. Pequenas etiquetas revelavam o conteúdo.

— Milhares de vidas nessas caixas — informou o guarda. — Quarenta mil espécimes.

Ele conferia o número das salas com a lanterna, passando o feixe de luz pelas etiquetas à medida que caminhavam.

Mochilas para carregar bebês daiaques e caveiras cerimoniais davam lugar a afídeos, deixando para trás o homem e entrando no mundo mais antigo e mais ordenado dos insetos. Agora o corredor tinha paredes formadas por grandes caixas de metal pintadas de um verde pálido.

— Trinta milhões de insetos, e as aranhas em cima. Não confunda aranhas com insetos — recomendou o guarda. — A população de aranhas ficaria indignada. Você vai para lá, para aquela sala iluminada. Não tente voltar sozinha. Se eles não se oferecerem para acompanhá-la até lá embaixo, me chame por esse ramal, é da sala dos guardas. Eu venho te buscar. — Ele entregou um cartão para Starling e a deixou.

Ela estava agora no coração da Entomologia, numa galeria redonda, muito acima do grande elefante empalhado. Lá estava a sala com as luzes acesas e a porta aberta.

— Olhe o tempo, Pilch! — Era uma voz masculina estridente de empolgação. — Vamos, homem! Olhe o tempo.

Clarice parou no batente da porta. Dois homens, sentados a uma mesa de laboratório, jogavam xadrez. Ambos tinham cerca de 30 anos; um magro, de cabelos pretos, o outro gorducho, de cabelos ruivos espetados. Pareciam estar absortos no tabuleiro; se viram Clarice, não deram o menor sinal disso. Se notaram um enorme besouro-rinoceronte cruzando vagarosamente o tabuleiro, desviando-se das peças do jogo, também ignoraram.

Nesse instante, o besouro cruzou a borda do tabuleiro.

— Tempo, Roden — avisou o magro na mesma hora.

O gorducho moveu o bispo com uma das mãos e com a outra fez o besouro dar meia-volta, que recomeçou a andar vagarosamente na direção contrária.

— Se o besouro cortar caminho e sair pelo lado, o tempo acaba? — perguntou Clarice.

— É claro que o tempo acaba — respondeu em voz alta o gorducho, sem desviar os olhos do tabuleiro. — É *claro* que o tempo acaba. Como é que *você* joga? Você faz com que ele sempre cruze o tabuleiro todo? E contra quem você joga? Uma preguiça?

— Eu estou com o espécime sobre o qual o agente especial Crawford falou ao telefone.

— Não consigo imaginar por que não ouvimos sua sirene — comentou ironicamente o gorducho. — Passamos a noite inteira aqui esperando para identificar um *inseto* para o FBI. Insetos são o nosso negócio... Ninguém nos adiantou nada a respeito do espécime do agente especial Crawford. Ele deveria era mostrar *seu espécime* ao médico de família em particular. Tempo, Pilch!

— Eu adoraria apreciar a rotina de vocês dois em outra ocasião — comentou Clarice. — Meu assunto é urgente, portanto vamos tratar dele agora. Tempo, Pilch!

O sujeito de cabelos pretos ergueu os olhos para ela e a viu encostada no batente da porta com sua pasta. Ele colocou o besouro numa caixa de madeira podre e o cobriu com uma folha de alface.

Quando se levantou, Clarice viu que ele era bem alto.

— Meu nome é Noble Pilcher — apresentou-se. — Esse é Albert Roden. Você precisa identificar um inseto? Vamos ter muito prazer em ajudá-la. — Pilcher tinha um rosto longo e simpático, e seus olhos negros eram fascinantes e muito próximos um do outro. Um deles tinha um modo de fitar que o fazia refletir a luz independentemente do outro. Não ofereceu um aperto de mão. — Você é...?

— Clarice Starling.

— Vejamos o que você trouxe aí.

Pilcher levantou o frasquinho contra a luz.

Roden veio observar.

— Onde você encontrou isso? Você o matou com sua *arma*? Por acaso você viu a *mãe* dele?

Clarice ficou imaginando como seria gratificante dar um belo soco no queixo de Roden.

— Shhh... — fez Pilcher. — Onde você encontrou isso? Estava preso a alguma coisa, um graveto, uma folha, ou estava no chão?

— Pelo que vejo, ninguém passou nenhuma informação para vocês — comentou Clarice.

— O chefe nos perguntou se poderíamos ficar esperando para identificar um inseto para o FBI — esclareceu Pilcher.

— Nos *mandou* — corrigiu Roden. — Nos *mandou* ficar até mais tarde.

— A gente costuma fazer isso para a Alfândega e para o Departamento de Agricultura — adiantou Pilcher.

— Mas não no meio da noite... — comentou Roden.

— Preciso contar a vocês alguns fatos relacionados a um crime — disse Clarice. — Tenho permissão para falar se mantiverem segredo até o caso estar resolvido. É importante. Eu estou falando de vidas e não estou de brincadeira. Dr. Roden, o senhor pode me assegurar de que vai respeitar a confidencialidade?

— Eu não sou doutor. Devo assinar alguma coisa?

— Não, se sua palavra tiver valor. Só vai ter que me dar um recibo pelo espécime se precisarem ficar com ele, nada mais.

— É claro que vou ajudar. Eu não sou irresponsável.

— Dr. Pilcher?

— Confirmo. Ele não é irresponsável.

— Conto com sua discrição?

— Não vou tocar no assunto.

— Pilch também não é doutor ainda — acrescentou Roden. — Quanto à formação profissional, estamos em pé de igualdade, embora ele tenha permitido que você lhe conferisse o título. — Roden apoiou o queixo na ponta do indicador, como se destacasse sua expressão judiciosa. — Nos dê todos os detalhes. O que pode parecer irrelevante para *você* talvez seja uma informação vital para um especialista.

— Esse inseto foi encontrado atrás do palato da vítima de um assassinato. Não sei como foi parar lá. O corpo da vítima foi encontrado no rio Elk, na Virgínia Ocidental, e ela havia morrido poucos dias antes.

— É Buffalo Bill, escutei no rádio — avisou Roden.

— Você não ouviu sobre o inseto no rádio, ouviu? — indagou Clarice.

— Não, mas eles falaram do rio Elk. Você veio de lá, e é por isso que está chegando tão tarde?

— É isso — confirmou ela.

— Você deve estar cansada, aceita um pouco de café? — ofereceu Roden.

— Não, obrigada.

— Água?

— Não.

— Uma Coca?

— Acho que não. Queremos saber onde essa mulher foi mantida em cativeiro e onde foi assassinada. Nossa esperança é de que esse inseto tenha algum hábitat especial, que viva numa região limitada, entendem? Ou que só durma em alguma espécie de árvore... Queremos saber de onde ele veio. Estou pedindo sua discrição porque, se o criminoso introduziu o inseto deliberadamente, então só ele saberia do fato e poderíamos usá-lo para eliminar falsas confissões e não perder tempo. Ele já matou pelo menos seis pessoas. Para nós, o tempo é crucial.

— Você acha que ele está mantendo outra mulher cativa enquanto estamos olhando para esse inseto? — perguntou Roden. Estava de olhos arregalados e boquiaberto. Ela conseguia ver o fundo da garganta dele, e outro pensamento lhe ocorreu.

— *Eu não sei* — respondeu Clarice, quase rispidamente. — Eu não sei — repetiu, tentando atenuar a agressividade da resposta. — Mas vai agir de novo assim que puder.

— Então vamos cuidar disso imediatamente — prometeu Pilcher. — Não se preocupe. Somos peritos nisso. Você não poderia estar em melhores mãos.

Ele extraiu o objeto marrom do frasco com uma pinça delicada e o colocou em cima de uma folha de papel branco sob a luz. Aproximou uma lente de aumento montada num braço flexível.

O inseto era comprido e parecia uma múmia. Tinha um revestimento semitransparente que acompanhava suas linhas como um sarcófago. Seus apêndices estavam tão colados ao corpo que pareciam esculpidos em baixo-relevo. Sua pequena face parecia sagaz.

— Em primeiro lugar, não é nada que normalmente pudesse infestar um corpo ao ar livre, e não estaria na água a não ser por acidente — disse Pilcher. — Não sei o quanto você está familiarizada com insetos ou quanto está disposta a escutar.

— Digamos que eu não saiba absolutamente nada. Quero que você me conte tudo.

— Ok. Eis aqui uma pupa, um inseto imaturo, numa crisálida. Esse é o casulo que o envolve enquanto ele se transforma de larva num adulto — explicou Pilcher.

— Uma pupa obtecta, Pilch? — perguntou Roden, torcendo o nariz para manter os óculos no lugar.

— Bem, imagino que sim. Quer pegar o livro de Chu sobre insetos imaturos? É isso mesmo: esse é o estágio pupal de um inseto grande. A maioria dos insetos mais avançados tem um estágio pupal. Grande parte deles passa o inverno assim.

— Quer o livro ou prefere examinar, Pilch? — indagou Roden.

— Vou dar uma olhada. — Pilcher transferiu o inseto para a base de um microscópio e se debruçou sobre ele com um bisturi. — Vamos lá. Não tem órgãos respiratórios distintos na região cefalotorácica, mas vejo espiráculos no mesotórax e alguns abdominais. Vamos começar com isso.

— Hum. Hum — murmuou Roden, virando as páginas de um pequeno manual. — Mandíbulas funcionais?

— Não.

— Par de gáleas ventromediano?

— Sim, sim.

— Onde ficam as antenas?

— Adjacentes à margem mesal das asas. Dois pares de asas, o par anterior totalmente coberto. Apenas os três segmentos abdominais de baixo estão livres. Pequeno cremaster pontudo. Eu diria que é um lepidóptero.

— É o que diz aqui — confirmou Roden.

— É a família que inclui borboletas e mariposas. Abrange um enorme território — salientou Pilcher.

— Vai ser difícil com as asas encharcadas. Vou buscar as referências — avisou Roden. — Imagino que não haja como impedir que vocês falem de mim enquanto eu estiver ausente.

— Imagino que não — disse Pilcher. — Roden é uma boa pessoa — acrescentou, tão logo o outro saiu da sala.

— Não duvido.

— Será mesmo? — ironizou Pilcher. — Nós nos formamos juntos, pleiteando e reclamando de todo estágio que arranjávamos. Ele conseguiu um em que tinha que ficar sentado dentro de uma mina de carvão aguardando o decaimento de prótons. Passou tempo demais no escuro. Ele é gente boa. Só não fale de decaimento de prótons na presença dele.

— Vou tentar evitar.

— É uma família enorme, a dos lepidópteros — comentou Pilcher, afastando-se da luz forte. — Talvez umas trinta mil borboletas e cento e trinta mil mariposas. Gostaria de tirar essa da crisálida... Vou ser obrigado a fazer isso se quisermos identificá-la.

— Ok. Você pode fazer isso sem parti-la?

— Acho que sim. Veja, ela começou a se libertar por conta própria antes de morrer. Ela iniciou uma fratura irregular na crisálida bem aqui. Acabar de tirá-la vai levar algum tempo.

Pilcher alargou a fissura natural no casulo e retirou o inseto. O grupo de asas estava encharcado. Abri-las foi como trabalhar com um lenço de papel molhado e amassado. Não havia nenhum desenho visível.

Roden chegou de volta com os livros.

— Pronto? — perguntou Pilcher. — Ok: o fêmur protorácico está oculto.

— E quanto a pilíferos?

— Nada de pilíferos — respondeu Pilcher. — Você poderia apagar as luzes, agente Starling?

Ela esperou ao lado do interruptor na parede até que a lanterna de Pilcher fosse acesa. Depois ele se afastou da mesa e fez a luz incidir sobre o inseto. Os olhos brilharam no escuro, refletindo o estreito feixe de luz.

— Uma corujinha — comentou Roden.

— Provavelmente, mas qual delas? — indagou Pilcher. — Acenda a luz, por favor. É um noctuídeo, agente Starling, uma mariposa noturna. Quantos noctuídeos existem, Roden?

— Duas mil, seiscentas e... Cerca de duas mil e seiscentas foram descritas.

— Mas não muitas desse tamanho. Ok, vamos ver você fazer bonito, meu camarada.

Os cabelos ruivos e eriçados de Roden cobriram o microscópio.

— Agora temos que apelar para a quetotaxia: estudar as cerdas e os espinhos do inseto para descobrir a espécie — explicou Pilcher. — Roden é craque nisso.

Clarice teve a sensação de que uma espécie de paz havia se derramado sobre a sala.

Roden respondeu começando uma acirrada discussão com Pilcher sobre se as marcas larvais do espécime estavam dispostas em círculos ou não. A discussão continuou, agora sobre a disposição dos pelos no abdome.

— *Erebus odora!* — exclamou Roden por fim.

— Vamos dar uma olhada — disse Pilcher.

Levaram o espécime com eles, descendo de elevador para o andar logo acima do elefante empalhado. Chegaram a um enorme ambiente quadrado repleto de caixas pintadas de verde-claro. O que anteriormente havia sido um grande saguão fora convertido em dois andares para prover mais espaço em diferentes níveis de depósito para os insetos do Smithsonian. Eles agora estavam na seção de neotropicais, em direção aos noctuídeos. Pilcher consultou o caderno de anotações e parou numa caixa à altura do peito na grande pilha da parede.

— É preciso tomar cuidado com essas coisas — avisou ele, abrindo a pesada porta de metal da caixa e depositando-a no chão. — Se deixar uma dessas cair no seu pé, você vai mancar por semanas.

Correu os dedos pelas gavetas superpostas da caixa, escolheu uma e a puxou.

Na bandeja, Clarice viu os minúsculos ovos conservados, a lagarta num tubo de álcool, o casulo retirado de um espécime muito semelhante ao dela, e o adulto: uma grande mariposa marrom e preta com envergadura de uns quinze centímetros, o corpo peludo e antenas delicadas.

— *Erebus odora* — confirmou Pilcher. — A mariposa conhecida como bruxa.

Roden já estava virando as páginas de um livro.

— Uma espécie tropical que às vezes chega até o Canadá no outono — leu ele. — As larvas se alimentam de acácia, unha-de-gato e plantas semelhantes. Habitam as Índias Ocidentais e o sul dos Estados Unidos, sendo consideradas uma praga no Havaí.

Que merda!, pensou Starling.

— Droga! — disse ela. — Estão por toda parte!

— Mas não estão por toda parte o tempo todo. — Pilcher mantinha a cabeça abaixada e coçava o queixo. — Elas se reproduzem duas vezes, Roden?

— Espere um momento... Sim, no extremo sul da Flórida e no sul do Texas.

— Quando?

— Em maio e agosto.

— Eu estava pensando justamente nisso — retomou Pilcher. — Seu espécime é um pouco mais bem desenvolvido do que o que temos, e é novo. Estava começando a romper o casulo para sair. Nas Índias Ocidentais ou no Havaí, eu talvez pudesse entender, mas estamos no inverno aqui. No continente ele teria que esperar uns três meses para sair. A não ser que acontecesse acidentalmente numa estufa, ou que alguém o criasse.

— Criasse?

— Numa gaiola, num lugar quente, com algumas folhas de acácia para as larvas se alimentarem até que estivessem aptas a sair dos casulos. Não é difícil fazer isso.

— Esse é um hobby popular? Além de estudantes e profissionais, alguém mais faz isso?

— Não, quem costuma fazer isso são entomologistas tentando obter um espécime perfeito, talvez alguns colecionadores. Existe também a indústria da seda, que cria algumas mariposas, mas não dessa espécie.

— Entomologistas devem receber publicações periódicas e revistas especializadas, e conhecer pessoas que vendem equipamento — observou Clarice.

— Com certeza, e muitas das publicações vêm para cá.

— Vou separar um pacote delas para você — prontificou-se Roden. — Alguns colegas daqui assinam umas publicações menores. Eles mantêm as revistas trancadas e cobram vinte e cinco centavos para deixar alguém dar uma olhada naquelas coisas estúpidas. Vou ter que conseguir isso amanhã de manhã.

— Vou providenciar para que alguém busque o material. Obrigada, sr. Roden.

Pilcher tirou xerox das referências sobre *Erebus odora* e as entregou a Clarice, junto com o inseto.

— Vou levá-la até lá embaixo — ofereceu-se.

Eles aguardavam o elevador.

— A maioria das pessoas gosta de borboletas e odeia mariposas — frisou Pilcher. — Mas as mariposas são mais interessantes, mais atraentes.

— Elas são destruidoras.

— Algumas sim, muitas delas, mas vivem de formas variadas. Assim como nós. — Desceram um andar em silêncio. — Existe uma espécie de mariposa, aliás, mais de uma, que só se alimenta de lágrimas — explicou. — É só o que comem ou bebem.

— Que tipo de lágrimas? Lágrimas de quem?

— De grandes mamíferos terrestres, mais ou menos do nosso tamanho. A antiga definição das mariposas dizia que eram "qualquer coisa que gradual e silenciosamente come, consome ou destrói qualquer outra coisa". A palavra em inglês, *moth*, era um verbo que significava destruição... É isso que você faz o tempo todo, caçar Buffalo Bill?

— Eu faço tudo o que posso.

Pilcher passou a língua pelos dentes, movendo-a por trás dos lábios, como um gato debaixo de cobertas.

— Você costuma sair para comer uns cheeseburgers com uma cerveja ou para tomar uma taça de vinho para se distrair?

— Ultimamente, não.

— Você aceitaria sair para comer alguma coisa agora? Não é longe.

— Não, mas, quando o caso terminar... e naturalmente o sr. Roden vai poder ir também.

— Não há nada de natural nisso — comentou Pilcher. Quando chegaram à porta, ele falou: — Espero que você acabe com isso logo, agente Starling.

Ela correu apressada para o carro que a esperava.

Ardelia Mapp havia deixado a correspondência e metade de uma barra de chocolate da Mounds em cima da cama de Clarice. Ardelia estava dormindo.

Clarice levou sua máquina de escrever portátil para a lavanderia no subsolo, colocou-a em cima da tábua de passar roupas e enfiou na máquina duas folhas com papel-carbono. Tinha organizado na cabeça as anotações sobre *Erebus odora* durante a viagem de volta para Quantico e as redigiu rapidamente.

Em seguida, comeu a barra de chocolate e escreveu um memorando para Crawford, sugerindo que fizessem uma investigação cruzada entre as listas de endereços das publicações de entomologia e as listas dos criminosos conhecidos pelo FBI, consultando os arquivos das cidades mais próximas aos raptos, bem como aqueles sobre os criminosos sexuais de Metro Dade, San Antonio e Houston, as áreas onde essas mariposas eram mais comuns.

Havia outra coisa que tinha de trazer à tona pela segunda vez: *Vamos perguntar ao dr. Lecter por que ele achava que o criminoso iria começar a escalpelar.*

Clarice entregou os papéis ao funcionário de serviço noturno e caiu na sua cama acolhedora, as vozes do dia ainda sussurrando, mais suaves que Mapp ressonando do outro lado do quarto. Na escuridão envolvente, viu a face sagaz da mariposa. Aqueles olhos vivazes tinham visto Buffalo Bill.

Após a cósmica ressaca que o Smithsonian havia lhe causado, ocorreu-lhe um último pensamento, uma conclusão para o dia: *Sobre esse mundo estranho, essa metade do mundo agora imersa na escuridão, tenho que caçar algo que vive de lágrimas.*

15

Na zona leste de Memphis, Tennessee, Catherine Baker Martin e seu querido namorado estavam vendo um filme na televisão tarde da noite, no apartamento dele, enquanto tragavam um bong cheio de haxixe. Os intervalos comerciais tinham começado a ficar mais longos e frequentes.

— Estou de larica. Quer pipoca? — perguntou ela.

— Vou buscar, me dá suas chaves.

— Fica quieto aí. Eu também preciso ver se mamãe ligou.

Ela se levantou do sofá. Era uma jovem alta, de ossos largos e bem robusta, quase gorda, com um belo rosto e uma vasta cabeleira. Encontrou os sapatos embaixo da mesinha de centro, calçou-os e saiu.

A noite de fevereiro estava mais úmida que fria. Uma ligeira cerração vinda do Mississippi pairava à altura do peito sobre o vasto estacionamento. Diretamente acima dela, via a lua em quarto minguante, pálida e fina como um anzol feito de osso. Levantar os olhos e a cabeça a deixou um pouco tonta. Ela começou a atravessar o estacionamento, dirigindo-se em linha reta para sua casa, a uns cem metros de distância.

A caminhonete marrom estava estacionada perto do apartamento dela, em meio a alguns *motorhomes* e barcos em reboques. Ela percebeu sua presença porque era parecida com as caminhonetes de entrega de encomendas que muitas vezes traziam presentes de sua mãe.

Ao passar perto do veículo, uma lâmpada se acendeu no meio da neblina. Era uma luminária de chão, posta no asfalto, atrás da caminhonete. Ao lado havia uma grande poltrona estofada de chita estampada com flores vermelhas e grandes, destacando-se no meio da névoa. As duas peças pareciam um conjunto exposto numa loja de móveis.

Catherine Baker Martin piscou várias vezes e continuou andando. Pensou na palavra *surreal* e atribuiu a visão ao haxixe. Contudo, não estava delirando. Alguém de mudança — chegando ou partindo. Chegando. Partindo. Sempre havia alguém de mudança em Stonehinge Villas. A cortina do seu apartamento se agitou e ela viu seu gato no peitoril da janela, arqueando o dorso e roçando na janela.

Estava com a chave na mão e, antes de enfiá-la na fechadura, olhou para trás. Um homem havia pulado da traseira da caminhonete. Via à luz do poste que ele estava com a mão engessada e o braço numa tipoia. Ela entrou em casa e fechou a porta.

Catherine Baker Martin espiou o estacionamento afastando um pouco a cortina e viu que o homem tentava colocar a poltrona na traseira da caminhonete. Ele a agarrou com a mão boa e tentou ajudar com o joelho. A poltrona caiu. Ele a endireitou, lambeu o dedo e o esfregou num ponto da chita que havia ficado sujo depois da queda.

Ela resolveu sair para ajudar.

— Posso ajudar. — Usou o tom adequado, nada além de uma oferta de ajuda.

— Você me ajudaria? Muito obrigado. — Uma voz estranha, tensa. Não era o sotaque local.

A lâmpada iluminou o rosto dele de baixo para cima, distorcendo suas feições, mas ela via claramente seu corpo. Usava uma calça cáqui bem-passada e uma espécie de camisa de camurça, desabotoada, mostrando um peito sardento. Não tinha barba, e a pele do rosto era lisa como a de uma mulher; os olhos eram apenas dois pontos de luz sobre os malares à sombra da lâmpada.

Ele também a observou, e ela ficou sem jeito. Os homens muitas vezes ficavam surpresos com seu tamanho quando ela chegava perto deles, e uns escondiam a reação melhor que outros.

— Bom — disse ele.

O homem exalava um cheiro desagradável e ela notou com repugnância que a camisa de camurça tinha pelos crespos nos ombros e embaixo dos braços.

Foi fácil levantar a poltrona até o piso baixo da caminhonete.

— Vamos empurrá-la para a frente, você se incomoda? — Ele pulou para dentro e tirou alguns objetos do caminho, uma daquelas grandes bandejas chatas que servem para drenar óleo e um pequeno guincho manual.

Empurraram a poltrona para a frente até que ela ficasse logo atrás dos assentos da cabine.

— Você veste 48 mais ou menos?

— O quê?

— Pode me passar aquela corda? Está perto dos seus pés.

Quando ela se abaixou para olhar, ele bateu forte na sua nuca com o gesso. Catherine Martin pensou ter batido a cabeça numa trave e tentou segurá-la, mas a mão engessada golpeou de novo, batendo no seu crânio com o punho; e de novo, dessa vez atrás da orelha, numa sucessão de pancadas muito bem calculadas, até que ela tombou em cima da poltrona. Catherine Martin escorregou para o piso do caminhão e ficou imóvel, deitada de lado.

O homem a observou por um momento, depois retirou o gesso e a tipoia do braço. Rapidamente trouxe a luminária para dentro do carro e fechou as portas traseiras.

Puxou a gola da blusa da mulher e, com uma lanterna, leu a etiqueta para conferir o tamanho da peça de roupa.

— Bom.

Com uma tesoura para bandagem cortou a blusa nas costas e, tirando-a, amarrou os pulsos de Catherine Martin por trás. Esticou uma lona de cobrir mudanças no piso do caminhão e a rolou para cima. Ela não usava sutiã. O homem apalpou os grandes seios com os dedos, sentindo o peso e a resistência.

— Bom — repetiu.

Havia uma marca rosada de um chupão no seio esquerdo. Ele lambeu o dedo para esfregá-lo como tinha feito com a chita, e balançou a cabeça quando a mancha desapareceu após uma ligeira pressão. Em seguida, rolou-a de bruços e avaliou seu couro cabeludo, afastando o cabelo com os dedos. O gesso não havia causado nenhum corte.

Verificou a pulsação dela com dois dedos na lateral do pescoço e constatou que estava forte.

— Bom...

Ele tinha muito caminho pela frente até chegar à sua casa de dois andares, e preferia não prepará-la ali.

O gato de Catherine Baker Martin observava da janela enquanto a caminhonete se afastava e as luzes da lanterna traseira diminuíam. Por trás do gato, o telefone tocava. A secretária eletrônica que ficava no quarto respondeu, sua luz vermelha piscando na escuridão.

Quem estava ligando era a mãe de Catherine, a mais jovem senadora dos Estados Unidos, pelo estado do Tennessee.

16

Na década de oitenta, a Era de Ouro do terrorismo, havia procedimentos em vigor para se lidar com raptos que afetassem membros do Congresso.

Às duas e quarenta e cinco da manhã o agente especial encarregado do escritório do FBI em Memphis comunicou ao quartel-general em Washington que a filha única da senadora Ruth Martin havia desaparecido.

Às três horas dois furgões sem nenhuma identificação saíram da garagem úmida no subsolo do escritório regional de Washington, em Buzzard's Point. Um furgão foi para o prédio do Senado, onde técnicos instalaram aparelhos de monitoração e gravação nos telefones do escritório da senadora Martin e plantaram uma escuta Tipo 3 nos telefones públicos mais próximos ao escritório. O Departamento de Justiça acordou o membro mais jovem do Comitê de Inteligência Especial do Senado para lhe fazer a obrigatória notificação da instalação de escuta.

O outro veículo, um furgão de vigilância com vidro escurecido e equipamento apropriado, estacionou na Virginia Avenue para cobrir a frente de Watergate West, a residência da senadora Martin em Washington. Dois dos ocupantes do furgão entraram no edifício para instalar equipamentos de monitoração nos telefones da casa da senadora.

A Bell Atlantic estimava em setenta segundos o tempo médio para localizar uma ligação de pedido de resgate feita de um sistema telefônico digital doméstico.

O Esquadrão de Reação de Buzzard's Point passou a trabalhar em turnos dobrados para um eventual pagamento de resgate na área de Washington. Seus procedimentos por rádio eram criptografados para proteger qualquer notificação de resgate contra a intrusão de repórteres aéreos — esse tipo de irresponsabilidade por parte das empresas de notícias era rara, mas já havia acontecido.

O Grupo de Resgate de Reféns entrou em estado de alerta, pronto para embarque aéreo.

Todos esperavam que o desaparecimento de Catherine Baker Martin se tratasse de um sequestro profissional para cobrança de resgate; essa hipótese oferecia mais chances de sobrevivência.

Ninguém mencionava a pior hipótese.

Então, pouco antes do nascer do sol em Memphis, um guarda da cidade, investigando uma queixa de invasão domiciliar na Winchester Avenue, abordou um senhor que coletava latas de alumínio e lixo reciclável ao longo do acostamento da estrada. Na carroça dele, o guarda encontrou uma blusa, ainda abotoada na frente. A blusa estava cortada nas costas, como uma roupa funerária. A etiqueta da lavanderia identificava Catherine Baker Martin.

JACK CRAWFORD dirigia para o sul vindo de sua casa em Arlington às seis e meia quando o telefone do carro tocou pela segunda vez em dois minutos.

— Nove, vinte e dois, quarenta.

— Quarenta na escuta para Alfa 4.

Crawford viu uma área no acostamento e parou o carro para dar maior atenção à ligação. Alfa 4 era o diretor do FBI.

— Jack, você está ciente dos últimos fatos a respeito de Catherine Martin?

— O oficial de serviço noturno acabou de me ligar.

— Então você sabe da blusa. Informe qualquer coisa.

— Buzzard's Point entrou em alerta de rapto — relatou Crawford. — Eu acharia melhor que eles não se retirassem por enquanto. Quando saírem, eu gostaria de manter a escuta telefônica. Com ou sem a blusa cortada, não temos certeza de que é Bill. Se alguém o estiver imitando, pode ser que peça um resgate. Quem está monitorando telefones e seguindo pistas no Tennessee, nós ou eles?

— Eles. A polícia estadual. São muito bons. Phil Adler ligou da Casa Branca para me comunicar o "grande interesse" do presidente. Seria bastante benéfico para nós resolver esse caso, Jack.

— Isso já me ocorreu. Por onde anda a senadora?

— A caminho de Memphis. Ela ligou para minha casa agora há pouco. Você pode imaginar como foi.

— Sim. — Crawford conhecia a senadora das audiências sobre orçamento.

— Ela vai agir com tudo o que tem à disposição.

— Não sem motivo.

— É verdade — completou o diretor. — Assegurei a ela que vamos nos empenhar de corpo e alma, como temos feito até agora. Ela está... está ciente de sua situação pessoal e lhe ofereceu um jato Lear de uma companhia aérea. Use-o. Volte para casa à noite, se puder.

— Bom. A senadora é durona, Tommy. Se ela tentar interferir, nós vamos bater de frente.

— Eu sei disso. Descarregue qualquer coisa em cima de mim se tiver que fazer isso. Qual é a melhor perspectiva, Jack? Seis ou sete dias?

— Não sei. Se ele entrar em pânico quando souber de quem a garota é filha, pode acabar com ela de uma vez e afundá-la em algum lugar.

— Onde você está?

— A três quilômetros de Quantico.

— A pista de Quantico recebe um Lear?

— Sim.

— Em vinte minutos.

— Sim, senhor.

Crawford digitou alguns números no telefone e voltou para a estrada.

17

DOLORIDA DEPOIS DE UMA NOITE de sono agitado, Clarice Starling estava de roupão, pantufas e com a toalha no ombro, esperando para entrar no banheiro que ela e Mapp compartilhavam com as estudantes do quarto ao lado. As notícias de Memphis no rádio a fizeram prender a respiração.

— Ah, meu Deus! — Clarice suspirou. — Que coisa! MUITO BEM, VOCÊ AÍ DENTRO! ESSE BANHEIRO ESTÁ SENDO TOMADO! SAIA COM A CALÇA ENFIADA. ISSO NÃO É UM TREINAMENTO! — Ela pulou para dentro do chuveiro com uma espantada colega do quarto ao lado. — Chegue para lá, Gracie, e faça o favor de me passar aquele sabonete.

Com o ouvido pregado no telefone, fez a mala e pôs o equipamento de trabalho forense perto da porta. Certificou-se de que a telefonista soubesse que ela estava no quarto e desistiu do café para ficar mais tempo perto do telefone. Quando faltavam dez minutos para o início da aula, sem receber nenhum recado, correu até a Ciência do Comportamento com o equipamento.

— O sr. Crawford viajou para Memphis há quarenta e cinco minutos — informou a secretária delicadamente. — Burroughs foi com ele, e Stafford, do laboratório, partiu para lá do Aeroporto Nacional.

— Eu deixei um relatório para ele ontem à noite. Crawford não deixou nenhum recado para mim? Meu nome é Clarice Starling.

— Sim, eu sei quem você é. Tenho três recados com o número do seu telefone aqui e tem mais alguns na mesa dele, acredito. Não, ele não deixou nada para você, Clarice. — A mulher olhou para a mala de Clarice. — A senhorita gostaria de deixar algum recado para o sr. Crawford para que eu repasse quando ele ligar?

— Ele deixou algum número de telefone em Memphis?

— Não, mas ficou de ligar. Você não tem aula hoje, Clarice? Você ainda está no curso, não está?

— Sim, sim. Estou.

A entrada de Clarice, atrasada, na aula não foi facilitada por Gracie Pitman, a colega que ela havia tirado do chuveiro. Gracie Pitman se sentava atrás de Clarice. O caminho até seu lugar lhe pareceu longo. A língua grande de Gracie Pitman teve tempo de agir bastante antes que Clarice conseguisse se concentrar na aula.

Sem o café da manhã, teve de assistir a duas horas de "A exceção do mandado de boa-fé nas regras exclusivas de pesquisa e captura" antes de poder pegar uma Coca-Cola numa máquina automática.

Verificou a caixa de correspondência ao meio-dia, mas não havia nada. Ocorreu-lhe então, como já ocorrera em outras poucas ocasiões na vida, que o gosto de uma frustração intensa é muito parecido com o de um remédio chamado Fleet que ela teve de tomar quando criança.

Certos dias, acorda-se diferente de quem era. Este era um desses dias para Clarice. O que vira na véspera na Casa Funerária de Potter havia lhe causado um leve movimento tectônico.

Clarice havia estudado psicologia e criminologia numa boa faculdade. Ao longo da vida, tinha visto algumas das mudanças terríveis e drásticas que o mundo provoca nas coisas. Porém, *jamais* imaginara que às vezes as próprias pessoas são capazes de ter, por trás de uma aparência humana, uma mente cuja ideia de prazer era aquilo que jazia na mesa de porcelana em Potter, Virgínia Ocidental, na sala forrada de papel decorado com rosas-de-cem-folhas. Saber que tal tipo de mente existia a chocou mais que qualquer coisa que pudesse ver em mesas de necropsia. Esse conhecimento ficaria entranhado na sua pele para sempre, e ela sabia que tinha de criar uma barreira, senão aquilo a penetraria.

A rotina do curso não a ajudou. Clarice passou o dia com a sensação de que as coisas estavam acontecendo logo além do horizonte. Era como se escutasse o rumor dos eventos, como o som de um estádio distante. Sugestões de movimento a perturbavam, grupos passando pelos corredores, a sombra das nuvens correndo no chão, o ronco de um avião.

Depois da aula, Clarice correu bastante e nadou. Nadou até se lembrar dos cadáveres submersos, e então quis sair da água imediatamente.

Na sala de recreação, assistiu ao jornal das sete com Mapp e mais uns dez estudantes. O sequestro da filha da senadora Martin não era a principal notícia, mas foi a primeira após a conferência sobre o desarmamento em Genebra.

Mostraram Memphis, começando com uma foto do cartaz do Stonehinge Villas à luz estroboscópica de uma viatura. A mídia estava dando importância à história e, com poucas novidades a noticiar, os repórteres entrevistaram uns aos outros no estacionamento de Stonehinge. As autoridades de Memphis e do condado de Shelby tentavam evitar a enorme quantidade de microfones, algo com que não estavam acostumadas. Naquela confusão de reflexos e falatório, listavam as coisas que não sabiam. Fotógrafos iam de um lado para o outro, esbarrando nas minicâmeras de TV toda vez que os investigadores entravam ou saíam do apartamento de Catherine Baker Martin.

Um breve e irônico aplauso ecoou na sala de recreação da Academia quando o rosto de Crawford apareceu brevemente na janela do apartamento. Clarice esboçou um leve sorriso.

Ela se perguntou se Buffalo Bill estaria assistindo à televisão e o que ele teria pensado ao ver o rosto de Crawford, ou até mesmo se ele sabia quem era Crawford.

Outras pessoas também pareciam pensar que Buffalo Bill estava assistindo.

Uma era a senadora Martin, num programa ao vivo na televisão, com Peter Jennings. Ela aparecia sozinha no quarto da filha, com um galhardete da Southwestern University e cartazes promovendo Wile E. Coyote e a Emenda de Direitos Igualitários na parede atrás dela. Uma mulher alta, de rosto enérgico e franco.

— Estou me dirigindo agora à pessoa que mantém minha filha em seu poder — disse. A senadora se aproximou mais da câmera, provocando uma desfocagem imprevista, e falou de um jeito que jamais falaria com um terrorista. — Você tem o poder de libertar minha filha sem machucá-la. O nome dela é Catherine. Ela é muito gentil e compreensiva. Por favor, solte minha filha, por favor, liberte-a sem machucá-la. Você tem o controle da situação. Você tem o poder. Você é quem manda. Eu sei que você é capaz de sentir amor e compaixão. Você é capaz de protegê-la de qualquer coisa que possa lhe causar dano. Você agora tem uma oportunidade maravilhosa de mostrar ao mundo que é capaz de realizar um ato de extrema bondade, que é superior a ponto de tratar outra pessoa melhor do que o mundo o tratou. O nome dela é Catherine.

Os olhos da senadora Martin se afastaram da câmera quando a imagem mudou para uma cena doméstica mostrando uma criança que aprendia a andar agarrando-se aos pelos do pescoço de um grande collie.

— O filme que você está vendo agora é de Catherine quando ela ainda era uma criancinha. Liberte Catherine. Liberte-a sem fazer mal a ela, em qualquer lugar do país, e você terá minha ajuda e minha amizade — continuou a voz da senadora.

Seguiu-se uma série de fotos: Catherine aos 8 anos segurando o leme de um barco a vela, que estava sobre calços em terra firme e cujo casco o pai dela pintava; e duas fotos recentes, uma de corpo inteiro e um close do rosto.

A câmera voltou para um close da senadora:

— Prometo, tendo como testemunha todo este país, que você vai contar com meu apoio irrestrito sempre que precisar. Tenho condições para ajudá-lo. Sou uma senadora dos Estados Unidos. Sirvo no Comitê das Forças Armadas. Estou envolvida na Iniciativa de Defesa Estratégica, o sistema de armas espaciais que todos chamam de Guerra nas Estrelas. Se você tem inimigos, vou lutar contra eles. Se alguém o perseguir, eu impedirei. Pode me ligar a qualquer hora do dia ou da noite. O nome da minha filha é Catherine. Por favor, nos mostre sua força — acrescentou a senadora Martin, encerrando o apelo. — Liberte Catherine sem fazer mal a ela.

— Rapaz, essa foi uma atitude muito esperta — comentou Clarice. Ela tremia de nervoso, como um cachorrinho. — Rapaz, ela foi muito esperta!

— O quê? Mencionar o projeto Guerra nas Estrelas? — perguntou Mapp. — Se os alienígenas estiverem tentando controlar a mente de Buffalo Bill de outro planeta, a senadora Martin pode protegê-lo. É essa a ideia?

Clarice balançou a cabeça afirmativamente.

— Um monte de paranoicos esquizofrênicos tem exatamente esse tipo de alucinação: controle alienígena. Se Bill funcionar desse jeito, talvez a promessa possa fazer com que ele se exponha. É uma ideia muito boa, e ela ficou ali de pé e a disparou, não foi? Pelo menos pode conseguir mais alguns dias para Catherine. Vai ter mais tempo para investigar Bill. Ou talvez não; Crawford acredita que Bill esteja eliminando as vítimas cada vez mais rápido. Mas eles podem *tentar* isso, e podem tentar outras coisas.

— Não há nada que eu *não* tentaria caso se tratasse de alguém próximo de mim. Por que ela ficou repetindo "Catherine", por que repetir o nome tantas vezes?

— Ela está tentando fazer com que Buffalo Bill veja Catherine como uma pessoa. Acredita-se que Bill precise despersonalizar suas vítimas, que precise vê-las como um objeto antes de matá-las. Alguns assassinos em série dão a entender isso em interrogatórios na prisão. Dizem que é como lidar com uma boneca.

— Você consegue ver Crawford por trás das declarações da senadora?

— Talvez, ou talvez o dr. Bloom... Aí está ele — apontou Clarice.

Na tela apareceu uma entrevista gravada havia várias semanas com o dr. Alan Bloom, da Universidade de Chicago, sobre assassinatos em série.

Por experiência, o dr. Bloom se recusou a comparar Buffalo Bill com Francis Dolarhyde, Garrett Hobbs ou qualquer um dos outros. Ele se recusou a usar o nome "Buffalo Bill". Na verdade, ele falou pouco, mas era famoso por ser um perito, talvez *o* perito no assunto, e o canal queria mostrá-lo.

Usaram sua última declaração como o ponto alto no fim da entrevista.

— Nenhuma ameaça nossa vai ser mais terrível que a agonia diária que ele sente. Tudo que podemos fazer é pedir a ele que venha até nós. E prometer um bom tratamento e conforto, e podemos fazer isso de um jeito sincero.

— Tenho a sensação de que qualquer um gostaria de um pouco de conforto — comentou Mapp. — Eu sei que *eu* preciso de um pouco de conforto! Ele foi enigmático com elegância e só foi bem superficial, eu adoro isso! O dr. Bloom não disse nada para a imprensa, mas é provável que Bill não tenha se emocionado muito.

— Não consigo ficar muito tempo sem pensar naquela garota da Virgínia Ocidental — disse Clarice. — A imagem dela desaparece, digamos, por uma meia hora, e depois volta apertando minha garganta. Esmalte brilhante nas unhas... Não quero pensar nisso de novo.

Abordando as muitas coisas que a empolgavam, Mapp aliviou a tristeza de Clarice durante o jantar e fascinou as pessoas que a ouviam comparando os versos das obras de Stevie Wonder e de Emily Dickinson.

Ao voltar para o quarto, Clarice encontrou uma mensagem em sua caixa: *Por favor, ligue para Albert Roden*, seguida por um número de telefone.

— Isso prova minha teoria — disse ela a Mapp quando se estenderam nas camas com os livros.

— Qual?

— Você conhece dois caras, certo? E é sempre o cara errado que liga.

— É, já notei *isso*.

O telefone tocou.

Mapp encostou a ponta do lápis no nariz.

— Se for o "Hot" Bobby Lowrance, você poderia dizer a ele que estou na biblioteca? — instruiu Mapp. — Diga que ligo amanhã.

Era Crawford ligando de um avião, a voz arranhada pelo microfone.

— Starling, prepare uma mala para dois dias e me encontre dentro de uma hora.

Clarice achou que ele já havia desligado, porque ouviu apenas ruído na linha, mas a voz voltou de repente.

— ... Não precisa levar o equipamento, apenas roupas.

— Onde nos encontramos?

— No Smithsonian. — E Crawford começou a falar com alguém antes de desligar.

— Jack Crawford — revelou Clarice, jogando a bolsa em cima da cama.

A cabeça de Mapp apareceu por cima do seu *Código federal de procedimento criminal*. Ficou espiando Clarice arrumar a mala, com um dos grandes olhos negros fechado.

— Não quero ser chata, mas...

— Você quer, sim — refutou Clarice. Ela sabia o que a amiga ia dizer.

Mapp havia criado a revista de direito da Universidade de Maryland enquanto trabalhava à noite. Era a segunda melhor aluna da turma. Ela atacava os livros como quem vai para uma guerra.

— Supostamente, você tem que fazer a prova de código penal amanhã e o exame físico daqui a dois dias. Certifique-se de que o "Supremo Crawford" saiba que você vai ser reciclada se ele não tomar cuidado. Assim que ele disser "Bom trabalho, estagiária Starling!", sua resposta não deve ser "O prazer foi todo meu!". Você tem que encarar aquela cara de estátua da ilha de Páscoa e dizer: "Espero que o senhor *pessoalmente* garanta que eu não seja reprovada por falta." Entendeu o que eu estou querendo dizer?

— Posso fazer uma prova de segunda chamada de código penal — garantiu Clarice, abrindo um grampo de cabelo com os dentes.

— Ora, se você for reprovada por falta de tempo para estudar, você acha que não vai ser reciclada? Está brincando comigo? Bobinha! Eles jogam você fora como se fosse um saco de lixo. Gratidão tem vida curta, Clarice. Faça com que ele prometa: "Nada de reprovação." Você tem boas notas... Faça com que ele diga isso. Eu jamais vou encontrar outra colega de quarto que passe as roupas tão rápido quanto você quando falta pouco tempo para a aula.

CLARICE DIRIGIA PELA ESTRADA de quatro pistas numa velocidade estável, um quilômetro por hora abaixo da velocidade máxima permitida. Os cheiros de óleo queimado e mofo, o barulho do carro e o som arranhado da transmissão lembravam vagamente a caminhonete do pai, quando andava ao lado dele com seus inquietos irmãos e irmã.

Agora quem dirigia era ela, à noite, as faixas de sinalização brancas do asfalto passando por baixo do carro. Tinha tempo para pensar. Seus temores pareciam respirar perto de sua nuca; suas lembranças mais recentes se contorciam ao seu lado.

Clarice receava que o corpo de Catherine Baker Martin já tivesse sido encontrado. Depois que Buffalo Bill descobriu de quem ela era filha, ele pode ter entrado em pânico. Talvez a tivesse matado e jogado fora o corpo com um inseto enfiado na garganta.

Talvez Crawford estivesse trazendo o inseto para ser identificado. Por que outro motivo iria querer que ela voltasse ao Smithsonian? No entanto, qualquer agente poderia trazer um inseto para o Smithsonian, até mesmo um mensageiro do FBI. E ele lhe disse que levasse roupa para dois dias.

Podia entender o fato de Crawford não lhe explicar nada por uma ligação não segura via rádio, mas era enlouquecedor ficar imaginando o que teria acontecido.

Encontrou no rádio uma estação só de notícias e esperou que o boletim da previsão do tempo terminasse. Quando o informe jornalístico começou, as notícias não trouxeram novidades. A história sobre Memphis foi uma repetição do jornal das sete. A filha da senadora Martin havia desaparecido. Sua blusa fora encontrada cortada nas costas, o que Buffalo Bill costuma fazer. Nenhuma testemunha. Ainda não tinham identificado a vítima encontrada na Virgínia Ocidental.

Virgínia Ocidental. Entre as lembranças de Clarice Starling da Casa Funerária de Potter havia algo sólido e valioso. Um elemento durável, destacando-se das revelações tenebrosas. Algo para guardar. Ela agora se lembrava disso deliberadamente e via que podia guardá-lo como um talismã. Na Casa Funerária de Potter, de pé ao lado da pia, havia descoberto a energia de uma fonte que a surpreendera e agradara: a lembrança de sua mãe. Clarice era uma sobrevivente amadurecida das virtudes herdadas do falecido pai através dos irmãos; e ficou surpresa e comovida pela recompensa que tinha encontrado.

Estacionou diante do quartel-general do FBI na rua 10 com a Pennsylvania. Duas equipes de televisão estavam na calçada, os repórteres parecendo exageradamente elegantes sob as luzes. Realizavam reportagens mostrando o edifício J. Edgard Hoover como cenário de fundo. Clarice evitou as luzes e caminhou dois quarteirões até o Museu Nacional de História Natural.

Podia distinguir no alto do prédio algumas janelas iluminadas. Uma caminhonete da polícia de Baltimore estava na entrada semicircular. Jeff, o motorista de Crawford, aguardava ao volante de um furgão de vigilância nova estacionada logo atrás. Quando viu Clarice chegando, ele falou qualquer coisa ao microfone de um rádio portátil.

18

O GUARDA LEVOU Clarice Starling até o segundo andar, acima do grande elefante empalhado do Smithsonian. A porta do elevador se abriu naquele vasto e mal iluminado andar, e lá estava Crawford esperando, sozinho, as mãos enfiadas nos bolsos do impermeável.

— Boa noite, Starling.

— Olá — cumprimentou ela.

Voltando-se para o guarda, que estava atrás dela, Crawford disse:

— Daqui podemos seguir sozinhos. Obrigado.

Crawford e Clarice caminharam pelo corredor repleto de bandejas e caixas empilhadas contendo espécimes antropológicos. Havia poucas luzes acesas. Quando acertou o passo com ele, na atitude discreta e reflexiva de uma caminhada no campus, Clarice teve a impressão de que Crawford passaria o braço por seus ombros se fosse adequado tocá-la.

Esperou que ele dissesse alguma coisa. Por fim, ela parou, também colocou as mãos nos bolsos e os dois ficaram frente a frente no corredor, num silêncio sepulcral.

Crawford inclinou a cabeça para trás, encostando-a nas caixas, e respirou fundo.

— É provável que Catherine Martin ainda esteja viva — declarou ele.

Clarice balançou a cabeça e olhou para o chão. Talvez ele achasse mais fácil falar se ela não o encarasse. Crawford estava sério, algo o preocupava. Por um segundo, Clarice se perguntou se a esposa de Crawford teria morrido.

Ou talvez tivesse ficado assim por ter passado um dia inteiro com a mãe aflita de Catherine.

— Ele só passou rapidamente por Memphis — continuou. — Ele agarrou Catherine Martin no estacionamento, ao que parece. Ninguém viu nada. Ela entrou no apartamento e logo saiu de novo, por algum motivo. Não pretendia ficar fora muito tempo; ela deixou a porta entreaberta e virou o pino para a porta não trancar. Tinha deixado as chaves em cima da televisão. Nada foi mexido dentro do apartamento. Acredito que ela não tenha permanecido muito tempo no apartamento. Nem chegou até a secretária eletrônica no quarto. A luz que acusava que havia mensagem ainda estava piscando quando o idiota do namorado dela chamou a polícia.

Sem querer, Crawford apoiou a mão dentro de uma caixa de ossos e rapidamente a retirou.

— Portanto, agora ele está com ela, Starling. As emissoras concordaram em não dar destaque ao assunto no jornal da noite. O dr. Bloom teme que isso possa encorajá-lo a tomar uma atitude. Mas é possível que alguns tabloides deem destaque.

Num rapto anterior, a roupa cortada nas costas tinha sido encontrada cedo o bastante para que a vítima fosse identificada enquanto Buffalo Bill ainda a mantinha viva. Clarice se lembrava da contagem num fundo preto nas primeiras páginas da imprensa marrom. Tinha chegado a dezoito dias antes que o corpo aparecesse boiando.

— Então Catherine Baker Martin está esperando no "quarto verde" de Bill, Starling, e talvez a gente tenha apenas uma semana. Isso é o máximo. Bloom acha que ele tem eliminado suas vítimas depois do sequestro cada vez mais rápido.

Parecia que Crawford estava enrolando demais. A referência ao "quarto verde" cenográfico cheirava a conversa fiada. Clarice esperou que ele chegasse ao que interessava, e chegou.

— Mas dessa vez, Starling, *dessa vez* temos uma pequena chance.

Ela o encarou com a cabeça baixa, fitando-o sob as sobrancelhas, esperançosa e aflita ao mesmo tempo.

— Temos outro inseto. Seus amigos, Pilcher e... aquele outro...

— Roden.

— Estão pesquisando sobre ele.

— Onde estava, em Cincinnati? Na menina da geladeira?

— Não. Venha cá e eu mostro. Vamos ver o que você acha disso.

— O Departamento de Entomologia fica do outro lado, sr. Crawford.

— Eu sei.

Contornaram o corredor para chegar à porta da Antropologia. Luz e vozes atravessavam o vidro fosco. Ela entrou.

Três homens de jaleco trabalhavam numa mesa no centro da sala, sob uma luz forte. Clarice não conseguia ver o que estavam fazendo. Jerry Burroughs, da Ciência do Comportamento, olhava por sobre os ombros deles e fazia anotações numa prancheta. Havia na sala um cheiro familiar.

Então, um dos homens de branco se afastou para pôr algo na pia, e ela pôde ver bem.

Numa bandeja de aço inox, em cima da mesa, estava "Klaus", a cabeça que ela havia encontrado no Minidepósito Split City.

— Tinha um inseto na garganta de Klaus — explicou Crawford. — Espere um momento, Starling. Jerry, você está em contato com a sala de comunicações?

Burroughs, ao telefone, estava lendo em voz alta o conteúdo da prancheta. Colocou a mão no fone.

— Sim, Jack, a foto de Klaus está na secagem.

Crawford pegou o fone da mão dele.

— Bobby, não espere pela Interpol. Arranje um transmissor e mande as fotos agora mesmo, junto com o relatório médico. Países escandinavos, Alemanha Ocidental, Holanda. Não se esqueça de dizer que Klaus poderia ser um marujo da Marinha Mercante que desertou. Mencione que o pessoal da Saúde Pública pode encontrar uma pista com base na fratura da mandíbula. Chame de arco zigomático. Certifique-se de que vão seguir ambos os mapas dentários, o universal e o da Federação Dentária. Eles vão indicar uma idade, mas enfatize que essa é uma estimativa grosseira, não se pode depender de suturas cranianas para isso. — Ele devolveu o telefone para Burroughs. — Onde estão as suas coisas, Starling?

— Na sala dos guardas, lá embaixo.

— A Johns Hopkins encontrou o inseto — revelou Crawford enquanto esperavam pelo elevador. — Eles analisaram a cabeça para a polícia de Baltimore. O inseto estava na garganta, exatamente como o da garota na Virgínia Ocidental.

— Como na Virgínia Ocidental.

— Foi o que acabei de dizer. A Johns Hopkins o encontrou hoje, mais ou menos às sete da noite. O promotor público de Baltimore falou comigo no telefone do avião. Eles enviaram tudo para cá, Klaus e todo o resto, de forma que pudéssemos vê-lo *in situ*. Também queriam uma opinião do dr. Angel sobre a idade de Klaus, e sobre que idade teria quando fraturou o maxilar. Eles consultam o Smithsonian, assim como nós.

— Preciso de uns segundos para digerir essa informação. Você está dizendo que Buffalo Bill pode ter matado *Klaus*? Anos atrás?

— Parece muito improvável, coincidência demais?

— Por enquanto, parece.

— Espere um tempo para absorver a informação.

— O dr. Lecter me indicou onde encontrar Klaus — lembrou Clarice.

— Sim, é verdade.

— O dr. Lecter me contou que seu paciente, Benjamin Raspail, afirmava que tinha matado Klaus. Mas Lecter acreditava que teria sido um acidente durante uma asfixia autoerótica.

— Isso foi o que ele contou para você.

— Você acha que o dr. Lecter pode saber exatamente como Klaus morreu, e que não foi Raspail, e que também não foi asfixia autoerótica?

— Tinha um inseto na garganta de Klaus, tinha um inseto na garganta da garota da Virgínia Ocidental. Eu nunca li nada assim, nunca ouvi falar de alguma coisa assim. O que você acha?

— Eu acho que o senhor me instruiu a fazer uma mala para dois dias para que eu vá falar com o dr. Lecter, certo?

— Ele só fala com você. — Crawford parecia bem triste ao dizer isso. — Acho que ele gosta de você.

Clarice anuiu com a cabeça.

— Vamos conversar a caminho do hospital psiquiátrico — acrescentou Crawford.

19

— O DR. LECTER clinicou durante anos antes de o pegarmos pelos assassinatos que cometeu — explicou Crawford. — Ele fez muitas avaliações psiquiátricas para as cortes de Maryland e da Virgínia e para algumas outras ao longo da Costa Leste, aqui e ali. Examinou uma porção de criminosos insanos. Quem sabe quantos ele libertou, só por diversão? Está aí uma coisa que ele podia fazer. O dr. Lecter também conheceu Raspail fora da terapia, e Raspail pode ter contado qualquer coisa durante a consulta. Talvez ele tenha dito quem matou Klaus.

Crawford e Clarice estavam frente a frente em cadeiras giratórias no fundo do furgão de vigilância, que seguia rapidamente para o norte, pela US 95, em direção a Baltimore, a sessenta quilômetros de distância. Jeff, ao volante, tinha ordem de pisar fundo.

— Lecter se ofereceu para ajudar, mas eu recusei. Já havia recebido a ajuda dele antes. Ele não nos deu nada de útil, e Will Graham recebeu uma facada no rosto na última vez. Por diversão.

"Mas não posso ignorar que havia um inseto na garganta de Klaus e um na da moça da Virgínia Ocidental. Alan Bloom nunca ouviu falar de algo semelhante antes, e eu tampouco. Você já soube de algum caso assim, Starling? Você tem lido muito a respeito, como eu."

— Nunca. Inserir objetos, sim, mas nunca um inseto.

— Duas coisas para começar. Primeiro, partimos do pressuposto de que o dr. Lecter sabe de algo concreto. Segundo, não vamos esquecer que Lecter gosta de se divertir. É da natureza dele. Lecter tem que querer que Buffalo Bill seja pego enquanto Catherine Martin ainda está viva. Toda a sua diversão e os benefícios precisam ser encaminhados nessa direção. Não temos meios de ameaçá-lo; ele já perdeu o assento do vaso sanitário e os livros.

— O que aconteceria se só expuséssemos a situação a ele e oferecêssemos um benefício: uma janela com vista? Foi o que ele pediu quando se ofereceu para ajudar.

— Ele se ofereceu para *ajudar*, Starling, não para denunciar. Uma delação não daria a Lecter uma chance de demonstrar sua inteligência. Você está duvidando, você prefere a verdade. Olha só, Lecter não tem pressa. Ele está acompanhando tudo como se fosse um jogo de beisebol. Se pedirmos que nos dê um nome, ele vai preferir esperar. Ele não vai fazer isso de imediato.

— Nem mesmo em troca de uma recompensa? Algo que ele não vai obter se Catherine morrer?

— Suponha que a gente diga que *sabe* que ele tem informações e quer que se abra. Lecter iria se divertir bastante protelando e agindo como se estivesse tentando se lembrar, semana após semana, para alimentar as esperanças da senadora Martin enquanto deixa Catherine morrer. Depois faria o mesmo com as próximas mães, reacendendo esperanças, sempre quase se lembrando do nome... Ele iria preferir isso a uma janela com vista. É disso que Lecter vive, é disso que ele se alimenta.

"Não sei se a gente fica mais esperto com a idade, Starling, mas aprende-se a se esquivar da perversidade. Talvez aqui possamos nos esquivar de alguma."

— Então o dr. Lecter deve achar que estamos apelando a sua ajuda apenas porque queremos uma teoria, uma ideia — arriscou Clarice.

— Isso.

— Por que o senhor não me disse? Por que não me mandou interrogá-lo sabendo disso?

— Eu me coloco no mesmo nível que você. E você vai fazer o mesmo quando tiver um comando. Nenhuma outra forma de agir dura muito tempo.

— Então eu não tenho que mencionar o inseto na garganta de Klaus, e nenhuma conexão entre Klaus e Buffalo Bill.

— Não. Você voltou para procurá-lo porque ficou impressionada com a previsão dele de que Buffalo Bill começaria a escalpelar as vítimas. Já deixei claro que não tenho interesse em Lecter, assim como Alan Bloom. Mas estou deixando você conversar com ele. Ofereça alguns privilégios, coisas que só uma pessoa tão poderosa quanto a senadora Martin poderia conceder. Lecter precisa acreditar que deve agir rápido, porque a oferta vai ser cancelada se Catherine morrer. A senadora vai perder o interesse nele se isso acontecer. Assim, se Lecter falhar, vai ser porque ele não é inteligente, porque ele não é capaz de fazer o que disse que podia, e não porque está retendo alguma informação para nos prejudicar.

— A senadora vai *mesmo* perder o interesse?

— É melhor você ser capaz de jurar que não sabe a resposta para essa pergunta.

— Entendi.

Isso significava que a senadora Martin não sabia de nada, o que gerava certa tensão. Estava claro que Crawford não queria interferência, com receio de que a senadora cometesse o erro de apelar diretamente ao dr. Lecter.

— Você *entendeu* a situação?

— Sim. Como ele pode ser específico o suficiente para nos levar até Buffalo Bill sem mostrar que sabe alguma coisa importante? Como ele vai fazer isso só com teorias e ideias?

— Não sei, Starling. Ele já teve muito tempo para pensar no assunto. Lecter esperou seis vítimas.

O telefone tocou e piscou com a primeira de uma série de ligações que Crawford tinha combinado com a central do FBI.

Nos vinte minutos seguintes, ele conversou com agentes que conhecia da Polícia Estadual holandesa e da Royal Marechaussee, com um Överstelöjtnant da Polícia Técnica sueca que havia estudado em Quantico, um amigo que era assistente do Rigspolitchef da polícia dinamarquesa, e surpreendeu Clarice falando em francês com o escritório de comando noturno da Police Criminelle belga. Em todas as conversas, enfatizou a necessidade de apressar a identificação de Klaus e seus companheiros. Cada uma dessas jurisdições já havia recebido o pedido pelo telex da Interpol, mas, com a rede de contatos em atividade, o pedido não ficaria muito tempo esquecido.

Clarice percebeu que Crawford havia escolhido o furgão porque poderia fazer essas ligações — o veículo dispunha do novo sistema de Privacidade de

Voz —, mas o trabalho teria sido mais fácil no escritório. No furgão ele tinha de manusear os cadernos numa mesa pequena e mal iluminada, e os passageiros quicavam toda vez que os pneus passavam numa emenda no asfalto. Clarice não tinha muita experiência de campo, mas sabia que não era comum um chefe de divisão usar um furgão numa missão como essa. Crawford poderia tê-la instruído por rádio, mas ela apreciou o fato de ele não tê-lo feito.

Clarice tinha a sensação de que a privacidade e a tranquilidade no furgão, e o tempo dedicado para dar continuidade àquele trabalho, tinham um alto custo. Escutando Crawford ao telefone, confirmou isso.

Ele agora falava com o diretor do FBI, que estava em casa.

— Não, senhor. Eles insistiram muito nisso? ... Por quanto tempo? Não, senhor. Não. Nenhuma escuta. Tommy, essa é minha recomendação, eu insisto. *Não quero* que ela leve uma escuta. O dr. Bloom concorda comigo. Ele está retido pela neblina em O'Hare. Vai vir assim que o tempo permitir. Certo.

Então, Crawford teve uma conversa discreta com a enfermeira noturna de sua casa. Ao terminar, olhou pela janela por um tempo, com os óculos descansando no joelho, segurados por um dedo. Seu rosto parecia lívido quando era iluminado pelas luzes de tempos em tempos. Depois recolocou os óculos e se virou para Clarice.

— Lecter é nosso por três dias. Se a gente não conseguir nada, Baltimore vai pressioná-lo até a justiça intervir.

— Interrogar Lecter exaustivamente não funcionou da última vez. O dr. Lecter não se sente muito pressionado.

— O que foi que Lecter ofereceu a eles depois da visita, um origami de galinha?

— Uma galinha, sim.

O origami amassado ainda estava na bolsa de Clarice. Ela alisou a galinha de papel dobrado na mesinha do furgão e a fez dar uma bicada.

— Não culpo os policiais de Baltimore. Lecter é prisioneiro deles. Se o corpo de Catherine aparecer boiando, eles têm que estar em condições de dizer à senadora Martin que tentaram de tudo.

— Como está a senadora?

— Sob controle, mas sofrendo. Ela é uma mulher inteligente e decidida, e tem bom senso, Starling. Você provavelmente gostaria dela.

— O pessoal da Johns Hopkins e da Divisão de Homicídios de Baltimore vai manter segredo sobre o inseto na garganta de Klaus? Vamos ter como manter o assunto fora dos jornais?

— Por uns três dias pelo menos.

— Deve ter dado muito trabalho conseguir isso.

— Não podemos confiar em Frederick Chilton nem em ninguém no hospital psiquiátrico — avisou Crawford. — Se Chilton souber, o mundo todo vai saber. Ele tem que acreditar que você está lá apenas como um favor à Divisão de Homicídios de Baltimore, tentando encerrar o caso Klaus, que não tem nada a ver com Buffalo Bill.

— E eu vou tão tarde da noite?

— É o único tempo que eu daria a você. Devo avisá-la de que a história do inseto da Virgínia Ocidental vai estar nos jornais amanhã cedo. O escritório do legista em Cincinnati deu com a língua nos dentes, portanto isso não é mais um segredo. É um detalhe que Lecter pode obter de você, e isso realmente não tem importância, desde que ele não saiba que encontramos um em Klaus também.

— O que temos para oferecer a Lecter em troca?

— É nisso que estou trabalhando — respondeu Crawford, e voltou para suas ligações.

20

UM GRANDE BANHEIRO revestido de azulejos brancos, com claraboias e metais italianos elegantes se destacando sobre os antigos tijolos aparentes. Uma penteadeira elaborada, ladeada por grandes plantas e repleta de cosméticos, o espelho embaçado pelo vapor da água quente. No chuveiro, uma voz murmurava bem alto a música "Cash for Your Trash", de Fats Waller, do musical *Ain't Misbehavin'*. Às vezes a voz incluía a letra:

> *Save up all your old newspa-pers,*
> *Save and pile 'em like a high skyscraper*
> pá papapá pá pá papá pá
> pá...

Sempre que cantava a letra da música, uma cachorrinha arranhava a porta do banheiro.

Embaixo do chuveiro estava Jame Gumb, branco, 34 anos, um metro e oitenta e três, noventa e cinco quilos, cabelos castanhos, olhos azuis, sem nenhum sinal característico. Pronunciava o primeiro nome *James* sem o *s* — Jame. Fazia questão.

Depois de se enxaguar pela primeira vez, Gumb aplicou Friction des Bains, esfregando-a no peito e nas nádegas e usando uma esponja nas partes que não gostava de tocar. Os pelos de suas pernas já tinham crescido um pouco, mas ele decidiu deixar assim mesmo.

Gumb se esfregou com a toalha até ficar rosado e aplicou um bom hidratante para amaciar a pele. Seu espelho de corpo inteiro tinha uma cortina decorativa estendida numa barra à sua frente.

Ele usou a esponja para acomodar o pênis e os testículos entre as pernas. Afastou a cortina para um lado, ficou de pé em frente ao espelho e posou deslocando o quadril para o lado, apertando ainda mais suas partes íntimas.

— Faça algo *por* mim, meu benzinho. Faça algo por mim BEM RÁPIDO.

Usava o registro mais agudo de sua voz naturalmente grave, e acreditava estar melhorando. Os hormônios que havia tomado — Premarin por um tempo e depois dietilestilbestrol, oralmente — não fizeram nada pela sua voz, mas tinham tornado esparsos os pelos em volta de suas mamas ligeiramente desenvolvidas. Muita eletrólise o havia feito perder a barba e dera à frente do seu cabelo um formato de bico de viúva, mas ele não parecia uma mulher. Parecia um homem inclinado a lutar com as unhas tanto quanto com os punhos e os pés.

Se seu comportamento era uma determinada mas desajeitada tentativa de parecer homossexual, ou se era apenas um deboche, seria difícil dizer conhecendo-o pouco, e poucos o conheciam bem.

— O que você vai fazer por *miiim*?

A cachorrinha arranhou a porta ao som da voz dele. Gumb vestiu o roupão e a deixou entrar. Agarrou o pequeno poodle cor de champanhe e deu um beijo no seu dorso gordinho.

— Siiiim... Você está *com fome*, minha preciosa? Eu também estou.

Passou a cadelinha de um braço para o outro ao abrir a porta do quarto. Ela se contorceu, querendo voltar para o chão.

— Só um momento, minha queridinha. — Com a mão livre ele pegou a carabina Mini-14 que estava ao lado da cama e a colocou sobre os travesseiros. — *Agora*. Agora, vamos. Vamos jantar num minuto. — Ele colocou a cadelinha no chão e vestiu sua roupa de dormir. O animal o seguiu alegremente escada abaixo em direção à cozinha.

Jame Gumb tirou três refeições congeladas que tinha preparado no micro-ondas. Duas Hungry Man para ele e uma Lean Cuisine para a cachorrinha. Ela devorou o prato principal e a sobremesa, deixando os legumes; Jame Gumb deixou apenas os ossos em seus dois pratos.

Deixou a cadelinha sair pela porta dos fundos e, apertando bem o robe no corpo por causa da friagem, ficou observando-a enquanto ela se agachava na estreita faixa de luz que passava pela porta.

— Você não fez o número do-ois... Muito bem. Não vou olhar. — Mas espiou por entre os dedos da mão em frente ao rosto. — Ah! *Que lindo!* Sua safadinha, você é uma perfeita dama! Vamos, vamos para a cama.

O sr. Gumb gostava de ir para a cama. Ele fazia isso várias vezes durante a noite. Gostava também de se levantar e ficar em algum dos seus muitos quartos sem acender a luz, ou trabalhar um pouco durante a noite quando ficava empolgado com algum trabalho criativo.

Ia apagar a luz da cozinha, mas parou brevemente, fazendo um biquinho ao olhar para os restos do jantar. Pegou as três bandejas e limpou a mesa.

Um interruptor em cima da escada acendeu as luzes do porão. Jame Gumb começou a descer, levando as bandejas. O animal ganiu na cozinha e, com o focinho, abriu a porta atrás dele.

— Muito bem, sua bobinha. — Ele pegou a cadelinha do chão e a carregou para baixo. Ela se contorceu e meteu o focinho nas bandejas que estavam na outra mão dele. — Nada disso! Você já comeu muito. — Colocou-a no chão e ela o seguiu de perto ao longo do piso irregular de um dos vários cômodos do subsolo.

Num cômodo do porão, abaixo da cozinha, havia um poço seco. Suas bordas de pedra, reforçadas com manilhas de cimento modernas, elevavam-se uns sessenta centímetros acima do chão arenoso. A tampa de segurança original, de madeira, pesada demais para uma criança levantar, estava no lugar. Havia nela uma abertura grande o suficiente para passar um balde. Jame Gumb descartou os restos das bandejas dele e da cachorrinha pela abertura.

Os ossos e os legumes desapareceram na escuridão absoluta do poço. A cadelinha se sentou, numa posição suplicante.

— Nada disso, foi tudo embora — repreendeu Gumb. — Você está gordinha demais.

Ele subiu as escadas do porão sussurrando "Gorduchinha, gorduchinha" para a cadela. Gumb ignorou o grito, ainda bem forte e controlado, que ecoou do fundo daquele buraco negro.

— POR FAVOOR!

21

Clarice Starling entrou no Hospital Estadual de Baltimore para Criminosos com Transtornos Mentais pouco depois das dez da noite. Estava sozinha. Esperava que o dr. Chilton não estivesse lá, mas o encontrou esperando por ela em sua sala.

Chilton usava um blazer esportivo xadrez de corte britânico. As duas fendas nas costas e as abas soltas davam ao blazer uma aparência de saia curta, pensou Starling. Tinha esperança de que ele não estivesse vestido assim por causa dela.

Em torno da mesa, a sala estava vazia, exceto por uma cadeira de espaldar reto aparafusada ao chão. Clarice ficou de pé ao lado dela enquanto seu cumprimento pairava no ar sem resposta. Ela sentia o cheiro dos cachimbos apagados e fedorentos num suporte ao lado do umidor de Chilton.

Ele terminou de examinar sua coleção de locomotivas da Franklin Mint e se virou para ela.

— Gostaria de uma xícara de café descafeinado?

— Não, obrigada. Desculpe por incomodá-lo à noite.

— Você ainda está tentando descobrir algo sobre aquela história da cabeça? — perguntou o dr. Chilton.

— Sim. O escritório da promotoria pública de Baltimore me disse que havia feito os arranjos com o senhor, doutor.

— Ah, sim. Eu trabalho *bem* perto das autoridades daqui, srta. Starling. Por acaso a senhorita está escrevendo um artigo ou uma tese?

— Nem uma coisa nem outra.

— Já publicou alguma vez em periódicos profissionais?

— Não, nunca. Essa é só uma missão que o escritório da promotoria me pediu que realizasse para a Divisão de Homicídios de Baltimore. Nós os deixamos com um caso aberto e estamos ajudando para que não restem pontas soltas. — Clarice percebeu que sua antipatia por Chilton tornava muito mais fácil mentir para ele.

— A senhorita está grampeada, srta. Starling?

— Estou o quê...?

— Está usando algum dispositivo eletrônico para registrar o que o dr. Lecter diz? O termo policial é "grampeada", estou certo de que a senhorita já ouviu isso.

— Não.

O dr. Chilton pegou um pequeno Pearlcorder na mesa e colocou nele uma fita cassete.

— Então ponha isso na sua bolsa. Vou mandar transcrever e depois envio uma cópia para a senhorita. Pode usar para ampliar suas observações.

— Não, eu não posso fazer isso, dr. Chilton.

— Por que não? As autoridades de Baltimore sempre me pedem uma análise sobre tudo o que Lecter diz acerca desse caso de Klaus.

Evite Chilton, se puder, disse Crawford. *Podemos passar por cima dele com uma ordem judicial. Além do mais, Lecter vai desconfiar. Ele sabe o que se passa com Chilton como se lesse um livro aberto.*

— O promotor público achou melhor tentarmos primeiro realizar uma aproximação informal. Se eu gravar o dr. Lecter sem seu conhecimento e ele descobrir, vai ser realmente o fim da atmosfera de trabalho que temos mantido. Estou certa de que o senhor concorda com isso.

— Como ele iria descobrir?

Lecter leria nos jornais para os quais você passa as informações, seu babaca! Clarice se conteve.

— Se isso der algum resultado e ele tiver que depor, o senhor vai ser o primeiro a ver o material e estou certa de que vai ser convidado a servir como uma importante testemunha. Nós agora estamos apenas tentando obter uma pista dele.

— Sabe por que ele fala com você, srta. Starling?

— Não, dr. Chilton.

O homem se virou de costas e passou a examinar os certificados e os diplomas que estavam na parede atrás da mesa, como se estivesse fazendo um levantamento. Em seguida, virou-se devagar para Clarice.

— A senhorita *realmente* sabe o que está fazendo?

— Claro que sei. — *Muita ênfase nesse "sei"*. As pernas de Clarice tremiam por causa do esforço físico. Ela não queria brigar com Chilton. Tinha de guardar energia para enfrentar Lecter.

— O que a senhorita está fazendo é vir ao meu hospital para conduzir um interrogatório e se recusando a compartilhar as informações comigo.

— Estou agindo de acordo com as instruções que recebi, dr. Chilton. Tenho aqui o número de telefone do plantão noturno da promotoria pública. E agora, por favor, ou discuta o assunto com o pessoal de lá, ou me deixe trabalhar.

— Eu não sou um porteiro, srta. Starling. Não venho para cá à noite apenas para deixar as pessoas entrarem e saírem. Eu tinha um ingresso para o Holiday on Ice.

Ele notou que tinha dito *um* ingresso. Nesse instante, Clarice avaliou a vida de Chilton, e ele percebeu isso.

Ela viu a geladeira sem graça, as sobras de comida na bandeja onde havia jantado sozinho e as pilhas de papéis que passavam meses no mesmo lugar até que ele as mudasse de lugar, e sentiu pena de sua vida solitária, mas logo percebeu que não devia poupá-lo, tocar no assunto nem olhar em volta. Encarou-o e, inclinando levemente a cabeça, fez com que Chilton sentisse que ela havia percebido quem ele era e como vivia, sabendo que ele já não conseguiria estender aquela conversa.

Chilton mandou um guarda chamado Alonzo acompanhá-la.

22

Caminhando com Alonzo em direção às últimas celas, Clarice conseguiu não dar ouvidos às batidas de portas e aos gritos, embora percebesse as vibrações. Sentia uma pressão crescente, como se estivesse afundando na água, cada vez mais fundo.

A proximidade dos loucos — pensar em Catherine Baker Martin amarrada e sozinha, farejando-a e apalpando a própria calça — deu forças para Starling continuar seu serviço. Mas ela precisava de mais que determinação. Precisava também permanecer calma, não se alterar, ser um instrumento muito afiado. Tinha de ser paciente apesar da necessidade terrível de se apressar. Se o dr. Lecter soubesse a resposta, ela teria de desencavá-la no emaranhado dos pensamentos dele.

Clarice pensava em Catherine Baker Martin como a criança que tinha visto nas imagens do jornal, a menininha num barco a vela.

Alonzo apertou o botão da campainha da última porta pesada.

— Ensina-nos como preocuparmo-nos e como não nos preocuparmos, ensina-nos a permanecer calmos.

— O quê? — interpelou Alonzo, e Clarice percebeu que tinha pensado em voz alta.

Ele a deixou com o guarda corpulento que abrira a porta. Quando Alonzo deu meia-volta para ir embora, ela notou que ele fazia o sinal da cruz.

— É um prazer revê-la — cumprimentou o guarda enquanto passava os ferrolhos na porta atrás dela.

— Oi, Barney.

Barney segurava um livro com seus dedos roliços. Era *Razão e sensibilidade*, de Jane Austen. Clarice estava atenta a tudo.

— Como quer as luzes? — perguntou ele.

O corredor entre as celas estava na penumbra. Mas ela notou uma luz forte iluminando o chão em frente à última cela, no fim do corredor.

— O dr. Lecter está acordado.

— À noite, sempre, mesmo quando a luz fica apagada.

— Deixe como está.

— Fique no meio do corredor ao chegar lá, e não toque nas barras, certo?

— Quero aquela televisão desligada.

O aparelho de televisão havia sido mudado de lugar. Estava no fim do corredor, voltado para o centro. Alguns prisioneiros podiam assistir aos programas exibidos se encostassem a cabeça nas barras.

— Tire o som, mas deixe a imagem, se não se importar. Alguns presos gostam de ficar olhando. A cadeira está lá, se quiser se sentar.

Clarice avançou sozinha pelo corredor na penumbra. Não olhou para nenhuma cela. Seus passos lhe pareciam meio barulhentos. Os únicos outros ruídos eram o ronco vindo de uma cela, talvez de duas, e um risinho baixo ressoando em outra.

A cela do falecido Miggs tinha um novo ocupante. Ela via pernas compridas esticadas no chão e uma cabeça apoiada nas grades. Clarice olhou ao passar. Um homem estava sentado no chão da cela entre recortes de cartolina. Seu rosto era inexpressivo. A televisão se refletia em seus olhos e um fio de saliva reluzente ligava o canto de sua boca ao ombro.

Ela não quis olhar para a cela do dr. Lecter até estar segura de que ele a tinha visto. Passou por ela sentindo um arrepio na espinha, foi até a televisão e tirou o som.

O dr. Lecter usava o pijama branco do hospital psiquiátrico em sua cela branca. As únicas coisas coloridas ali eram seus cabelos, seus olhos e sua boca vermelha, num rosto há tanto tempo longe do sol, que se diluía na brancura ao redor. Suas feições pareciam flutuar acima da gola da camisa. Estava sentado à mesa, atrás da rede de náilon que o mantinha afastado das barras. Fazia um esboço em papel de embrulho, usando a própria mão como modelo. Enquanto ela observava, Lecter virou a mão e, dobrando os dedos para flexionar os músculos, desenhou a parte interna do antebraço. Usou o dedo mínimo como esfuminho para modificar uma linha de carvão.

Clarice se aproximou das barras e ele levantou os olhos. Para ela, todas as sombras da cela convergiam para os olhos dele.

— Boa noite, dr. Lecter.

A ponta da língua dele apareceu, vermelha como seus lábios. Tocou o lábio superior exatamente no centro e se recolheu de novo.

— Clarice.

Ela percebeu uma aspereza ligeiramente metálica naquela voz e se perguntou há quanto tempo ele não falava. Lecter fez uma pausa antes de continuar.

— Você chegou tarde para sua aula noturna — repreendeu ele.

— Essa é a hora da minha aula noturna — disse ela, desejando que sua voz soasse mais firme. — Ontem estive na Virgínia Ocidental...

— Você se machucou?

— Não, eu...

— Você está com um Band-Aid novo, Clarice.

Então ela lembrou.

— Eu me arranhei hoje na borda da piscina. — O Band-Aid estava na sua perna, escondido, por baixo da calça. Ele devia ter sentido o cheiro.

— Eu estive na Virgínia Ocidental ontem. Encontraram um corpo lá, a última vítima de Buffalo Bill.

— Não exatamente *a última*, Clarice.

— A penúltima.

— Pois é.

— Ela foi escalpelada. Exatamente como o senhor disse que aconteceria.

— Você se incomoda se eu continuar a desenhar enquanto falamos?

— Não, continue, por favor.

— Você examinou o corpo?

— Sim.

— Você tinha visto os serviços anteriores dele?

— Não. Só fotos.

— Como você se sentiu?

— Apreensiva. Depois me concentrei no trabalho.
— E depois?
— Abalada.
— Você conseguiu trabalhar direito? — O dr. Lecter esfregou o carvão na beira do papel para refazer a ponta.
— Muito bem. Eu trabalhei muito bem.
— Para Jack Crawford? Ou ele ainda atende em domicílio?
— Ele estava lá.
— Seja boazinha para mim um momento, Clarice. Deixe sua cabeça pender para a frente, como se estivesse dormindo. Mais um segundo. Obrigado, agora já peguei a pose. Sente-se, se quiser. Você tinha dito a Jack Crawford o que eu disse antes de eles a encontrarem?
— Sim. Ele não deu muita atenção ao assunto.
— E depois que ele viu o corpo na Virgínia Ocidental?
— Bem, ele falou com a principal autoridade no assunto, na Universidade de...
— Alan Bloom.
— Isso mesmo. O dr. Bloom disse que Buffalo Bill estava personificando um tipo criado pelos jornais: essa história de Buffalo Bill escalpelar que os tabloides andaram explorando. O dr. Bloom disse que qualquer pessoa podia ver que isso iria acontecer.
— O dr. Bloom viu que isso estava para acontecer?
— Ele afirmou que sim.
— Ele sabia disso, mas guardou para si mesmo. Entendo. O que você acha, Clarice?
— Não estou certa.
— Você estudou psicologia e prática forense. Você caça onde esses dois campos confluem, não é, Clarice? Já caçou alguma coisa?
— Muito pouco até agora.
— O que suas duas disciplinas lhe dizem a respeito de Buffalo Bill?
— De acordo com os livros, ele é um sádico.
— A vida é instável demais para os livros, Clarice; a raiva parece luxúria, o lúpus se apresenta como uma urticária.

O dr. Lecter terminou o esboço da sua mão esquerda com a direita; trocou o carvão de mão e começou a desenhar a mão direita com a esquerda, com a mesma facilidade.

— O senhor se refere ao livro do dr. Bloom?

— Sim. Você me procurou nele, não foi?

— Sim.

— Como foi que ele me descreveu?

— Um autêntico sociopata.

— Você diria que o dr. Bloom está sempre certo?

— Continuo esperando pelo embotamento afetivo.

O sorriso do dr. Lecter revelou seus pequenos dentes brancos.

— Temos peritos em todos os assuntos, Clarice. O dr. Chilton diz que Sammie, ali atrás de você, tem esquizofrenia hebefrênica e está completamente perdido. Ele colocou Sammie na antiga cela de Miggs porque acha que Sammie já disse adeus. Você sabe como os hebefrênicos geralmente se vão? Não se preocupe, ele não vai ouvir.

— São os mais difíceis de se tratar — respondeu ela. — Geralmente caem num recolhimento terminal e suas personalidades se desintegram.

O dr. Lecter tirou algo do meio de suas folhas de papel de embrulho e colocou na bandeja deslizante. Starling a puxou.

— Ontem mesmo Sammie me mandou isso com a minha comida — avisou ele.

Era um pedaço de cartolina escrita em lápis de cera. Starling leu:

> eu quéro ir pra jesuis
> com cristo eu quero está
> eu posso ir com jesuis
> sebem eu me comportá
>
> sammie

Clarice olhou para trás. Sammie estava sentado, o rosto inexpressivo voltado para a parede da cela, a cabeça encostada nas barras.

— Quer ler em voz alta? Ele não vai escutá-la.

Ela começou:

— Eu quero ir para Jesus, com Cristo eu quero estar. Eu posso ir com Jesus, se bem eu me comportar.

— Não, não. Seja mais assertiva, com uma cadência mais marcada. A métrica varia, mas a intensidade é a mesma. Com fervor: "Eu *que*-ro ir pra Jesus, com *Cris*-to eu quero estar."

— Entendi — disse Clarice, colocando o papel de volta na bandeja.

— Não, você não entendeu nada — repreendeu o dr. Lecter, levantando-se, o corpo magro subitamente grotesco, agachado, parecendo um gnomo, ele pulava marcando o compasso, a voz reverberando como um sonar: — "Eu *que*-ro ir pra Jesus..."

De repente, a voz de Sammie ecoou atrás de Clarice, mais alta que o urro de um macaco, de pé, batendo com o rosto nas grades, lívido, fazendo um esforço violento, com os tendões do pescoço salientes:

eu quéro ir pra jesuis
com cristo eu quero está
eu posso ir com jesuis sebem eu me comportá

Silêncio. Clarice percebeu que tinha se levantado e que sua cadeira de dobrar estava bem atrás. Os papéis haviam caído no chão.

— Por favor — pediu o dr. Lecter, novamente de pé e elegante como um bailarino, convidando-a a se sentar.

Ele se sentou calmamente em sua cadeira e descansou o queixo na mão.

— Você não entendeu nada — repetiu. — Sammie é profundamente religioso. Ele está simplesmente decepcionado porque Jesus está demorando tanto. Posso dizer a Clarice por que você está aqui, Sammie?

Sammie coçou o queixo e ficou estático.

— Posso? — insistiu o dr. Lecter.

— Éééééé... — concedeu Sammie por entre os dedos.

— Sammie pôs a cabeça da mãe dele na bandeja de esmolas na Igreja Batista de Trune. Estavam cantando "Dá teu melhor para o Mestre", e era o melhor que ele tinha. — Lecter se virou para falar com ele. — Obrigado, Sammie. Está tudo muito bem. Veja televisão.

O homem alto se deixou cair no chão, com a cabeça apoiada nas barras, na mesma posição de antes, e as imagens da televisão se refletiam em suas pupilas. Agora havia riscos prateados no seu rosto: cuspe e lágrimas.

— Muito bem. Veja se você pode dar atenção ao problema dele e talvez eu dê atenção ao seu. *Quid pro quo*. Ele não está escutando.

Clarice teve de se concentrar no problema de Sammie.

— Os versos mudam de "ir pra Jesus" para dizer que "com Cristo quero estar" — observou ela. — Há uma sequência racional: ir para, estar com, ir com.

— Sim. É uma progressão linear. Estou particularmente satisfeito que ele saiba que "Jesuis" e "Crísto" são a mesma coisa. Isso é um progresso. A ideia de um simples Deus-pai ser também uma Trindade é difícil de se aceitar, sobretudo para Sammie, que não está seguro acerca de quantas pessoas ele mesmo é formado. Eldridge Cleaver nos deu a parábola do Óleo Três-em-Um e nós a achamos útil.

— Ele vê uma relação causal entre o próprio comportamento e seus objetivos, e isso é um raciocínio estrutural — comentou Clarice. — Assim é também a construção de um ritmo. Ele não está obtuso... ele está chorando. O senhor acredita que Sammie é um catatônico esquizoide?

— Sim. Você consegue sentir o cheiro do suor dele? Aquele cheiro peculiar de bode é ácido trans-3-metil-2-hexenoico. Lembre-se, é o cheiro da esquizofrenia.

— E o senhor acredita que ele é tratável?

— Particularmente neste momento, quando está saindo de uma fase de estupor. Como brilham as faces dele!

— Dr. Lecter, por que o senhor diz que Buffalo Bill não é um sádico?

— Porque os jornais divulgaram que os corpos tinham marcas de ligaduras nos pulsos, mas não nos tornozelos. Você viu alguma marca nos tornozelos da garota na Virgínia Ocidental?

— Não.

— Clarice, esfolamentos recreacionais são sempre executados com a vítima de ponta-cabeça, de forma que a pressão sanguínea se mantenha por mais tempo na cabeça e no peito e a vítima permaneça consciente. Você sabia disso?

— Não.

— Quando voltar a Washington, vá até a Galeria Nacional e veja *O esfolamento de Marsias*, de Ticiano, antes que o quadro volte para a Tchecoslováquia. Ticiano era maravilhoso nos detalhes; repare no prestativo Pã, trazendo o balde de água.

— Dr. Lecter, temos aqui algumas circunstâncias extraordinárias e algumas oportunidades incomuns.

— Para quem?

— Para o senhor, se salvarmos essa moça. O senhor viu a senadora Martin na televisão?

— Sim, eu escutei as notícias.

— O que achou das declarações dela?

— Mal orientadas e inócuas. Ela está mal assessorada.

— A senadora Martin é muito influente. E é uma pessoa decidida.

— Vejamos o que você tem a dizer.

— Creio que o senhor tenha uma percepção extraordinária. A senadora Martin prometeu que, se o senhor nos ajudar a trazer Catherine Baker Martin de volta viva e incólume, ela vai ajudar na transferência do senhor para uma instituição federal, e, se houver uma cela com vista, o senhor vai ficar com ela. Além disso, também vão poder solicitar ao senhor que reveja as avaliações psiquiátricas dos pacientes admitidos. Em outras palavras, um trabalho. As restrições de segurança não vão ser reduzidas.

— Eu não acredito nisso, Clarice.

— Pois devia acreditar.

— Ah, eu acredito em *você*. Mas há mais coisas que você não sabe a respeito do comportamento humano do que como se procede um esfolamento. Você não diria que, para uma senadora dos Estados Unidos, é uma escolha estranha enviar você como mensageira?

— O *senhor* fez essa escolha, dr. Lecter. O senhor decidiu falar comigo. Preferia que fosse outra pessoa? Ou talvez o senhor ache que não vai poder ajudar.

— Isso é ao mesmo tempo impudente e falso, Clarice. Creio que Jack Crawford jamais vá permitir que me deem alguma compensação... Possivelmente eu lhe darei alguma coisa para dizer à senadora, mas eu opero estritamente na base do toma lá, dá cá. Talvez eu troque isso por alguma informação a seu respeito. Sim ou não?

— Vamos ver qual é a pergunta.

— Sim ou não? Catherine está esperando, não está? Ouvindo o barulho da pedra de afiar. O que acha que ela pediria que você fizesse?

— Vamos ver qual é a pergunta.

— Qual é a pior lembrança da sua infância?

Clarice respirou fundo.

— Mais rápido — pediu o dr. Lecter. — Não estou interessado na sua pior *invenção*.

— A morte do meu pai — disse Clarice.

— Me conte.

— Ele era o chefe de polícia da cidade. Uma noite surpreendeu dois ladrões, viciados em droga, vindo dos fundos da farmácia. Quando estava saindo da caminhonete, sua escopeta falhou, e eles atiraram primeiro.

— Falhou...?

— Ele não acionou o pistão como devia. Era uma velha espingarda de repetição, uma Remington 870, e o cartucho ficou preso no carregador. Quando isso acontece, a arma não dispara e é preciso desmontá-la para que volte a funcionar. Imagino que ele tenha batido com o pistão na porta quando saía.

— Ele morreu logo?

— Não. Ele era um homem forte. Durou um mês.

— Você o viu no hospital?

— Sim, dr. Lecter.

— Me diga um detalhe do qual você se lembre do hospital.

Clarice fechou os olhos e disse:

— Apareceu uma vizinha, uma mulher idosa, solteirona, que recitou o final de "Thanatopsis" para ele. Creio que era a única coisa que ela sabia do poema. Foi isso. Bem, já cumpri minha parte na negociação.

— Sim, cumpriu. Você foi muito franca, Clarice. Reconheço isso. Imagino que seria muito interessante conhecer você na vida pessoal.

— *Quid pro quo.*
— Você acha que, quando viva, a garota da Virgínia Ocidental era muito atraente fisicamente?
— Ela parecia bem-cuidada.
— Não me faça perder tempo com eufemismos.
— Ela era gorda.
— Grande?
— Sim.
— O tiro atingiu o peito dela.
— Sim.
— Tinha seios pequenos, suponho.
— Sim, para o tamanho dela.
— Mas tinha quadris largos.
— Sim.
— O que mais?
— Ela teve um inseto deliberadamente inserido na garganta, um detalhe que não foi divulgado.
"Uma borboleta?"
Clarice prende a respiração por um momento. Gostaria que ele não tivesse percebido.
— Uma mariposa — disse por fim. — Por favor, me diga como adivinhou isso.
— Clarice, vou lhe contar para que Buffalo Bill quer Catherine Baker Martin, e depois "boa noite". Essa é a última coisa que digo nas condições atuais. Você pode dizer à senadora o que ele deseja de Catherine e ela pode aparecer com uma oferta melhor para mim... ou pode esperar até Catherine aparecer boiando e ver que eu estava certo.
— O que ele deseja, dr. Lecter?
— Buffalo Bill deseja um colete com seios — declarou o dr. Lecter.

23

Catherine Baker Martin estava cinco metros abaixo do solo do porão. As trevas só eram perturbadas por sua respiração e pelas batidas do seu coração. Às vezes o medo oprimia seu peito da mesma forma que o caçador mata uma raposa. Às vezes ela conseguia pensar: sabia que tinha sido raptada, mas não sabia por quem. Sabia que não estava sonhando; naquela escuridão e no silêncio absolutos, conseguia ouvir até o som de suas pálpebras quando piscava.

Sentia-se melhor agora do que assim que recuperou a consciência. Grande parte da terrível vertigem havia desaparecido e sabia que tinha ar suficiente. Era capaz de distinguir o lado *de baixo* do *de cima* e tinha uma ideia da posição de seu corpo.

O ombro, o quadril e o joelho doíam por estarem pressionados contra o piso de cimento em que ela deitava. Aquele lado era *embaixo*. *Em cima*, sentia o futon rústico com o qual se cobrira durante o último intervalo de luz intensa. O latejamento na sua cabeça desaparecera, mas os dedos da mão esquerda também doíam. O anular estava quebrado, ela sabia.

Vestia um roupão que lhe era estranho. Estava limpo e cheirava a amaciante. O chão também parecia limpo, exceto pelos ossos de frango e pedaços de legumes que seu raptor havia despejado pelo buraco no alto. Os únicos outros objetos no local eram o futon e um balde sanitário de plástico com uma corda fina amarrada na alça. Parecia um barbante, e subia pela penumbra até onde ela conseguia ver.

Catherine Martin tinha liberdade de movimento, mas não havia aonde ir. O piso sob seus pés era oval, com cerca de dois metros e meio por três metros, com um pequeno dreno no centro. Sabia que era o fundo de um poço seco. As paredes lisas de cimento se inclinavam ligeiramente para dentro à medida que se elevavam.

Estaria ouvindo alguns sons ou era seu coração batendo? Os sons vinham claramente lá de cima. A masmorra onde estava presa ficava diretamente abaixo da cozinha. Ouvia passos no chão da cozinha e o som de água correndo. As patas de um cachorrinho arranhavam o linóleo. Nada mais, até ver um disco de luz amarela fraca no alçapão aberto quando as luzes do porão se acenderam. Então surgiu do alto uma claridade cegante, e ela se viu sentada, com o futon sobre as pernas, tentando olhar em volta, tentando ver por entre os dedos enquanto seus olhos se ajustavam à luz. Sua sombra oscilou em torno dela quando um refletor foi baixado no poço, balançando na ponta de uma corda.

Catherine Martin se encolheu toda quando o balde que lhe servia de latrina se moveu, balançando ao subir preso pela corda, rodando vagarosamente à medida que se elevava em direção à luz. Ela tentou respirar fundo para engolir o medo, aspirou ar demais, mas conseguiu falar.

— Minha família pode pagar — declarou ela. — Em dinheiro vivo. Minha mãe vai pagar imediatamente, sem fazer perguntas. Vou passar o número de... Ah! — Uma sombra agitada caiu em cima dela, mas era só uma toalha.

— O número do telefone pessoal dela é 202...

— Se lave.

A mesma voz estranha que tinha ouvido falar com o cachorrinho.

Outro balde descia agora. Sentiu o cheiro de água quente com sabão.

— Tire o balde daí e se lave ou vou ter que te lavar com a mangueira. — Depois, dirigiu-se ao cachorro, com a voz menos intensa. — Ora, ela vai experimentar a mangueira, não é, queridinha? Sim, ela *vai*!

Catherine Martin ouviu os passos dele e as patas da cachorrinha no piso acima do porão. Depois que as luzes se acenderam começou a ver tudo dobrado. Agora a vista tinha voltado ao normal. Qual era a altura do poço? Será que o refletor estava preso numa corda resistente? Ela seria capaz de agarrá-la com a roupa, talvez com a toalha? Fazer alguma coisa, *qualquer coisa*! As paredes eram tão lisas, parecia um tubo liso e vertical.

Uns trinta centímetros acima de onde sua mão chegava havia uma depressão no cimento, a única falha que conseguia perceber. Enrolou o futon tão apertado quanto pôde e o prendeu com a toalha. Ficou de pé balançando um pouco, esticou-se para alcançar a fresta, enfiou as unhas nela para se equilibrar e olhou para cima, contra a luz, estreitando os olhos para enxergar. O refletor estava pendurado com apenas alguns centímetros de fio dentro do poço, cerca de três metros acima do seu braço esticado, podia até mesmo ser a lua que ela não alcançaria, e ele estava vindo, o cobertor tremia, ela procurou um apoio na parede para se equilibrar, e alguma coisa caiu, passando como uma sombra rente ao seu rosto.

Era uma mangueira, que respingou água gelada nela. Uma ameaça.

— Se lave. O corpo todo.

No balde havia um pano para esfregar e, flutuando na água, uma garrafa de plástico com um emoliente caro importado.

Ela fez o que a voz havia mandado; com os braços e as pernas arrepiados, os bicos dos seios doloridos por causa do ar frio, ficou de cócoras ao lado do balde com água morna, tão perto da parede quanto possível, e se lavou.

— Agora se enxugue e esfregue o corpo com o creme. Esfregue o corpo todo.

O creme estava morno por causa da água do banho. A umidade fez com que a roupa aderisse a sua pele.

— Agora junte seu lixo e lave o chão.

Ela obedeceu, juntando os ossos de frango e recolhendo as ervilhas. Colocou-os no balde e limpou as pequenas manchas de gordura no cimento. Havia algo mais ali, junto à parede. Lascas que tinham caído da fresta acima; era uma unha humana coberta com esmalte brilhante e quebrada perto do sabugo.

O balde foi puxado para cima.

— Minha mãe pode pagar — berrou Catherine Martin. — Sem fazer perguntas. Ela vai pagar o bastante para deixar todos vocês ricos. Se for por uma causa, Irã ou a Palestina, ou a Liberação Negra, ela vai dar o dinheiro que pedirem. Tudo o que tem a fazer é...

A luz foi apagada. Súbita e total escuridão.

Catherine Martin se encolheu, com um grito assustado, quando o balde pousou ao lado dela em sua cordinha. Sentou-se em cima do futon, com a cabeça atordoada. Supunha agora que seu sequestrador estava sozinho, que era americano e branco. Tentara dar a impressão de que não tinha ideia de quem ele era, da sua cor, ou de quantos seriam, de que sua lembrança do estacionamento havia sido apagada pelos golpes na cabeça. Tinha a esperança de que ele acreditasse que podia libertá-la sem correr nenhum risco. A mente de Catherine estava trabalhando, trabalhando, e por fim trabalhou bem demais:

A unha! Alguém mais havia estado ali! Uma mulher, sem dúvida, uma garota. Onde estaria agora? O que tinha acontecido com ela?

Não fosse o choque e a desorientação, não teria demorado tanto a lhe ocorrer. Naquela circunstância, o hidratante para a pele a fez lembrar. Pele! Tinha acabado de descobrir quem a detinha. Isso se abateu sobre ela como um terror incomparável, e Catherine começou a gritar, a gritar, tentando subir pelo poço, arranhando as paredes com as unhas, gritando e gritando até sentir algo quente e salgado na boca; levou os dedos ao rosto, o líquido pegajoso secou no dorso de suas mãos e ela ficou estendida, rígida, em cima do futon, as costas completamente arqueadas, as mãos agarrando os cabelos.

24

A MOEDA DE VINTE E CINCO centavos de Clarice Starling retiniu dentro do telefone na desleixada sala de descanso dos funcionários. Ela ligou para o furgão de vigilância.

— Crawford — respondeu a voz no aparelho.

— Estou num telefone público fora da ala de segurança máxima — informou Clarice. — O dr. Lecter me perguntou se o inseto da Virgínia Ocidental era uma borboleta, mas não me deu nenhuma explicação. Ele disse que Buffalo Bill precisa de Catherine Martin porque, usando as palavras de Lecter, "Buffalo Bill deseja um colete com seios". O dr. Lecter concordou em negociar. Mas pediu uma oferta "mais interessante" da senadora.

— Ele interrompeu a conversa com você?

— Sim.

— Quando acha que ele volta a falar com você?

— Imagino que ele gostaria de fazer isso nos próximos dias, mas acho melhor ir para cima de Lecter de novo agora, se eu conseguir alguma oferta urgente da senadora.

— Urgente é a palavra certa. Conseguimos novos dados para a identificação da garota da Virgínia Ocidental. As impressões digitais de uma pessoa desaparecida de Detroit fizeram soar o alarme no Departamento de Identificação meia hora atrás. Kimberly Jane Emberg, 22 anos, sumiu em Detroit no dia 7 de fevereiro. Estamos vasculhando a vizinhança em busca de testemunhas. O médico-legista de Charlottesville disse que ela morreu no máximo no dia 11 de fevereiro, possivelmente no dia anterior, 10.

— Ele só a manteve viva por três dias — concluiu Clarice.

— Ele está agindo cada vez mais rápido. Acho que isso não é uma surpresa para ninguém. — Crawford falava com uma voz tranquila. — Ele levou Catherine Martin há cerca de vinte e seis horas. Se Lecter pode informar algo, é melhor que seja no próximo encontro. Estou instalado no escritório regional de Baltimore; o furgão me passou sua ligação. Tem um quarto para você no Howard Johnson a dois quarteirões do hospital, caso queira dar uma descansada mais tarde.

— Lecter está desconfiado, sr. Crawford, e acha que o senhor não vai permitir que ele obtenha nenhum benefício. O que ele disse sobre Buffalo Bill foi uma troca por uma informação pessoal a meu respeito. Não acho que exista nenhuma correlação entre as perguntas dele e o caso... Quer saber quais foram as perguntas?

— Não.

— Por isso o senhor me fez entrar no hospital psiquiátrico sem nenhum aparelho de escuta, certo? Pensou que seria mais fácil para mim. Eu estaria à vontade para contar qualquer coisa a Lecter e agradá-lo mais, se ninguém estivesse escutando nossa conversa.

— Eis outra possibilidade para você, Starling. Que tal se eu confiasse no seu julgamento? Que tal se eu pensasse que você era minha melhor opção e quisesse afastar qualquer um que pudesse questionar o seu trabalho? Isso faria você usar um gravador?

— Não, senhor. — *O senhor é famoso pelo modo como manipula os agentes, não é, sr. Crawford?* — O que podemos oferecer ao dr. Lecter?

— Algumas coisas que estou mandando para você. Vão chegar em cinco minutos, a não ser que você queira descansar um pouco antes.

— Eu prefiro fazer isso logo — declarou Clarice. — Ligue para o hospital pedindo que Alonzo me acompanhe e avise que eu o encontro no corredor externo da Seção 8.

— Em cinco minutos — prometeu Crawford.

Clarice andava de um lado para o outro sobre o tapete da modesta sala de descanso. Ela era o único ser vivo no cômodo.

É raro que se tenha a chance de se preparar quando se está no campo ou numa estrada de cascalho; o normal é ser avisado em cima da hora em lugares sem janelas, em corredores de hospitais e em salas como aquela, com um sofá forrado de plástico rasgado, cinzeiros com propaganda da Cinzano e cortinas cor de café cobrindo paredes descascadas. Em cômodos como este, com tão pouco tempo disponível, reflete-se sobre os gestos para que se possa decorá-los e repeti-los quando se está assustado ao enfrentar o Mal. Clarice tinha idade suficiente para saber disso; não deixou aquela sala afetá-la.

Clarice andava de um lado para o outro, gesticulando.

— Aguente firme! — declarou em voz alta. Dizia isso para Catherine Martin e para si mesma. — Nós somos melhores do que essa sala. Somos melhores do que essa merda de lugar! — continuou. — Somos melhores do que onde quer que ele a mantenha. Me ajude. Me ajude. Me ajude. — Pensou um instante nos pais mortos. Perguntou-se se teriam vergonha dela agora; apenas isso, sem outros questionamentos. A resposta foi não, não teriam vergonha dela.

Clarice lavou o rosto e foi para o corredor.

O guarda Alonzo estava lá, com um embrulho fechado de Crawford. Continha um mapa e instruções. Ela as leu rapidamente à luz do corredor e apertou o botão para Barney deixá-la entrar.

25

O DR. LECTER estava à mesa, examinando a correspondência. Clarice achou mais fácil se aproximar de sua jaula quando ele não estava olhando para ela.

— Doutor.

Ele levantou um dedo pedindo silêncio. Terminou de ler uma carta e ficou meditativo, com o polegar da mão de seis dedos apoiando o queixo e o indicador ao lado do nariz.

— O que você acha disso? — perguntou, colocando o documento no transportador de comida.

Era uma carta do Escritório de Patentes dos Estados Unidos.

— É sobre o meu relógio com a crucificação — explicou o dr. Lecter. — Eles não me concederam uma patente, mas me aconselharam a obter direitos autorais sobre o mostrador. Veja isto. — Ele colocou um desenho do tamanho de um guardanapo no transportador, que Clarice puxou. — Você já deve ter notado que na maior parte das crucificações as mãos parecem apontar para, digamos, quinze para as três ou, no mínimo, dez para as duas, enquanto os pés marcam as seis horas. No mostrador desse relógio, Jesus está na cruz, como você vê, e os braços indicam a hora, como aqueles relógios populares da Disney. Os pés permanecem nas seis horas e no topo um pequeno ponteiro dos segundos gira no halo. O que você acha?

A qualidade do desenho anatômico era muito boa. A cabeça era a dela.

— Vai perder muito dos detalhes quando for reduzido para o tamanho de um relógio — comentou Clarice.

— Infelizmente é verdade, mas pense nos relógios maiores. Você acha que a propriedade está segura sem uma patente?

— O senhor vai ter que comprar um relógio de quartzo, e isso já é patenteado. Não tenho certeza, mas acho que patentes só se aplicam a dispositivos mecânicos específicos e direitos patrimoniais, a designs.

— Mas você não é advogada, é? Isso já não é mais exigido no FBI.

— Trouxe uma proposta para o senhor — avisou Clarice, abrindo a pasta.

Barney se aproximava. Ela voltou a fechar a pasta. Invejava a enorme calma de Barney. Seus olhos não indicavam o uso de calmantes, e por trás deles havia uma considerável inteligência.

— Com licença — disse Barney. — Se a senhora precisar manusear muitos papéis, tem uma carteira escolar dobrável no armário. Quer usá-la?

Criar uma imagem de escola. Sim ou não?

— Podemos conversar agora, dr. Lecter?

O doutor ergueu a mão aberta.

— Sim, Barney, obrigado.

Agora sentada, e com Barney a uma boa distância, Clarice disse:

— A senadora tem uma oferta extraordinária.

— Eu decidirei se é ou não. Você falou com ela tão rápido?

— Sim. Ela não está escondendo nada. Isso é tudo o que ela pode oferecer, portanto não vai adiantar barganhar. Está tudo aqui, a última oferta.

Clarice desviou os olhos da pasta.

O dr. Lecter, responsável por nove assassinatos, estava com as mãos unidas pela ponta dos dedos embaixo do nariz enquanto a observava. Por trás de seus olhos uma noite infindável.

— Se nos ajudar a encontrar Buffalo Bill a tempo de salvar Catherine Martin ilesa, o senhor vai obter o seguinte: transferência para o hospital do Departamento de Assuntos dos Veteranos, no Oneida Park, Nova York, com uma cela com vista para os bosques em torno do prédio. O senhor ainda vai ser mantido sob segurança máxima. O senhor vai ser convidado a ajudar na avaliação de testes psicológicos, por escrito, de alguns prisioneiros federais, embora não necessariamente daqueles que compartilhem de sua própria instituição. Vai fazer as avaliações sem a identificação dos pacientes. Terá algum acesso a livros. — Ela ergueu o olhar para Lecter.

O silêncio pode ser uma forma de zombaria.

— O melhor de tudo: durante uma semana por ano, o senhor vai sair do hospital para ir a esse lugar. — Clarice colocou o mapa no transportador de comida. O dr. Lecter não o puxou. — Ilha Plum — continuou. — Toda tarde, durante essa semana, o senhor vai poder passear pela praia ou nadar no mar sem nenhuma vigilância num raio de setenta e cinco metros, mas vai ser vigiado pela SWAT. É isso!

— E se eu não aceitar?

— Talvez possa pendurar umas cortinas cor de café nessa parede... Não temos nada com que ameaçá-lo, dr. Lecter. O que consegui é uma forma de o senhor ver a luz do dia.

Ela não o encarou. Não queria um duelo de olhares agora. Isso não era um confronto.

— Catherine Martin virá falar comigo, apenas sobre seu sequestrador, se eu decidir publicar algo? Falar *exclusivamente* comigo?

— Sim. Pode considerar isso como algo garantido.

— Como você sabe? *Quem* garante isso?

— Eu mesma a trago aqui.

— Se ela quiser vir.

— Bem, primeiro vamos ter que perguntar a ela, não é?

Lecter puxou o transportador.

— Ilha Plum.

— Olhe para o extremo norte de Long Island. Aquele dedo ao norte.

— Ilha Plum. Aqui diz: Centro de Controle de Zoonoses (pesquisas federais de febre aftosa). Parece um lugar adorável.

— Essa é só uma parte da ilha, que tem uma bela praia e bons alojamentos. Durante a primavera, as andorinhas-do-mar fazem ninhos na região.

— Andorinhas-do-mar. — O dr. Lecter suspirou. Ele inclinou ligeiramente a cabeça e, com a ponta da língua, tocou o centro do lábio. — Se formos falar sobre isso, Clarice, tenho que receber alguma coisa em troca. *Quid pro quo*. Eu lhe digo coisas e você me diz coisas.

— Comece — concordou Clarice.

Teve de esperar um pouco antes de ele falar.

— Uma lagarta se transforma em pupa dentro de uma crisálida. Então emerge, sai de dentro de seu aposento secreto de mudança como uma bela *imago*. Você sabe o que é uma imago, Clarice?

— Um inseto adulto, provido de asas.

— E o que mais?

Ela balançou a cabeça negativamente.

— É um termo da falecida religião da psicanálise. Imago é uma imagem idealizada dos pais e fixada no inconsciente desde a infância. A palavra vem das imagens de seus ancestrais feitas de cera que os romanos antigos carregavam em procissões fúnebres... Até o fleumático do Crawford deve ver algum significado na crisálida do inseto.

"Não dá para tirar muito dessa informação, exceto comparar a lista de assinantes de revistas de entomologia com a de agressores sexuais criminosos conhecidos.

"Primeiro, vamos parar de usar esse nome, Buffalo Bill. É incorreto e nada tem a ver com a pessoa que vocês estão procurando. Por conveniência, vamos chamá-lo de Billy. Vou lhe dar um resumo do que penso. Pronta?"

— Sim.

— O significado da crisálida é mudança: lagarta em borboleta ou mariposa. Billy deseja se transformar. Ele está fazendo um traje feminino usando mulheres de verdade. Daí as vítimas terem de ser corpulentas: Billy precisa de peças que caibam nele. O número de vítimas sugere que ele pode ver a coisa como uma série de mudas. E está fazendo isso numa casa de dois andares. Você sabe por que dois andares?

— Durante algum tempo ele as enforcava na escada.

— Correto.

— Dr. Lecter, eu nunca observei nenhuma correlação entre transexuais e violência. Em geral, transexuais são pessoas passivas.

— É verdade, Clarice. Às vezes, observa-se uma tendência ao vício em cirurgia, porque, plasticamente, transexuais não se satisfazem com facilidade; mas a coisa para por aí. Billy não é de fato transexual. Clarice, você está muito perto das pistas para pegá-lo, você percebe disso?

— Não, dr. Lecter.

— Bom. Então você não vai se incomodar de me contar o que aconteceu com você depois da morte do seu pai.

Clarice baixou os olhos para a superfície arranhada da carteira escolar.

— Não creio que a resposta esteja nos seus papéis, Clarice.

— Minha mãe nos manteve juntos por mais de dois anos.

— Fazendo o quê?

— Trabalhando como camareira em um hotel durante o dia e como cozinheira numa lanchonete à noite.

— E depois?

— Eu fui morar com a prima da minha mãe e o marido dela em Montana.

— Só você?

— Eu era a mais velha.

— A cidade não fez nada pela sua família?

— Um cheque de quinhentos dólares.

— É curioso que não houvesse seguro. Clarice, você disse que seu pai bateu com o pistão da espingarda na porta da caminhonete.

— Sim.

— Ele não tinha uma viatura?

— Não.

— Aconteceu à noite?

— Sim.

— Ele não tinha uma pistola?

— Não.

— Clarice, ele estava trabalhando à noite, numa caminhonete, armado apenas com uma espingarda de repetição... Me diga, por acaso ele usava um relógio de ponto na cintura? Daqueles para os quais existem chaves fixadas em postes por toda a cidade e que é preciso dirigir até elas para usá-las no relógio e assim os cidadãos sabem que o portador desse relógio não estava dormindo? Me diga se ele usava algo assim, Clarice.

— Usava.

— Então ele era um guarda-noturno, não um oficial, certo, Clarice? Eu vou saber, se você mentir.

— O contrato dizia "delegado noturno".

— O que aconteceu com ele?

— O que aconteceu com o quê?

— Com o relógio de ponto. O que aconteceu com ele depois que atiraram no seu pai?

— Não me lembro.

— Caso se lembre, você vai me dizer?

— Sim. Espere um pouco... O prefeito foi ao hospital e pediu à minha mãe o relógio e o distintivo. — Até então Clarice não se lembrava disso. O prefeito, com roupas casuais e seus antigos oxfords azul-marinho. O filho da puta. — *Quid pro quo*, dr. Lecter.

— Você pensou por um momento que estava inventando essa memória? Não, se tivesse inventado, não teria doído. Estávamos falando de transexuais. Você disse que violência e comportamento destrutivo não são característicos da transexualidade. É verdade. Você se lembra do que dissemos a respeito de a raiva ser expressada como luxúria e o lúpus associado à urticária? Billy não é transexual, mas acha que é e tenta ser. Ele já tentou ser um monte de coisas, acredito.

— O senhor disse que eu estava perto da pista para pegá-lo.

— Existem três grandes clínicas de cirurgia de redesignação sexual: na Johns Hopkins, na Universidade de Minnesota e o Centro Médico de Columbus. Eu não ficaria surpreso se ele tivesse procurado uma dessas clínicas e sido recusado.

— Com base no que o rejeitariam? O que constaria no registro?

— Você é muito perspicaz, Clarice. A primeira razão seria um antecedente criminal. Isso desqualifica o requerente, a não ser que o crime seja de caráter relativamente leve e ligado ao problema da identidade de gênero. Se vestir como alguém do gênero com o qual se identifica em público, algo dessa natureza. Se ele mentisse repetidamente sobre um registro criminoso grave, os inventários de personalidade o trairiam.

— Como?

— Você tem de saber como para que possa peneirá-los, não é?

— Correto.

— Por que não pergunta ao dr. Bloom?

— Prefiro perguntar ao senhor.

— O que você vai ganhar com isso, Clarice? Uma promoção e um aumento de salário? O que você é, uma G-9? Quanto um G-9 ganha hoje em dia?

— Uma chave da porta da frente, entre outras coisas. Como ele apareceria num diagnóstico?

— Você gostou de Montana, Clarice?

— Montana é um lugar ótimo.

— Você gostou do marido da prima da sua mãe?

— A gente era diferente.

— Como eles eram?

— Exaustos de tanto trabalhar.

— Havia outras crianças?

— Não.

— Onde você vivia?

— Num rancho de criação.

— Criação de carneiros?

— Carneiros e cavalos.

— Quanto tempo você passou lá?

— Sete meses.

— Quantos anos você tinha?

— Dez.

— De lá, para onde foi?

— Para o Lar Luterano em Bozeman.

— Diga a verdade.

— Eu estou dizendo a verdade.

— Você está dando voltas na verdade. Se está cansada, podemos conversar lá pelo fim da semana. Eu estou bastante cansado. Ou você prefere conversar agora?

— Agora, dr. Lecter.

— Muito bem. Uma criança é mandada pela mãe para um rancho em Montana. Um rancho de criação de carneiros e cavalos. Sentindo falta da mãe, alentada pelos animais... — O dr. Lecter fez um gesto com as mãos convidando Clarice a continuar.

— Era muito bom. Eu tinha meu próprio quarto com um tapete indígena no assoalho. Eles me deixavam andar a cavalo... Bem, eles me deixavam montar uma égua específica, que não enxergava muito bem. Havia algo errado com todos os cavalos. Eles ou eram mancos ou doentes. Alguns tinham sido criados com crianças e relinchavam para mim de manhã, quando eu ia pegar o ônibus da escola.

— E então?

— Eu descobri algo estranho no celeiro. Havia um quartinho de depósito lá. Eu pensava que aquela coisa fosse uma espécie de capacete antigo. Quando peguei, vi uma gravação: APARELHO HUMANITÁRIO PARA ABATER CAVALOS W. W. GREENER. Era uma espécie de chapéu em forma de sino, e tinha um lugar no topo para alojar um cartucho. Parecia de calibre .32.

— Eles alimentavam cavalos que seriam abatidos nesse rancho, Clarice?

— Sim.

— E os abatiam no rancho?

— Os animais que seriam usados para fazer cola e fertilizantes eram abatidos lá mesmo. Dá para acomodar seis num caminhão, se estiverem mortos. Os que seriam usados para fazer comida de cães, eles levavam vivos.

— E aquela égua que você costumava montar?

— Fugimos juntas.

— Até onde você chegou?

— Mais ou menos até onde vou quando o senhor me explicar os diagnósticos.

— Você conhece o procedimento de teste de candidatos a cirurgia de redesignação sexual?

— Não.

— Ajudaria se você me trouxesse uma cópia do regulamento de qualquer uma das clínicas, mas para começar: a bateria de testes normalmente inclui a Escala Wechsler de Inteligência para Adultos, o teste HTP, Rorschach, Desenho de Autoconceito, apercepção temática, MMPI, naturalmente, e alguns outros... O Jenkins, eu acho, que a Universidade de Nova York desenvolveu. Você precisa de algo que possa ajudá-la a avaliar rapidamente, não é, Clarice?

— Seria a melhor opção, algo rápido.

— Vejamos... Nossa hipótese é de que estamos procurando alguém do sexo masculino cujo teste vá diferir do de uma verdadeira transexual. Muito bem... No teste HTP procure alguém que não desenhou primeiro a figura feminina. Mulheres transexuais quase sempre desenham primeiro a figura feminina, e normalmente dão atenção aos adornos nas mulheres que desenham. Suas figuras masculinas são simples estereótipos. Existem algumas exceções, como quando desenham o Mr. America, mas não diferem muito disso.

"Procure o desenho de uma casa sem enfeites cor-de-rosa: nenhum carrinho de criança do lado de fora, nenhuma cortina, nenhuma flor no jardim.

"As verdadeiras pessoas transexuais desenham dois tipos de árvores: grandes salgueiros-chorões e temas de castração. Árvores cortadas pelo canto de outro desenho ou pela borda do papel, imagens da castração, são cheias de vida nos desenhos de transexuais. Flores e troncos repletos de frutos. Essa é uma distinção importante. Elas são muito diferentes das árvores assustadas, mortas ou mutiladas que se veem nos desenhos feitos por pessoas com distúrbios mentais. Este é um bom ponto: a árvore de Billy vai ser assustadora! Estou indo rápido demais?"

— Não, dr. Lecter.

— Num desenho de si mesma, uma transexual quase nunca se mostrará nua. Não se deixe levar pela quantidade de concepção paranoica nos cartões do teste de apercepção temática. Isso é muito comum entre transexuais que se vestem como alguém do gênero com o qual se identificam. Na maior parte das vezes, essas pessoas já tiveram problemas com as autoridades. Devo resumir?

— Sim, eu gostaria de um resumo.

— Você deveria tentar obter uma lista de pessoas rejeitadas em todas as três clínicas de redesignação de gênero. Confira primeiro os rejeitados por antecedentes criminais; e, entre esses, observe com mais atenção os assaltantes. Entre os que tentaram esconder antecedentes criminais, procure distúrbios severos na infância associados com violência. Possivelmente, detenções na infância. Então examine os testes. Você está procurando um homem branco, provavelmente com menos de 35 anos, grandalhão. Ele não é transexual, Clarice. Apenas pensa que é, e está intrigado e irritado por não quererem ajudá-lo. Acho que isso é tudo o que pretendo dizer até ter analisado o caso. Você vai deixá-lo comigo, não?

— Claro.

— E as fotos.

— Estão incluídas na pasta.

— Então é melhor você se apressar com o que tem, Clarice, e vamos ver o que consegue.

— Preciso saber como o senhor...

— Não. Não seja gananciosa, discutiremos na próxima semana. Venha quando tiver feito algum progresso. Ou não. Clarice?

— Sim?

— Na próxima vez você vai me dizer duas coisas. O que aconteceu com o cavalo é uma. A outra é... como você controla sua raiva?

Alonzo veio buscá-la. Ela segurava as anotações contra o peito, andando de cabeça baixa, tentando não esquecer nada. Ansiosa pelo ar da rua, nem olhou para a sala do dr. Chilton quando saiu às pressas do hospital.

A luz do dr. Chilton estava acesa. Podia-se vê-la por baixo da porta.

26

Muito abaixo do céu enferrujado da madrugada de Baltimore, havia movimento na ala de segurança máxima. Lá embaixo, onde nunca escurece, os atormentados sentem o começo do dia como as ostras num barril que se abrem com a alta de sua maré perdida. Criaturas de Deus que choraram até dormir se agitam para voltar a chorar, e aqueles que passam os dias esbravejando pigarreiam.

O dr. Hannibal Lecter estava de pé, aprumado, no fim do corredor, com o rosto a trinta centímetros da parede. Pesadas tiras de lona o prendiam a um carrinho manual de carga, como se ele fosse um carrilhão. Por baixo das tiras de lona, usava uma camisa de força e presilhas nas pernas. Uma máscara de jogador de hóquei no rosto o impedia de morder; era tão eficaz quanto uma mordaça e não ficava tão molhada a ponto de impedir os guardas de a manusearem.

Atrás do dr. Lecter, um assistente baixinho, de ombros caídos, passava um pano na cela. Barney supervisionava essa limpeza três vezes por semana e, ao mesmo tempo, fazia uma busca por algum contrabando. Os faxineiros tendiam a se apressar, pois achavam assustador permanecer nas acomodações do dr. Lecter. Barney conferia quando eles terminavam. Ele observava, sem negligenciar nada.

Apenas Barney inspecionava o manuseio do dr. Lecter, porque nunca se esquecia de com quem estava lidando. Seus dois auxiliares assistiam aos melhores momentos de partidas de hóquei na televisão.

O dr. Lecter se divertia — tinha inúmeros recursos internos e podia se entreter por anos a fio. Seus pensamentos não eram mais tolhidos pelo medo ou pela bondade do que os de Milton eram pela física. Em sua mente, ele era livre.

Seu mundo interior tinha cores e cheiros intensos, e não muitos sons. De fato, ele precisava se esforçar para ouvir a voz do falecido Benjamin Raspail. O dr. Lecter estava pensando em como iria entregar Jame Gumb a Clarice Starling, e era útil se lembrar de Raspail. Lá estava o flautista gordo no último dia de sua vida, deitado no divã de Lecter, falando de Jame Gumb:

— *Jame tinha o quarto mais nojento que se podia imaginar naquele albergue em São Francisco. As paredes eram pintadas de um roxo bem escuro com umas manchas psicodélicas meio Day-Glo aqui e ali que tinham vindo direto dos anos sessenta, tudo caindo aos pedaços.*

"Jame... Você sabe, é de fato grafado assim na certidão de nascimento, foi daí que ele o tirou e você tem que pronunciar 'Jame' como em 'name', senão ele fica furioso, embora tenha sido um erro no hospital. Na época já estavam contratando auxiliares sem qualificação que mal sabiam escrever um nome direito. Hoje é pior ainda, entrar num hospital já é colocar vida em risco. De qualquer maneira, lá estava Jame, sentado na cama, a cabeça apoiada nas mãos, naquele quarto horroroso; e ele tinha sido demitido do emprego na loja de antiguidades e havia feito mais uma coisa ruim.

"Eu disse a ele que simplesmente não podia tolerar seu comportamento, e Klaus tinha acabado de entrar na minha vida, naturalmente. Jame não é de fato gay, sabe, isso é só uma ideia que ele trouxe da cadeia. Ele na verdade não é nada, apenas um completo vazio que quer preencher, e sente muita raiva. A sensação que dá é de que o quarto fica um pouco mais vazio quando ele entra. Jame matou os avós quando tinha 12 anos, qualquer um pensaria que uma pessoa inconstante assim teria alguma presença, não é?

"E lá estava ele mais uma vez, desempregado, e tinha feito uma coisa ruim de novo com algum infeliz sem sorte. Eu fui embora. Ele tinha ido ao correio, e pegou a correspondência do antigo empregador, na expectativa de que houvesse algo nela que pudesse vender. E havia um pacote da Malásia ou de algum lugar por aqueles lados. Ansioso, Jame abriu o pacote, e era uma maleta cheia de borboletas mortas, soltas lá dentro.

"Seu patrão enviou dinheiro para os funcionários do correio de todas aquelas ilhas, e eles mandaram caixas e caixas de borboletas mortas. Ele as colocou em bandejas de acrílico e fez os mais terríveis ornamentos imagináveis... e tive a coragem de chamá-los de objetos artísticos. As borboletas eram inúteis para Jame, e ele enfiava a mão no meio delas, achando que poderia haver joias por baixo, às vezes eles recebiam braceletes de Bali, e a mão só voltava com um punhado de pó de borboletas. Nada. Ficou sentado na cama com a cabeça apoiada nas mãos coloridas de borboletas. Ele estava no fundo do poço, como todos nós já estivemos, e chorando. Ouviu um barulhinho, e era uma borboleta na maleta aberta. Ela se esforçava para sair de um casulo que tinha sido misturado às borboletas, e conseguiu. Havia poeira das borboletas no ar e poeira no sol que entrava pela janela, você sabe como tudo é terrivelmente vívido quando descrito por alguém que se drogou. Jame viu quando ela bateu as asas. Era uma borboleta enorme. Verde. Ele abriu a janela e ela voou para fora. Ele disse que se sentiu tão leve e que agora sabia o que devia fazer.

"Jame descobriu a casinha de praia onde eu e Klaus estávamos ficando, e, quando eu voltei para casa depois do ensaio, lá estava Jame, mas não vi Klaus. Klaus não estava em casa. Perguntei aonde ele tinha ido, e Jame disse que tinha ido nadar. Eu sabia que era mentira, Klaus nunca nadava, o Pacífico era agitado demais. E, quando abri a geladeira, você sabe o que eu encontrei. A cabeça de Klaus olhando por trás do suco de laranja. Jame também tinha feito um avental, sabe, usando Klaus, e o vestiu e perguntou se eu gostava dele agora. Eu sei que você deve ficar espantado por eu nunca mais ter tido nenhum contato com Jame... Ele estava ainda mais instável quando você o conheceu, e imagino que ele tenha ficado admirado por você não ter medo dele."

E então as últimas palavras que Raspail pronunciou:

— Eu me pergunto por que meus pais não me mataram antes que eu tivesse idade suficiente para enganá-los.

A lâmina fina do estilete tremia quando o coração de Raspail transpassado por ela tentava continuar batendo, e o dr. Lecter disse:

— Parece palha enfiada no buraco de uma formiga-leão, não parece? — Mas era tarde demais para Raspail responder.

O dr. Lecter se lembrava de cada palavra, e de muito mais. Pensamentos agradáveis para passar o tempo enquanto eles limpavam sua cela.

Clarice Starling era astuta, pensava o doutor. Ela poderia pegar Jame Gumb com o que ele tinha lhe dito, mas seria um trabalho demorado. Para apanhá-lo a tempo, precisaria de informações mais específicas. O dr. Lecter estava certo de que, quando lesse os detalhes dos crimes, encontraria pistas — possivelmente ligadas ao treinamento profissional de Gumb no centro de detenção juvenil depois que ele matou os avós. Entregaria Jame Gumb a Clarice amanhã, e deixaria bem claro que o tinha feito, de forma que nem Jack Crawford poderia deixar isso passar. No dia seguinte a situação seria resolvida.

O dr. Lecter ouviu passos atrás dele, e a televisão foi desligada. Sentiu quando o carrinho foi inclinado para trás. Agora iria começar o longo e cansativo processo de liberá-lo dentro da cela. Era sempre o mesmo procedimento: primeiro Barney e seus assistentes o deitavam cuidadosamente na cama, de bruços; em seguida, Barney amarrava com toalhas seus tornozelos à barra que ficava ao pé da cama, retirando as tiras que prendiam suas pernas e, com a cobertura de seus dois assistentes armados com bastões e cassetetes, soltava os fechos das costas da camisa de força e saía da cela andando de costas, prendendo a rede e trancando a porta de grades, deixando o dr. Lecter ocupado em se libertar das demais amarras. Depois disso, o doutor trocava o equipamento pelo seu café da manhã. Esse era o procedimento desde que o dr. Lecter havia atacado ferozmente a enfermeira, e funcionava bem para todo mundo.

Naquele dia, o procedimento foi interrompido.

27

O CARRINHO DE CARGA que levava o dr. Lecter deu um ligeiro solavanco quando ultrapassou a soleira da porta da cela. E lá estava o dr. Chilton, sentado na cama, examinando a correspondência particular do dr. Lecter. Chilton havia tirado o casaco e a gravata. O dr. Lecter percebeu uma espécie de medalha pendurada em seu pescoço.

— Fique de pé ao lado da latrina, Barney — pediu o dr. Chilton, sem levantar os olhos. — Você e os outros esperem em seus postos.

O dr. Chilton terminou de ler a mais recente correspondência do dr. Lecter para os Arquivos Gerais de Psiquiatria. Ele jogou as cartas em cima da cama e saiu da cela. Houve um reflexo por trás da máscara de hóquei quando o dr. Lecter o seguiu com o olhar sem que sua cabeça se movesse.

Chilton foi até a carteira escolar no corredor e, curvando-se com dificuldade, removeu um pequeno dispositivo de escuta que estava embaixo do assento. Agitou-o na frente dos orifícios oculares na máscara do dr. Lecter e se sentou de novo na cama.

— Achei que ela poderia estar procurando alguma violação dos direitos civis no caso da morte de Miggs, por isso resolvi ficar à escuta — explicou Chilton. — Há anos não ouvia sua voz. Suponho que a última vez foi quando você deu aquelas respostas mentirosas nas minhas entrevistas, e depois me ridicularizou nos seus artigos nos anais. É difícil acreditar que a opinião de um prisioneiro pudesse valer alguma coisa na comunidade profissional, não é? Mas eu ainda estou aqui. Assim como você.

O dr. Lecter não disse nada.

— Anos de silêncio, e então Jack Crawford manda a menina dele e você se derrete todo, não é? O que foi que pegou você, Hannibal? Foram aqueles tornozelos belos e torneados? O brilho do cabelo dela? Ela é magnífica, não? Inalcançável e magnífica. É como um entardecer de inverno, é assim que penso nela. Sei que faz muito tempo que você não vê o sol se pôr no inverno, mas acredite no que eu digo.

"Você só tem mais um dia com ela. Depois a Divisão de Homicídios de Baltimore assume o interrogatório. Eles estão aparafusando para você uma cadeira no chão da sala de terapia de eletrochoque. A cadeira tem um assento de privada para sua conveniência, e para a conveniência deles quando ligarem os fios. Não vou ficar sabendo de nada.

"Você já entendeu? Eles *sabem*, Hannibal. Eles sabem que você sabe muito bem quem é Buffalo Bill. Eles acreditam que você tenha tratado dele. Quando ouvi a srta. Starling perguntar sobre Buffalo Bill, fiquei intrigado. Liguei para um amigo na Divisão de Homicídios de Baltimore. Eles encontraram um inseto na garganta de Klaus, Hannibal. Eles sabem que Buffalo Bill o matou. Crawford está fazendo você pensar que é esperto. Não creio que você saiba quanto Crawford o odeia por ter mutilado o protegido dele. Agora ele pegou você. Você ainda se considera *esperto*?"

O dr. Lecter observou os olhos de Chilton se moverem sobre as tiras que mantinham a máscara em posição. Estava claro que Chilton queria removê-la para poder observar o rosto de Lecter, que ficou imaginando se Chilton o faria da forma segura, por trás. Se o fizesse pela frente, teria de passar o braço diante da cabeça de Lecter, com as veias azuis da parte interna de seus antebraços próximas ao rosto dele. Venha, doutor. Chegue mais perto. Não, ele desistiu.

— Você ainda acha que vai para algum lugar com uma janela? Acredita que vai passear na praia, ver os pássaros? Eu acho que não. Liguei para a senadora Ruth Martin e ela nunca ouviu falar de nenhum acordo com você. Tive que lembrá-la quem você era. A senadora nunca ouviu falar de Clarice Starling. É uma armação. Costuma-se esperar *pequenas* mentiras de uma mulher, mas essa é surpreendente, não acha?

"Quando acabarem de ordenhar você, Hannibal, Crawford vai acusá-lo de omissão. Você vai tentar usar a regra de M'Naghten, é claro, alegar insanidade, mas o juiz não vai gostar. Você já foi julgado por seis mortes. O juiz não vai demonstrar nenhum interesse pelo seu bem-estar.

"Nada de janela, Hannibal. Você vai passar o resto dos seus dias sentado no chão de uma instituição do estado, vendo o carrinho de fraldas passar. Você vai perder os dentes e a força e ninguém mais vai ter medo de você, e você vai ficar solto na ala de algum lugar como Flendauer. Os mais jovens vão abusar de você quando tiverem vontade. Tudo o que você vai ter para ler é o que escrever na parede. Está pensando que a Justiça vai ligar para isso? Você já viu os velhos. Eles ficam choramingando quando não gostam do damasco cozido.

"Jack Crawford e a gostosinha dele. Eles vão ficar juntos abertamente quando a mulher dele morrer. Ele vai rejuvenescer e os dois vão escolher algum esporte para praticar juntos. Eles ficaram íntimos desde que Bella Crawford ficou doente e já não enganam ninguém. Eles vão ganhar suas promoções e nunca mais vão pensar em você. Crawford deve vir pessoalmente, no fim, para dizer o que você vai ganhar. Um pau no cu! Estou certo de que ele já tem o discurso preparado.

"Hannibal, ele não conhece você tão bem quanto eu. Ele achava que, se lhe pedisse a informação diretamente, tudo o que você faria seria atormentar a mãe da garota com isso."

Ele agiu certo, refletiu o dr. Lecter. *Muito esperto da parte de Jack... Aquela cara obtusa escocesa-irlandesa é enganadora. Dá para perceber que o rosto dele é cheio de cicatrizes caso se observe bem. É possível que haja espaço para mais algumas.*

— Eu sei do que você tem medo. Não é da dor nem da solidão. O que você não consegue suportar é a *indignidade*, Hannibal, você é como um gato. Cuidar de você é uma questão de honra para mim, Hannibal, e eu faço isso. Nossa relação jamais teve qualquer consideração pessoal da minha parte. E agora eu estou cuidando de você.

"Nunca existiu um acordo entre você e a senadora Martin, mas agora existe. Ou pode existir. Passei horas ao telefone em seu nome e para o bem daquela garota. Vou lhe dizer qual é a primeira condição: você só fala por meu intermédio. Eu, somente eu, publico um relato profissional a respeito disso, minha bem-sucedida entrevista com você. Você não publica nada.

Tenho acesso exclusivo a qualquer material provindo de Catherine Martin, se ela for salva.

"Essas condições não são negociáveis. Você vai me responder agora. Você aceita as condições?"

O dr. Lecter sorriu para si mesmo.

— É melhor você me responder agora, ou vai responder à Divisão de Homicídios de Baltimore. Eis o que você vai ganhar: se identificar Buffalo Bill e a garota for encontrada a tempo, a senadora Martin, e ela vai confirmar isso por telefone, vai mandar você para a Prisão Estadual de Brushy Mountain, no Tennessee, fora do alcance das autoridades de Maryland. Você vai estar na jurisdição dela, longe de Jack Crawford. Vai ficar numa cela de segurança máxima com vista para a floresta. Vai ter livros. Quanto a qualquer atividade externa, os detalhes vão ser acertados, mas tudo lhe será favorável. Diga o nome dele e você pode partir imediatamente. A Polícia Estadual do Tennessee vai assumir sua custódia no aeroporto, o governador concordou.

Finalmente o dr. Chilton disse algo interessante, e ele nem sabe o que foi. O dr. Lecter fez um bico com os lábios vermelhos por trás da máscara. *A custódia da polícia. Os policiais não são tão espertos quanto Barney; eles estão acostumados a lidar com criminosos. Geralmente usam grilhões e algemas. Grilhões e algemas se abrem com uma chave de algema. Como a minha.*

— O nome dele é Billy — disse o dr. Lecter. — Direi o restante à senadora. No Tennessee.

28

Jack Crawford recusou o café que o dr. Danielson lhe ofereceu, mas usou o copo para dissolver uma pastilha de Alka-Seltzer em cima da pia de aço inox por trás do posto de enfermagem. Tudo era de aço inoxidável — o porta-copos, o balcão, a lixeira, o aro dos óculos do dr. Danielson. O brilho do metal dava a sensação de que os instrumentos estavam dando uma piscadela e fazia Crawford sentir uma pontada na virilha.

Ele e o médico estavam sozinhos na pequena copa.

— Não, sem uma ordem judicial você não vai fazer isso — repetiu o dr. Danielson. Dessa vez ele foi ríspido, contrapondo a hospitalidade que demonstrara com o café.

Danielson era o chefe da Clínica de Atendimento a Pessoas Transexuais na Johns Hopkins e havia concordado em se encontrar com Crawford antes do amanhecer, antes da mudança de turno.

— Você vai ter que me apresentar uma ordem judicial para cada caso específico, e nós vamos discutir cada um deles. O que Columbus e Minnesota disseram? A mesma coisa, estou certo?

— O Departamento de Justiça está se dirigindo a eles nesse momento. Temos que agir rápido, doutor. Se a garota ainda não está morta, vai estar em breve, hoje à noite ou amanhã. Depois ele vai pegar a próxima — argumentou Crawford.

— O fato de você mencionar Buffalo Bill na mesma frase que fala dos problemas de que tratamos aqui é uma ignorância, é injusto e é perigoso, sr. Crawford. Fico de cabelo em pé só de pensar nisso. Levamos anos, e ainda não acabamos nosso trabalho, para mostrar ao público que pessoas transexuais não são loucas, que não são pervertidas e que não são excêntricas.

— Eu concordo com o senhor...

— Espere um momento. A incidência de violência entre transexuais é bem menor do que na população em geral. São pessoas decentes, com um problema real, um problema muito difícil. Merecem ajuda, e nós podemos fornecê-la. Não vou permitir uma caça às bruxas. Nunca violamos a confidencialidade de um paciente e nunca vamos fazer isso. É melhor o senhor trabalhar com isso em mente, sr. Crawford.

Havia meses que, em sua vida pessoal, Crawford lidava com os médicos e as enfermeiras de sua mulher, tentando obter qualquer mínima vantagem para ela. Estava farto de médicos. Agora, porém, não se tratava de sua vida particular. Era Baltimore e era trabalho. Tinha de ser simpático.

— Acho que não me fiz entender bem, doutor. A culpa é minha. Ainda é cedo demais e eu não sou bom para madrugar. O resumo de tudo é que o homem que procuramos *não é seu paciente*. Seria alguém que os senhores *recusaram* depois de reconhecer que ele *não era transexual*. Não estamos voando às cegas aqui. Vou lhe mostrar algumas características específicas pelas quais ele se desvia dos padrões tipicamente transexuais em seu inventário de personalidades. Aqui está uma lista resumida de itens que sua equipe poderia procurar entre aqueles que foram rejeitados.

O dr. Danielson esfregava um lado do nariz com o dedo enquanto lia. Devolveu o papel.

— Isso é novidade, sr. Crawford. De fato, é extremamente bizarro, e essa é uma palavra que não uso com tanta frequência. Posso perguntar quem lhe forneceu esse conjunto de... suposições?

Não acho que o senhor gostaria de saber, dr. Danielson.

— A equipe da Ciência do Comportamento — esclareceu Crawford —, depois de consultar o dr. Alan Bloom, da Universidade de Chicago.

— *Alan Bloom* endossou isso?

— E nós não dependemos apenas dos testes. Buffalo Bill deve se destacar nos seus arquivos de outras formas: ele provavelmente tentou esconder um histórico de violência criminal ou falsificou algum material envolvendo seu passado. Me mostre os casos que o senhor rejeitou, doutor.

Danielson balançava a cabeça o tempo todo.

— Exames e material de entrevistas são confidenciais.

— Dr. Danielson, como fraude e informações falsas podem ser confidenciais? Como o nome verdadeiro de um criminoso e seu passado real podem se inserir numa relação paciente-médico quando ele nunca disse a verdade, sendo que o senhor mesmo teve que descobrir a verdade? Eu sei como a Johns Hopkins é rígida. O senhor deve ter vários casos como esse, tenho certeza. Viciados em cirurgia apelam a todos os lugares onde possam fazer uma cirurgia. Isso não afeta a instituição ou os pacientes legítimos. O senhor acha que loucos também não se candidatam ao FBI? Acontece o tempo todo. Um homem com uma cabeleira à Moe Howard apareceu em St. Louis na semana passada. Ele estava carregando uma bazuca, dois foguetes e uma barretina militar de pele de urso no seu saco de golfe.

— Os senhores o admitiram no FBI?

— Me ajude, dr. Danielson. O tempo está se esgotando. Enquanto ficamos aqui discutindo, Buffalo Bill pode estar transformando Catherine Martin numa coisa como essa. — E Crawford pôs uma foto sobre a mesa reluzente.

— Não faça isso — disse o dr. Danielson. — É infantil forçar a barra comigo. Eu fui cirurgião de guerra, sr. Crawford. Ponha sua foto de volta no bolso.

— Certamente um cirurgião pode suportar a visão de um corpo mutilado — prosseguiu Crawford, amassando seu copo de papel enquanto pisava no pedal da lata de lixo. — Mas não acredito que um médico possa admitir a perda de uma vida. — Deixou o copo cair e a tampa fechou a lixeira com um barulho satisfatório. — Aqui está minha melhor oferta: não quero informações sobre pacientes, só informações sobre pedidos de cirurgias, com base nessas orientações. O senhor e sua equipe da revista de psiquiatria podem lidar com os pedidos rejeitados muito mais rápido que eu. Se encontrarmos Buffalo Bill por meio de alguma informação sua, vou ocultar o fato. Para fins de registro, vou mencionar que foi feito de outra maneira.

— A Johns Hopkins poderia ser uma testemunha protegida, sr. Crawford? Poderíamos ter uma nova identidade? Nos chamar de Faculdade Bob Jones, por exemplo? Duvido muito que o FBI ou qualquer agência do governo possa manter esse segredo por muito tempo.

— O senhor ficaria surpreso.

— Duvido. Tentar escapar de uma mentira burocrática poderia ser mais danoso do que dizer a verdade. Por favor, jamais nos proteja dessa forma, muito obrigado.

— Sou *eu* que agradeço, dr. Danielson, pelos seus comentários bem-humorados. São muito úteis para mim, como vou demonstrar num minuto. O senhor gosta da verdade. Então ouça isso: o criminoso rapta mulheres jovens e arranca a pele delas. Ele veste essas peles e se diverte metido nelas. Não queremos que ele continue fazendo isso. Se o senhor não colaborar o mais rápido possível, eis o que eu vou fazer: nessa manhã mesmo o Departamento de Justiça vai expedir publicamente uma ordem legal, informando que o senhor se recusou a ajudar. Vamos entrar em contato com o senhor duas vezes por dia, com tempo hábil para alcançar os jornais da manhã e da noite. Toda notícia liberada pelo departamento sobre esse caso vai dizer que estamos negociando com o dr. Danielson da Johns Hopkins, tentando fazer com que ele colabore. Toda vez que houver alguma notícia sobre o caso Buffalo Bill, quando Catherine aparecer boiando num rio, quando a próxima aparecer boiando, e quando mais outra aparecer boiando, vamos liberar imediatamente uma nota para os jornais sobre nosso progresso com o dr. Danielson da Johns Hopkins, incluindo seus comentários bem-humorados sobre a Faculdade Bob Jones. Mais uma coisa, doutor. O senhor sabe que o Departamento de Saúde e Serviços Humanos fica justamente aqui em Baltimore. Estou pensando no Escritório de Política de Elegibilidade, e espero que o senhor pense nele *antes* de mim, está bem? Que tal se a senadora Martin, algum tempo depois do enterro da filha, fizesse a seguinte pergunta aos colegas da Elegibilidade: as operações de redesignação sexual que os senhores fazem aqui não deveriam ser consideradas cirurgias plásticas? Talvez eles cocem a cabeça e decidam: "Sabem de uma coisa? A senadora Martin *tem razão*. Sim. Consideramos que é cirurgia plástica." Então seu programa não vai se qualificar para receber ajuda federal mais do que uma clínica de cirurgia plástica de nariz.

— Isso é um insulto!

— Não, é apenas a verdade.

— O senhor não me assusta, o senhor não me intimida...

— Muito bem. Eu não quero fazer nenhuma das duas coisas, doutor. Só quero que saiba que estou falando sério. Me ajude, doutor. Por favor.

— Você disse que está trabalhando com o dr. Alan Bloom.

— Sim. Na Universidade de Chicago...

— Eu conheço Alan Bloom e preferiria ter uma discussão profissional sobre o caso. Avise a ele que vou entrar em contato essa manhã. Eu digo minha decisão antes do meio-dia. Eu me preocupo com essa jovem, sr. Crawford. E com as outras. Mas existe muita coisa em jogo aqui e não acho que a questão seja tão importante para o senhor quanto é... Sr. Crawford, o senhor mediu sua pressão arterial recentemente?

— Sim, eu mesmo faço isso.

— E o senhor também se medica sozinho?

— Isso é contra a lei, dr. Danielson.

— Então o senhor tem um médico.

— Sim.

— Informe a ele os resultados, sr. Crawford. Seria uma grande perda para todos nós se de repente o senhor caísse morto. Vou entrar em contato com o senhor mais tarde, hoje mesmo.

— Dentro de quanto tempo, doutor? Que tal uma hora?

— Uma hora.

O pager de Crawford tocou quando ele saía do elevador. Jeff, seu motorista, acenava para ele enquanto Crawford corria até o furgão. *Ela está morta, encontraram o corpo*, pensou Crawford ao agarrar o fone. Era o diretor. As notícias não eram tão ruins, mas também não eram boas: Chilton havia interferido no caso e agora a senadora Martin estava se metendo. O promotor público do estado de Maryland, mediante instruções do governador, tinha autorizado a transferência do dr. Hannibal Lecter para o Tennessee. Seria necessária toda a influência da Justiça Federal do Distrito de Maryland para impedir ou protelar a remoção. O diretor queria a opinião de Crawford, e teria de ser naquele exato momento.

— Espere um pouco — pediu Crawford. Descansou o fone na perna e olhou pela janela do furgão. Não havia muitas cores em fevereiro na primeira luz do dia. Tudo cinza. Tudo desolado.

Jeff começou a resmungar e Crawford fez um gesto com a mão para que ele se calasse.

O ego monstruoso de Lecter. A ambição de Chilton. O terror da senadora Martin pela filha. A vida de Catherine. Tudo bem.

— Deixe que prossigam — falou ao telefone.

29

O DR. CHILTON e três policiais do Tennessee com a farda bem-passada estavam de pé, juntos, na pista de asfalto varrida pelo vento ao raiar do dia. Erguiam as vozes acima do barulho do tráfego pesado de rádio que vinha da porta aberta do Grumman Gulfstream e do motor ligado de uma ambulância ao lado do avião.

O capitão encarregado do grupo passou uma caneta ao dr. Chilton. Os papéis se agitaram na ponta da prancheta e o policial teve de segurá-los.

— Não podemos fazer isso no ar? — perguntou Chilton.

— Senhor, a documentação precisa ser preenchida no momento da transferência. São as minhas instruções.

O copiloto terminou de fixar a rampa nos degraus da escada do avião.

— Ok — chamou ele.

Os policiais se reuniram com o dr. Chilton atrás da ambulância. Quando ele abriu a porta, ficaram tensos, como se estivessem esperando que algo fosse saltar de dentro.

Viram o dr. Lecter de pé, envolto em faixas de lona e usando sua máscara de hóquei. Estava esvaziando a bexiga enquanto Barney segurava o urinol.

Um dos soldados ensaiou uma risadinha. Os outros desviaram o olhar.

— Desculpe — disse Barney ao dr. Lecter, e voltou a fechar a porta.

— Tudo bem, Barney — tranquilizou o dr. Lecter. — Já terminei. Obrigado.

Barney arrumou a roupa de Lecter e rolou o carrinho para a traseira da ambulância.

— Barney?

— Diga, dr. Lecter.

— Você foi decente comigo por muito tempo. Obrigado.

— Não há de quê.

— Da próxima vez que Sammie voltar a si, diga adeus por mim.

— Está certo.

— Adeus, Barney.

O guarda grandalhão reabriu as portas e chamou os policiais.

— Peguem por baixo, camaradas. Agarrem dos dois lados. Coloquem o carrinho no chão. Devagar!

Barney empurrou o carrinho com o dr. Lecter rampa acima, para dentro do avião. Três assentos tinham sido retirados no lado direito da aeronave. O copiloto prendeu o carrinho às presilhas soltas dos assentos.

— Ele vai voar deitado? — perguntou um dos policiais. — Tem calças impermeáveis?

— Você só tem que prender a urina até Memphis, meu camarada — disse o outro soldado.

— Dr. Chilton, posso trocar uma palavrinha com o senhor? — perguntou Barney.

Estavam fora do avião, e o vento levantava pequenos redemoinhos de poeira e lixo em volta deles.

— Esses caras não têm a menor prática — comentou Barney.

— Vou ter alguma ajuda quando chegar lá. Guardas com experiência com pacientes psiquiátricos. Agora o dr. Lecter está sob a responsabilidade deles.

— O senhor acha que vão tratá-lo bem? O senhor sabe como ele é... É preciso ameaçá-lo com o tédio da total ausência de atividades. É a única coisa que ele teme. Bater nele não adianta nada.

— Eu jamais permitiria isso, Barney.

— O senhor vai estar lá quando o interrogarem?

— Sim. — *E você não*, acrescentou Chilton para si mesmo.

— Eu poderia ir para alojá-lo, e estaria de volta só com um atraso de duas horas para meu turno — sugeriu Barney.

— Ele não está mais sob sua responsabilidade, Barney. Eu vou estar lá. Vou explicar a eles como devem tratá-lo, passo a passo.

— É melhor que fiquem atentos — comentou Barney. — *Ele* vai ficar atento.

30

SENTADA NA BEIRA DE SUA CAMA no hotel, Clarice Starling ficou encarando o telefone preto por um tempo depois que Crawford desligou. Estava despenteada e havia enrolado a camisola da Academia em torno de si enquanto se agitava durante o curto sono. A sensação era de que tinha levado um soco no estômago.

Fazia apenas três horas desde que ela havia deixado o dr. Lecter e duas desde que ela e Crawford terminaram o trabalho na folha de características para verificar os pedidos de internação no centro médico. Nesse curto intervalo, enquanto ela dormia, o dr. Frederick Chilton tinha conseguido estragar tudo.

Crawford estava vindo buscá-la. Precisava se arrumar, tinha de pensar em começar a se arrumar.

Que merda! Que MERDA! QUE MERDA! Você matou a garota, dr. Chilton. Você matou a garota, seu doutor de merda! Lecter tinha mais informações e eu poderia ter arrancado dele. Tudo está perdido, tudo está perdido agora. Quando Catherine Martin aparecer boiando, vou fazer você dar uma olhada nela, juro que vou! Você a roubou de mim. Agora preciso fazer alguma coisa útil. Neste momento. O que eu posso fazer agora, neste minuto? Me preparar.

No banheiro, um cestinho com sabonetes, vidros de xampu e loção e um pequeno estojo de costura, brindes que são recebidos num bom hotel.

Ao entrar debaixo do chuveiro, Clarice teve uma breve lembrança de si mesma aos 8 anos, levando toalhas, xampu e sabonete para a mãe, que limpava os quartos do hotel. Quando tinha 8 anos, havia um corvo, de um bando que vivia na desolação daquela amarga cidade, que gostava de roubar objetos do carrinho de limpeza de quartos do hotel. Ele roubava qualquer coisa brilhante. O corvo esperava uma oportunidade, e então remexia em tudo que havia no carro. Às vezes, tendo de levantar voo numa emergência, defecava na roupa de cama limpa. Uma das mulheres da limpeza jogou detergente nele. O único efeito foi manchar suas penas deixando marcas brancas como a neve. O corvo preto e branco estava sempre vigiando Clarice, esperando que ela se afastasse do carrinho, para levar coisas à mãe, que limpava os banheiros. A mãe estava de pé na porta de um banheiro do hotel quando lhe disse que ela devia partir para viver em Montana. A mãe largou as toalhas que segurava, sentou-se na beirada da cama do quarto e a abraçou. Clarice ainda sonhava com o corvo e o via agora, sem tempo para sequer pensar por quê. Sua mão subiu num movimento de carícia e, então, como se precisasse de uma desculpa para o gesto, levou-a à testa e afastou o cabelo molhado para trás.

Vestiu-se rapidamente: calça comprida, uma blusa, um colete de lã leve, a pistola de cano curto contra as costelas no coldre chato e o carregador rápido debaixo do cinto, no lado oposto. Seu blazer precisava de um pouco de atenção. Havia uma costura do forro se desfazendo, acima do carregador. Ela se dispôs a ficar ocupada, bem ocupada, até se acalmar. Pegou o pequeno estojo de costura do hotel e consertou o forro. Alguns agentes costuravam arruelas perto da barra dos casacos para melhorar o caimento; tinha de fazer isso...

Crawford estava batendo à porta.

31

PELA EXPERIÊNCIA DE CRAWFORD, a raiva fazia com que as mulheres ficassem com uma aparência péssima. Seus cabelos se tornavam duros e com uma cor péssima, e eles se esqueciam de fechar os zíperes. Qualquer traço menos atraente era exacerbado. Clarice parecia ela mesma quando abriu a porta do quarto do hotel, embora estivesse furiosa.

Crawford achou que talvez agora fosse conhecer a verdadeira Clarice.

Ele sentiu uma lufada de perfume de sabão e vapor quando ela apareceu na porta. As cobertas da cama haviam sido estendidas por cima do travesseiro.

— O que você tem a dizer, Starling?

— Tudo que eu tenho a dizer é "que merda", sr. Crawford. O que o *senhor* tem a dizer?

Ele fez que sim com a cabeça.

— A lanchonete na esquina já está aberta. Vamos tomar um café.

Era uma manhã amena para fevereiro. O sol, ainda baixo no leste, lançava um reflexo avermelhado na fachada do hospital psiquiátrico quando passaram por ele. Jeff os seguia vagarosamente no furgão, os rádios fazendo barulho. A certa altura, passou o fone pela janela aberta, e Crawford conversou brevemente pelo rádio.

— Podemos abrir um processo contra Chilton por obstrução à justiça?

Clarice caminhava um pouco à frente dele, mas Crawford pôde ver que os músculos do seu maxilar se retesaram quando ela fez a pergunta.

— Não, não conseguiríamos nada.

— E se ele a matar, se Catherine morrer por causa de Chilton? Eu vou jogar isso na cara dele... Me deixe continuar nesse caso, sr. Crawford. Não me mande de volta para o curso.

— Duas coisas: se eu mantiver você, não vai ser para jogar a verdade na cara de Chilton, isso pode ficar para mais tarde. Segundo: se você continuar trabalhando por muito mais tempo, vai ter que repetir parte do curso, o que vai lhe custar alguns meses. A Academia não dá folga para ninguém. Posso garantir que você vai voltar, mas isso é tudo. Vai ter um lugar reservado para você, é só o que posso garantir.

Ela inclinou a cabeça bem para trás, e depois a baixou de novo, caminhando.

— Talvez essa não seja uma pergunta delicada para se fazer ao chefe, mas o senhor se meteu em alguma encrenca com isso? A senadora Martin pode fazer algo contra o senhor?

— Starling, eu devo me aposentar daqui a dois anos. Mesmo se eu encontrar Jimmy Hoffa e o assassino do Tylenol, ainda assim vou ter que pendurar as chuteiras. Eu não fico preocupado com isso.

Sempre cauteloso com seus desejos, Crawford sabia o quanto queria demonstrar sabedoria. Sabia que um homem de meia-idade pode querer tanto parecer sábio que é capaz de inventar coisas e que isso podia ser mortal para uma jovem que acredita nele. Então, falou com muito tato, e apenas de coisas que sabia.

O que disse a Clarice naquela rua feia de Baltimore havia aprendido numa sucessão de madrugadas geladas passadas na Coreia, numa guerra que acontecera antes mesmo de ela nascer. Evitou a parte da Coreia, achando-a desnecessária para emprestar autoridade ao que dizia.

— Esse é o momento mais complicado, Starling. Aproveite bem esse momento e ele vai endurecê-la. Esse é o teste mais difícil: não permitir que a raiva e a frustração a impeçam de pensar. Isso é essencial para saber se você pode ou não comandar. Nada causa mais dano que o desperdício e a estupidez. Chilton é um maldito estúpido e pode ter causado a morte de Catherine Martin. Mas pode ser que não. Nós somos a chance dela. Starling, qual é a temperatura do nitrogênio líquido num laboratório?

— O quê? Ah, nitrogênio líquido... Cerca de duzentos graus Celsius negativos. Ele ferve um pouco acima disso.

— Alguma vez você congelou alguma coisa com nitrogênio?

— Sim.

— Eu quero que você congele algo agora. Congele a questão com Chilton. Guarde as informações que recebeu de Lecter e congele seus sentimentos. Eu quero que você mantenha os olhos no que conseguiu, Starling. Isso é tudo o que importa. Você trabalhou para obter uma informação, pagou por ela, obteve-a, e agora nós vamos usá-la. Ela é tão boa, ou tão inútil, quanto era antes de Chilton se intrometer. Provavelmente não vamos conseguir mais nada de Lecter. Conserve o que você obteve de Lecter sobre Buffalo Bill. Congele o restante. O desperdício, a perda, a raiva, Chilton. Congele tudo. Quando tivermos tempo, vamos dar um belo chute no rabo de Chilton. Por enquanto, congele-o, coloque-o de lado para que você possa enxergar melhor seu objetivo, Starling. A vida de Catherine Martin. E o couro de Buffalo Bill pregado na porta do estábulo. Mantenha o foco no objetivo. Se puder fazer isso, vou precisar de você.

— Trabalhar com os registros médicos?

Tinham chegado à frente da lanchonete.

— A não ser que as clínicas criem uma barreira contra nós e tenhamos que obter os registros à força. Quero que você vá para Memphis. Precisamos manter a esperança de que Lecter diga algo de útil à senadora Martin. Eu quero que você esteja por perto para uma eventualidade. Se Lecter se cansar de brincar com ela, talvez converse com você. Nesse meio-tempo, tente descobrir algo sobre Catherine, sobre a motivação de Bill para escolhê-la. Você não é muito mais velha que Catherine, e os amigos dela podem contar coisas a você que não diriam a alguém que parecesse mais um policial.

"Ainda temos outras coisas em andamento. A Interpol está trabalhando na identificação de Klaus. Com uma identificação dele, podemos dar uma espiada nos seus conhecidos na Europa e na Califórnia, onde ele teve seu romance com Benjamin Raspail. Vou para a Universidade de Minnesota, porque começamos com o pé esquerdo lá, e estarei em Washington hoje à noite. Agora vou pegar o café. Assobie para chamar Jeff com o furgão. Daqui a quarenta minutos você vai estar num avião."

O sol vermelho havia alcançado três quartos do percurso ao longo dos postes de telefone. As calçadas ainda estavam violeta. Clarice podia alcançar a luz do sol com a mão quando acenou para Jeff.

Sentia-se mais leve agora. Crawford era realmente muito bom nisso. Ela sabia que a pergunta dele a respeito do nitrogênio era uma alusão a sua experiência com prática forense, com a intenção de acalmá-la e de provocar hábitos arraigados de raciocínio disciplinado. Ela se perguntava se os homens encaram esse tipo de manipulação como algo sutil. É curioso como as coisas surtem efeito sobre nós mesmo quando temos consciência delas. É curioso como o dom da liderança muitas vezes não é nada sutil.

Do outro lado da rua, alguém descia os degraus do Hospital Estadual de Baltimore para Criminosos com Transtornos Mentais. Era Barney, parecendo ainda maior em seu casaco de lenhador. Carregava uma marmita.

Clarice, apenas movendo os lábios, pediu a Jeff que aguardasse cinco minutos. Alcançou Barney quando ele abria a porta do seu velho Studebaker.

— Barney!

Ele se virou para ela, o rosto inexpressivo. Talvez seus olhos estivessem um pouco mais abertos que o normal. Repousava seu peso nos dois pés.

— O dr. Chilton disse que ficaria tudo bem?

— O que mais poderia dizer?

— Você acreditou?

O canto de sua boca se moveu. Ele não disse sim nem não.

— Quero que você faça algo para mim. E que seja agora, sem questionar. Vou perguntar discretamente, vamos começar por aí. O que sobrou na cela de Lecter?

— Alguns livros... *Joy of Cooking*, revistas médicas. Levaram os papéis do processo jurídico.

— E as coisas nas paredes, os desenhos?

— Ainda estão lá.

— Eu quero todos eles, e estou com muita pressa.

Barney refletiu por um momento.

— Espere um pouco — disse, e subiu rapidamente as escadas, com leveza demais para um homem tão corpulento.

Crawford esperava por ela no furgão quando Barney voltou com os desenhos enrolados, os papéis e os livros numa sacola.

— Você acha que eu sabia que tinha um microfone naquela carteira escolar que eu levei? — perguntou Barney quando lhe entregou as coisas.

— Tenho que pensar no assunto. Pegue essa caneta e escreva seu telefone na sacola. Barney, você acha que eles vão saber lidar com o dr. Lecter?

— Tenho minhas dúvidas, e eu perguntei isso ao dr. Chilton. Lembre que eu disse isso para você, caso ele esqueça. Eu gosto de você, agente Starling. Me diga, quando é que você vai pegar Buffalo Bill?

— Ainda não sei.

— Não o traga para mim só porque eu tenho uma vaga, está bem? — Ele sorriu, mostrando dentes pequenos, como os de uma criança.

Clarice sorriu para ele, apesar de toda a sua preocupação. Quando correu para o furgão, acenou sem se virar.

Crawford ficou satisfeito.

32

O GRUMMAN GULFSTREAM que levava o dr. Hannibal Lecter pousou em Memphis soltando duas nuvenzinhas de fumaça azul dos pneus. Seguindo instruções da torre, ele taxiou em direção aos hangares da Guarda Aérea Nacional, longe dos terminais de passageiros. Uma ambulância do Serviço de Emergência e uma limusine aguardavam dentro do primeiro hangar.

A senadora Ruth Martin observava através do vidro fumê da limusine quando os policiais estaduais rolaram o carrinho do dr. Lecter para fora do avião. Ela teve vontade de correr para a figura amarrada e mascarada e arrancar a informação à força, mas era inteligente o bastante para se conter.

O telefone da senadora Martin tocou. Seu assistente, Brian Gossage, o pegou do assento extra.

— É o FBI... Jack Crawford — informou Gossage.

A senadora Martin estendeu a mão para pegar o aparelho sem tirar os olhos do dr. Lecter.

— Por que o senhor não me informou sobre o dr. Lecter, sr. Crawford?

— Tive receio de que a senhora fizesse exatamente o que está fazendo, senadora.

— Não quero uma briga com o senhor, sr. Crawford. Se o senhor for hostil comigo, vai se arrepender.

— Onde está o dr. Lecter agora?

— Estou olhando para ele.

— Ele pode ouvi-la?

— Não.

— Senadora Martin, me escute. A senhora quer oferecer garantias pessoais a Lecter... Está certo, muito bem. Mas faça uma coisa por mim: deixe o dr. Bloom instruí-la antes que a senhora confronte Lecter. Bloom pode ajudá-la, acredite.

— Eu já tenho um conselheiro profissional.

— Espero que seja melhor que Chilton.

O dr. Chilton estava batendo com os dedos na janela da limusine. A senadora Martin mandou Gossage recebê-lo fora do carro.

— Brigas internas são um desperdício de tempo, sr. Crawford. O senhor mandou uma recruta inexperiente a Lecter com uma oferta falsa. Eu posso fazer melhor que isso. O dr. Chilton diz que Lecter é capaz de responder a uma oferta legítima, e estou apresentando uma a ele, sem burocracia, sem testemunhas. Se conseguirmos trazer Catherine de volta ilesa, todo mundo vai se sentir bem, incluindo o senhor. Se ela... morrer, eu não vou querer saber de nenhuma desculpa.

— *Nos use* então, senadora Martin.

Ela não notou raiva na voz de Crawford, apenas uma frieza profissional que logo reconheceu. Ela respondeu:

— Prossiga.

— Se a senhora conseguir alguma coisa, nos deixe agir com base no que descobrir. Certifique-se de que nos passou todas as informações. Certifique-se de que a polícia local vai cooperar. Não deixe que pensem que vão agradar à senhora se nos deixarem de fora.

— Paul Krendler, do Departamento de Justiça, está vindo para cá. Ele vai cuidar disso.

— Qual é o seu policial mais graduado aí?

— O major Bachman, do Escritório de Investigação do Tennessee, o TBI.

— Bom. Se já não for muito tarde, tente impedir o acesso da mídia. Vai ser melhor se ameaçar Chilton com isso. Ele adora chamar a atenção. Não queremos que Buffalo Bill saiba de nada. Quando o encontrarmos, vamos usar o Grupo de Resgate de Reféns. Queremos que a equipe aja rápido e evite um impasse. A senhora pretende interrogar Lecter pessoalmente?

— Sim.

— Gostaria de falar com Clarice Starling primeiro? Ela está a caminho.

— Com que finalidade? O dr. Chilton fez um resumo daquele material para mim. Já perdemos tempo demais.

Chilton estava de novo batendo na janela, falando através do vidro. Brian Gossage segurou o pulso dele e fez um sinal negativo com a cabeça.

— Preciso ter acesso ao dr. Lecter depois que a senhora falar com ele.

— Sr. Crawford, ele prometeu que vai revelar o nome de Buffalo Bill em troca de privilégios, de comodidades. Se não fizer isso, o senhor pode ficar com ele para sempre.

— Senadora Martin, sei que esse é um assunto delicado, mas tenho que avisar a senhora: não importa o que faça, nunca implore!

— Certo, sr. Crawford. Mas agora não posso continuar falando com o senhor. — E desligou o telefone. — Se eu estiver errada, ela não vai estar mais morta que as últimas seis de que o senhor cuidou — disse em voz baixa, e mandou Gossage e Chilton entrarem no carro.

O dr. Chilton havia pedido um local adequado em Memphis para o interrogatório da senadora Martin com Hannibal Lecter. Para economizar tempo, uma sala de reuniões da Guarda Aérea Nacional no hangar havia sido rapidamente adaptada para o encontro.

A senadora Martin teve de esperar fora da limusine, no hangar, enquanto Chilton acomodava Lecter na sala improvisada. Ela não tinha aguentado ficar dentro do carro. Caminhava em círculo sob o grande teto do hangar, olhando para as enormes vigas cruzadas, e depois baixando os olhos para as faixas pintadas no piso. Parou um momento ao lado de um velho Phantom F-4 e descansou a cabeça na lateral fria da aeronave, onde estava escrito em estêncil NÃO PISE. *Esse avião deve ser mais velho que Catherine. Meu bom Deus, me ajude!*

— Senadora Martin — chamou o major Bachman. Chilton, da porta, a convidava a entrar.

Na sala havia uma mesa para Chilton e cadeiras para a senadora Martin, seu assistente e o major Bachman. Um operador de vídeo estava a postos para registrar o encontro. Chilton havia informado que era uma das condições de Lecter.

A senadora Martin entrou, parecendo bem-disposta. Seu conjunto azul-marinho recendia a poder. Ela também incutira uma aparência de formalidade em Gossage.

O dr. Hannibal Lecter estava sentado no meio da sala, numa poltrona pesada de carvalho aparafusada ao chão. Um cobertor cobria sua camisa de força e as presilhas nas pernas, amenizando o fato de ele estar acorrentado na cadeira. Além disso, ainda usava a máscara de hóquei, que o impedia de morder.

Por quê?, pensou a senadora Martin — a ideia inicial fora permitir ao dr. Lecter alguma dignidade num ambiente de escritório. A senadora deu uma olhada para Chilton e se virou para Gossage, pedindo os papéis.

Chilton se dirigiu para trás do dr. Lecter e, olhando diretamente a câmera, desfez as amarras e retirou a máscara com um floreio.

— Senadora Martin, apresento-lhe o dr. Hannibal Lecter.

Ver o que o dr. Chilton havia feito para se exibir assustou a senadora Martin mais que qualquer coisa desde o desaparecimento de sua filha. Qualquer confiança que ela poderia ter depositado no bom senso de Chilton desapareceu ante a fria evidência de que se tratava de um idiota.

Mas tinha de seguir em frente agora.

Uma madeixa do cabelo do dr. Lecter caiu entre seus olhos castanhos. Ele estava tão pálido quanto a máscara. A senadora Martin e o dr. Lecter se encararam — ela, extremamente brilhante; ele, impossível de se avaliar como ser humano por qualquer meio conhecido.

O dr. Chilton voltou à mesa, correu os olhos em volta dos presentes e começou:

— O dr. Lecter demonstrou, senadora, que quer contribuir para a investigação com algumas informações em troca de certas regalias relacionadas às condições de sua prisão.

A senadora Martin ergueu um documento.

— Dr. Lecter, este é um compromisso que vou assinar agora. O documento diz que vou ajudá-lo. Deseja lê-lo?

Ela achava que Lecter não ia responder e já se virava para a mesa a fim de assinar, quando ele disse:

— Não vou fazê-la perder seu tempo nem o de Catherine barganhando privilégios mesquinhos. Pessoas ambiciosas já desperdiçaram tempo demais. Deixe que eu a ajude agora, e confio na sua promessa de ajuda para quando isso terminar.

— Pode contar com isso. — Ela se virou para o assistente. — Brian? Gossage ergueu a prancheta.

— O nome de Buffalo Bill é William Rubin. Conhecido como Billy Rubin. Ele me foi apresentado em abril ou maio de 1975 por meu paciente Benjamin Raspail. Disse que vivia na Filadélfia, não consigo me lembrar do endereço, mas na ocasião estava morando com Raspail em Baltimore.

— Onde estão seus registros? — interrompeu o major Bachman.

— Meus registros foram destruídos por ordem judicial pouco depois...

— Como ele era? — perguntou o major Bachman.

— *Com licença*, major. Senadora Martin, a única...

— Me dê a idade e uma descrição física, e qualquer outro detalhe de que possa se lembrar — insistiu o major Bachman.

O dr. Lecter simplesmente apagou. Pensou em outra coisa — nos estudos anatômicos de Géricault para *A balsa da Medusa* — e ignorou as perguntas que se seguiram.

Quando a senadora Martin recuperou a atenção dele, estavam sozinhos na sala. Ela tinha nas mãos a prancheta de Gossage.

Os olhos de Lecter se focaram nos dela.

— Aquela bandeira cheira a charutos — comentou ele. — A senhora amamentou Catherine?

— Eu o quê?!

— Alimentou Catherine com o seio?

— Sim.

— São uns bichinhos sedentos, não?

Quando as pupilas dela escureceram, o dr. Lecter sorveu um pouco da dor e se divertiu com isso. E achou que já era o bastante para aquele dia.

— William Rubin tem um metro e oitenta e três e deve estar hoje com 35 anos. É muito forte, cerca de oitenta e seis quilos quando o conheci, e aumentou de peso desde então, creio eu. Tem cabelo castanho e olhos azul--claros. Forneça essa informação a eles, e então prosseguiremos.

— Sim, vou fazer isso — disse a senadora Martin. Ela passou as anotações para fora da porta.

— Só o vi uma vez. Ele marcou outra consulta, mas não voltou a aparecer.

— Por que o senhor pensa que ele é Buffalo Bill?

— Já naquela época ele assassinava garotas e fazia coisas assim com elas, anatomicamente. Disse que precisava de ajuda para parar, mas na verdade só queria contar seus feitos. Só queria *bater papo*.

— E o senhor não... Ele tinha certeza de que o senhor não ia denunciá-lo?

— Ele acreditava que não, e gostava de se arriscar. Honrei a confiança do seu amigo Raspail.

— *Raspail* sabia que ele fazia esse tipo de coisa?

— Os apetites de Raspail eram os mais estranhos... Ele estava coberto de cicatrizes.

"Billy Rubin me disse que tinha antecedentes criminais, mas não deu detalhes. Fiz uma ficha médica resumida. Nada tinha de excepcional, exceto por uma coisa: Rubin me disse que certa vez havia sofrido de antraz. Isso é tudo de que me lembro, senadora Martin, e creio que a senhora esteja ansiosa para sair. Se qualquer outra coisa me ocorrer, eu lhe mando um recado."

— Billy Rubin matou a pessoa cuja cabeça estava no carro?

— Acredito que sim.

— O senhor sabe quem é essa pessoa?

— Não. Mas Raspail o chamava de Klaus.

— As outras coisas que o senhor disse ao FBI eram verdadeiras?

— No mínimo tão verdadeiras quanto as que o FBI *me* disse, senadora.

— Fiz alguns arranjos temporários para o senhor aqui em Memphis. Vamos conversar sobre sua situação e o senhor vai para Brushy Mountain quando isso... quando tivermos resolvido esse caso.

— Obrigado. Gostaria de ter um telefone, se eu me lembrar de alguma coisa...

— O senhor vai ter um.

— E música. Glenn Gould, as *Variações Goldberg*. Será que é pedir demais?

— Sem problema.

— Senadora Martin, não confie nenhuma pista exclusivamente ao FBI. Jack Crawford nunca joga limpo com as outras agências. É um jogo complicado o dessa gente... Ele está decidido a realizar a prisão pessoalmente. Um "fominha", como o chamam.

— Muito obrigada, dr. Lecter.

— Gostei muito do seu conjunto — acrescentou quando ela se dirigia para a porta.

33

QUARTO APÓS QUARTO, o porão de Jame Gumb se estendia feito um labirinto, como o que nos atormenta em nossos sonhos. Quando ele ainda era tímido, muito tempo atrás, o sr. Gumb gostava dos quartos mais afastados, longe das escadas. Havia quartos nos cantos mais remotos, quartos de outras vidas, que Gumb não abria havia anos. Alguns deles ainda estavam ocupados, por assim dizer, embora os sons por trás das portas tenham atingido seu auge e silenciado havia muito tempo.

Os níveis do chão variavam de quarto para quarto, com diferenças de até trinta centímetros. Era preciso subir para atravessar algumas soleiras e baixar para passar por alguns batentes de porta. Era impossível rolar cargas pesadas e dava trabalho arrastá-las. Forçar qualquer coisa a caminhar à sua frente — aos tropeços e chorando, implorando e batendo com a cabeça — é difícil, até mesmo perigoso.

Quando ficou mais esperto e confiante, o sr. Gumb não precisou mais ocupar as partes ocultas do porão. Ele agora usava um conjunto de cômodos espaçosos próximos à escada, providos de água corrente e eletricidade.

O porão estava agora mergulhado em total escuridão.

Abaixo do chão arenoso, na masmorra, Catherine Martin permanecia quieta.

O sr. Gumb chegou ao porão, mas não perto de onde ela estava.

O cômodo que ficava atrás da escada era escuro demais para que fosse possível enxergar algo lá dentro, embora estivesse sempre repleto de sons

— da água, que escorria e pingava, e do motor de pequenas bombas. Com leves ecos, o espaço parecia grande. O ar era fresco e úmido. Tinha cheiro de verduras. Uma asa batendo perto do rosto, uns poucos estalidos no ar. Um som nasal bem baixo de prazer, um som humano.

O quarto não refletia nenhum dos comprimentos de onda acessíveis ao olho humano, mas o sr. Gumb estava ali e conseguia enxergar muito bem, embora em sombras e tons de verde. Ele estava usando um excelente par de óculos de visão infravermelha (excedente militar de Israel, menos de quatrocentos dólares) e dirigia o feixe de uma lanterna de luz infravermelha para a gaiola de arame à sua frente. Estava sentado na ponta de uma cadeira, absorvido, observando um inseto que trepava numa planta na gaiola de arame. A jovem imago tinha acabado de sair de uma crisálida rachada na terra úmida do chão da gaiola. Ela subia cautelosamente num galho de erva-moura, procurando um espaço para abrir suas novas asas molhadas, ainda presas ao seu tórax. Escolheu um galho horizontal.

O sr. Gumb precisou inclinar a cabeça para ver. Pouco a pouco, as asas se encheram de sangue e de ar. Elas ainda estavam presas umas às outras no tórax do inseto.

Passaram-se duas horas. O sr. Gumb quase não se mexeu. Ele acendia e apagava a lanterna com luz infravermelha para se surpreender com o progresso que o inseto fazia. Para passar o tempo, projetava a luz pelo restante do cômodo, para os grandes aquários cheios de solução vegetal de tanino. Em cima de pranchas e padiolas, dentro dos tanques, suas recentes aquisições se destacavam como pedaços de estátuas clássicas quebradas e verdes no fundo do mar. Sua luz se movia sobre a grande mesa de trabalho de metal galvanizado com seu eixo horizontal de metal, anteparos e drenos, e tocou o guincho que ficava acima. Na parede, longas pias industriais. Tudo em imagens verdes de infravermelho filtrado. Bater de asas, riscos de fosforescência que cruzavam sua visão, pequenas caudas como cometas de mariposas soltas no ambiente.

Apontou a lanterna para a gaiola na hora certa. As enormes asas do inseto estavam estendidas na parte de trás do tórax, escondendo e distorcendo suas marcas. Agora movia as asas para baixo, para vestir seu corpo, e o famoso desenho apareceu nitidamente. Uma caveira humana, maravilhosamente executada nas escamas que parecem pelos, encara do dorso da mariposa. Sob o domo coberto pelas sombras do crânio veem-se os buracos negros dos olhos e as maçãs proeminentes do rosto. Por baixo delas, uma mancha escura semelhante a uma mordaça acima do maxilar. A caveira descansa numa marcação que parece o topo de um osso pélvico.

Um crânio colocado sobre a pelve, tudo desenhado no dorso de uma mariposa por um acidente da natureza.

O sr. Gumb se sentia bem e leve no seu íntimo. Inclinou-se para a frente e soprou delicadamente a mariposa, que levantou a probóscide e demonstrou com um ruído sua irritação.

Ele caminhou em silêncio com sua lanterna até a masmorra. Abriu a boca para silenciar a respiração. Não queria estragar seu humor com algum barulho vindo do poço. As lentes de seus óculos, nos pequenos aros que se projetavam ligeiramente, pareciam olhos de caranguejo. O sr. Gumb sabia que os óculos não eram nada atraentes, mas já se divertira muito com eles ali, no escuro, fazendo jogos no porão.

Ele se inclinou e lançou sua luz invisível dentro do poço.

O material estava deitado de lado, dobrado feito um camarão. Parecia estar dormindo. O balde para se servir estava ao lado dela. Ela não foi idiota de arrebentar a cordinha de novo, tentando se içar pelas paredes. Em seu sono, ela segurava a ponta do futon contra o rosto e chupava o polegar.

Observando Catherine, percorrendo seu corpo de cima a baixo com o feixe infravermelho, o sr. Gumb se preparou para os problemas muito reais que estavam por vir.

Lidar com a pele humana é terrivelmente difícil quando se é tão perfeccionista quanto o sr. Gumb. Havia decisões estruturais básicas a tomar, e a primeira era onde colocar o zíper.

Ele corria o feixe luminoso pelas costas de Catherine. Normalmente, faria o fecho nas costas, mas, nesse caso, como iria se vestir sozinho? Não poderia pedir a ninguém que o ajudasse, embora tal perspectiva parecesse muito excitante. Ele conhecia lugares, círculos, onde seus esforços seriam bastante apreciados. Existiam certos iates onde ele poderia se exibir, mas isso teria de esperar. Por enquanto, devia ter roupas que pudesse vestir sozinho. Cortar a frente pelo centro seria um sacrilégio, então descartou essa possibilidade.

O sr. Gumb não tinha como analisar a cor de Catherine com a luz infravermelha, mas ela parecia mais magra. Pensou que talvez estivesse fazendo regime quando a pegou.

A experiência havia lhe ensinado a esperar de quatro dias a uma semana antes de retirar a pele. Uma súbita perda de peso fazia a pele ficar mais solta e mais fácil de ser retirada. Além disso, a fome acabava com muito da força das pessoas, o que facilitava na hora de serem manuseadas. Elas ficavam mais dóceis. Algumas delas foram acometidas por um estupor de resignação. Contudo, era necessário alimentá-las com algumas rações para impedir o desespero e algum ímpeto autodestrutivo que pudesse danificar a pele.

Definitivamente ela havia perdido peso. Essa era tão especial, tão importante para o que ele estava fazendo, que já não aguentava esperar muito. E não precisava esperar. Podia ser no dia seguinte à tarde, ou à noite. O mais tardar, no outro dia. Em breve.

34

Clarice Starling reconheceu o cartaz de Stonehinge Villas das notícias na televisão. O condomínio na zona leste de Memphis, um aglomerado de apartamentos e casas residenciais, formava um grande U em volta de um estacionamento aberto.

Clarice parou o Chevrolet Celebrity alugado no meio do estacionamento. Gente bem paga que fazia trabalhos braçais e executivos de classe média viviam ali: os Pontiacs Trans-Ams e os Camaros IROC-Z indicavam isso. *Motor homes* para fins de semana e lanchas com pintura reluzente estavam num local próprio no estacionamento.

Stonehinge Villas — o nome ficava atravessado na garganta de Clarice sempre que olhava para ele. Os apartamentos provavelmente eram repletos de vime branco e tapetes felpudos cor de pêssego. Fotos debaixo do vidro das mesinhas de centro. Os livros *Dinner for Two Cookbook* e *Fondue on the Menu*. Clarice, cuja única residência se resumia a um quarto no dormitório da Academia do FBI, era uma crítica severa a esse estilo de vida.

Precisava conhecer Catherine Martin, e aquele parecia um lugar estranho para a filha de uma senadora morar. Clarice tinha lido o sucinto material biográfico que o FBI havia reunido, que mostrava que Catherine Martin era uma pessoa brilhante e fracassada. Não tinha concluído a faculdade; havia sido reprovada em Farmington e passara dois anos infelizes em Middlebury. Agora estudava na Southwestern e fazia um estágio como professora.

Clarice poderia facilmente tê-la imaginado como uma aluna de colégio interno egocêntrica e insensível, uma dessas pessoas que nunca dão ouvidos a ninguém. Sabia que precisava tomar cuidado com isso, porque tinha seus próprios ressentimentos e preconceitos. Ela mesma havia passado algum tempo em internatos, vivendo de bolsas de estudos, com notas muito melhores que as roupas. Conviveu com muitas garotas de famílias ricas e cheias de problemas, que passaram tempo demais em internatos. Pouco se importava com algumas delas, mas, quando cresceu, descobriu que a desatenção pode ser uma estratégia para evitar o sofrimento, e que isso, muitas vezes, é interpretado como indiferença e futilidade.

Era melhor pensar em Catherine como uma criança navegando num barco a vela com o pai, como mostraram na televisão, na reportagem com o apelo da senadora Martin. Perguntou-se se Catherine tentava agradar o pai quando era pequena. Perguntou-se o que Catherine estaria fazendo quando foram lhe contar que o pai tinha falecido depois de sofrer um ataque cardíaco, aos 42 anos. Clarice não tinha dúvidas de que Catherine sentia falta do pai. A ausência do pai, uma ferida comum, fazia Clarice se sentir ligada àquela garota.

Também achava essencial gostar de Catherine Martin porque isso a ajudava a se esforçar mais no caso.

Viu o apartamento onde Catherine vivia — dois carros da Patrulha de Estradas do Tennessee estavam estacionados na frente do edifício. Havia marcas de pó branco na área do estacionamento mais próxima do prédio. O Escritório de Investigação do Tennessee devia ter feito uma busca por manchas de óleo com pedra-pomes ou outro pó neutro. Crawford garantira que o pessoal do Tennessee era muito bom.

Foi até os veículos de passeio e os barcos na área especial do estacionamento em frente ao prédio. Fora ali que Buffalo Bill a havia sequestrado. Bem perto de sua porta, pois ela a deixara destrancada ao sair. Algo havia chamado sua atenção. A situação deve ter parecido segura.

Clarice sabia que a polícia de Memphis fizera interrogatórios exaustivos de porta em porta e que ninguém tinha visto nada; portanto, talvez tivesse acontecido entre os *motor homes* altos. Ele deve tê-la observado dali. Deve ter ficado sentado em algum veículo, com certeza. Mas Buffalo Bill *sabia* que Catherine morava naquele conjunto. Ele deve tê-la notado em algum lugar e a seguira, aguardando uma oportunidade. Garotas do tamanho de Catherine não são comuns. Ele não deve ter ficado observando em lugares ao acaso até encontrar uma mulher de um tamanho conveniente. Poderia esperar dias e não aparecer nenhuma.

Todas as suas vítimas eram grandes. Todas. Algumas também eram gordas, mas todas eram grandes. "De modo que ele possa conseguir algo que lhe sirva." Lembrando-se das palavras do dr. Lecter, Clarice sentiu um arrepio. Dr. Lecter, o novo habitante de Memphis.

Inspirou fundo, encheu o peito e deixou o ar escapar vagarosamente. *Vejamos o que dá para descobrir a respeito de Catherine.*

Um policial do Tennessee, com seu chapéu do urso Smokey, atendeu à porta no apartamento de Catherine Martin. Quando Clarice se identificou, ele a deixou entrar.

— Policial, preciso dar uma olhada no local. — "Local" lhe pareceu uma palavra adequada para um homem que ficava de chapéu dentro de casa.

Ele assentiu com um sinal de cabeça.

— Se o telefone tocar, deixe que eu atendo.

No balcão da cozinha, Clarice viu um gravador de fita ligado ao telefone. Ao lado do aparelho havia dois novos telefones — um deles era uma linha direta para a segurança da Southern Bell, a companhia telefônica encarregada de rastrear as ligações no Centro-Sul.

— Tem alguma coisa que eu possa fazer para ajudar? — indagou o jovem policial.

— A polícia já terminou por aqui?

— O apartamento foi liberado para a família. Só estou aqui por causa do telefone. Você pode tocar nas coisas, se é o que quer saber.

— Bem, então vou dar uma olhada.

— Ok. — O jovem policial pegou o jornal que havia enfiado embaixo do sofá e se sentou.

Clarice queria se concentrar. Preferia que estivesse sozinha no apartamento, mas sabia que tivera sorte em não encontrá-lo lotado de policiais.

Começou pela cozinha. Não estava equipada para uma boa cozinheira. Catherine tinha saído para pegar pipoca, conforme o namorado informara à polícia. Clarice abriu o congelador. Encontrou duas caixas de pipoca de micro-ondas. Da cozinha não dava para ver o estacionamento.

— De onde você é?

Clarice não deu atenção à pergunta da primeira vez.

— De onde você é?

O policial a observava do sofá, por cima do jornal.

— Washington.

Debaixo da pia, arranhões na junta do cano: sim, eles haviam tirado o sifão para examinar. Parabéns ao pessoal do TBI. As facas não estavam afiadas. A lavadora de pratos tinha sido usada, mas não fora esvaziada. Na geladeira só havia queijo cottage e salada de frutas de uma *delicatéssen*. Catherine Martin se alimentava de fast-food, provavelmente sempre no mesmo lugar, um drive-in próximo. Talvez alguém andasse circulando pela loja. Valia a pena investigar.

— Você trabalha para a promotoria pública?

— Não, para o FBI.

— O promotor público está vindo para cá. Ouvi isso na mudança de turno. Há quanto tempo você está no FBI?

Havia um repolho de borracha na gaveta de vegetais. Clarice o abriu e encontrou uma caixa de joias vazia.

— Há quanto tempo você está no FBI?

Clarice encarou o jovem policial.

— Olha só, policial. É provável que eu precise fazer algumas perguntas a você depois que terminar de dar uma olhada no apartamento. Talvez então você possa me ajudar.

— Está bem. Se eu puder...

— Ok. Vamos esperar e depois conversamos. Por enquanto, tenho que me concentrar no que estou fazendo.

— Sem problema.

O quarto era claro, com um ar ensolarado e aconchegante que agradou Clarice. A decoração era composta de tecidos e móveis que a maioria das jovens não teria condições de comprar. Havia um biombo Coromandel, duas peças em *cloisonné* nas prateleiras e uma boa escrivaninha de nogueira. Duas camas de solteiro convertidas em uma de casal. Clarice levantou as cobertas pelas bordas. As rodinhas estavam travadas na cama da esquerda, mas não na da direita. *Catherine deve juntá-las quando lhe convém. Talvez ela tenha um amante e o namorado não sabe da existência dele. Ou talvez eles fiquem aqui de vez em quando. Ela não tem acesso remoto à secretária eletrônica. Talvez precise estar aqui quando a mãe liga.*

A secretária eletrônica de Catherine era igual a sua, uma Phone-Mate básica. Abriu o painel superior: tanto a fita de entrada quanto a de saída tinham sido removidas. No lugar delas havia uma nota: FITAS PROPRIEDADE TBI Nº 6.

O quarto estava razoavelmente limpo, mas um pouco desarrumado por causa da revista feita por mãos masculinas, numa tentativa malsucedida de recolocar os objetos no lugar. Clarice saberia que o lugar havia sido revistado mesmo sem os vestígios do pó para impressões digitais em todas as superfícies lisas.

Ela concluiu que nenhum estágio do crime ocorrera no quarto. Crawford provavelmente estava certo, Catherine tinha sido sequestrada no estacionamento. Clarice, porém, queria conhecê-la, e era ali que ela morava. *Mora*, corrigiu-se. Ela *mora* aqui.

Dentro da mesa de cabeceira havia uma lista telefônica, lenços de papel, uma caixa de produtos de cuidados pessoais e, atrás dela, uma máquina fotográfica Polaroid SX-70 com um disparador de cabo e um tripé curto dobrado ao lado. Humm... Com um olhar intenso como o de um lagarto, Clarice olhou para a câmera. Então piscou como um lagarto e não tocou nela.

O closet foi o que mais despertou seu interesse. Catherine Baker Martin, etiqueta de lavanderia com C-B-M escrito, tinha muitas roupas, e algumas eram de ótima qualidade. Clarice reconheceu várias das marcas, incluindo Garfinkel's e Britches, de Washington. *Presentes da mamãe*, disse para si mesma. Catherine tinha roupas finas e clássicas em dois tamanhos, adequados para uma pessoa de sessenta e cinco a setenta e cinco quilos, avaliou, e havia algumas calças para disfarçar o peso, assim como um pulôver da Statuesque Shop. Numa prateleira, contou vinte e três pares de sapatos; sete eram Ferragamos tamanho 38, e havia alguns Reeboks e mocassins surrados. Na prateleira superior, uma pequena mochila e uma raquete de tênis.

Os pertences de uma menina privilegiada, uma estudante que fazia um estágio docente que tinha uma vida melhor que a maioria.

Uma porção de cartas na escrivaninha. Bilhetes escritos à mão de antigas colegas de turma. Selos, etiquetas de endereço. Papéis de presente na gaveta inferior, um maço com diversas estampas e cores. Os dedos de Clarice correram por eles. Ela estava pensando em interrogar os funcionários do drive-in próximo quando seus dedos encontraram na pilha de papéis de presente uma folha um pouco mais grossa e dura que as demais. Seus dedos passaram por ela e voltaram. Clarice tinha sido treinada para registrar anomalias e já havia puxado metade da folha para fora da pilha quando olhou para ela. Era azul, de um material semelhante a papel mata-borrão, e a figura gravada nele era uma imitação malfeita do cachorro Pluto, dos desenhos animados. As pequenas fileiras de cães se pareciam com o Pluto, eram do mesmo amarelo, mas com as proporções erradas.

— Catherine, Catherine... — resmungou Clarice.

Pegou um par de pinças na bolsa e as usou para enfiar a folha de papel colorido num envelope plástico que deixou provisoriamente em cima da cama.

A caixa de joias em cima da penteadeira era de couro lavrado, do tipo que se vê no quarto de qualquer menina. As duas gavetas em frente e a tampa articulada continham bijuterias, nenhuma peça de valor. Clarice ficou pensando se havia objetos melhores no repolho de borracha da geladeira e, se fosse o caso, quem os havia levado.

Enfiou um dedo sob a tampa e soltou a gaveta secreta na parte de trás da caixa de joias. Estava vazia. Ficou pensando se essas gavetas seriam de fato um segredo para alguém — certamente não para ladrões. Estava empurrando a gaveta secreta de volta quando seus dedos tocaram num envelope preso na superfície inferior.

Clarice colocou um par de luvas de algodão e virou a caixa de joias. Puxou a gaveta vazia e a virou. No fundo, encontrou um envelope pardo preso com fita adesiva. A aba estava apenas enfiada no envelope — não estava colada. Aproximou o envelope do nariz; não fora tratado com fumaça para detecção de impressões digitais. Clarice usou uma pinça para abri-lo e retirar o conteúdo. Havia cinco fotos feitas com uma Polaroid e Clarice as tirou uma a uma do envelope. Eram fotos de um homem e uma mulher fazendo sexo.

Não aparecia o rosto de nenhum dos dois. Duas das fotos tinham sido tiradas pela mulher, duas pelo homem, e uma parecia ter sido tirada com o tripé posto em cima da mesinha de cabeceira.

Era difícil avaliar a escala numa foto, mas com aqueles espetaculares sessenta e cinco quilos num corpo grande, a mulher devia ser Catherine Martin. O homem usava no pênis algo que parecia ser um anel de marfim talhado. A resolução da foto não era boa o bastante para revelar os detalhes do anel. O homem havia passado por uma cirurgia de retirada do apêndice. Clarice colocou as fotos individualmente em saquinhos de sanduíche e depois as reuniu em seu envelope pardo. Devolveu a gaveta à caixa de joias.

— As joias valiosas estão na minha bolsa — disse uma voz atrás dela. — Imagino que nada tenha sido roubado.

Clarice olhou para o espelho. A senadora Ruth Martin estava na porta do quarto. Parecia esgotada.

Clarice se virou.

— Olá, senadora Martin. Gostaria de se deitar para descansar? Estou quase terminando.

Mesmo exausta, a senadora Martin tinha muita presença. Sob a aparência bem-cuidada, Clarice via uma lutadora.

— Quem é você? Achei que a polícia já tivesse terminado por aqui.

— Sou Clarice Starling, do FBI. A senhora falou com o dr. Lecter, senadora Martin?

— Ele me deu um nome. — A senadora Martin acendeu um cigarro e examinou Clarice de cima a baixo. — Vamos ver o que isso vale. E o que foi que a senhorita encontrou na caixa de joias, agente Starling? Tem *algum* valor?

— Alguns documentos que vamos poder verificar dentro de alguns minutos — foi o melhor que pôde dar como resposta.

— Na caixa de joias da minha filha? Me deixe vê-los.

Clarice ouviu vozes no quarto ao lado e teve a esperança de ser interrompida por alguém.

— O sr. Copley está com a senhora, o agente especial em Memphis do...

— Não, não está, e a senhorita não me respondeu. Não se ofenda, agente Starling, mas quero ver o que tirou da caixa de joias da minha filha. — Ela virou a cabeça e chamou: — Paul, Paul, quer vir aqui? Agente Starling, talvez a senhorita conheça o sr. Krendler, do Departamento de Justiça. Paul, essa é a garota que Jack Crawford mandou conversar com Lecter.

A calvície de Krendler estava bronzeada e ele parecia em forma aos 40 anos.

— Sr. Krendler, eu sei quem o senhor é. Olá! — cumprimentou Clarice. *Divisão Criminal do Departamento de Justiça, ligação com o Congresso, quebrador de galhos, no mínimo um assistente do promotor-geral. Meu Deus, tende piedade de mim!*

— A agente Starling encontrou alguma coisa na caixa de joias da minha filha e a colocou em seu envelope. Imagino que seja melhor examinarmos do que se trata, não acha?

— Agente... — começou Krendler.

— Podemos conversar a sós, sr. Krendler?

— Sem dúvida. Mais tarde. — E estendeu a mão.

O rosto de Clarice ardia. Sabia que a senadora Martin estava fora de si, mas jamais perdoaria Krendler pela desconfiança que viu em seu rosto. Jamais.

— Aqui está — disse Clarice, e lhe entregou o envelope.

Krendler olhou para a primeira foto e já havia fechado o envelope quando a senadora Martin o tirou de suas mãos.

Foi doloroso vê-la examinar as fotos. Quando acabou, aproximou-se da janela e ficou com o rosto voltado para o céu encoberto, os olhos fechados. Parecia ser mais velha à luz do dia e sua mão tremia quando tentou fumar.

— Senadora, eu... — começou Krendler.

— A polícia vasculhou esse quarto — disse a senadora Martin. — Estou certa de que encontraram essas fotos e tiveram o bom senso de colocá-las de volta no lugar e ficar em silêncio.

— Não, eles *não* encontraram! — exclamou Clarice. *A mulher estava magoada, mas fazer o quê?* — Senadora Martin, precisamos descobrir quem é esse homem, entenda isso. Se for o namorado dela, tudo bem. Eu posso descobrir em cinco minutos. Ninguém precisa ver essas fotos e Catherine nunca vai precisar saber que as vimos.

— Eu me encarrego disso. — A senadora Martin pôs o envelope na bolsa e Krendler não a impediu.

— Senadora, a senhora tirou as joias do repolho de borracha na geladeira? — perguntou Clarice.

Brian Gossage, o assistente da senadora Martin, enfiou a cabeça na porta.

— Desculpe, senadora, eles acabaram de montar o terminal. Nós vamos poder vê-los pesquisando o nome de William Rubin no FBI.

— Vá, senadora Martin — disse Krendler. — Vou atrás da senhora num segundo.

Ruth Martin saiu do quarto sem responder à pergunta de Clarice.

Teve a oportunidade de examinar Krendler enquanto ele fechava a porta do quarto. Sua roupa era um triunfo da alfaiataria e ele não estava armado. O brilho havia desaparecido da metade inferior dos saltos dos sapatos de tanto andar sobre tapetes de pelo alto, e suas bordas eram angulosas.

Ele ficou por um momento com a mão na maçaneta da porta, a cabeça baixa.

— Você fez uma bela busca — disse ao se virar.

Clarice não podia deixar isso barato. Encarou-o nos olhos, firme.

— Quantico treina seu pessoal para fazer buscas minuciosas — reforçou Krendler.

— E não treina ladrões.

— Eu sei disso.

— Difícil acreditar que saiba mesmo.

— Esqueça isso!

— Vamos continuar investigando as fotos e o repolho de borracha, certo? — perguntou ela.

— Sim.

— E que história é essa do nome "William Rubin", sr. Krendler?

— Lecter disse que esse é o nome de Buffalo Bill. Aqui está nossa transmissão para o Departamento de Identificação e para o NCIC. Dê uma olhada. — Entregou-lhe uma transcrição da conversa de Lecter com a senadora Martin, uma cópia meio ilegível por causa da impressão feita numa matriz pontilhada.

— Algum comentário? — perguntou, assim que Clarice acabou de ler.

— Não tem nada aqui com que se possa confrontar Lecter depois — comentou Clarice. — Ele diz que é um homem branco chamado Billy Rubin, que teve antraz. Ninguém poderia pegá-lo numa mentira, aconteça o que acontecer. Na pior das hipóteses, ele teria se enganado. Espero que seja verdade, mas ele pode estar se divertindo às custas da senadora, sr. Krendler. Lecter é perfeitamente capaz disso. O senhor alguma vez... esteve com ele?

Krendler balançou a cabeça.

— O dr. Lecter matou nove pessoas até onde sabemos. Ele não vai ser solto, não importa... Lecter poderia ressuscitar os mortos que não o deixariam sair da cadeia. Então, tudo o que lhe resta é *se divertir*. Por isso que nós o estávamos explorando...

— Eu sei como era o trabalho que vocês estavam fazendo. Ouvi a fita que Chilton gravou. Não digo que tenha sido errado, mas agora acabou. A Ciência do Comportamento pode continuar investigando o que você desencavou, o ângulo transexual, para ver se vale alguma coisa. E você vai voltar para a escola em Quantico amanhã.

Ah, não.

— Eu descobri mais uma coisa.

A folha de papel colorido tinha ficado em cima da cama, despercebida. Clarice a pegou e a entregou a Krendler.

— O que é isso?

— Parece uma folha cheia de Plutos.

Clarice o forçou a fazer perguntas.

Krendler acenou com os dedos, pedindo mais informações.

— Tenho quase certeza de que é uma cartela de ácido, LSD. Talvez da metade da década de setenta ou anterior. Agora é uma curiosidade. Vale a pena descobrir onde ela conseguiu isso. Devemos testá-lo para ter certeza.

— Pode levá-lo de volta para Washington e entregá-lo ao laboratório. Você vai partir dentro de alguns minutos.

— Se o senhor não quiser esperar, podemos testar agora com um aparelho de campo. Se a polícia tiver o kit padrão de identificação de narcóticos, é o teste J, leva dois segundos, e podemos...

— De volta para Washington, de volta para a escola — ordenou ele, abrindo a porta.

— O sr. Crawford me instruiu...

— Suas *instruções* são o que eu disser. Você não está mais sob as ordens de Jack Crawford. Vai ficar sob a mesma supervisão que qualquer estagiário de agora em diante, e sua obrigação vai ser cumprida em Quantico, está me entendendo? Há um avião às duas e dez. Embarque nele.

— Sr. Krendler, o dr. Lecter falou comigo depois de ter se recusado a falar com a polícia de Baltimore. Ele pode fazer isso de novo. O sr. Crawford acredita...

Krendler voltou a fechar a porta, agora com mais violência que antes.

— Agente Starling, eu não tenho que lhe dar explicações, mas me escute. A Ciência do Comportamento é um serviço de aconselhamento, sempre foi e vai voltar a ser. De qualquer maneira, Jack Crawford deveria estar de licença por doença familiar. Me surpreende que ele tenha sido tão eficiente sob tais circunstâncias. Ele assumiu um risco idiota agindo assim, omitindo tudo da senadora Martin, e acabou se queimando. Com o histórico que tem, tão perto de se aposentar, nem *ela* vai poder prejudicá-lo muito. Portanto, eu não me preocuparia com a aposentadoria dele, se fosse você.

Clarice ficou um pouco perturbada.

— O senhor tem mais alguém que tenha pego três assassinos em série? Conhece alguém que tenha pego um? O senhor não devia deixar a senadora cuidar desse caso, sr. Krendler.

— Presumo que você seja uma jovem brilhante, caso contrário Crawford não se ocuparia com você, então vou lhe dizer de uma vez: tome cuidado com essa sua língua, ou vai acabar na sala de datilografia. Você ainda não entendeu? A única razão pela qual você foi mandada para Lecter, em primeiro lugar, foi para conseguir algumas informações para o diretor do FBI usar no Congresso. Coisas inofensivas sobre crimes, alguma novidade sobre o dr. Lecter. Ele lida com essas coisas como quem distribui balas para crianças enquanto tenta aprovação para o orçamento. Os congressistas engolem isso, jantam uma coisa dessas. Você saiu da sua rota, agente Starling, e agora está fora do caso. Eu sei que você tem uma identificação suplementar. Me devolva.

— Eu preciso desse documento para portar a arma no avião. A arma pertence a Quantico.

— Uma arma. *Meu Deus!* Devolva o documento assim que estiver de volta.

A senadora Martin, Gossage, um técnico e vários policiais estavam reunidos em volta de um terminal de vídeo com um modem ligado ao telefone. O NCIC mantinha por uma linha reservada um relato contínuo do progresso à medida que as informações do dr. Lecter eram processadas em Washington. Agora chegavam notícias do Centro Nacional de Controle de Doenças em Atlanta: o antraz transmitido por marfim de elefante é contraído quando se aspira o pó do polimento de marfim africano, em geral para a confecção de objetos decorativos. Nos Estados Unidos é uma doença comum entre cuteleiros.

Ao ouvir a palavra "cuteleiros" a senadora Martin fechou os olhos, que estavam vermelhos e secos. Ela apertou o lenço de papel que segurava.

O jovem policial que havia deixado Clarice entrar no apartamento trazia um copo de café para a senadora. Ainda estava de chapéu.

Não ficaria bem para Clarice sair sem se despedir. Ela parou diante da senadora Martin e disse:

— Boa sorte, senadora. Espero que Catherine esteja bem.

A senadora Martin inclinou a cabeça sem olhar para ela. Krendler apressou Clarice.

— Eu não sabia que você não devia estar aqui — disse o jovem policial quando ela saiu do quarto.

Krendler a acompanhou até o lado de fora.

— Tenho muito respeito por Jack Crawford — comentou ele. — Por favor, diga a ele como todos nós nos sentimos acerca... do problema de Bella e tudo mais. Agora, volte à escola e se cuide, ok?

— Adeus, sr. Krendler.

Então ela se viu sozinha no estacionamento, com a sensação desoladora de que não compreendia nada deste mundo.

Ficou observando um pombo que perambulava por baixo dos *motor homes* e dos barcos. O pombo pegou uma casca de amendoim e a largou de novo. O vento úmido arrepiou suas penas.

Clarice queria poder falar com Crawford. *Nada causa mais dano que o desperdício e a estupidez*, dissera ele. *Aproveite bem esse momento e ele vai endurecê-la. Esse é o teste mais difícil: não permitir que a raiva e a frustração a impeçam de pensar. Isso é essencial para saber se você pode ou não comandar.*

Ela não se importava nem um pouco em comandar. Tinha descoberto que não se importava nem um pouco em ser a agente especial Starling. Não se as coisas funcionavam desse jeito.

Pensou na pobre, gorda e triste garota morta que tinha visto na mesa da funerária em Potter, Virgínia Ocidental. *Ela pintava as unhas com um glitter que lembrava essas merdas dessas lanchas desses caipiras.*
Qual era o nome dela? Kimberly.
De jeito nenhum esses merdas vão me ver chorar.
Meu Deus! Todo mundo se chama Kimberly, na turma dela havia quatro. Três meninos chamados Sean. Kimberly, com seu nome de personagem de novela, tentava se arrumar, fez todos aqueles furos nas orelhas para se enfeitar, para ficar bonita. E Buffalo Bill dera uma olhada nos seus peitos grandes e achatados e enfiara o cano de uma arma entre eles, deixando uma estrela-do-mar em seu tórax.
Kimberly, sua irmã triste e gorda que depilava as pernas com cera. Não era de admirar, julgando por suas pernas e braços, e por seu rosto, que a pele era seu melhor atributo. *Kimberly, você está aí em algum lugar, irritada?* Não há nenhum senador procurando por ela. Não há jatos carregando homens loucos de um lado para o outro. "Louco" era uma palavra que ela jamais deveria usar. Ela jamais deveria fazer uma porção de coisas. *Homens loucos.*
Clarice consultou seu relógio. Tinha uma hora e meia até o avião partir e ainda havia uma coisinha que ela podia fazer. Queria observar a cara do dr. Lecter quando ele dissesse "Billy Rubin". Se pudesse encarar aqueles estranhos olhos por tempo suficiente, se pudesse olhar para o fundo, onde as pupilas negras absorvem as centelhas, conseguiria ver algo útil. Acreditava que poderia ver o regozijo.
Graças a Deus ainda tenho minha identificação.
Quando saiu do estacionamento, deixou no chão um risco de borracha de pneu com três metros de comprimento.

35

CLARICE STARLING dirigia depressa no perigoso tráfego de Memphis, com duas lágrimas de raiva secas no rosto. Sentia-se estranhamente aérea e livre agora. Uma claridade que não era natural na sua visão a advertia de que estava inclinada a lutar, portanto precisava tomar cuidado consigo mesma.

Havia passado pelo antigo tribunal de justiça mais cedo, quando tinha vindo do aeroporto, e não teve dificuldades para encontrá-lo de novo.

As autoridades do Tennessee não estavam se arriscando com Hannibal Lecter. Pretendiam mantê-lo em segurança, sem sujeitá-lo aos perigos da cadeia da cidade.

A solução que encontraram foi o prédio onde funcionavam o antigo tribunal de justiça e a prisão, uma estrutura maciça em estilo gótico, feita de granito com mão de obra escrava. Era agora um edifício de escritórios do governo no centro, admiravelmente restaurado nessa cidade próspera e consciente de sua história.

Hoje parecia uma fortificação medieval cercada pela polícia.

Vários tipos de viaturas — patrulha rodoviária, Departamento de Polícia do Condado de Shelby, Escritório de Investigação do Tennessee e Departamento Correcional — atulhavam o estacionamento. Teria de passar por um posto de polícia antes que pudesse entrar no estacionamento com seu carro alugado.

O dr. Lecter impunha um problema adicional de segurança externa. Não paravam de chegar ligações com ameaças desde que o jornal da manhã havia divulgado sua localização; suas vítimas tinham muitos amigos e parentes que gostariam de vê-lo morto.

Clarice torcia para que o agente do FBI não estivesse por lá. Ela não queria arrumar problemas para Copley.

Viu a nuca de Chilton rodeada por um batalhão de jornalistas no gramado diante da escadaria principal. No meio da multidão havia duas câmeras de TV. Clarice gostaria de ter qualquer coisa para cobrir a cabeça. Virou o rosto para o outro lado quando se aproximou da entrada.

Um policial estadual postado em frente à porta examinou sua identificação antes de deixá-la entrar no vestíbulo, que parecia agora uma casa de guarda. Havia um policial da cidade parado em frente ao único elevador e outro nas escadas. Policiais estaduais, o pessoal que ia render as unidades de patrulha estacionadas em torno do prédio, liam o *Commercial Appeal* em poltronas onde o público não teria como vê-los.

Um sargento guarnecia a mesa do lado oposto ao elevador. Em sua identificação lia-se: TATE, C. L.

— Nada de imprensa — avisou ele quando viu Clarice.

— Não sou da imprensa — retrucou ela.

— Está com o pessoal da promotoria pública? — perguntou o sargento, olhando para a identificação dela.

— Com Krendler, assistente do promotor. Acabei de deixá-lo.

O sargento fez que sim com a cabeça.

— Temos recebido todo tipo de policial do oeste do Tennessee querendo dar uma olhada em dr. Lecter. Não se vê muita coisa assim, graças a Deus. Você precisa falar com o dr. Chilton antes de subir.

— Eu falei com ele quando cheguei — assegurou Clarice. — A gente estava trabalhando nesse caso em Baltimore hoje cedo. É aqui que eu me registro, sargento Tate?

O sargento correu a língua pelos dentes antes de responder.

— Aí mesmo. Regras da detenção, senhorita. Visitantes devem deixar as armas, policiais ou não.

Clarice fez que sim com a cabeça. Despejou os cartuchos de sua arma, e o sargento ficou satisfeito ao ver como ela a manejava. Entregou-a com o cabo para a frente, e ele a guardou na gaveta.

— Vernon, acompanhe-a até lá em cima. — Discou três números e falou o nome dela no fone.

O elevador, que tinha sido instalado na década de vinte, gemeu até o último andar. Abria-se para um patamar de escadas e um pequeno corredor.

— Bem em frente do outro lado, senhora — instruiu o policial.

No vidro fosco da porta estava escrito: SOCIEDADE HISTÓRICA DO CONDADO DE SHELBY.

Quase todo o andar superior do prédio consistia numa sala octogonal pintada de branco, com piso e sancas de carvalho polido. Cheirava a cera e cola. Com poucos móveis, havia um ar simplório e congregacional. O local tinha uma aparência melhor agora do que quando havia sido o escritório do magistrado.

Dois homens com a farda do Departamento Correcional do Tennessee estavam de serviço. O menor deles se levantou da cadeira quando Clarice entrou. O mais alto continuou sentado numa cadeira dobrável no canto mais afastado da sala, de frente para a porta de uma cela. Ele estava ali para evitar qualquer tentativa de suicídio.

— A senhora está autorizada a falar com o prisioneiro? — perguntou o policial à mesa. Sua identificação dizia PEMBRY, T. W., e na mesa havia um telefone, dois cassetetes e um spray de pimenta da Mace. Havia uma haste comprida com um laço de corda no canto atrás dele.

— Sim, estou — respondeu Clarice. — Já o interroguei antes.

— Conhece as regras? Não ultrapasse a barreira.

— Certo.

O único objeto colorido na sala era uma barreira de trânsito da polícia, um cavalete com faixas brilhantes em laranja e amarelo montado com luzes pisca-pisca amarelas, no momento desligadas. O cavalete estava a um metro e meio da porta da cela. Num cabide próximo estavam as coisas do doutor — a máscara de hóquei e algo que Clarice jamais tinha visto antes: um colete de enforcamento do Kansas. Feito de couro pesado, com algemas de tranca dupla presas no peito e fivelas nas costas, talvez seja o mais infalível dispositivo de segurança do mundo. A máscara e o colete preto suspenso pela gola no cabide de chão formavam uma composição perturbadora contra a parede branca.

Clarice viu o dr. Lecter quando se aproximou da cela. Ele estava lendo junto a uma pequena mesa aparafusada ao chão, de costas para a porta. Tinha alguns livros e a cópia da pasta atualizada sobre Buffalo Bill que ela havia lhe entregado em Baltimore. Havia um pequeno toca-fitas acorrentado ao pé da mesa. Era muito estranho vê-lo fora do hospital psiquiátrico.

Tinha visto celas como essa antes, quando criança. Eram pré-fabricadas por uma empresa de St. Louis por volta do início do século, e nenhuma outra companhia conseguira fazer um trabalho melhor — uma gaiola modular de aço temperado que transforma qualquer cômodo numa cela. O chão de chapas de aço, e as paredes e o teto de barras de aço forjadas a frio cercavam a cela por completo. Não havia janelas, mas o recinto era totalmente branco e bem iluminado. Um biombo leve de papel ficava em frente ao vaso sanitário.

Essas barras desenhavam costelas nas paredes. O dr. Lecter tinha uma cabeça estreita e escura.

Ele é uma marta de cemitério. Vive numa gaiola de costelas nas folhas secas de um coração.

Clarice afastou essa imagem da cabeça.

— Bom dia, Clarice — saudou ele sem se virar. Terminou de ler a página, marcou-a e girou na cadeira para encará-la, com os antebraços sobre o encosto da cadeira e o queixo apoiado neles. — Dumas nos conta que acrescentar um corvo ao caldo de carne no outono, quando a ave está gorda de tanto comer as frutinhas do zimbro, melhora muito a cor e o sabor do alimento. Você gostaria de um corvo na sua sopa, Clarice?

— Pensei que o senhor gostaria de ter seus desenhos de volta, as coisas que estavam na sua cela, até conseguir sua janela com vista.

— Como você é atenciosa! O dr. Chilton está eufórico porque você e Jack Crawford foram afastados do caso. Ou será que eles a mandaram para um último esforço de persuasão?

O policial que estava no posto de vigilância tinha ido falar com o policial Pembry. Clarice torcia para que não conseguissem ouvi-los.

— Eles não me mandaram. Vim por conta própria.

— As pessoas vão dizer que estamos namorando. Você não quer perguntar sobre Billy Rubin, Clarice?

— Dr. Lecter, sem... impugnar o que o senhor disse à senadora Martin, o senhor me aconselharia a prosseguir na sua ideia sobre...

— *Impugnar*... Adorei! Eu não aconselharia você de forma alguma. Você tentou me enganar, Clarice. Acha que estou brincando com essa gente?

— Acho que o senhor estava me dizendo a verdade.

— É uma pena que vocês tenham tentado me enganar, não é? — A cabeça do dr. Lecter mergulhou nos braços até que apenas seus olhos estavam visíveis. — E é uma pena que Catherine Martin jamais vá voltar a ver a luz do sol. O sol é um colchão de fogo onde o Deus dela morreu, Clarice.

— É uma pena também que o senhor agora tenha que ceder e lamber algumas lágrimas quando pode... — comentou Clarice. — É uma pena não termos terminado nossas conversas. Sua ideia de uma imago, de sua estrutura, tinha uma espécie de... elegância que é difícil não perceber. Agora é como uma ruína, a metade de um arco ainda de pé.

— A metade de um arco não fica de pé. E, por falar em arcos, eles ainda vão deixar você trabalhar, Clarice? Tiraram seu distintivo?

— Não.

— O que é isso embaixo da sua jaqueta, um relógio de vigia como o do papai?

— Não, é um carregador rápido.

— Quer dizer que você anda armada?

— Sim.

— Então você deveria alargar seu casaco. Você costura, Clarice?

— Sim.

— Foi você quem fez essa roupa?

— Não. Dr. Lecter, o senhor descobre tudo. O senhor jamais teria uma conversa íntima com esse Billy Rubin e sairia dela sabendo tão pouco sobre ele.

— Você acha que não?

— Se o senhor o conheceu, então sabe *tudo* a respeito dele. Mas hoje pareceu se lembrar apenas de um detalhe, de que ele contraiu antraz por contato com marfim de elefante. O senhor deve tê-los visto darem pulinhos de satisfação quando Atlanta informou que essa é uma doença típica de cuteleiros. Eles engoliram, exatamente como o senhor sabia que fariam. Eles deveriam ter arrumado uma suíte no Peabody para o senhor. Dr. Lecter, se de fato conheceu Billy Rubin, o senhor sabe mais a respeito dele. O que eu acho é que não se encontrou com ele pessoalmente, foi Raspail quem falou dele. Uma informação de segunda mão não venderia tão bem para a senadora Martin, não é?

Clarice se virou para dar uma olhada nos policiais. Um deles mostrava ao outro algo na revista *Guns & Ammo*.

— O senhor tinha algo mais para me contar em Baltimore, dr. Lecter. Acredito que o que me disse era verdade. Conte o restante.

— Eu li os casos, Clarice. Você leu? Tudo de que precisa para encontrá-lo está lá, se você prestar atenção. Até Crawford, o inspetor emérito, deveria ter descoberto. Por acaso você leu o discurso espantoso de Crawford no ano passado na Academia Nacional de Polícia? Falando de Marco Aurélio acerca do dever, da honra e da coragem? Vamos ver que tipo de estoico Crawford é quando Bella bater as botas. Ele tira sua filosofia do *Bartlett's Familiar Quotations*, creio eu. Se ele tivesse entendido Marco Aurélio, poderia resolver este caso.

— Me diga como.

— Quando você demonstra esse raro lampejo de inteligência contextual, eu perdoo sua geração por não saber ler, Clarice. O imperador aconselha a simplicidade. Primeiros princípios. Sobre cada fato, pergunte: o que ele é em si mesmo, em sua própria constituição? Qual é sua natureza?

— Isso não significa nada para mim.

— O que ele faz, o homem que você procura?

— Ele mata...

— Ah... — disse Lecter bruscamente, virando o rosto de lado por um momento, contrariado pela cabeça dura de Clarice. — Isso é incidental. Qual é a primeira e a principal coisa que ele faz, a que necessidade ele atende quando mata?

— Ódio, ressentimento social, frustração sexual...

— Não.

— O quê, então?

— Ele cobiça. Na verdade, ele ambiciona ser exatamente o que você é. É da natureza dele cobiçar. Como começamos a ter ambições, Clarice? Nós procuramos as coisas para cobiçar? Faça um esforço para responder.

— Não. Nós só...

— Não. Precisamente isso. Nós começamos desejando aquilo que vemos diariamente. Você não sente os olhares percorrendo você todos os dias, Clarice, em encontros casuais? Acho difícil acreditar que não os sinta. E seus olhos não correm sobre coisas?

— Muito bem. Me diga como...

— É a sua vez de me dizer, Clarice. Você não pode mais me oferecer férias na praia da Estação Febre Aftosa. Daqui para a frente é estritamente na base do *quid pro quo*. Tenho de ser cuidadoso tratando de negócios com você. Me conte, Clarice.

— Contar o quê?

— Os dois relatos que você me deve de antes. O que aconteceu com você e a égua, e o que você faz com sua raiva.

— Dr. Lecter, quando tivermos tempo eu...

— Não calculamos o tempo da mesma forma, Clarice. Esse é todo o tempo que você vai ter.

— Mais tarde. Escute, eu...

— Eu *escutarei agora*. Dois anos depois da morte do seu pai, sua mãe a mandou viver com a prima dela e o marido num rancho em Montana. Você tinha 10 anos. Descobriu que eles alimentavam cavalos que seriam abatidos. Você fugiu com uma égua que não enxergava muito bem. E então?

— Era verão e dava para dormir ao relento. Chegamos a Bozeman por uma estrada secundária.

— A égua tinha nome?

— Provavelmente, mas eles não... Não se dá importância a esse tipo de coisa quando se está alimentando cavalos para o abate. Eu a chamava de Hannah, me parecia um bom nome.

— Você ia montada nela ou a puxava?

— Um pouco de cada. Eu precisava encostá-la numa cerca para poder montar nela.

— Você cavalgou e andou até Bozeman.

— Havia um estábulo, um rancho para turistas, uma espécie de escola de equitação nos arredores da cidade. Tentei ver se queriam ficar com ela. Custava vinte dólares por semana no curral. Mais ainda se ficasse numa baia. Logo descobriram que ela não enxergava. Eu disse ok, eu a conduziria para dar umas voltas e as crianças pequenas poderiam montá-la enquanto os pais estivessem tendo aula de equitação. Eu poderia ficar por lá e limpar as baias. Um dos donos, o homem, concordou com tudo o que eu dizia enquanto a esposa dele foi chamar o xerife.

— O xerife era um policial, como seu pai.

— Isso não me impediu de, a princípio, ficar com medo dele. Ele tinha o rosto vermelho, grande e redondo. Por fim pagou vinte dólares para a estada minha e da égua enquanto resolvia as coisas. Disse que não valia a pena alugar uma baia enquanto o tempo estava quente. Os jornais souberam da história. Houve certa agitação. A mulher do meu primo concordou em me deixar ir embora. Acabei indo para o Lar Luterano em Bozeman.

— É um orfanato?

— Sim.

— E Hannah?

— Ela também foi para lá. Um fazendeiro luterano grandalhão entrava com o feno. Eles já tinham um estábulo no orfanato. Arávamos a horta com ela. No entanto, tínhamos que a conduzir sempre, caso contrário ela atravessava as treliças de ervilha e pisava em qualquer planta baixa demais para que sentisse com as patas. E nós também a conduzíamos enquanto ela puxava uma carroça com uma porção de crianças dentro.

— Mas ela morreu.

— Bem, sim.

— Me conte sobre isso.

— Foi no ano passado, eles escreveram para mim na Academia. Achavam que ela estava com 22 anos. Puxou a carroça cheia de crianças até o último dia de sua vida e morreu dormindo.

O dr. Lecter pareceu desapontado.

— Que comovente! — zombou ele. — Seu pai adotivo em Montana transou com você?

— Não.

— Ele tentou?
— Não.
— O que fez você fugir com a égua?
— Eles iam matá-la.
— Você sabia quando?
— Não exatamente. Eu ficava preocupada com isso o tempo todo. Ela estava engordando muito.
— O que fez você tomar a decisão então? O que fez você se decidir naquele dia em particular?
— Não sei.
— Acho que você sabe.
— Eu ficava o tempo todo preocupada.
— O que fez você tomar a decisão, Clarice? Você partiu a que horas?
— Cedo. Ainda estava escuro.
— Então alguma coisa acordou você. O que acordou você? Algum sonho? O que foi?
— Eu acordei e ouvi os cordeiros balindo. Acordei no escuro e os cordeiros estavam balindo.
— Eles estavam matando os cordeiros novos?
— Sim.
— O que você fez?
— Eu não podia fazer nada por eles. Era só uma...
— O que você fez com a *égua*?
— Eu me vesti sem acender a luz e saí. Hannah estava assustada. Todos os cavalos no curral estavam assustados e agitados. Soprei o focinho dela e Hannah soube que era eu. Por fim colocou o focinho na minha mão. As luzes estavam acesas no celeiro e no galpão perto do cercado das ovelhas. Lâmpadas nuas projetavam grandes sombras. O caminhão frigorífico tinha vindo e o motor estava ligado, roncando. Eu a levei para fora.
— Você colocou uma sela nela?
— Não. Eu não levei a sela deles. Só um cabresto e uma guia.
— E quando você partiu no escuro, conseguia ouvir os cordeiros onde as luzes estavam acesas?
— Não por muito tempo. Eram apenas doze animais.

— Você ainda acorda algumas noites, não é? Você acorda no escuro com o balido dos cordeiros?

— Às vezes.

— Você acha que se capturar Buffalo Bill, se conseguir salvar Catherine, pode fazer os cordeiros pararem de balir... Você acha que eles também seriam salvos e você não acordaria de novo no escuro para ouvir seus lamentos, Clarice?

— Sim. Não sei. Talvez.

— Obrigado, Clarice. — O dr. Lecter parecia estranhamente em paz.

— Diga o nome dele, dr. Lecter — pediu Clarice.

— Dr. Chilton — disse Lecter subitamente —, creio que vocês já se conhecem...

Por um momento Clarice não percebeu que Chilton estava atrás dela. Então ele a segurou pelo cotovelo.

Ela se soltou da mão dele. O policial Pembry e seu colega grandalhão estavam com Chilton.

— Para o elevador — ordenou Chilton. Seu rosto estava cheio de manchas vermelhas.

— Você sabia que o dr. Chilton não é formado em medicina? — perguntou o dr. Lecter. — Tenha isso em mente para mais tarde.

— Vamos! — gritou Chilton.

— O senhor não é o responsável aqui, dr. Chilton — protestou Clarice.

O policial Pembry saiu de trás de Chilton.

— Não, senhora, mas eu sou. Ele ligou para meu chefe e para o seu também. Desculpe, mas tenho ordens para levá-la daqui. Portanto, me acompanhe.

— Adeus, Clarice. Você vai me comunicar se os cordeiros algum dia deixarem de balir?

— Sim.

Pembry estava pegando o braço dela. Era ir ou lutar.

— Sim — prometeu ela —, eu vou avisá-lo.

— É uma promessa?

— Sim.

— Então por que não terminar o arco? Leve sua pasta sobre o caso, Clarice. Não preciso mais dela.

Lecter lhe estendeu a pasta por entre as barras com o braço esticado, o dedo indicador na lombada. Ela se esticou por cima da barreira e a agarrou. Por um instante a ponta do seu dedo tocou a do dr. Lecter. Esse toque se refletiu nos olhos dele.

— Obrigado, Clarice.

— Obrigada, dr. Lecter.

E assim ele ficou na memória de Clarice. Flagrado num momento em que não estava sendo irônico. De pé em sua cela branca, arqueado para a frente como um bailarino, as mãos entrelaçadas à frente, a cabeça ligeiramente de lado.

Ela se dirigiu para o aeroporto com tanta velocidade que a cabeça batia no teto do carro por causa dos solavancos, e teve de correr para alcançar o avião que Krendler a havia mandado pegar.

36

Os policiais Pembry e Boyle eram homens experientes, trazidos especialmente da Prisão Estadual de Brushy Mountain para serem os guardas do dr. Lecter. Calmos e corajosos, achavam que o dr. Chilton não precisava explicar o serviço para eles.

Chegaram a Memphis antes de Lecter e examinaram a cela minuciosamente. Quando o dr. Lecter foi trazido para o antigo tribunal de justiça, revistaram-no da mesma forma. Ele foi submetido a uma inspeção física por um enfermeiro enquanto ainda estava imobilizado. Sua roupa foi vistoriada cuidadosamente, e um detector de metal, passado sobre as costuras.

Boyle e Pembry chegaram a um acordo com ele, falando em voz baixa e em tom educado junto aos seus ouvidos enquanto era examinado.

— Podemos nos dar muito bem, dr. Lecter. A gente vai tratar o senhor tão bem quanto o senhor tratar a gente. Aja como um cavalheiro e vai ser tratado a pão de ló. Mas não pretendemos usar luvas de pelica. Tente morder e vamos deixar sua boca desdentada. Parece que estão arrumando algo bom para o senhor aqui. O senhor não quer estragar tudo, não é?

O dr. Lecter semicerrou os olhos para eles cordialmente. Se estivesse inclinado a responder, não poderia tê-lo feito, impedido por um toco de madeira atravessado entre seus molares enquanto o enfermeiro enfiava uma lanterna em sua boca e corria um dedo enluvado por suas bochechas.

O detector de metal deu um sinal ao passar por suas bochechas.

— O que é isso? — perguntou o enfermeiro.

— Obturações — explicou Pembry. — Puxe os lábios dele para trás. O senhor gastou bem os seus dentes de trás, não foi, doutor?

— Tenho a impressão de que ele é um cara muito acabado — confidenciou Boyle a Pembry depois que deixaram o dr. Lecter preso em sua cela. — Não vai causar dificuldades se não perder a cabeça.

A cela, embora segura e resistente, não dispunha de um transportador de comida. Na hora do almoço, na desagradável atmosfera que se seguiu à visita de Clarice, o dr. Chilton foi um inconveniente para todos, obrigando Pembry e Boyle ao longo processo de imobilizar o dr. Lecter na camisa de força e restringir o movimento de suas pernas. Ele não ofereceu resistência, voltado de costas para as barras, enquanto o dr. Chilton balançava a lata de gás lacrimogêneo antes de abrirem a porta para lhe entregar a bandeja de comida.

Chilton se recusava a pronunciar os nomes de Boyle e Pembry, embora portassem plaquetas de identificação, e se dirigia a eles indiscriminadamente como "você aí!".

Por sua vez, depois que ouviram o comentário de que Chilton não era realmente um médico, Boyle comentou com Pembry que "ele era a merda de um professor".

Pembry tentou uma vez explicar a Chilton que a visita de Clarice tinha sido aprovada não por eles, e, sim, pelo pessoal do primeiro andar, mas verificou que, ante a raiva de Chilton, essa informação não fazia diferença.

O dr. Chilton não apareceu na hora do jantar e, com a inesperada cooperação do dr. Lecter, Boyle e Pembry usaram o próprio método para levar a bandeja para dentro da cela. Funcionou muito bem.

— Dr. Lecter, o senhor não vai precisar usar seu smoking — comentou Pembry. — Vou pedir que se sente no chão e se arraste para trás até que possa passar as mãos por entre as barras com os braços estendidos. Isso mesmo. Chegue um pouco mais para trás e endireite os braços mais um pouco, com os cotovelos retos. — Pembry colocou as algemas apertadas do lado de fora das barras com uma barra por entre os braços e uma barra transversal acima deles. — Isso dói um pouquinho, não é? Sei que dói, mas elas não vão ficar aí por muito tempo e nos poupa um bocado de trabalho.

O dr. Lecter não podia se levantar, nem mesmo ficar agachado, e, com as pernas esticadas à frente no chão, não podia chutar.

Apenas depois de o dr. Lecter estar preso que Pembry retornou à mesa para pegar a chave. Pembry enfiou o cassetete no cinto, colocou uma lata de gás lacrimogêneo no bolso e voltou para a cela. Abriu a porta, e Boyle entrou com a bandeja. Quando a porta estava aferrolhada de novo, Boyle levou a chave de volta para a mesa antes de tirar as algemas do dr. Lecter. Em nenhum momento ele ficou perto das barras com a chave enquanto o doutor esteve solto na cela.

— Foi muito fácil, não foi? — perguntou Pembry.

— Muito conveniente, policial, obrigado — agradeceu o dr. Lecter. — Como sabem, estou tentando facilitar as coisas.

— Todos nós estamos, meu camarada — declarou Pembry.

O dr. Lecter brincou com a comida enquanto escrevia, desenhava e rabiscava em sua prancheta com uma caneta de ponta de feltro. Pôs uma fita no toca-fitas preso à perna da mesa e o ligou. Glenn Gould tocava as *Variações Goldberg* de Bach ao piano. A bela música, acima dos problemas e da ocasião, preenchia a cela iluminada e a sala onde estavam os guardas.

Para o dr. Lecter, sentado a sua mesa, o tempo passava devagar e se alongava como acontece quando se está em ação. Para ele, as notas da música se separavam em movimentos sem perder a cadência. Mesmo as vibrações prateadas de Bach eram notas discretas reverberando no aço que o rodeava. O dr. Lecter se levantou com uma expressão distraída e observou o guardanapo de papel deslizar de sua coxa para o chão. O guardanapo ficou no ar certo tempo, roçou a perna da mesa, abriu-se, planou de lado, deu uma parada e virou antes de finalmente descansar no chão de aço. Ele não fez nenhum esforço para pegá-lo, mas deu uma caminhada pela cela, foi para trás do biombo de papel e se sentou no vaso sanitário, seu único lugar privativo. Escutando a música, encostou-se de lado na pia, com o queixo apoiado na mão, os estranhos olhos castanhos semicerrados. Ele se interessava particularmente pela estrutura de as *Variações Goldberg*. Lá estava mais uma vez, a progressão do violoncelo depois da sarabanda repetida de novo e de novo. Ele a acompanhava com a cabeça, a língua se movendo pelas pontas dos dentes. Toda a volta por cima, toda a volta por baixo. Foi uma longa e interessante viagem para sua língua, como uma boa caminhada pelos Alpes.

Examinava agora as gengivas, correndo a língua na cavidade entre a bochecha e a gengiva, movendo-a vagarosamente em volta como alguns homens fazem quando estão ruminando. As gengivas eram mais frescas que a língua. Na cavidade inferior era ainda mais fresco. Quando tocou um pequeno cilindro de metal, sua língua se deteve.

Acima do som da música ouviu o tinido do elevador, que começava a subir. Muitas notas musicais depois, a porta do elevador se abriu e uma voz que ele não conhecia disse:

— Vim buscar a bandeja.

O dr. Lecter escutou quando o mais baixo dos guardas veio para perto da cela. Pembry. Ele conseguia enxergar por uma fresta entre os painéis de sua tela. Pembry estava perto das barras.

— Dr. Lecter, venha se sentar no chão com as mãos nas costas, como fizemos antes.

— Policial Pembry, você se incomodaria se eu antes terminasse o que estou fazendo aqui? Receio que a viagem tenha perturbado minha digestão.

— Levou muito tempo para dizer isso.

— Muito bem — concordou Pembry, então falou com alguém na sala: — Nós chamamos você quando estivermos com a bandeja.

— Posso dar uma olhada nele?

— Nós vamos chamar você.

Ouviu-se de novo o ruído do elevador e depois apenas a música.

O dr. Lecter tirou o tubinho da boca e o enxugou com um pedaço de papel higiênico. Suas mãos estavam firmes, as palmas perfeitamente secas.

Durante o tempo detido, com sua inesgotável curiosidade, o dr. Lecter havia aprendido muitas das artes secretas das prisões. Em todos os anos depois de ter atacado brutalmente a enfermeira no hospital psiquiátrico de Baltimore, houvera apenas dois lapsos na segurança em torno dele, ambos em dias de folga de Barney. Certa vez, um pesquisador psiquiátrico lhe emprestou uma caneta esferográfica e depois se esqueceu dela. Antes que o homem tivesse saído da ala, o dr. Lecter já havia quebrado a capa de plástico da caneta, jogando-a na privada e dando descarga. Guardou o tubo metálico de tinta nas costuras enroladas do colchão.

A única ponta afiada em sua cela no hospital era uma aresta na cabeça de um parafuso que segurava seu beliche na parede. Foi o bastante. Durante dois meses, esfregando, o dr. Lecter fez duas incisões paralelas de seis milímetros no sentido do comprimento do tubo a partir da extremidade aberta. Então cortou o tubo de tinta em dois pedaços, a uns três centímetros da abertura, e jogou o lado maior, com a ponta, na privada. Barney não notou os calos em seus dedos, resultado da fricção por muitas noites.

Seis meses depois, um guarda deixou um grande clipe de papel em alguns documentos enviados ao dr. Lecter por seu advogado. Três centímetros do clipe de aço foram enfiados dentro do tubo e o restante jogado fora na privada. O pequeno tubo, liso e curto, era fácil de esconder nas costuras das roupas, entre a bochecha e a gengiva ou no reto.

Agora, atrás de sua tela de papel, o dr. Lecter bateu com o pequeno tubo na unha do polegar até que o arame saiu de dentro dele. O arame era uma ferramenta, e essa era a parte difícil. O dr. Lecter meteu o arame até metade do pequeno tubo e com extremo cuidado o usou como uma alavanca para dobrar para baixo a tira de metal entre as duas incisões. Às vezes eles quebram. Cuidadosamente, com suas mãos poderosas, ele dobrou o metal até a posição ideal. Conseguiu. A frágil tira de metal formava um ângulo reto com o tubo. Agora ele tinha uma chave para abrir algemas.

O dr. Lecter colocou as mãos para trás e passou a chave de uma das mãos para a outra quinze vezes. Recolocou a chave na boca enquanto lavava as mãos e as secava meticulosamente. A seguir, com a língua, escondeu a chave entre os dedos da mão direita, sabendo que Pembry iria olhar para sua estranha mão esquerda quando ela estivesse para trás.

— Estou pronto, policial Pembry. Quando quiser — avisou o dr. Lecter. Ele se sentou no chão da cela e esticou os braços para trás, passando as mãos e os punhos por entre as barras. — Obrigado por ter esperado. — Parecia uma longa fala, mas foi atenuada pela música.

Ouvia Pembry atrás dele. O policial tocou seu pulso para ver se tinha sido ensaboado. Repetiu a operação no outro braço. Pembry apertou bem as algemas, então voltou à mesa para pegar a chave da cela. Acima do som do piano, o dr. Lecter ouviu o ruído metálico do chaveiro quando Pembry o tirou da gaveta. Agora ele volta, caminhando por entre os acordes musicais, rompendo o ar que vibrava com as notas cristalinas. Dessa vez, Boyle o acompanhou. O dr. Lecter escutava os distúrbios que eles causavam nos ecos da música.

Pembry verificou de novo as algemas. O dr. Lecter sentia o hálito do policial atrás dele. Pembry abriu a fechadura da cela e escancarou a porta. Boyle entrou. O dr. Lecter virou a cabeça, a cela passando pelos seus olhos numa velocidade que parecia vagarosa para ele, mas com detalhes maravilhosamente nítidos — Boyle na mesa reunindo os utensílios do jantar na bandeja, aborrecido com a bagunça. O toca-fitas com seus rolos girando, o guardanapo no chão ao lado das pernas aparafusadas da mesa. Através das barras, o dr. Lecter via, com o canto dos olhos, a curva atrás do joelho de Pembry e a ponta do cassetete pendurado em seu cinto enquanto ele segurava a porta do lado de fora.

O dr. Lecter encontrou o buraco da algema em seu punho esquerdo, inseriu a chave e a virou. Sentiu quando a mola da algema se soltou de seu pulso. Passou a chave para a mão esquerda, encontrou o outro buraco, inseriu a chave e deu uma volta.

Boyle se abaixou para pegar o guardanapo no chão. Rápido como o bote de uma cobra, uma argola da algema se fechou no pulso de Boyle, e, quando ele olhou para Lecter, a outra se fechou em torno da perna da mesa fixada no chão. Agora de pé, o dr. Lecter se lançou para a porta enquanto Pembry tentava sair de trás dela. O ombro do dr. Lecter forçava a porta de ferro em cima do policial. Pembry tentava pegar o gás lacrimogêneo no cinto, mas seu braço estava prensado ao corpo pela porta. Lecter segurou a ponta do cassetete e o ergueu. Enquanto essa alavanca torcia o cinto de Pembry e o apertava, Lecter deu um golpe com o cotovelo e cravou os dentes no rosto dele. O policial tentou segurar Lecter com as mãos, mas estava com o nariz e o lábio superior agarrados pelos dentes, que os dilaceravam. Lecter sacudia a cabeça como faz um cão ao matar um rato e tirou o cassetete do cinto de Pembry. Dentro da cela, Boyle gritava, sentado no chão, tentando desesperadamente enfiar a mão no bolso para pegar as chaves da algema, mas se atrapalhava, deixava-a cair de volta e a encontrava de novo. Lecter bateu com a ponta do cassetete na barriga e na garganta de Pembry, que caiu de joelhos. Boyle enfiou a chave numa das argolas da algema, ao mesmo tempo que berrava vendo Lecter vir em sua direção. Lecter fez Boyle se calar com um spray de gás e, enquanto ele engasgava, quebrou o braço estendido do policial com dois golpes de cassetete. Boyle tentou se enfiar embaixo da mesa, mas, cego pelo gás, engatinhou em sentido contrário e foi fácil, com cinco golpes bem aplicados, silenciá-lo para sempre.

Pembry tinha conseguido se sentar e gritava. O dr. Lecter olhou para ele com seu sorriso sarcástico e disse:

— Estou pronto, policial Pembry. Quando quiser.

Descrevendo um arco curto, o bastão atingiu em cheio a nuca de Pembry, que caiu espichado como um peixe.

O pulso do dr. Lecter, com o esforço, tinha subido a mais de cem, mas rapidamente voltou ao normal. Então desligou a música e prestou atenção ao redor.

Foi até as escadas e parou para reparar se ouvia algum movimento. Virou pelo avesso os bolsos de Pembry, tirou a chave da mesa e abriu todas as gavetas. Na de baixo estavam as armas de serviço de Pembry e Boyle, dois revólveres .38 especiais. Melhor que isso: no bolso de Boyle, encontrou uma faca.

37

O SAGUÃO ESTAVA REPLETO de policiais. Eram seis e meia e o turno regular de duas horas nos postos de guarda do lado de fora tinha acabado de ser substituído. Os homens que entravam no saguão vindos da noite fria esquentavam as mãos nos vários aquecedores elétricos dispostos no lugar. Alguns deles tinham feito apostas na partida de basquete do time da Universidade de Memphis e estavam ansiosos para saber como estava.

O sargento Tate não permitia rádio em volume alto no saguão, mas um oficial estava com o fone de um walkman plugado no ouvido. Ele anunciava quanto estava a partida de vez em quando, mas não com frequência suficiente para satisfazer os apostadores.

Ao todo, havia quinze policiais armados no saguão, além de dois oficiais do Departamento Correcional prontos para render Pembry e Boyle às sete. O próprio sargento Tate estava esperando para largar o serviço do turno que tinha começado às onze.

Todos os postos avisavam que tudo continuava calmo. Nenhuma ligação ameaçadora para Lecter.

Às quinze para as sete, Tate ouviu o elevador começar a subir. Ficou observando o ponteiro de bronze acima da porta andar pelo mostrador e parar no cinco.

Tate deu uma olhada no saguão e perguntou:

— Sweeney foi buscar a bandeja?

— Não, eu estou aqui, sargento. Se importa de ligar para ver se eles terminaram? Eu preciso ir embora.

O sargento Tate discou três números e esperou.

— O telefone está ocupado — avisou. — Suba para ver. — E voltou ao relatório que estava fazendo sobre o turno das onze às sete.

O guarda Sweeney apertou o botão do elevador, mas ele não desceu.

— Ele pediu *costeletas de cordeiro* essa noite, malpassadas — comentou Sweeney. — O que você acha que ele vai pedir para o café, a merda de algum um bicho do zoológico? E quem você acha que vai ter que procurar isso para ele? Sweeney.

O ponteiro de bronze acima da porta permanecia no cinco.

Sweeney esperou mais um pouco.

— Que merda é essa?

Os tiros de .38 espocaram em algum lugar acima deles, ecoando pelas escadas de pedra abaixo, dois em sequência rápida e depois um terceiro.

Já de pé ao terceiro tiro, o sargento Tate gritou com o microfone na mão:

— Posto de comando, foram realizados disparos no alto da torre. Postos externos, fiquem alerta. Estamos subindo.

Gritaria e agitação no saguão.

Tate viu então o ponteiro de bronze do elevador começar a se mover. Chegou ao quatro.

— Esperem! — gritou Tate acima da confusão. — Dobrem a guarda nos postos externos, o primeiro pelotão fica comigo. Berry e Howard, cubram a merda do elevador se ele descer.

O ponteiro parou no três.

— Primeiro pelotão, comigo! Ninguém passa por uma porta sem fazer uma verificação antes. Bobby, do lado de fora, pega uma espingarda e os coletes à prova de balas e traz pra cá.

A mente de Tate trabalhava febrilmente no primeiro lance de escadas. A cautela lutava contra a necessidade terrível de ajudar os policiais lá em cima. *Deus, não permita que ele tenha saído da cela! Ninguém está usando coletes à prova de balas. Esses merdas do Departamento Correcional.*

Supunha-se que os escritórios do segundo, terceiro e quarto andares estivessem vazios e fechados. Era possível passar da torre para o edifício principal nesses andares, atravessando os escritórios. No quinto andar isso não era possível.

Tate havia frequentado a excelente escola da SWAT do Tennessee e sabia como agir. Seguiu na frente e levou com ele os mais jovens. Rápida e cuidadosamente, galgaram as escadas dando cobertura uns aos outros, de patamar em patamar.

— Se derem as costas para uma porta antes de verificar, eu vou foder vocês!

O segundo andar estava às escuras, e as portas, trancadas.

Então subiram até o terceiro andar, cujo pequeno corredor estava na penumbra. Um retângulo de luz vinha da porta aberta do elevador. Tate se esgueirou pela parede oposta à do elevador aberto, sem nenhum espelho lá dentro para ajudá-lo. Já colocando um pouco de pressão no gatilho, olhou para dentro do elevador. Vazio.

— *Boyle! Pembry!* Merda! — gritou para cima das escadas. Deixou um homem de guarda no terceiro andar e subiu.

O quarto andar estava inundado com a música de piano que vinha de cima. A porta para os escritórios se abriu com um empurrão. Além dos escritórios, o feixe de luz da longa lanterna foi refletido numa porta escancarada que dava para o grande edifício escuro do outro lado.

— *Boyle! Pembry!* — Deixou dois homens no patamar. — Cubram a porta. Os coletes estão chegando. Não mostrem suas bundas naquela porta.

Tate subiu os degraus de pedra em direção à música. Estava agora no topo da torre, no patamar do quinto andar; a luz no corredor estreito era fraca. Uma forte claridade aparecia por trás do vidro opaco, no qual se lia: SOCIEDADE HISTÓRICA DO CONDADO DE SHELBY.

Abaixado, Tate atravessou a porta de vidro até o lado oposto às dobradiças. Fez um sinal com a cabeça para Jacobs, girou a maçaneta e empurrou a porta com tanta violência que ela foi totalmente aberta, com força suficiente para estourar o vidro. Tate se jogou para dentro, afastando-se do batente e cobrindo o cômodo com a mira do revólver.

Tate já vira muitas coisas. Incontáveis acidentes, brigas, assassinatos. Durante seu tempo de serviço contabilizara seis policiais mortos. Mas o que estava aos seus pés era a pior coisa que já tinha visto acontecer a um oficial da lei. A carne acima do colarinho da farda não parecia mais um rosto. A frente e o alto da cabeça eram uma só massa de sangue recoberta de carne estraçalhada. Havia um único olho ao lado das narinas, as órbitas cheias de sangue.

Jacobs passou por Tate, escorregando no chão ensanguentado enquanto se dirigia para a cela. Inclinou-se sobre Boyle, ainda algemado à mesa. Parcialmente eviscerado, o rosto cortado em pedaços, parecia que tinha acontecido uma explosão de sangue na cela, as paredes e o colchão estavam cobertos de jatos e respingos de sangue.

Jacobs colocou os dedos no pescoço dele.

— Está morto — avisou, elevando a voz acima dos acordes da música.

— Sargento?

Recuperado e com medo de cometer um segundo deslize, Tate berrava ao rádio:

— Posto de comando: dois policiais mortos. Repito: dois policiais mortos. Prisioneiro desaparecido. Lecter desaparecido. Postos externos, observem as janelas, o criminoso tirou os lençóis do leito, pode estar fazendo uma corda. Confirme se ambulâncias estão a caminho.

— Pembry está morto, sargento? — Jacobs havia desligado a música.

Tate se ajoelhou, e, quando foi tocar no pescoço dele para auscultar, aquela coisa horrível no chão deu um gemido e soprou uma bolha de sangue.

— Pembry está vivo.

Tate não queria colocar a boca naquela massa ensanguentada. Sabia que teria de fazê-lo se quisesse ajudar Pembry a respirar, sabia que não devia mandar um dos guardas fazer isso. Seria melhor que Pembry morresse, mas ele o ajudaria a respirar. Tate descobriu que o coração do policial pulsava e que ele respirava. Uma respiração irregular, com gorgolejos, mas aquilo estava respirando. Aquela ruína humana estava respirando sem ajuda.

O rádio de Tate emitiu uns estalidos. Um tenente havia se instalado no estacionamento externo, assumira o comando e queria informações. Tate tinha de falar.

— Vem aqui, Murray — disse Tate a um jovem guarda. — Fica com o Pembry e segura ele em algum lugar que ele possa sentir suas mãos. Fala com ele.

— Qual é o nome dele, sargento? — Murray era um novato.

— Pembry. Agora, fala com ele, porra! — Tate voltou a falar no rádio.
— Dois policiais atingidos, Boyle está morto, e Pembry, gravemente ferido. Lecter desapareceu e está armado. Ele pegou os revólveres deles. Os cinturões e os coldres estão na mesa.

A voz do tenente chegava entrecortada por causa das paredes grossas.

— Pode confirmar que as escadas estão livres para a passagem de macas?

— Sim, senhor. Fale com o quarto andar antes que eles passem. Tenho homens em todos os corredores.

— Entendido, sargento. O Posto 8 acha que viu algum movimento nas janelas do quarto andar do prédio principal. Todas as saídas estão guarnecidas, ele não tem como fugir. Mantenham suas posições nos corredores. A SWAT está a caminho. Vamos deixar a SWAT expulsá-lo. Confirme.

— Entendido. Agora é com a SWAT.

— O que ele pegou?

— Duas armas e uma faca, tenente. Jacobs, veja se tem munição nos cinturões.

— Eu virei as cartucheiras — respondeu o guarda. — O de Pembry ainda está cheio, e o de Boyle também. O idiota não levou munição extra.

— Que tipo de munição é?

— Trinta e oito encamisado de ponta oca.

Tate voltou para o rádio.

— Tenente, parece que ele tem dois .38 de seis tiros. Ouvimos três disparos, e as cartucheiras nos cinturões ainda estão cheias, então ele só deve ter nove cartuchos. Avise à SWAT que a munição é .38 encamisada de ponta oca. Esse camarada tem fixação por rostos.

Era uma munição especial, mas não penetraria um colete da SWAT. Um tiro no rosto provavelmente seria fatal, e num membro, mutilaria.

— Os maqueiros estão chegando, Tate.

As ambulâncias chegaram com surpreendente rapidez, mas para Tate não pareceu rápido o bastante, ouvindo os gemidos daquela coisa aos seus pés. O jovem Murray estava tentando segurar aquele corpo que gemia e se contorcia, tentando falar para reanimá-lo sem olhar para ele, e dizia:

— Você está se saindo bem, Pembry. Você está se saindo bem. — Ele repetia essas palavras sempre no mesmo tom.

Assim que viu os atendentes da ambulância no corredor, Tate gritou, como tinha feito durante a guerra:

— Médico!

Segurou Murray pelos ombros e o afastou. Os paramédicos trabalharam depressa, com habilidade, prendendo os punhos sujos de sangue debaixo do cinto, enfiando na boca de Pembry uma sonda para ajudar na respiração e desenrolando uma bandagem cirúrgica do tipo que não adere para tentar restabelecer alguma pressão no rosto e na cabeça ensanguentados. Um deles preparou um pacote de plasma intravenoso, mas o outro, medindo a pressão e o pulso do ferido, sacudiu a cabeça e disse:

— Vamos descer!

Ouviam-se agora ordens pelo rádio:

— Tate, quero que esvazie os escritórios na torre e os tranque. Guarneça as portas do prédio principal. Depois cubra os corredores. Estou mandando coletes à prova de balas e espingardas. Vamos capturá-lo com vida se ele se entregar, mas não vamos correr mais riscos para preservar a vida dele. Você me entendeu?

— Sim, tenente.

— Eu quero apenas a SWAT e mais ninguém, apenas a SWAT no edifício principal. Repita isso.

Tate repetiu a ordem.

Tate era um bom sargento e o demonstrou agora, quando ele e Jacobs se enfiaram em seus pesados coletes à prova de balas e seguiram a maca que os paramédicos carregaram escada abaixo até a ambulância. Uma segunda equipe seguia com Boyle. Os homens nos patamares ficaram revoltados quando viram as macas passar, e Tate lhes dirigiu uma palavra de sabedoria:

— Não deixem a raiva fazer vocês se colocarem em risco!

Enquanto as sirenes se afastavam na rua, Tate, auxiliado pelo veterano Jacobs, cuidadosamente fez os escritórios serem evacuados e isolou a torre.

Uma corrente de ar frio passou pelo saguão do quarto andar. Além da porta, nos espaços vastos e sombrios do prédio principal, os telefones tocavam. Nos escritórios escuros em todo o edifício, as luzes dos telefones piscavam como vaga-lumes e não paravam de tocar.

Corria a notícia de que o dr. Lecter estava encurralado numa "barricada" no edifício, os jornalistas do rádio e da televisão insistiam, discando rápido, tentando obter entrevistas ao vivo com o monstro. Para evitar isso, a SWAT em geral desliga os telefones, exceto um, que é usado pelos negociadores. Mas aquele prédio era grande demais, com muitos escritórios.

Tate fechou e trancou as portas das salas cujos telefones piscavam. Seu peito e suas costas estavam molhados de suor e coçavam por causa do colete rígido.

Ele tirou o rádio do cinto.

— Posto de comando, aqui é Tate. A torre está limpa. Câmbio.

— Entendido, Tate. O capitão quer que você vá para o posto de comando.

— Dez-quatro. Saguão da torre, você está aí?

— Estou aqui, sargento.

— Sou eu no elevador. Estou descendo com ele.

— Ok, sargento.

Jacobs e Tate desciam de elevador para o saguão quando uma gota de sangue caiu no ombro de Tate. Outra pingou no seu sapato.

Ele olhou para o teto do elevador, tocou Jacobs e, com um sinal, pediu a ele que fizesse silêncio.

O sangue pingava da fresta em volta do alçapão no teto do elevador. A viagem até o saguão parecia interminável. Tate e Jacobs saíram do elevador de costas, com os revólveres apontados para o forro do teto. Tate enfiou a mão dentro do elevador e o travou.

— Shhh — pediu Tate no saguão. E, em voz baixa, disse: — Berry, Howard, ele está no teto do elevador. Mantenham cobertura.

Tate saiu. A van preta da SWAT estava no estacionamento. A SWAT sempre tinha uma enorme variedade de chaves de elevadores.

Os homens da SWAT entraram em posição rapidamente. Dois deles com armaduras pretas e headsets subiram a escada até o terceiro andar. Com Tate no saguão, embaixo, havia mais dois, seus fuzis de assalto apontados para o forro do teto do elevador.

Parecem grandes formigas guerreiras, pensou Tate.

O comandante da SWAT falou em seu headset:

— Ok, Johnny.

No terceiro andar, muito acima do elevador, o oficial Johnny Peterson virou a chave na fechadura e a porta do elevador se abriu. O poço estava escuro. Deitado de costas no corredor, tirou uma granada de atordoamento do colete e a deixou no chão ao seu lado.

— Ok. Vou dar uma olhada agora.

Tirou um espelho com um cabo longo e o colocou na beirada do poço, enquanto seu companheiro ligava uma poderosa lanterna, apontando a luz para dentro do poço do elevador.

— Estou vendo. Ele está em cima do elevador. Vejo uma arma do lado dele. Mas ele não está se mexendo.

Peterson ouviu uma pergunta no headset.

— Você consegue ver as mãos dele?

— Vejo uma das mãos, a outra está debaixo do corpo. Os lençóis estão com ele.

— Fale com ele.

— PONHA AS MÃOS NA CABEÇA E NÃO SE MOVA! — gritou Peterson poço abaixo. — Ele não se mexeu, tenente... certo?

"SE NÃO COLOCAR AS MÃOS NA CABEÇA AGORA, EU VOU JOGAR UMA GRANADA DE ATORDOAMENTO EM VOCÊ. VOCÊ TEM TRÊS SEGUNDOS — berrou Peterson. Em seguida, tirou do colete um dos calços de borracha que todo oficial da SWAT carrega. — OK, CAMARADAS, CUIDADO AÍ EMBAIXO... LÁ VAI A GRANADA. — Atirou o calço pela borda do poço e o viu quicar no corpo. — Ele não se mexe, tenente."

— Ok, Johnny, vamos levantar o alçapão do elevador com uma vara. Você pode mantê-lo sob sua mira?

Peterson rolou até a borda do poço. Sua .45, pronta para disparar, apontada para a figura imóvel.

— Sob mira — anunciou ele.

Olhando para o fundo do poço do elevador, Peterson viu a luz aparecer quando os homens no saguão empurraram o alçapão com uma vara da SWAT, provida de gancho na extremidade. A figura imóvel estava parcialmente sobre o alçapão, e um dos braços se moveu quando os homens empurraram de baixo.

Peterson aumentou um pouco a pressão do dedo na trava de segurança da Colt.

— O braço dele se mexeu, tenente, mas acho que foi o alçapão que o empurrou.

— Entendido. Abram todo o alçapão.

O alçapão foi aberto completamente e ficou encostado na parede do poço. Peterson tinha dificuldade para enxergar contra a luz.

— Ele não se moveu. A mão dele *não* está segurando a arma.

Uma voz calma se fez ouvir em seu headset.

— Ok, Johnny, aguenta aí. Vamos entrar no elevador. Observe com o espelho se há qualquer movimento. Qualquer tiro vai partir de nós. Positivo?

— Entendido.

No saguão, Tate estava observando quando eles entraram no elevador. Um atirador armado com um fuzil capaz de perfurar metal apontou a arma para o forro do elevador. Um segundo homem subiu numa escada. Estava armado com uma grande pistola automática com uma lanterna presa na parte inferior do cano. O espelho e a pistola com a lanterna passaram pelo alçapão; depois, a cabeça e os ombros do oficial. Ele segurava um revólver .38.

— Ele está morto — avisou o oficial.

Tate pensou imediatamente se a morte de Lecter significava que Catherine ia morrer também, com todas as informações perdidas ao apagar das luzes daquela mente monstruosa.

Os homens agora puxavam o corpo, que descia de cabeça para baixo pelo alçapão. Foi amortecido por muitas mãos, uma estranha remoção numa caixa iluminada. O saguão logo foi tomado por policiais, que se aproximaram para vê-lo.

Um guarda do Departamento Correcional olhou para o braço do morto cheio de tatuagens e disse:

— É Pembry!

38

NA TRASEIRA DA AMBULÂNCIA com a sirene ligada, o jovem paramédico que se escorava para não perder o equilíbrio com o balanço ligou o rádio para falar com seu supervisor da emergência. Falou alto, por causa da sirene.

— Ele está em coma, mas os sinais vitais estão bons. A pressão está boa. Cento e trinta por noventa. Sim, noventa. Pulso, oitenta e cinco. Apresenta diversos cortes faciais com as bordas levantadas, e um dos olhos foi enucleado. Apliquei pressão no rosto e ele foi entubado. É possível que tenha levado um tiro na cabeça, não dá para ter certeza.

Atrás dele, na maca, os punhos cerrados e ensanguentados relaxam dentro da bandagem. A mão direita desliza para fora e encontra a fivela da tira que o prende à maca pelo peito.

— Estou com medo de colocar pressão demais na cabeça; ele mostrou alguns movimentos convulsivos antes de se colocado na maca. Sim, ele está na posição de Fowler.

Atrás do jovem, a mão agarrou a bandagem cirúrgica e a usou para limpar os olhos.

O paramédico ouviu um assobio no tubo respiratório, virou-se e viu um rosto ensanguentado perto do dele, mas não o revólver que desceu com força e o atingiu acima da orelha.

A ambulância reduziu a velocidade, provocando agitação no tráfego da estrada de seis pistas. Os motoristas que vinham atrás, confusos e buzinando, hesitavam em ultrapassar um veículo de emergência. Dois tiros que mais pareciam explosões de motor e a ambulância partiu de novo, ziguezagueando, se ajeitando e seguindo para a faixa da direita.

A saída para o aeroporto estava próxima. A ambulância reduziu a marcha, várias luzes de emergência piscavam, os limpadores de para-brisa eram ligados e desligados, e logo o volume da sirene diminuiu, aumentou de novo, depois diminuiu até ficar em silêncio, e as luzes que piscavam foram se apagando. A ambulância prosseguiu, agora tranquila, enveredando para a saída do Aeroporto Internacional de Memphis, com seu belo edifício iluminado na noite de inverno. Tomou a pista que fazia uma curva até os portões automáticos do enorme estacionamento. Uma mão ensanguentada se projetou do carro para pegar o tíquete de entrada na máquina, e a ambulância desapareceu no túnel que levava ao estacionamento subterrâneo.

39

NUMA SITUAÇÃO NORMAL, Clarice Starling teria curiosidade de conhecer a casa de Crawford em Arlington, mas a informação do boletim de notícias no rádio do carro de que o dr. Lecter havia fugido acabou com qualquer vontade que tivesse.

Com os lábios meio dormentes e os cabelos arrepiados, ela dirigia quase por instinto. Chegou à bela casa ampla e aberta construída na década de cinquenta sem olhar para ela, apenas se perguntando se as janelas com cortinas e de luzes acesas à esquerda seriam as do quarto de Bella. O som da campainha lhe pareceu alto demais.

Crawford abriu a porta depois de Clarice tocar pela segunda vez. Usava um cardigã folgado e estava falando a um telefone sem fio.

— Estou com Copley na linha, em Memphis — explicou.

Fazendo-lhe um sinal para que o seguisse, conduziu-a pelo interior da casa, falando com mau humor ao telefone.

Na cozinha, uma enfermeira tirou um frasquinho da geladeira e o observou contra a luz. Quando Crawford ergueu as sobrancelhas para a enfermeira, ela sacudiu a cabeça, dando a entender que não precisava da ajuda dele.

Ele levou Clarice para seu escritório, descendo três degraus para o que claramente antes era uma garagem dupla. Havia muito espaço ali, com sofá e cadeiras, e na mesa atulhada de coisas um computador brilhava com sua luz verde ao lado de um astrolábio antigo. O carpete dava a impressão de ter sido assentado sobre concreto. Crawford fez um sinal para que ela se sentasse.

Tapando o fone com a mão, falou:

— Sei que a pergunta é idiota, Starling, mas você passou qualquer coisa para Lecter em Memphis?

— Não.

— Nenhum objeto?

— Nada.

— Você levou os desenhos dele e outros objetos da antiga cela?

— Eu não entreguei nada. Tudo ainda está na minha bolsa. Ele é que *me* entregou a pasta. Foi a única coisa que mudou de mãos entre nós dois.

Crawford acomodou o telefone embaixo do queixo.

— Copley, isso é só bobagem. Quero que você desmascare aquele filho da puta imediatamente. Vá direto ao chefe, no TBI. Providencie para que a linha direta seja informada do restante. Burroughs está nela. Sim.

Desligou o telefone e o enfiou no bolso do casaco.

— Aceita um café, Starling? Ou uma Coca?

— Que história é essa de passar coisas para o dr. Lecter?

— Chilton está dizendo que você deve ter dado algo a Lecter que ele usou para abrir as algemas, que você não fez de propósito, mas por pura ignorância. — Às vezes os olhos de Crawford pareciam os de uma tartaruga irritada. Ele ficou observando a reação dela. — Chilton alguma vez deu em cima de você, Starling? Será que é esse o problema que ele tem com você?

— Talvez. Eu tomo com açúcar, por favor.

Enquanto Crawford ia até a cozinha, ela respirou fundo e correu os olhos pelo escritório. Quando se vive num dormitório ou num quartel, é confortável estar numa casa. Mesmo no olho do furacão, pensar na vida da família Crawford naquela casa a acalmou.

Crawford estava voltando, descendo os degraus com cuidado usando suas lentes bifocais e carregando as xícaras. Ele era alguns centímetros mais baixo de mocassim. Quando Clarice se levantou para pegar o café, seus olhos estavam mais ou menos na mesma altura. Ele cheirava a sabonete e o cabelo grisalho estava desalinhado.

— Copley me disse que ainda não encontraram a ambulância. Os batalhões da polícia estão de olhos abertos por todo o sul.

Clarice balançou a cabeça.

— Não sei de nenhum detalhe. O boletim do rádio só disse que... o dr. Lecter matou dois policiais e desapareceu.

— Dois policiais do Departamento Correcional. — Crawford digitou no computador para mostrar o texto da notícia na tela. — Os nomes deles eram Boyle e Pembry. Você falou com eles?

Ela fez que sim com a cabeça.

— Bem... foram eles que me mandaram sair de lá. Eles me trataram bem. — *Pembry saindo de trás de Chilton, meio sem jeito, mas decidido, demonstrando sua cortesia. "Me acompanhe", dissera ele. Tinha umas manchas hepáticas nas mãos e na testa. Agora estava morto, pálido sob suas manchas.*

De repente, Clarice largou o café. Respirou bem fundo e olhou para o teto por um momento.

— Como ele conseguiu?

— Copley me informou que ele fugiu numa ambulância. Mais tarde vamos ter mais detalhes. Como foi com o LSD no papel mata-borrão?

Obedecendo às ordens de Krendler, Clarice tinha passado parte da tarde e o início da noite submetendo as folhas com os desenhos do Pluto ao pessoal de Análises Científicas.

— Por enquanto, nada. Eles estão tentando fazer uma comparação com os arquivos do DEA, mas o material tem dez anos. A Seção de Documentos tem mais condições de conseguir um resultado com o desenho do que o DEA com o tóxico.

— Mas *era* ácido.

— Era. Como ele fez para fugir, sr. Crawford?

— Você quer mesmo saber?

Ela acenou afirmativamente com a cabeça.

— Então vou contar. Eles levaram Lecter para uma ambulância por engano. Pensaram que era Pembry, gravemente ferido.

— Ele estava vestindo a farda de Pembry? Os dois eram mais ou menos do mesmo tamanho.

— Ele colocou a farda de Pembry e parte do rosto dele em cima do próprio rosto. E mais ou menos meio quilo da carne de Boyle também. Embrulhou o corpo de Pembry na coberta impermeável do colchão e nos lençóis da cela para impedir que o sangue pingasse e o jogou em cima do elevador. Vestiu o uniforme, se preparou, deitou no chão e disparou alguns tiros para o teto para causar tumulto. Não sei o que fez com o revólver, talvez tenha escondido na parte de trás da calça. Quando a ambulância chegou, havia policiais armados por todo lado. A equipe médica apareceu rápido e fez o que costumam fazer sob fogo: o entubaram para que continuasse respirando, passaram bandagem pela parte mais afetada do rosto, pressionando para estancar a hemorragia, e o levaram para fora. Fizeram seu trabalho. A ambulância jamais chegou ao hospital. A polícia ainda está procurando. Não espero boas notícias a respeito desses paramédicos. Copley disse que estão escutando as fitas do despachante das ambulâncias. Foram feitas várias chamadas. Eles acham que o próprio Lecter chamou a ambulância antes de disparar os tiros para que não tivesse que ficar lá por muito tempo. *O dr. Lecter gosta de se divertir.*

Clarice jamais havia percebido esse tom de escárnio na voz de Crawford. Como ela associava amargura com fraqueza, isso a assustou.

— Essa fuga não significa que o dr. Lecter tenha mentido — comentou Clarice. — Sem dúvida, ele mentiu para alguém, para nós ou para a senadora Martin, mas talvez não tenha mentido para ambos. Ele deu para a senadora Martin o nome de Billy Rubin e alegou que isso era tudo o que sabia. Para mim, disse que foi alguém com delírios de transexualidade. A última coisa que me disse foi, mais ou menos, "Por que não completar o arco?". Ele falava de seguir a teoria da mudança de gênero que...

— Eu sei, li seu relatório. Não podemos continuar com isso enquanto as clínicas não nos fornecerem os nomes. Alan Bloom tem ido pessoalmente aos chefes de departamento. E eles disseram que estão procurando. Tudo que posso fazer é acreditar nisso.

— Sr. Crawford, o senhor está tendo problemas?

— Estou sendo aconselhado a tirar uma licença para cuidar da minha esposa — explicou. — Tem uma nova força-tarefa composta de gente do FBI, do DEA e "elementos adicionais" do escritório da promotoria pública, ou seja, Krendler.

— Quem está no comando?

— Oficialmente, o assistente do diretor do FBI, John Golby. Digamos que eu e ele estamos colaborando intimamente. John é um bom sujeito. Que tal falarmos de você? *Você* está tendo problemas?

— Krendler me mandou devolver minhas credenciais e o revólver e me apresentar de volta ao curso.

— Isso foi o que ele fez *antes* da sua visita a Lecter. Agora à tarde ele mandou uma bomba para o Escritório de Responsabilidade Profissional. Era um pedido "sem opinião preconcebida" para que a Academia suspenda você e faça uma reavaliação da sua competência para o serviço. É uma merda de uma retaliação. O instrutor-chefe de tiro, John Brigham, viu o pedido na reunião do corpo docente em Quantico poucas horas atrás. Ele protestou veementemente e ficou pendurado no telefone para falar comigo.

— Qual é a gravidade disso?

— Você tem o direito de ser ouvida. Eu vou atestar sua competência e isso deve ser o bastante. Entretanto, se você passar mais tempo afastada, sem dúvida vai ser reciclada, não importa o resultado da investigação. Você sabe o que acontece quando uma pessoa é reciclada?

— Claro. Ela é mandada de volta para o escritório regional que a recrutou. Lá, ela fica arquivando relatórios e fazendo café até surgir vaga numa turma.

— Posso prometer que vai surgir uma vaga numa turma mais tarde, mas não posso impedi-los de reciclá-la se o tempo se esgotar.

— Então devo voltar para a Academia e parar de trabalhar nesse caso, senão...

— Isso.

— O que o senhor quer que eu faça?

— Sua tarefa era Lecter. Você a cumpriu. Não quero que passe por isso. Você perderia seis meses, talvez mais.

— E quanto a Catherine Martin?

— Bill já está com ela há quase quarenta e oito horas, vão ser quarenta e oito horas à meia-noite. Se não o pegarmos, Bill vai fazer o trabalho dele amanhã ou depois, se proceder como no último caso.

— Lecter não é tudo o que a gente tinha.

— Pegaram seis William Rubin até agora, todos com antecedentes criminais. Nenhum parece ser o procurado. Não existe nenhum Billy Rubin na lista de assinantes de publicações sobre insetos. A Associação de Cuteleiros tem conhecimento de cinco casos de antraz de marfim nos últimos dez anos. Ainda temos uns dois homens para verificar. O que mais? Klaus ainda não foi identificado... até agora. A Interpol localizou uma ordem de busca por um marinheiro norueguês fugitivo, um tal "Klaus Bjetland", seja lá como se pronuncie esse nome. A Noruega está procurando o registro da arcada dentária dele para enviar. Se conseguirmos qualquer coisa das clínicas, e você tiver tempo, ainda vai poder ajudar. Olha só, Starling...

— Sim, sr. Crawford?

— Volte para a Academia.

— Se o senhor não quisesse que eu procurasse Buffalo Bill, não devia ter me levado àquela casa funerária, sr. Crawford.

— Não — concordou ele —, suponho que não. Mas, se não fosse isso, não teríamos encontrado o inseto. Não entregue sua arma, Starling. Quantico é um lugar seguro, mas você deve andar armada sempre que sair da base até Lecter ser preso ou morto.

— E quanto ao senhor? Ele odeia o senhor. Lecter deu a entender isso algumas vezes.

— Muita gente me odeia, Starling, em várias cadeias. Qualquer dia desses pode ser que ele pense em cuidar do assunto, mas por enquanto está ocupado demais. Ficar em liberdade é ótimo, e ele não deve estar pronto para desperdiçar essa oportunidade com isso. E essa casa é mais segura do que parece.

O telefone no bolso de Crawford tocou. O aparelho que ficava na mesa também fez um ruído e uma lâmpada acendeu. Crawford atendeu, escutou durante alguns minutos, disse "Ok" e desligou.

— Encontraram a ambulância na garagem subterrânea do aeroporto de Memphis — informou ele, balançando a cabeça. — Má notícia. A equipe estava na parte de trás: ambos mortos.

Crawford tirou os óculos e procurou um lenço nos bolsos para limpá-los.

— Starling, o pessoal do Smithsonian ligou para Burroughs procurando você. Aquele camarada, Pilcher. Eles estão muito perto de terminar com o inseto. Quero que você escreva um pequeno relatório sobre o assunto e o assine para o arquivo permanente. Você encontrou esse inseto e seguiu a pista, e quero que o arquivo registre esse fato. Está disposta a fazer isso?

Clarice jamais esteve tão cansada.

— Claro.

— Deixe seu carro na garagem. Jeff vai levar você para Quantico quando terminar.

Ao descer os degraus, ela virou o rosto para a janela iluminada e com cortinas onde a enfermeira continuava de plantão, e depois olhou para Crawford.

— Estarei pensando no senhor e na sua esposa, sr. Crawford.

— Obrigado, Starling — agradeceu ele.

40

— AGENTE STARLING, o dr. Pilcher disse que a encontraria no Zoológico de Insetos. Vou levá-la até lá — avisou o guarda.

Para se chegar ao Zoológico de Insetos entrando pela avenida Constitution era preciso pegar o elevador um nível acima do enorme elefante empalhado e cruzar um grande andar dedicado ao estudo do ser humano.

Primeiro havia filas de esqueletos, que aumentavam e se espalhavam, representando a explosão populacional desde os tempos de Jesus.

Clarice e o guarda caminhavam por uma paisagem habitada por figuras que ilustravam a origem da raça humana e seus desdobramentos. Ali estavam as exposições de rituais — tatuagens, pés atados, modificação dos dentes, cirurgia peruana, mumificação.

— A senhora alguma vez viu Wilhelm von Ellenbogen? — indagou o guarda, dirigindo a luz de sua lanterna para uma caixa.

— Acredito que não — respondeu Clarice, sem reduzir o passo.

— A senhora deveria vir aqui quando as luzes estão acesas e dar uma olhada nele. Foi enterrado na Filadélfia no século XVIII e virou sabão quando a água do subsolo entrou no caixão dele.

O Zoológico de Insetos é uma sala grande, com pouca iluminação agora, e ouviam-se os cricridos e os zumbidos dos insetos. Havia muitas gaiolas de insetos vivos na sala. As crianças adoram esse zoológico, que costuma ficar repleto delas. À noite, sozinhos, os insetos ficam mais ativos. Algumas das caixas eram iluminadas com luz vermelha e os sinais das saídas de emergência brilhavam com um vermelho intenso na penumbra da sala.

— Dr. Pilcher? — chamou o guarda da porta.

— Aqui — respondeu Pilcher, levantando uma caneta-lanterna como se fosse um farol.

— Depois o senhor vai acompanhar a senhorita até a saída?

— Sim, obrigado.

Clarice tirou sua pequena caneta-lanterna da bolsa e descobriu que ela já estava ligada, e as pilhas tinham acabado. O acesso de raiva que sentiu a fez se lembrar do seu cansaço, e pensou que devia se controlar.

— Olá, agente Starling.

— Como vai, dr. Pilcher?

— Que tal "professor Pilcher"?

— O senhor *é* professor?

— Não, mas também não sou doutor. O que eu *sou* é uma pessoa feliz em vê-la. Quer dar uma olhada em alguns insetos?

— Claro. Onde está o dr. Roden?

— Ele fez um enorme progresso nas últimas duas noites com a quetotaxia e finalmente precisou descansar. Você viu o inseto antes de começarmos a trabalhar com ele?

— Não.

— Não passava de uma coisinha molhada, nada mais.

— Mas vocês o estudaram e conseguiram identificá-lo.

— Sim, ainda há pouco. — Ele parou numa gaiola de tela. — Primeiro me deixe lhe mostrar uma mariposa. Essa não é exatamente como a que você trouxe na segunda, mas pertence à mesma família, uma corujinha. — O feixe da lanterna iluminou uma grande e reluzente mariposa azul, pousada num pequeno galho, com as asas dobradas. Pilcher a soprou e imediatamente a cara feroz de uma coruja apareceu quando a mariposa abriu as asas posteriores, e os olhos nas asas brilharam como a última coisa que um rato vê. — Essa é uma *Caligo beltrao*, uma espécie bastante comum. Mas com aquele exemplar de Klaus, nós entramos no terreno de algumas mariposas grandes. Me acompanhe.

No fim da sala havia uma caixa recuada num nicho, com um corrimão à frente. A caixa estava fora do alcance de crianças e coberta com um pano. Um pequeno umidificador chiava ao lado dela.

— Nós a mantemos dentro de um vidro para proteger os dedos das pessoas; ela pode atacar. Ela também gosta de umidade, e o vidro mantém a umidade lá dentro.

Pilcher ergueu a gaiola com cuidado pelas alças para trazê-la à frente do nicho. Tirou o pano e acendeu uma pequena lâmpada que ficava acima da gaiola.

— Essa é uma mariposa-da-caveira. Ela está pousada numa erva-moura; temos esperança de que ponha ovos.

A mariposa era maravilhosa e terrível de se ver, com suas enormes asas marrom-escuras dobradas como um manto. No dorso coberto de cerdas ficava a marca que instilou medo nos homens desde quando depararam com ela, subitamente, em seus jardins felizes. Um crânio redondo, um crânio que é ao mesmo tempo um rosto, com um olhar profundo, os malares, o arco zigomático caprichosamente traçado ao lado dos olhos.

— *Acherontia styx* — ensinou Pilcher. — É o nome de dois rios do inferno. Seu cara sempre joga os cadáveres em rios, não foi isso que eu li?

— Sim — confirmou Clarice. — Ela é rara?

— Nessa parte do mundo, é. Por aqui não tem nenhuma como ela na natureza.

— De onde ela vem? — Clarice inclinou o rosto para perto do teto da gaiola. Sua respiração agitou as cerdas no dorso da mariposa. Clarice recuou quando ela emitiu um som e bateu furiosamente as asas. Pôde sentir o vento fraco que ela produziu.

— Da Malásia. Tem também uma espécie europeia chamada *atropos*, mas essa e aquela que estava na garganta de Klaus são da Malásia.

— Então alguém a criou.

Pilcher fez que sim com a cabeça.

— Claro — disse, ao perceber que Clarice não estava olhando para ele. — Teve que ser enviada da Malásia como um ovo, mais provavelmente como uma pupa. Ninguém jamais conseguiu fazê-las desovar em cativeiro. Elas acasalam, mas não põem ovos. O difícil é encontrar a lagarta na floresta. Depois de encontrada, não é difícil de criar.

— Você disse que elas podem atacar.

— A probóscide dela é rígida e afiada, e ela pode espetar se você não levá-la a sério. É uma arma inusitada e o álcool não afeta a probóscide dos espécimes preservados. Isso nos ajudou a reduzir o campo de pesquisa e permitiu identificá-la tão rápido. — De repente, Pilcher pareceu ficar envergonhado, como se estivesse se gabando. — Elas também são resistentes — apressou-se a acrescentar. — Atacam colmeias e ficam com o mel. Certa vez a gente estava coletando insetos em Sabah, Bornéu, e elas apareceram atraídas pela luz do albergue. Era muito esquisito ouvi-las, e a gente...

— De onde essa veio?

— De uma troca com o governo da Malásia. Não sei pelo que a trocamos. Foi engraçado: lá estávamos nós no escuro, esperando com aquele balde de cianureto, quando...

— Que tipo de declaração alfandegária veio com essa? Vocês têm esses registros? É preciso conseguir uma licença de exportação da Malásia? Quem teria isso?

— Você está com pressa. Olha, eu registrei tudo o que temos e os lugares onde colocar anúncios quando se quer fazer esse tipo de importação. Vamos, eu a acompanho.

Cruzaram o amplo espaço em silêncio. À luz do elevador, pôde ver que Pilcher estava tão cansado quanto ela.

— Você ficou acordado trabalhando nisso — observou Clarice. — Foi bom ter feito isso. Eu não quis ser grosseira, só...

— Espero que o peguem. E que você se livre disso logo — desejou ele. — Eu listei alguns produtos químicos que ele pode estar comprando, se cuida de espécimes que não estão no estágio de pupa... Agente Starling, eu gostaria de conhecê-la melhor.

— Quem sabe eu não ligue quando tiver tempo.

— Você deveria fazer isso, sem falta. Eu apreciaria muito — disse Pilcher.

O elevador se fechou e Pilcher e Clarice desapareceram. O andar dedicado ao ser humano estava em silêncio e nenhuma figura humana se movia — nem os tatuados, nem as múmias, nem os pés atados se mexiam.

As luzes vermelhas da saída de emergência brilhavam no Zoológico de Insetos, refletidas em mil olhos. O umidificador chiava. Debaixo da coberta, na gaiola negra, a mariposa-da-caveira desceu do galho de erva-moura. Cruzou o piso da gaiola, as asas se arrastando como uma capa, e descobriu um fragmento de favo de mel no prato. Agarrando o favo com as poderosas patas dianteiras, desenrolou sua afiada probóscide e a enfiou na tampa de cera de uma célula do favo. Ficou parada, sugando, enquanto ao redor dela, na escuridão, os cricridos e os zumbidos dos insetos recomeçaram, e com eles surgiam pequenas novas vidas e mortes.

41

Catherine Baker Martin jazia naquelas trevas terríveis. As trevas se acumulavam por dentro de suas pálpebras, e, nos agitados momentos de sono, ela sonhava que era invadida pelas trevas. As trevas vinham, insidiosas, e penetravam em seu nariz e em seus ouvidos, como dedos gosmentos tocando cada uma das aberturas do seu corpo. Com uma das mãos ela tapava a boca e o nariz, e, com a outra, a vagina, retesava as nádegas, virava um dos ouvidos para o futon e sacrificava o outro para a entrada das trevas. Junto com as trevas vinha um som, e ela acordava num sobressalto. Um som familiar, uma máquina de costura sendo usada. Variando a velocidade. Vagarosa, depois rápida.

Lá em cima, no porão, as luzes foram acesas — ela via um fraco disco de luz amarela onde, muito alto, o pequeno alçapão que dava para o poço estava aberto. O poodle latiu algumas vezes e a voz sobrenatural falou com ela, meio abafada.

Costurando. Costurar era algo muito errado de se fazer naquele lugar. A costura pertence à luz. O ensolarado quarto de costura na casa de Catherine, quando criança, trazia uma lembrança tão bem-vinda à sua mente... A governanta, a querida Bea Love, na máquina... seu gatinho brincando com as cortinas esvoaçantes.

Aquela voz lá em cima, falando com a cachorrinha, fez toda a lembrança fugir.

— Preciosa, *largue* isso. Você se espeta com um alfinete e *aí* o que a gente faz? Estou quase acabando. Isso, minha belezinha. Você vai ganhar uma coisa bem gostosinha *quando a gente acaba-ar...* Você vai ganhar uma coisa bem gostosinha, *lá lá lá lá lá lá...*

Catherine não sabia há quanto tempo era mantida cativa. Lembrava que tinha se lavado duas vezes — da última vez ela ficara de pé, bem iluminada, querendo que ele visse seu corpo, sem ter certeza de que, por trás da luz que a cegava, ele olhava para baixo. Nua, Catherine Baker era maravilhosa, um mulherão visto de qualquer ângulo, e ela sabia disso. Queria que ele a visse. Queria sair do poço. Perto o bastante para transar seria o suficiente para lutar, repetia para si mesma enquanto se lavava. Ela recebia pouquíssima comida, e sabia que era melhor lutar enquanto tivesse forças. Sabia que lutaria com ele; e sabia que era capaz disso. Seria melhor foder com ele primeiro, foder o máximo de vezes que ele aguentasse até esgotá-lo? Sabia que, se pudesse enrolar o pescoço dele com as pernas, o mandaria para o inferno em um segundo e meio. *Será que vou ter forças para fazer isso? Claro que tenho!* Não tinha ouvido, porém, nenhum som lá de cima quando acabou de se lavar e vestiu o macacão limpo. Não houve resposta à sua oferta quando o balde do banho subiu, balançando em sua cordinha frágil, e foi substituído pelo balde higiênico.

Agora, horas depois, ainda esperava, ouvindo a máquina de costura. Não o chamou. Depois de algum tempo, escutou-o subir a escada falando com a cadelinha, dizendo qualquer coisa como "... café da manhã, quando eu voltar". Deixou o porão com a luz acesa. Às vezes ele fazia isso.

Arranhar de unhas e passos na cozinha, no andar de cima. A cachorrinha choramingando. Imaginou que seu raptor estava saindo de casa. Às vezes ele saía e passava muito tempo fora.

O tempo passou. A cadelinha continuava se movendo pela cozinha, ganindo, arrastando algo no chão, batendo com algo no assoalho, talvez sua tigela de comida. Arranhava e arranhava o chão. E novos latidos, latidos baixos, curtos e agudos, agora não tão claros como quando o animal estava logo acima dela, na cozinha. Porque o poodle já não estava na cozinha. Tinha aberto a porta com o focinho e estava no porão caçando camundongos, como havia feito quando o homem saíra da última vez.

No escuro, Catherine Martin colocou a mão embaixo do futon. Encontrou o pedaço de osso de frango e o cheirou. Era difícil resistir e não comer os restinhos de carne e pele que havia nele. Colocou-o na boca para aquecê-lo. Ficou de pé, um pouco tonta, na escuridão. Além dela no poço não havia mais nada a não ser o futon, o macacão que usava, o balde de plástico usado como penico e aquela cordinha frágil que se estendia para o alto em direção à pálida luz amarela.

Pensava nisso sempre que conseguia pensar em alguma coisa. Catherine se esticou o máximo que pôde e agarrou a cordinha. Era melhor dar um arranco ou puxar com calma? Havia pensado nisso milhares de vezes. Melhor puxar com firmeza.

O barbante esticou mais do que ela esperava. Segurou-o de novo o mais alto que pôde, movendo o braço de um lado para o outro na esperança de que a cordinha estivesse roçando bem no alto, na tampa de madeira do buraco lá em cima. Continuou sacudindo-a até seu braço doer. Puxou, a corda não esticava mais, não tinha mais o que ceder. Por favor, que ela se rompa bem no alto. Ouviu um estalido e a cordinha caiu por cima do seu rosto.

Ela se agachou, com a cordinha na cabeça e nos ombros, sem luz suficiente da fresta lá em cima para ver quanto da corda havia em cima dela. Não podia deixar que ela embolasse. Com todo cuidado, arrumou a cordinha no chão, medindo-a com o antebraço. Contou quatorze antebraços. A cordinha tinha se rompido na beirada do poço.

Amarrou o osso de frango e seus restos de carne com firmeza na extremidade da corda presa à alça do balde.

Agora vinha a parte mais difícil.

Tinha de agir com cuidado. Ela estava no estado de espírito que chamava de "tempestade". Era como tomar conta de si mesma num pequeno bote durante uma tempestade.

Amarrou a outra ponta da cordinha no pulso, apertando o nó com os dentes.

Afastou-se da cordinha o máximo que pôde. Segurando o balde pela alça, ela o rodou e o jogou para cima, em direção ao círculo de luz. O balde de plástico não acertou o alçapão aberto, bateu no lado inferior da tampa do poço e caiu, acertando o rosto e o ombro dela. A cachorrinha latiu mais alto.

Arrumou mais uma vez a corda com todo o cuidado e arremessou o balde de novo, e de novo. Na terceira tentativa, o balde atingiu seu dedo quebrado e ela teve de se encostar na parede inclinada e respirar fundo até a dor passar. A quarta tentativa voltou a atingi-la, mas na quinta o balde não voltou. Tinha ido para fora do poço. Estava em algum lugar sobre a tampa de madeira, perto do alçapão aberto. A que distância da abertura? Fique firme agora! Puxou devagarinho. Sacudiu a cordinha para ouvir a alça do balde bater na madeira lá em cima.

A cachorrinha latiu mais alto.

Não devia puxar o balde até a abertura, mas devia puxá-lo até perto. Foi o que fez.

A cadelinha estava no porão dentro de um quarto próximo, entre espelhos e manequins. Cheirava os fiapos e as aparas embaixo da máquina de costura. Encostou o focinho no grande armário preto. Então, olhou para o lado do porão de onde vinham os sons. Deu uma corridinha até o lado escuro, latiu e correu de volta para onde estava antes.

Então ouviu uma voz que ecoava fracamente pelo porão.

— Preciooosa!

A cachorrinha latiu e deu uns pulinhos. Seu corpinho balofo tremia com os latidos.

Então um som de beijos estalados.

A cadela olhou para o piso da cozinha acima, mas não era de lá que o som tinha vindo.

Em seguida, um barulho como se alguém estivesse comendo.

— Vem cá, Preciosa. Vem cá, minha belezinha!

Com passos cuidadosos, as orelhas erguidas, a cachorra invadiu a escuridão.

De novo o barulho de alguém comendo.

— Vem cá, minha belezinha; vem cá, Preciosa.

O poodle sentiu o cheiro do osso de frango amarrado na alça do balde. Arranhou com as unhas ao lado da parede do poço e ganiu.

O som de beijinhos continuava.

A cadelinha pulou na tampa do poço. O cheiro partia dali, entre o balde e a abertura do alçapão. Ela latiu para o balde, ganiu de indecisão. O osso de frango se mexeu um pouquinho.

O poodle se agachou com o focinho entre as patas dianteiras, o rabo para o alto se agitando furiosamente. Latiu duas vezes e se lançou em cima do osso, agarrando-o com os dentes. O balde parecia querer afastá-la daquele resto de comida. A cachorrinha rosnou para o balde e segurou firme o osso, ficando debaixo da alça, os dentes bem cravados. De repente, o balde derrubou o poodle e o puxou, a cachorrinha se esforçou para se levantar, o balde tornou a derrubá-la, a cadela tentou se livrar dele, uma pata traseira e as ancas caíram no buraco, suas garras arranharam a madeira nervosamente. O balde escorregou, entrou no buraco junto com as ancas do poodle e a cachorrinha se libertou, enquanto o balde escorregava pela borda e mergulhava na escuridão, levando o osso de frango. A cadelinha ficou latindo, irritada, latidos que reverberavam poço abaixo. Logo ela parou de latir e voltou o focinho para um som que só ela podia ouvir. Pulou do alto do poço e disparou escada acima, ganindo de alegria ao ouvir uma porta sendo batida no andar superior.

As lágrimas de Catherine Baker Martin escorreram quentes pelo seu rosto até seu macacão, molhando-o e aquecendo seus seios, e então ela teve certeza de que iria morrer.

42

CRAWFORD ESTAVA DE PÉ sozinho no escritório de casa, com as mãos enfiadas nos bolsos. Ficou assim da meia-noite e meia à meia-noite e trinta e três, em busca de alguma ideia. Depois mandou um telex para o Departamento de Veículos Automotores da Califórnia requisitando uma pista sobre o *motor home* que o dr. Lecter dissera que Raspail tinha comprado na Califórnia, aquele que usara durante seu romance com Klaus. Crawford pediu ao departamento que verificasse multas de trânsito aplicadas a outros motoristas que o dirigiram, além de Benjamin Raspail.

Em seguida, sentou-se no sofá com uma prancheta e elaborou um provocante anúncio pessoal para ser publicado nos principais jornais.

> Jovem deliciosa, adoníade, 21 anos, modelo, procura homem que aprecie qualidade E quantidade. Modelo de mãos e cosméticos, você já me viu em anúncios de revistas, agora eu gostaria de ver você. Mande fotos c/ a primeira carta.

Crawford pensou por um momento e tirou "adoníade", substituindo por "de corpo escultural".

Sua cabeça pendeu e ele deu uma cochilada. A tela verde do computador refletiu pequenos quadrados nas lentes de seus óculos. Agora havia movimento na tela, as linhas subindo, deslocando-se nas lentes de Crawford. Em seu sono, ele balançou a cabeça como se a imagem lhe fizesse cócegas.

A mensagem era a seguinte:

POLÍCIA DE MEMPHIS RECUPEROU 2 ITENS EM BUSCA NA CELA DE LECTER.

(1) CHAVE DE ALGEMAS IMPROVISADA FEITA DE TUBO DE TINTA DE CANETA ESFEROGRÁFICA; INCISÕES CORTADAS POR ABRASÃO. BALTIMORE SOLICITOU VERIFICAÇÃO DA CELA DO HOSPITAL PARA TRAÇOS DE MANUFATURA; AUT COPLEY, SAC MEMPHIS.

(2) FOLHA DE PAPEL DEIXADA BOIANDO NO VASO SANITÁRIO PELO FUGITIVO; ORIGINAL A CAMINHO DO LAB. SEÇÃO DOCUMENTOS WASHINGTON; GRÁFICO DO ESCRITO SEGUE; GRÁFICO ENVIADO TAMBÉM PARA LANGLEY, ATT BENSÒN — CRIPTOGRAFIA.

Quando o gráfico apareceu, subindo como se estivesse espiando pela borda inferior da tela, mostrou o seguinte:

$$C_{33}H_{36}I\ L\ T\ O_6\ N_4$$

O suave bipe duplo do computador não despertou Crawford, mas três minutos depois o telefone o acordou. Era Jerry Burroughs na linha particular do Centro Nacional de Informações sobre Crimes.

— Já olhou sua tela, Jack?

— Espere um pouco — pediu Crawford. — Sim, ok.

— O laboratório descobriu, Jack. O desenho que Lecter deixou na privada. Os números entre as letras do nome de Chilton são de uma fórmula bioquímica: $C_{33}H_{36}N_4O_6$. É a fórmula do pigmento encontrado na bile humana chamado bilirrubina. O laboratório informou que é o principal agente de coloração das fezes.

— Entendi.

— Você tinha razão sobre Lecter, Jack. Ele estava só se divertindo com eles. Sinto pena da senadora Martin. O laboratório diz que a bilirrubina é quase exatamente da cor do cabelo do dr. Chilton. Eles chamaram de humor de hospital psiquiátrico. Você viu o dr. Chilton no jornal das seis?

— Não.

— Marilyn Sutter viu. Chilton estava falando sobre "a busca por Billy Rubin". Depois foi jantar com um jornalista da televisão. Era isso que ele estava fazendo quando Lecter resolveu dar uma voltinha. Um perfeito idiota!

— Lecter disse para Starling "ter em mente" que Chilton não é formado em medicina — explicou Crawford.

— Sim, eu vi isso no relatório dela. Acho que Chilton tentou transar com ela, é o que eu penso, e tomou um fora. Ele pode ser burro, mas não é cego. Como a garota está?

— Está bem, mas exausta.

— Você acha que Lecter também estava dando em cima dela?

— Talvez. Vamos acompanhar o caso. Não sei o que as clínicas estão fazendo. Acho que eu deveria ter requisitado os registros com uma ordem judicial. Odeio ter que depender deles. Amanhã de manhã, se não tivermos conseguido nada, vamos recorrer à via judicial.

— Me diz uma coisa, Jack... Você tem algumas pessoas aqui fora que conhecem Lecter de vista, certo?

— Certo.

— Ele deve estar rindo em algum lugar.

— Talvez não por muito tempo — disse Crawford.

43

O DR. HANNIBAL LECTER estava no balcão da recepção do elegante Hotel Marcus, em St. Louis. Usava um chapéu marrom e uma capa de chuva abotoada até o pescoço. Uma atadura cirúrgica cobria o nariz e as bochechas.

Registrou-se como "Lloyd Wyman", com uma assinatura que ele havia praticado no carro de Wyman.

— Como vai pagar, sr. Wyman?

— American Express. — O dr. Lecter lhe entregou o cartão de crédito de Lloyd Wyman.

Do saguão vinha uma música suave de piano. No bar, o dr. Lecter viu duas pessoas com ataduras que cobriam os narizes. Um casal de meia-idade passou, seguindo para os elevadores, cantarolando uma melodia de Cole Porter. A mulher tinha um dos olhos tapado por uma venda de gaze.

O recepcionista terminou de fazer a cópia do cartão de crédito em papel-carbono.

— O senhor já deve saber, sr. Wyman, que tem direito de utilizar a garagem do hospital.

— Sim, obrigado — disse o dr. Lecter. Ele já havia estacionado o carro de Wyman na garagem, com Wyman no porta-malas.

O funcionário que carregou as malas de Wyman para a pequena suíte recebeu de gorjeta uma nota de cinco dólares.

O dr. Lecter pediu uma bebida e um sanduíche e depois relaxou num demorado banho.

Após o longo confinamento, a suíte lhe parecia enorme. Ele se divertia andando de um lado para o outro, da porta às janelas e vice-versa.

Das janelas, via, do lado oposto da rua, o Pavilhão Myron e Sadie Fleischer do Hospital Municipal de St. Louis, que abrigava um dos mais avançados centros mundiais de cirurgia craniofacial.

O rosto do dr. Lecter era conhecido demais para que ele pudesse fazer uma cirurgia dessas, mas ele estava num lugar onde podia andar com uma atadura no rosto sem chamar a atenção.

Ele já estivera lá antes, há muitos anos, quando fazia uma pesquisa psiquiátrica na magnífica Biblioteca Robert J. Brockman.

Era bom ter uma janela, várias delas. Ficou por trás das janelas no escuro, vendo as luzes dos carros cruzando a ponte MacArthur e saboreando sua bebida. Sentia-se agradavelmente fatigado depois de dirigir cinco horas de Memphis até ali.

A única correria de fato da tarde havia sido na garagem subterrânea do Aeroporto Internacional de Memphis. Limpar-se com álcool, chumaço de algodão e água destilada na traseira da ambulância não fora nada fácil. Depois de se enfiar na roupa branca de um dos paramédicos, foi apenas uma questão de surpreender um viajante solitário na ala deserta do estacionamento na enorme garagem. O homem facilitou o serviço ao se inclinar para dentro da mala do carro para pegar sua maleta de amostras. Ele nem viu o dr. Lecter se aproximar por trás.

O dr. Lecter ficou imaginando se a polícia acreditaria que ele era estúpido o bastante para fugir de avião daquele aeroporto.

O único problema na viagem para St. Louis foi descobrir os botões dos faróis, das luzes alta e baixa e o dos limpadores de para-brisa no carro de fabricação estrangeira, pois o dr. Lecter estava familiarizado com os controles ao lado do volante.

No dia seguinte ele iria comprar o que precisava: tinta de cabelo, equipamento para se barbear, lâmpada de bronzeamento e outros itens que serviriam para realizar algumas mudanças imediatas na sua aparência. Quando fosse conveniente, tomaria seu destino.

Não havia razão para se apressar.

44

A RDELIA MAPP estava em sua posição habitual: recostada na cama, lendo um livro. Ouvia uma estação de notícias no rádio. Desligou o aparelho assim que Clarice Starling entrou. Olhando para aquele rosto abatido, prudentemente limitou-se a perguntar:

— Quer tomar um chá?

Para estudar, Mapp preparava um chá com diversas folhas que eram mandadas pela avó, ao qual chamava de "chá de pessoas inteligentes".

Das duas pessoas mais inteligentes que Clarice conhecia, uma era a mais equilibrada que ela já vira, e a outra, a mais assustadora. Clarice esperava que isso trouxesse certo equilíbrio entre seu conhecimento.

— Sorte sua ter faltado à aula hoje — contou Mapp. — Aquele maldito do Kim Won *acabou* com a gente. Não estou mentindo. Acho que a gravidade deve ser mais forte na Coreia do que aqui. Aí eles vêm para cá e se sentem *leves*, sabe? Arranjam um emprego dando aula de educação física, porque para eles isso não representa trabalho nenhum... John Brigham apareceu por aqui.

— Quando?

— De noite, ainda há pouco. Queria saber se você já tinha voltado. O cabelo dele estava muito bem penteado. Ele ficou perambulando pelo saguão feito um calouro. A gente conversou um pouco. Ele disse que, se você estiver atrasada e se nós precisarmos estudar em vez de praticar tiro nos próximos dois dias, ele abre o estande de tiro durante o fim de semana e deixa a gente se recuperar. Eu disse que avisaria. Ele é um cara legal.

— Sim, é.

— Você sabia que ele quer que você participe da próxima competição de tiro contra o DEA e a Alfândega?

— Não.

— Não a das mulheres. A mista. Outra pergunta: você sabe a matéria da Quarta Emenda para sexta?

— Sei uma boa parte.

— Ok. O que foi o caso *Chimel contra a Califórnia*?

— Buscas em escolas de ensino médio.

— E *o que isso tem a ver* com investigações nas escolas?

— Não sei.

— O conceito de "alcance imediato". Quem foi *Schneckloth*?

— Droga! Não tenho a menor ideia.

— *Schneckloth contra Bustamonte*.

— Tem a ver com presunção de privacidade?

— Zero para você! Presunção de privacidade é o princípio de *Katz*. *Schneckloth* é o consentimento para busca. Estou vendo que temos que nos concentrar nos livros, minha cara. Eu tenho as anotações.

— Não essa noite.

— Não. Mas amanhã você vai acordar com a mente fértil e vazia, e então vamos começar a plantar para a colheita de sexta. Brigham disse uma coisa que ele não deveria contar, Starling, por isso prometi discrição: que você vai se sair bem na audiência. Ele acha que daqui a dois dias aquele filho da puta pomposo do Krendler já não vai se lembrar mais de você. Suas notas são boas, vai ser fácil lidarmos com isso. — Mapp observou o rosto cansado de Clarice. — Você fez o máximo que qualquer pessoa poderia fazer por aquela pobre alma, Starling. Você arriscou o pescoço por ela e levou um chute na bunda por causa dela, além de ter ajudado a investigação a avançar. Você merece uma oportunidade. Por que não vai dormir? Estou me preparando para fazer o mesmo.

— Ardelia, obrigada.

E, com as luzes já apagadas:

— Starling?

— Sim?

— Quem você acha mais bonito, Brigham ou "Hot" Bobby Lowrance?
— É difícil dizer.
— Brigham tem uma tatuagem no ombro, deu para ver através da camisa. O que está escrito nela?
— Não faço ideia.
— Você vai me dizer quando descobrir?
— Provavelmente, não.
— Eu falei da cueca de cobra de Hot Bobby.
— Você só viu pela janela quando ele estava levantando pesos.
— Foi a Gracie que contou isso para você? A boca daquela baixinha vai...

Clarice já estava dormindo.

45

Pouco antes das três da manhã, Crawford, que estava cochilando ao lado da mulher, acordou. Houve uma alteração na respiração de Bella, que havia se mexido na cama. Ele se sentou e segurou a mão dela.

— Bella?

Ela inspirou profundamente, depois soltou o ar dos pulmões. Seus olhos estavam abertos pela primeira vez em dias. Crawford encostou o rosto no dela, mas não acreditava que ela pudesse vê-lo.

— Bella, eu te amo, minha querida — disse ele, para o caso de ela poder ouvi-lo.

O medo tomou conta de seu peito, circulando dentro dele como um morcego no interior de uma casa. Logo ele se controlou. Pensou em dar alguma coisa a ela, qualquer coisa, mas não queria que Bella sentisse que estava largando sua mão.

Encostou o ouvido em seu peito. Percebeu uma batida leve, uma palpitação, depois o coração parou. Não havia nada para ouvir, apenas uma curiosa sensação de frio. Ele não sabia se o som vinha do peito da esposa ou se estava só nos seus ouvidos.

— Que Deus te abençoe e te leve para junto Dele... e para os teus — murmurou Crawford com sinceridade.

Ele a puxou para si, depois de se sentar encostado na cabeceira da cama. Mantinha o corpo de Bella contra o peito enquanto o cérebro dela morria.

Com o queixo, empurrou para trás o lenço que cobria o que restava de seus cabelos. Crawford não chorou. Já havia chorado muito.

Crawford a vestiu com sua melhor camisola, a que ela mais gostava, e se sentou durante um tempo ao lado da cama, segurando a mão da esposa contra o rosto dele. Era uma mão quadrada e habilidosa, moldada por uma vida inteira de cuidados com o jardim, e agora marcada pelas picadas de injeções nas veias.

Quando ela voltava do jardim, suas mãos cheiravam a tomilho.

("Pense nisso como se estivesse com clara de ovo nos dedos", aconselharam as garotas na escola a Bella acerca de sexo. Ela e Crawford tinham rido disso na cama, havia muitos anos, anos depois, no ano anterior. Não pense nisso, pense nos bons momentos, nos momentos puros. Esse *era* um momento puro. Ela usava um chapeuzinho redondo e luvas brancas e subia no elevador na primeira vez que ele assobiou um dramático arranjo de "Begin the Beguine". Quando estavam sozinhos no quarto, Bella mexia com ele dizendo que ele tinha os bolsos cheios como um garoto.)

Crawford tentou ir para o outro quarto — de lá podia se virar para vê-la através da porta aberta, deitada sob a luz fraca do abajur da mesa de cabeceira. Estava esperando o corpo dela se tornar um objeto cerimonial distante dele, separado da pessoa de quem ele havia cuidado no leito, da companheira de sua vida, que agora teria apenas na lembrança. Agora podia chamá-los para virem buscá-la.

Suas mãos vazias tinham as palmas voltadas para a frente ao lado do corpo, e ele estava à janela olhando para o horizonte vazio. Não estava esperando o amanhecer; o horizonte se resumia ao que via pela janela.

46

— ESTÁ PRONTA, Preciosa? Jame Gumb estava encostado na cabeceira da cama, muito confortável, com a cachorrinha enroscada e quentinha em cima de sua barriga.

O sr. Gumb tinha acabado de lavar o cabelo e estava com uma toalha enrolada na cabeça. Procurou entre as cobertas, encontrou o controle remoto do videocassete e apertou o botão play.

Tinha composto seu programa a partir de duas gravações copiadas numa só fita. Assistia ao vídeo todos os dias quando estava realizando algum preparo importante, e sempre o via imediatamente antes de colher uma pele.

A primeira fita era de um filme arranhado da Movietone News, um cinejornal em preto e branco de 1948. Eram as quartas de final da competição para Miss Sacramento, um evento preliminar no longo caminho para o concurso de Miss America, em Atlantic City.

Essa era a competição em traje de banho, e todas as concorrentes carregavam flores ao se dirigir em fila até a escada para subir no palco.

O poodle do sr. Gumb já havia passado por isso muitas vezes e fechou os olhos ao ouvir a música, sabendo que seria espremido.

As concorrentes tinham uma aparência à la Segunda Guerra Mundial. Vestiam maiôs Rose Marie Reid e alguns dos rostos eram belos. Várias delas tinham pernas bem torneadas, mas lhes faltava tônus muscular e pareciam dobrar um pouco os joelhos.

Gumb espremeu o poodle.

— Preciosa, lá vem ela, lá-vem-ela, lá-vem-ela!

E lá vinha ela, aproximando-se da escada em seu maiô branco, com um sorriso radiante para o jovem que as recebia. Depois subiu a escada rapidamente com seus sapatos de salto alto, enquanto a câmera seguia a parte de trás de suas coxas: mamãe. Aquela era a mamãe.

O sr. Gumb não precisou tocar no controle remoto, ele tinha feito tudo quando copiara o original. De trás para a frente, ela vinha de costas, de costas descia a escada, pegava de volta o sorriso que tinha dado ao jovem, de costas pelo corredor, agora para a frente de novo, e para trás e para a frente, e para trás e para a frente.

Quando ela sorria para o jovem, Gumb também sorria.

Havia mais uma imagem dela em grupo, mas sempre ficava borrada quando ele pausava o vídeo. Era melhor deixar a fita passar normalmente e ter um vislumbre dela. Mamãe com as outras garotas, parabenizando as vencedoras.

A parte seguinte do vídeo era uma cópia de um programa de TV a cabo que ele havia feito num hotel em Chicago — tivera de sair às pressas para comprar um gravador de fitas e havia ficado mais uma noite para copiá-lo. Era um filme passado em loop em canais baratos de TV a cabo tarde da noite, como pano de fundo para anúncios de sexo que aparecem na tela. As imagens eram tiradas de filmes eróticos de péssima qualidade, e de certa forma inócuos, das décadas de quarenta e cinquenta, e mostrava pessoas jogando vôlei em campos de nudismo e partes menos explícitas de filmes pornô da década de trinta em que os atores colocavam narizes postiços e representavam usando meias. O som era qualquer tipo de música. Agora tocava "The Look of Love", totalmente em descompasso com a ação do filme.

Não havia nada que o sr. Gumb pudesse fazer com os anúncios que invadiam a tela. Tinha de se conformar com eles.

Aí está, uma piscina externa — na Califórnia, a julgar pela vegetação. Bons móveis de piscina, tudo muito estilo anos cinquenta. Várias garotas graciosas nadando nuas. Algumas delas poderiam ter aparecido em filmes B. Ligeiras e dando pulinhos, saíam da piscina e corriam, muito mais rápido que a música, até a escada de um toboágua, subiam — e lá vinham elas descendo, upa! Os seios subindo quando mergulhavam na água, todas rindo, com as pernas esticadas e abertas, tchibum!

Aí vinha a mamãe. Aí vinha, subindo na borda da piscina atrás da garota de cabelo cacheado. Seu rosto estava parcialmente coberto por um anúncio da Sinderella, uma loja de artigos eróticos, mas agora dava para vê-la indo em direção à escada, toda reluzente e molhada, os seios maravilhosos, muito elegante, com uma cicatriz de cesariana e descendo pelo toboágua. Upa! Tão bonita, e, mesmo que o sr. Gumb não pudesse ver o rosto dela, ele sabia em seu íntimo que era a mamãe, filmada depois da última vez que ele a vira com vida. Exceto em sua lembrança, é claro.

A cena mudava para um anúncio de auxílio matrimonial e terminava abruptamente.

O poodle cerrou os olhos dois segundos antes que o sr. Gumb o espremesse com força.

— Ah, Preciosa, vem aqui com a mamãe. A mamãe vai ficar tão bonita!

Muito a fazer, muito a fazer, muito a fazer para se aprontar para amanhã.

Ele jamais conseguiria ouvi-la da cozinha mesmo no mais alto tom de voz, graças a Deus, mas a ouvia das escadas quando se dirigia para o porão. Havia tido a esperança de que ela estivesse quieta e dormindo. A cadela embaixo do seu braço rosnava para os sons que vinham do poço.

— *Você* foi criada com mais educação que isso — disse ele com a cabeça enterrada no pelo atrás da cabeça da cachorrinha.

O quarto da masmorra ficava depois de uma porta à esquerda na base da escada. Ele não deu sequer uma olhada, nem ouviu as palavras que vinham do poço — no que lhe dizia respeito, elas não tinham a mínima semelhança com o inglês.

O sr. Gumb entrou na porta à direita, na oficina, pôs a cachorrinha no chão e acendeu as luzes. Algumas mariposas esvoaçaram e pousaram na tela de arame que cobria as lâmpadas do teto.

O sr. Gumb era meticuloso na oficina. Sempre misturava suas soluções frescas em aço inoxidável, jamais em alumínio.

Tinha aprendido a fazer tudo com muita antecedência. Enquanto trabalhava, lembrava a si próprio:

Você tem que ser organizado, você tem que ser preciso, você tem que ser diligente, porque os problemas são descomunais.

A pele humana é pesada — dezesseis a dezoito por cento do peso corporal — e escorregadia. É difícil manusear uma pele inteira e é fácil deixá-la cair quando ainda está molhada. O tempo também é importante; as peles começam a encolher logo depois de retiradas, em especial a de jovens adultos, que, para começar, são mais justas.

Junte-se a isso o fato de a pele não ser perfeitamente elástica, mesmo nos jovens. Se for esticada, nunca mais recupera as proporções originais. Costure alguma coisa perfeitamente lisa, depois a puxe com força demais sobre um manequim de alfaiate e ela enruga e se torce. Sentar-se à máquina até os olhos ficarem vermelhos de tanto tentar não vai endireitá-la. Além disso, existem linhas de clivagem, e é melhor saber onde ficam. A pele não se estica na mesma proporção em todas as direções sem que as massas de colágeno se deformem e as fibras se rompam; puxe para o lado errado e terá uma marca de distensão.

É impossível trabalhar com material fresco. Muitas experiências foram dedicadas a isso, acompanhadas de muita decepção, até o sr. Gumb acertar.

Por fim, ele descobriu que os métodos antigos eram os melhores. O processo era o seguinte: primeiro, encharcava o material nos aquários, em extratos vegetais desenvolvidos pelos nativos americanos — substâncias totalmente naturais, que não contêm nenhum sal mineral. Em seguida, usava o método que produziu a incomparável pele de gamo, do Novo Mundo, macia feito manteiga — o clássico curtume com miolos. Os nativos dos Estados Unidos acreditavam que cada animal tem miolos suficientes para curtir o próprio couro. O sr. Gumb sabia que isso não era verdade e há muito tempo deixara de tentá-lo, mesmo com o primata de maior cérebro. Agora ele tinha um congelador cheio de miolos de boi, de modo que nunca era pego desprevenido.

Ele dominava os problemas de se processar o material; a prática o levara perto da perfeição.

Ainda havia problemas estruturais, mas ele estava especialmente qualificado para resolvê-los também.

A sala de trabalho dava para um corredor do porão que levava a um banheiro que não era usado, onde o sr. Gumb depositava o equipamento de içar e um relógio, e ao estúdio e ao grande depósito escuro que ficava mais à frente.

Ele abriu a porta do estúdio, que estava bastante iluminado — refletores e tubos de luz fosforescente, com as cores corrigidas para a luz do dia, presos às vigas do teto. Os manequins ficavam de pé num piso elevado de carvalho. Todos estavam parcialmente vestidos, alguns em couro, outros em moldes de musselina para roupas de couro. Os oito manequins se duplicavam nas duas paredes espelhadas — bons espelhos grandes de vidro plano, não várias placas menores. Uma mesa de maquiagem com cosméticos, vários suportes de perucas e perucas. Este era o mais reluzente dos estúdios, todo branco e em carvalho claro.

Os manequins expunham trabalhos comerciais em andamento, na maior parte falsificações da Armani exageradas feitas de um fino couro preto *cabretta*, todos drapeados, com os ombros e peitorais pontilhados.

A terceira parede era ocupada por uma grande mesa de trabalho, duas máquinas de costura comerciais, duas fôrmas de costureira e um manequim de alfaiate com o formato do torso do próprio Jame Gumb.

Na quarta parede, dominando este cômodo claro, havia um grande armário preto de laca chinesa que chegava quase até o teto a dois metros e meio de altura. Era uma antiguidade, e seus desenhos haviam se apagado; algumas pequenas escamas douradas permaneciam onde houvera um dragão, seu olho branco ainda visível, aberto, e ali estava a língua vermelha de outro dragão cujo corpo também havia se desgastado. A laca por baixo dele ainda era visível, embora estivesse rachada.

O armário, imenso e muito fundo, não tinha nada a ver com o trabalho comercial. Ele continha as fôrmas e os cabides dos Materiais Especiais, e suas portas ficavam fechadas.

A cadelinha lambeu um pouco da água de sua tigela no canto e foi se deitar entre os pés de um manequim, com os olhos fixos no sr. Gumb.

Ele estivera trabalhando numa jaqueta de couro. Precisava terminá-la — queria acabar tudo, mas no momento estava numa febre criativa e ainda não tinha ficado satisfeito com seu modelo de musselina.

O sr. Gumb havia progredido na arte da costura muito além do que o Departamento Correcional da Califórnia lhe ensinara na juventude, mas ainda encontrava um verdadeiro desafio. Mesmo o serviço com o delicado couro *cabretta* não prepara ninguém para um trabalho realmente especializado.

Ele tinha dois modelos de musselina que pareciam coletes brancos, um exatamente do seu tamanho e outro que medira quando Catherine Baker Martin ainda estava inconsciente. Quando pôs o menor no seu manequim de alfaiate, os problemas ficaram evidentes. Ela era grande e com proporções maravilhosas, mas não tão grande quanto o sr. Gumb e com costas não tão largas.

O ideal seria um traje sem costuras, o que era impossível. Estava decidido, no entanto, a manter o busto sem nenhuma costura nem nenhum defeito. Isso significava que todas as correções teriam de ser feitas nas costas. Muito difícil. Ele já descartara um modelo de musselina e começara de novo. Esticando o material criteriosamente, poderia dar um jeito com duas pences embaixo dos braços — não pregas francesas, mas pregas verticais, com as pontas para baixo. Duas pregas na cintura, ao lado dos rins. Ele já estava acostumado a trabalhar com uma folga minúscula para a costura.

Suas considerações iam além dos aspectos visuais e incluíam os táteis; não era concebível que uma pessoa atraente não pudesse ser abraçada.

O sr. Gumb espalhou levemente talco nas mãos e abraçou o manequim do próprio corpo num abraço natural e confortável.

— Me dê um beijo — disse, em tom de brincadeira, para o vazio onde deveria estar a cabeça. — Não você, sua bobinha! — disse à cachorrinha quando ela levantou as orelhas.

Gumb acariciou as costas do manequim como se lhe desse um abraço normal. Em seguida, foi até as costas dele para verificar as marcas do talco. Ninguém gosta de sentir uma costura. Num abraço, entretanto, as mãos ultrapassaram o centro das costas. Também estamos acostumados à linha do centro da espinha, raciocinou ele. Não era tão incômodo quanto uma assimetria no corpo. Costuras nos ombros, porém, estavam definitivamente fora de cogitação. Uma pence central no topo seria a solução, o ponto mais alto da costura pouco acima do centro das omoplatas. Ele poderia, com a mesma costura, prender a junção resistente que seria inserida no forro para dar mais suporte. Tiras de Lycra por baixo das carcelas em ambos os lados — tinha de se lembrar de comprar Lycra — e um fecho de velcro por baixo da carcela da direita. Pensava naqueles vestidos maravilhosos de Charles James nos quais as costuras eram escalonadas para que ficassem perfeitamente planas.

A pence nas costas ficaria coberta pelo seu cabelo, ou melhor, pelo cabelo que ele em breve teria.

O sr. Gumb tirou o modelo de musselina do manequim e começou a trabalhar nele.

A máquina de costura era antiga e tinha um belo acabamento, uma máquina com pedal toda enfeitada, que havia sido convertida para eletricidade havia talvez uns quarenta anos. No braço da máquina estava escrito numa letra ornamentada a tinta de ouro: "Eu nunca me canso, eu sirvo." O pedal ainda funcionava, e Gumb o usava para dar partida na máquina a cada série de pontos. Para uma costura fina, preferia trabalhar com os pés descalços, movendo o pedal delicadamente com seu pé gordo, agarrando a parte frontal com os dedos dos pés com unhas pintadas para evitar passar do limite da costura. Por um momento só se ouviam os sons da máquina, o ressonar da cachorrinha e os assobios dos canos de vapor no porão quente.

Quando terminou de costurar as pences no modelo de musselina, experimentou-o em frente aos espelhos. A cadelinha observava do seu canto com a cabeça erguida.

Precisava folgar um pouco embaixo das axilas. Restavam alguns pequenos problemas de acabamento. Fora isso, estava muito bonito. Simples, leve, folgado. Ele conseguia se imaginar subindo os degraus da escada de um toboágua tão rápido quanto quisesse.

O sr. Gumb ajeitou as luzes e suas perucas para obter alguns efeitos dramáticos, e experimentou um maravilhoso colar de conchas apertado sobre a linha do pescoço. Seria deslumbrante quando usasse um vestido decotado ou um pijama por cima do novo tórax.

Era muito tentador começar logo com isso, realmente começar a trabalhar, mas estava com os olhos cansados. Além disso, queria que as mãos estivessem absolutamente firmes e não estava preparado para o barulho. Pacientemente, retirou os pontos e esticou as peças em cima da mesa. Um modelo perfeito para fazer o corte da pele.

— Amanhã, Preciosa! — disse à cadelinha quando tirou os miolos do congelador para que descongelassem. — Vai ser a primeira coisa que vamos fazer amanhã-ãããã. A mamãe vai ficar *tão* bonita!

47

CLARICE DORMIU UM SONO pesado durante cinco horas e acordou no meio da noite, assustada e com medo do sonho. Mordeu o canto do lençol e apertou os ouvidos com as palmas das mãos, conferindo se estava realmente acordada e longe daquilo. Silêncio e nenhum balido de ovelha. Quando teve certeza de que estava acordada, seu coração passou a bater mais devagar, embora seus pés parecessem inquietos por baixo da coberta. Sua mente ia disparar a qualquer momento, ela sabia disso.

Foi um alívio quando foi dominada por um acesso de pura raiva em vez de medo.

— Droga! — disse Clarice, e pôs um pé para fora da coberta.

Durante aquele longo dia, em que tinha sido desacatada por Chilton, insultada pela senadora Martin, desamparada e repreendida por Krendler, escarnecida pelo dr. Lecter, cuja fuga sangrenta a revoltara, e afastada do serviço por Jack Crawford, uma coisa a havia ferido mais que qualquer outra: ter sido chamada de ladra.

A senadora Martin estava sofrendo uma dura provação como mãe e não estava gostando de ver policiais mexendo nos pertences da filha. Ela havia falado sem pensar.

Mesmo assim, a acusação ardia em Clarice como uma agulha quente.

Quando criança, Clarice fora ensinada que roubar era o mais baixo, o mais desprezível ato, depois de estupro e assassinato por dinheiro. Alguns tipos de assassinato eram preferíveis ao roubo.

Como uma criança que vivia em instituições onde havia pouco conforto e muita fome, aprendera a odiar ladrões.

Deitada no escuro, ela se deu conta de outra razão pela qual a suspeita da senadora Martin tanto a incomodara.

Clarice sabia o que o malicioso dr. Lecter diria, e seria verdade: receava que a senadora Martin tivesse visto nela algo vulgar, algo barato, que lembrasse uma ladra, à qual a senadora tivera de reagir. Aquela cadela da Vanderbilt.

O dr. Lecter se divertiria destacando que o ressentimento de classe, a raiva latente que vem com o leite materno, era também um fator importante. Clarice não via nenhuma vantagem em Martin quanto à educação, inteligência, disposição e, certamente, aparência física, mas ainda assim havia algo e ela sabia disso.

Clarice era um membro isolado de uma tribo aguerrida sem genealogia formal, a não ser o quadro de honras e o antecedente criminal. Desalojada da Escócia, expulsa da Irlanda pela fome, muitos dos Starlings tiveram inclinação para negócios perigosos. Vários acabaram assim, lançados no fundo de buracos estreitos ou jogados de pranchas com um tiro no pé, ou partiram para a glória ao som de um desafinado "Toque de silêncio" no frio quando todo mundo queria voltar para casa. Alguns poucos podem ter sido lembrados pelos oficiais à noite, no refeitório do regimento, em meio a lágrimas, da mesma forma que um homem que tomou alguns drinques se lembra de um bom cão de caça. Nomes esmaecidos numa Bíblia.

Até onde Clarice lembrava, nenhum dos seus antepassados tinha sido muito brilhante, exceto talvez uma tia-avó, que escrevia maravilhosamente bem no diário, até que apanhou uma "febre cerebral".

Entretanto, nenhum deles roubava.

Escolas eram importantes nos Estados Unidos, não é? E os Starlings acreditavam nisso. Um dos tios de Clarice mandou gravar em sua lápide o diploma de ensino fundamental.

Clarice vivera em escolas, e suas armas eram os exames competitivos, durante todos os anos em que não havia outro lugar para ela.

Sabia que era capaz de se recuperar disso. Poderia ser o que sempre havia sido, desde que aprendera como as coisas funcionavam: ela podia ser a primeira da turma, aprovada, incluída, escolhida, e jamais dispensada.

Era uma questão de se dedicar muito e ser cuidadosa. Suas notas seriam boas. O coreano não poderia matá-la de tanto fazer exercícios. Seu nome seria gravado na grande placa do saguão por seu extraordinário desempenho no estande de tiro.

Dentro de quatro semanas seria uma agente especial do Departamento Federal de Investigações.

Será que teria de se defender daquele merda do Krendler para o resto da vida?

Na presença da senadora, ele quis lavar as mãos em relação a ela. Sempre que Clarice pensava nisso doía. Ele não sabia se iria encontrar provas no envelope. Isso era chocante. Agora, pensando em Krendler, ela havia notado os oxfords azul-marinho que calçava, assim como o prefeito, chefe do seu pai, quando viera apanhar o relógio de vigia.

O pior é que, em sua mente, Jack Crawford parecia ter diminuído. O homem estava sujeito a uma pressão que ninguém deveria ser obrigado a suportar. Ele a havia mandado investigar o carro de Raspail sem nenhum apoio ou evidência de autoridade. Certo, ela pedira para ir nessas condições — o resultado fora um golpe de sorte. Mas Crawford devia saber que haveria complicações quando a senadora Martin a visse em Memphis; teria havido complicações mesmo se ela não tivesse encontrado as fotos de Catherine fodendo.

Catherine Baker Martin estava na mesma escuridão que ela. Clarice havia se esquecido disso por um momento enquanto pensava nos próprios interesses.

Imagens dos últimos dias puniam Clarice pelo lapso, apareciam para ela em cores fortes, exageradas, chocantes, aquelas cores que saltam das trevas quando um raio cai à noite.

Agora, o que a assombrava era Kimberly. Kimberly, gorda e morta, que usava brincos para ficar mais bonita e economizava para depilar as pernas com cera. Kimberly, cujo cabelo se fora. Kimberly, sua irmã. Clarice não achava que Catherine Baker Martin tivesse tempo para pensar em Kimberly. Elas agora eram irmãs por baixo da pele. Kimberly, estirada numa casa funerária repleta de policiais estaduais caipiras.

Clarice não podia mais olhar para aquilo. Tentou voltar o rosto para o lado como um nadador que se vira para respirar.

Todas as vítimas de Buffalo Bill eram mulheres, sua obsessão eram mulheres, ele vivia para caçar mulheres. Ele não era caçado em tempo integral por nenhuma mulher. Seus crimes não eram examinados por nenhuma investigadora.

Ela se perguntava se Crawford teria coragem de usá-la como técnica quando ele tivesse de examinar Catherine Martin. Bill iria "fazer o trabalho dele" amanhã, de acordo com a previsão de Crawford. *Trabalho. Trabalho. Trabalho.*

— *Que merda!* — gritou Clarice, e pôs os pés no chão.

— Você está pensando nas provas, não está, Starling? — perguntou Ardelia Mapp. — Você ainda não conseguiu relaxar desde que a gente conversou mais cedo. Eu estava ouvindo tudo!

— Me desculpe, Ardelia, eu não...

— Você não pode ficar remoendo as coisas assim, não. Amanhã a gente se organiza e começa a estudar para as provas. Vamos tratar tudo com uma tabela para nos organizarmos.

— Você tem alguma roupa para lavar?

— Você perguntou se eu tenho roupa para lavar?

— Isso, acho que vou lavar roupa. Você tem alguma para lavar?

— Só dois suéteres pendurados atrás da porta.

— Ok. Feche os olhos, vou acender a luz só por um segundo.

Não foram as anotações sobre a Quarta Emenda para seu exame próximo que ela empilhou em cima do cesto de roupa suja e arrastou pelo corredor até a lavanderia.

Levou a pasta de Buffalo Bill, uma pilha de dez centímetros de inferno e sofrimento numa capa de papel pardo impressa com tinta da cor de sangue. Junto com ela estava uma impressão do seu relatório sobre a mariposa-da-caveira.

Teria de devolver a pasta no dia seguinte, e, se quisesse que aquela cópia ficasse completa, mais cedo ou mais tarde precisaria incluir seu relatório. No calor da lavanderia, ouvindo o chacoalhar reconfortante da máquina, soltou as tiras de elástico que prendiam as folhas na pasta. Dispôs os papéis na prateleira de dobrar roupa e tentou anexar seu relatório sem olhar para nenhuma das fotos, sem pensar que novas fotos poderiam ser adicionadas em breve. O mapa estava na parte superior, o que facilitava. Mas havia algo escrito à mão nele.

A elegante caligrafia do dr. Lecter atravessava os Grandes Lagos e dizia:

Clarice, estes lugares espalhados aleatoriamente não parecem exagerados para você? Isso não parece desesperadamente ao acaso? Um acaso além de qualquer provável conveniência? Não sugere a você as elaborações de um mau mentiroso?

Até,
Hannibal Lecter

p.s.: Não perca seu tempo passando todas as folhas, não há mais nada.

Clarice levou vinte minutos passando as páginas para se certificar de que não havia mais nada.

Depois ligou para a linha direta de Burroughs do telefone público no corredor e leu a mensagem. Perguntou-se quando Burroughs dormia.

— Tenho que dizer uma coisa para você, Starling: o mercado de informações de Lecter anda muito em baixa — avisou Burroughs. — Jack falou de Billy Rubin?

— Não.

Clarice se encostou na parede de olhos fechados enquanto ele descrevia a brincadeira de Lecter.

— Não sei — disse ele por fim. — Jack disse que eles vão continuar tentando com as clínicas de cirurgia de redesignação sexual, mas até quando? Se você olhar como as informações têm sido indexadas no computador, vai ver que todas as informações de Lecter, as suas e as que vieram de Memphis, têm prefixos especiais. O que veio de Baltimore, o que veio de Memphis, ou ambos, tudo pode ser descartado com o aperto de um botão. Acho que o Departamento de Justiça quer apertar todos os botões. Tenho aqui um memorando sugerindo que o inseto na garganta de Klaus veio de, vejamos, "restos no rio".

— Apesar de tudo, transmita isso ao sr. Crawford — pediu Clarice.

— Muito bem, vou colocar isso na tela dele, mas não devemos incomodá-lo agora. Você também não deveria. Bella morreu há pouco.

— Ah! — murmurou Clarice.

— Escute, por outro lado, tenho uma boa notícia: nossos camaradas em Baltimore fizeram uma busca na cela de Lecter, no hospital psiquiátrico. Aquele atendente, Barney, ajudou. Encontraram aparas de latão da cabeça de um parafuso do beliche de Lecter, que o ajudou a fazer uma chave para as algemas. Aguente firme, garota. Você vai se sair bem dessa, com cheirinho de rosas.

— Obrigada, sr. Burroughs. Boa noite.

Cheirando a rosas. Colocando Vick VapoRub debaixo das narinas.

A luz do amanhecer chegava no último dia da vida de Catherine Martin.

O que o dr. Lecter poderia querer dizer?

Era impossível adivinhar o que o dr. Lecter sabia. Quando ela havia lhe entregado a pasta, esperava que ele fosse gostar das fotos e que fosse usar a pasta como um suporte enquanto lhe revelava o que já sabia a respeito de Buffalo Bill.

Talvez tenha mentido para ela o tempo todo, como mentira para a senadora Martin. Talvez ele não soubesse ou não compreendesse nada sobre Buffalo Bill.

Ele vê com muita clareza — não há dúvida de que vê meus pensamentos. É difícil aceitar que alguém possa nos compreender sem nos querer bem. Na idade de Clarice, isso não tinha acontecido muitas vezes.

Desesperadamente ao acaso, dissera o dr. Lecter.

Clarice e Crawford e todos os demais examinaram o mapa com seus pontos marcando os locais dos raptos e onde os corpos foram jogados. Parecera a Clarice uma constelação negra com uma data ao lado de cada estrela, e ela sabia que a Ciência do Comportamento havia tentado em vão acrescentar signos do zodíaco ao mapa.

Se o dr. Lecter estava lendo para se divertir, por que iria brincar com o mapa? Ela conseguia vê-lo folheando o relatório, divertindo-se com o estilo de texto de alguns dos colaboradores.

Não havia um padrão entre os raptos e a disposição dos corpos, nenhuma relação de conveniência, nenhuma coordenação no tempo com quaisquer convenções conhecidas, nenhuma série de invasões domiciliares, roubos de roupas estendidas nas cordas, ou de outros crimes orientados por fetiches.

De volta à lavanderia, com a máquina de secar em funcionamento, Clarice corria os dedos pelo mapa. Aqui um rapto, ali a desova de um corpo. Aqui um segundo rapto, ali o descarte de outro corpo. Aqui o terceiro e... Essas datas estão invertidas ou...? Não, o segundo corpo foi o primeiro a ser encontrado.

O fato foi registrado, sem destaque, em tinta borrada ao lado da localização no mapa. O corpo da segunda mulher raptada foi encontrado primeiro, flutuando no rio Wabash, no centro de Lafayette, Indiana, logo abaixo da rodovia interestadual 65.

A primeira jovem de que se deu falta foi raptada em Belvedere, Ohio, próximo a Columbus, e encontrada muito mais tarde no rio Blackwater, no Missouri, nos arredores de Lone Jack. O corpo tinha sido afundado com pesos. Isso não foi feito com nenhum dos outros.

O corpo da primeira vítima foi atirado na água numa área deserta. O segundo foi jogado num rio cuja corrente seguia para uma cidade, e era certo que logo seria descoberto.

Por quê?

O primeiro caso dele ficou bem escondido; o segundo, não.

Por quê?

O que "desesperadamente ao acaso" quer dizer?

Primeiro, o primeiro. O que o dr. Lecter disse sobre "primeiro"? Afinal, o que quer dizer qualquer coisa que o dr. Lecter tenha dito?

Clarice olhou as anotações que havia feito no avião enquanto voltava de Memphis.

O dr. Lecter disse que havia o suficiente na pasta para localizar o assassino. "Simplicidade", acrescentara ele. O que quer dizer "primeiro", onde era primeiro? Aqui... "Primeiros princípios" eram importantes. "Primeiros princípios" soava pomposo quando ele disse aquilo.

O que ele faz, Clarice? Qual é a primeira e a principal coisa que ele faz, a que necessidade ele atende quando mata? Ele ambiciona. Como começamos a ter ambições? Nós começamos desejando aquilo que vemos diariamente.

Era mais fácil pensar nas afirmações do dr. Lecter quando ela não estava sentindo o olhar dele em cima de sua pele. Era mais fácil aqui, na segurança de Quantico.

Se começamos a ter ambições desejando aquilo que vemos diariamente, Buffalo Bill teria se surpreendido quando matou a primeira? Teria pego alguém que vivia perto dele? Por isso havia escondido tão bem o primeiro corpo e relaxara no segundo? Ele pegou a segunda longe de casa e a jogou onde ela seria encontrada facilmente porque queria estabelecer desde o começo a crença de que os locais dos raptos eram aleatórios?

Quando Clarice pensou nas vítimas, Kimberly Emberg foi a primeira que lhe veio à mente porque ela tinha visto Kimberly morta e, de certa forma, assumira o papel de Kimberly.

Agora ali estava a primeira. Fredrica Bimmel, 22 anos, Belvedere, Ohio. Havia duas fotos. Na foto do seu álbum de formatura, ela parecia grande e simples, com uma bela cabeleira cheia e uma boa compleição. Na segunda foto, tirada no necrotério de Kansas City, já nem parecia humana.

Clarice ligou para Burroughs pela segunda vez. Agora ele parecia um pouco rouco, mas a escutou.

— Então o que você está dizendo, Starling?

— Talvez ele more em Belvedere, Ohio, onde a primeira vítima morava. Talvez ele a visse todos os dias, e a matou, de certa forma, espontaneamente. Talvez só quisesse... oferecer uma garrafa de 7-Up a ela e conversar sobre o coro da igreja. Por isso ele caprichou na hora de esconder o corpo e depois agarrou outra longe de casa. Ele não escondeu essa muito bem, assim ela seria encontrada primeiro e ele ficaria longe das atenções. Você sabe quanta atenção uma pessoa desaparecida desperta, fala-se muito dela até o corpo ser encontrado.

— Starling, a atenção é maior quando o rastro é fresco, as pessoas se lembram melhor, as testemunhas...

— É isso que estou dizendo. Ele *sabe* disso.

— Por exemplo, hoje você não pode dar um espirro sem atingir um policial na cidade daquela última: Kimberly Emberg, de Detroit. De repente cresceu bastante o interesse em Kimberly Emberg, desde que a pequena Martin desapareceu. De repente, todo mundo está fazendo um esforço danado no caso dela. Você nunca me ouviu dizer isso.

— Quer apresentar essa ideia, sobre a primeira cidade, ao sr. Crawford?

— É claro. Cacete, Starling, eu coloco você na linha direta de todo mundo. Não estou dizendo que é uma má ideia, mas a cidade foi vasculhada de cima a baixo assim que a mulher... Como é mesmo o nome dela? Bimmel, não é? Assim que ela foi identificada. O escritório de Columbus se ocupou de Belvedere, assim como uma porção de policiais locais. Você vai encontrar tudo isso na pasta. Você não vai despertar muito interesse em Belvedere nem em nenhuma outra teoria do dr. Lecter essa manhã.

— Tudo o que ele...

— Starling, estamos mandando um presente para a Unicef em memória de Bella. Se quiser, ponho seu nome no cartão.

— Claro. Obrigada, sr. Burroughs.

Clarice tirou as roupas da secadora. A lavanderia quente era agradável e tinha um cheirinho gostoso. Ela agarrou a roupa morna de encontro ao peito.

A mãe dela com uma trouxa de roupas.

Hoje é o último dia da vida de Catherine.

O corvo preto e branco roubava do carro. Ela não podia estar do lado de fora para enxotá-lo e ao mesmo tempo no quarto.

Hoje é o último dia da vida de Catherine.

O pai dela fazia um sinal com o braço em vez de usar o pisca-pisca quando fazia a curva com a caminhonete na entrada da garagem. Brincando no pátio, ela pensava que, com seu grande braço, ele mostrava à caminhonete onde ela devia virar, e mandava que ela virasse.

Quando Clarice decidiu o que iria fazer, derramou algumas lágrimas. Ela encostou o rosto na roupa morna.

48

CRAWFORD SAIU DA CASA funerária e correu os olhos pela rua à procura de Jeff com o carro. Em vez dele, viu Clarice Starling esperando debaixo do toldo, usando roupas escuras, parecendo muito real sob aquela luz.

— Me mande para lá — pediu ela.

Crawford tinha acabado de escolher o caixão da esposa e carregava num saco de papel um par de sapatos dela que havia trazido por engano. Tentou se recompor.

— Me desculpe — disse Clarice. — Eu não teria vindo agora se houvesse outra oportunidade. Me mande para lá.

Crawford enfiou as mãos com força nos bolsos e inclinou o pescoço no colarinho até estalá-lo. Os olhos dele brilhavam, talvez com pessimismo.

— Mandar você para onde?

— O senhor me mandou procurar uma pista de Catherine Martin... Me deixe procurar pelas outras. Tudo o que nos resta descobrir é como ele caça. Como ele as descobre, como as seleciona. Eu sou tão boa quanto qualquer policial que o senhor tenha, melhor em algumas coisas. As vítimas são todas mulheres e não há mulheres trabalhando nesse caso. Posso entrar no quarto de uma mulher e descobrir três vezes mais a respeito dela do que um homem seria capaz, e *o senhor* sabe disso. Me mande para lá.

— Você está pronta para aceitar ser reciclada?

— Estou.

— Seis meses da sua vida, provavelmente.

Ela permaneceu calada.

Crawford bateu com o bico do sapato na grama. Olhou para ela, para a distância insondável de seus olhos. A jovem era obstinada, como Bella.

— Com quem você começaria?

— Com a primeira. Fredrica Bimmel, de Belvedere, Ohio.

— Não com Kimberly Emberg, a que você viu?

— Ele não começou com ela. — *Devo mencionar Lecter? Não. Ele descobriria isso no relatório.*

— Emberg seria a escolha *emocional*, não é, Starling? Você vai ter que pagar pela viagem e pedir reembolso. Você tem algum dinheiro? Os bancos só abrem daqui a uma hora.

— Tenho algum saldo no meu cartão de crédito.

Crawford procurou nos bolsos. Deu para Clarice trezentos dólares em dinheiro e um cheque pessoal.

— Vá, Starling. Só a primeira. Comunique tudo à linha direta e me ligue.

Clarice ergueu a mão para ele. Não tocou em seu rosto nem em sua mão; não parecia haver nenhum lugar onde pudesse tocá-lo. Então se virou e correu para o carro.

Crawford bateu no bolso quando ela partiu. Tinha lhe dado o último centavo que carregava.

— Agora é só buscar um novo par de sapatos para minha garota — comentou ele. — Minha garota não precisa mais de sapatos... — Chorava no meio da calçada, as lágrimas escorrendo pelo rosto, um chefe de seção do FBI; sentiu-se ridículo.

Do carro, Jeff viu o rosto do chefe brilhando e recuou para um beco onde Crawford não podia vê-lo. Saiu do carro, acendeu um cigarro e fumou furiosamente. Por consideração a Crawford, ficaria por ali disfarçando até que ele secasse as lágrimas, relaxasse e justificasse a bronca que iria lhe dar.

49

Na manhã do quarto dia, o sr. Gumb estava pronto para colher a pele.

Entrou em casa depois de comprar os últimos itens de que precisava e teve de se conter para não disparar escada abaixo até o porão. No estúdio, desembrulhou suas compras: novos vieses para cobrir costuras, pedaços de Lycra para colocar abaixo das carcelas, uma caixa de sal kosher. Não havia esquecido nada.

Na oficina, dispôs as facas sobre uma toalha limpa ao lado das pias compridas. Eram quatro facas: uma recurvada para retirar a pele; uma delicada, de ponta torta, que imitava perfeitamente a curva do dedo indicador para alcançar os lugares mais entranhados; um bisturi para os trabalhos mais difíceis; e uma baioneta da época da Primeira Guerra Mundial. A lâmina da baioneta, por causa de seu feitio, era a melhor ferramenta para soltar uma pele sem rasgá-la.

Além disso, tinha uma serra de necropsia Strycker, que raramente usava e que lamentava ter comprado.

Depois, passou graxa num suporte de perucas, jogou sal sobre a graxa e colocou o objeto numa bandeja rasa. Brincando, torceu o nariz no rosto do suporte de perucas e soprou um beijo para ele.

Estava difícil se manter comportado: queria voar pelo quarto como Danny Kaye. Riu e espantou uma mariposa do rosto com um leve sopro.

Estava na hora de acionar as bombas do aquário em seus tanques frescos de solução. Ah! Haveria uma bela crisálida enterrada no húmus na gaiola? Enfiou um dedo para descobrir. Sim, havia, sim.

Agora, a pistola.

O problema de como matar essa havia deixado o sr. Gumb na dúvida durante alguns dias. Enforcá-la estava fora de cogitação, porque ele não queria danificar a pele do peito e, além disso, não podia arriscar que o nó causasse algum ferimento na parte de trás das orelhas.

O sr. Gumb tinha aprendido algo em cada um dos seus esforços anteriores, algumas vezes penosamente. Estava determinado a evitar alguns dos pesadelos pelos quais havia passado. Um princípio fundamental: não importa quão fracas elas fossem, ou que chegassem mesmo a desmaiar de medo, sempre lutavam ao ver os aparelhos.

Ele já havia caçado garotas pelo porão sombrio usando seus óculos de visão infravermelha e luz especial, e era maravilhoso observá-las tateando o caminho ao redor, vendo-as se encolher nos cantos. Gostava de caçá-las com a pistola, gostava de usar a pistola. Elas sempre ficavam desorientadas, perdiam o equilíbrio, esbarravam nas coisas. Ele podia permanecer na escuridão total com os óculos, esperar até que tirassem as mãos da frente do rosto e dar um tiro direto na cabeça. Ou primeiro nas pernas, abaixo dos joelhos, de forma que ainda pudessem engatinhar.

Isso, entretanto, era infantil e um desperdício. Elas ficavam inúteis, e ele teve de parar de fazê-lo.

No método atual, ele oferecia o chuveiro no andar de cima antes de chutá-las escada abaixo com uma corda no pescoço, o que não era um problema. Mas a quarta delas fora um desastre; ele tivera de usar a pistola no banheiro e levara uma hora para limpá-lo. Pensou na jovem molhada, com a pele toda arrepiada, e como havia tremido quando ele engatilhou a pistola. Ele gostava de engatilhar a pistola, ouvir dois estalidos e um grande estouro que acabava com tudo.

Gostava da sua pistola, e não sem razão, pois era uma peça muito bonita, uma Colt Python com um cano de quinze centímetros. Todos os mecanismos da Python são ajustados numa oficina especial da Colt, e era um prazer acioná-los. Armou e desarmou a pistola, puxando e empurrando o cão com o polegar. Carregou a Python e a colocou sobre o balcão da oficina.

O sr. Gumb tinha muita vontade de oferecer a essa um xampu, porque queria vê-la pentear o cabelo. Ele poderia aprender como o cabelo deveria ser arrumado. Mas a de agora era alta e provavelmente forte: um espécime raro demais para desperdiçar a pele aproveitável com ferimentos causados por tiros.

Não, ele pegaria seu equipamento de içar no banheiro, iria lhe oferecer um banho, e, quando ela tivesse se posicionado com segurança para ser içada, ele a puxaria até metade do poço e lhe daria vários tiros na parte de baixo da espinha. Quando ela perdesse os sentidos, poderia fazer o restante com clorofórmio.

Era isso. Agora iria subir e tirar a roupa. Acordaria Preciosa, assistiria ao seu vídeo com ela e então iria trabalhar no porão úmido, nu como no dia em que nasceu.

Sentiu-se quase eufórico ao subir a escada. Tirou rapidamente a roupa e se enfiou no robe. Ligou o videocassete.

— Preciosa, venha cá. Vai ser um dia muito trabalhoso. Aqui, minha queridinha.

Teria de trancá-la lá em cima, no quarto, enquanto se ocupava com a parte mais barulhenta do trabalho. Ela odiava barulho e ficava bastante nervosa. Para mantê-la ocupada, tinha trazido para ela uma caixa cheia de sua ração preferida.

— Preciosa! — A cachorrinha não veio, e ele a chamou pelo corredor. — Preciosa! — E depois na cozinha, então no porão. — Preciosa! — Quando chamou já perto da masmorra, ouviu uma resposta.

— Ela está aqui embaixo comigo, seu filho da puta! — gritou Catherine Martin.

O sr. Gumb sentiu um arrepio percorrer o corpo, temendo por Preciosa. Logo a raiva o dominou de novo e, com os punhos nas têmporas, comprimiu a testa contra a ombreira da porta e tentou se controlar. Um som que ficava entre um vômito e um gemido escapou dos seus lábios, e a cachorrinha respondeu com um latido fraco.

Ele foi até a oficina e pegou a pistola.

A cordinha que ficava presa no balde sanitário estava rompida. Ele ainda não tinha certeza de como ela teria feito isso. Na última vez que vira a cordinha partida, imaginara que ela a havia rompido numa tentativa absurda de escalar o poço. Antes dela, outras tentaram escapar — elas fizeram todo tipo de tolice imaginável.

Ele se inclinou por cima da abertura, a voz cuidadosamente controlada:

— Preciosa, você está bem? Me responde!

Catherine deu um beliscão na traseira do animal. A cachorrinha rosnou e retribuiu com uma mordida no braço.

— Que tal isso? — disse Catherine.

Parecia pouquíssimo natural ao sr. Gumb falar com Catherine desse jeito, mas ele superou o desgosto.

— Eu vou descer um cesto. Coloca a cachorrinha nele.

— Manda um telefone aqui para baixo ou eu quebro o pescoço dela. Eu não quero fazer mal a você. Eu não quero fazer mal a essa cachorrinha. Só me dá o telefone.

Gumb ergueu a pistola. Catherine viu o cano passar pela luz. Ela se agachou e levantou o poodle, segurando-o entre ela e a arma. Ouviu-o engatilhar a pistola.

— Se você atirar, seu filho da puta, é melhor me matar de primeira, senão eu quebro a porra do pescoço dela, eu juro por Deus!

Catherine colocou a cachorrinha embaixo do braço, segurou o focinho dela e a forçou a levantar a cabeça.

— Desiste, seu filho da puta! — A cachorrinha gemeu. A arma foi recolhida.

Catherine afastou o cabelo da testa molhada com a mão livre.

— Eu não quero insultar você — avisou ela. — Mas baixa um telefone aqui para mim. Eu quero um aparelho que funcione. Você pode cair fora, não dou a mínima para você, faz de conta que eu nunca te vi. Eu vou cuidar bem da Preciosa.

— Não.

— Eu vou cuidar para que não falte nada a ela. Pensa no bem-estar dela, não só no seu. Se você der um tiro, ela no mínimo vai ficar surda. Tudo o que eu quero é um telefone. Arranja uma extensão longa, arranja cinco ou seis extensões e emenda uma na outra. Elas já vêm com conexões nas pontas. Mas desce um telefone para cá. Eu mando a cachorra para você por avião para qualquer lugar. Minha família tem cães, minha mãe adora cães. Você pode fugir, não dou a mínima para o que você vai fazer.

— Você não vai receber mais água, a que recebeu foi a última.

— Ela também não vai receber água e eu não vou dar da que ainda tenho na garrafa. Lamento dizer, mas acho que ela quebrou a pata. — Isso era mentira. A cachorrinha, junto com o balde e a isca, tinha caído em cima de Catherine, e só ela havia sofrido uns arranhões no rosto causados pelas unhas do poodle. Não podia baixar a cadelinha no chão ou ele veria que ela não estava mancando. — A Preciosa está sentido dor. A pata está torta e ela fica tentando lamber. Fico com pena dela. Preciso levá-la a um veterinário.

O gemido de raiva e de angústia do sr. Gumb fez a cachorrinha ganir.

— Você acha que *ela* está sentindo dor? — perguntou o sr. Gumb. — Você não faz ideia do que é dor. Se você a machucar, eu afogo você em água fervendo.

Quando o ouviu subindo as escadas, Catherine Martin se sentou, abalada, com os braços e as pernas tremendo. Ela não conseguia segurar o cão, não conseguia segurar a garrafa d'água, não conseguia segurar nada.

Quando a cachorrinha pulou no seu colo, ela a agarrou, grata pelo seu carinho.

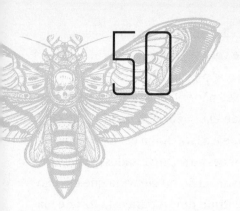

50

NA ÁGUA BARRENTA E ESPESSA boiavam penas de aves que tinham sido sopradas das gaiolas, carregadas pelas lufadas de vento que faziam a superfície do rio se encapelar.

As casas na rua Fell, a rua de Fredrica Bimmel, eram referidas como "à beira do rio" nos cartazes desgastados das imobiliárias, porque seus quintais terminavam num braço do rio, uma parte represada do rio Licking, em Belvedere, Ohio, uma cidade de cento e doze mil habitantes no cinturão da ferrugem, a leste de Columbus.

Era um bairro decadente, com casas grandes e antigas. Algumas poucas foram compradas a preços irrisórios por jovens casais e reformadas com a melhor tinta esmaltada da Sears, fazendo com que as demais parecessem ainda piores. A casa da família Bimmel não tinha sido reformada.

Por um momento, Clarice Starling ficou parada no quintal de Fredrica, olhando para as penas na água, com as mãos enfiadas nos bolsos de seu impermeável. Havia resquícios de neve meio derretida entre os arbustos, refletindo o azul do céu nesse suave dia de inverno.

Atrás dela, Clarice ouvia o pai de Fredrica martelando as gaiolas, uma fileira de gaiolas de pombos que partia da margem do rio e chegava quase até a casa. Ela ainda não tinha visto o sr. Bimmel.

Os vizinhos lhe disseram, com uma expressão séria, que ele estava em casa.

Clarice estava tendo certa dificuldade em lidar consigo mesma. Na noite anterior, quando decidira deixar a Academia para caçar Buffalo Bill, havia deixado de ouvir vários ruídos externos. Ela sentira um silêncio novo e puro apaziguando sua mente. Agora, num lugar estranho, se achava tola e pretensiosa.

Os pequenos aborrecimentos da manhã não a afetaram: nem o cheiro esquisito no avião para Columbus, nem a confusão e o péssimo atendimento no balcão de aluguel de carros. Ela havia insistido para que o funcionário se apressasse, mas não se aborrecera.

Clarice havia pago um alto preço para ter aquela oportunidade e pretendia aproveitá-la da melhor forma. Seu prazo poderia se esgotar a qualquer momento caso Crawford perdesse a autoridade e as credenciais dela fossem retiradas.

Devia se apressar, mas pensar no porquê, se preocupar com a agonia de Catherine nesse dia crucial, seria desperdiçá-lo inteiramente. Pensar nela em tempo real sendo "processada" naquele momento como foram Kimberly Emberg e Fredrica Bimmel a impediria de raciocinar.

A brisa cessou e a água ficou mortalmente parada. Perto dos seus pés uma pena arrepiada girava com a tensão da superfície. Aguente firme, Catherine.

Clarice mordeu o lábio. Se ele lhe desse um tiro, esperava que o fizesse com competência.

Ensina-nos como preocuparmo-nos e como não nos preocuparmos.
Ensina-nos a permanecer calmos.

Ela se virou para a fileira inclinada de gaiolas e seguiu um caminho de tábuas colocadas sobre a lama em direção ao barulho das marteladas. Havia centenas de pombos, de todos os tamanhos e cores; alguns tinham pernas longas e cobertas de penugem, outros pareciam arrogantes com o peito avultado. Com olhos reluzentes, a cabeça se projetando quando andavam, as aves abriam as asas sob o sol pálido e arrulhavam suavemente quando Clarice passava por elas.

Gustav Bimmel, o pai de Fredrica, era um homem alto, de ombros e quadris largos, com olhos avermelhados de um azul aquoso. Uma touca caía sobre suas sobrancelhas. Ele estava construindo outra gaiola sobre cavaletes, na frente da oficina. Clarice sentiu cheiro de vodca no hálito do sr. Bimmel enquanto ele examinava, com os olhos semicerrados, sua identificação.

— Não tenho nada a dizer — declarou ele. — A polícia voltou aqui anteontem à noite. Recapitularam meu depoimento e o leram para mim. "Isso está certo? Isso está certo?" Eu disse: "Claro que sim, se não estivesse certo, eu não teria dito dessa forma."

— Estou tentando descobrir onde... onde o sequestrador teria conhecido Fredrica, onde ela poderia ter chamado a atenção dele, sr. Bimmel, e o que o levou a raptá-la.

— Ela foi de ônibus para Columbus para ver uma oferta de emprego numa loja lá. A polícia disse que Fredrica fez a entrevista normalmente, mas não voltou para casa. A gente não sabe onde mais ela foi naquele dia. O FBI tem os registros do cartão de crédito dela, mas ela não chegou a usar. Você já sabe disso tudo, não sabe?

— Sobre o cartão de crédito, sim. O senhor guardou as coisas de Fredrica, sr. Bimmel? Elas estão aqui?

— O quarto dela fica no último andar da casa.

— Posso dar uma olhada?

Ele demorou um pouco para se decidir a largar o martelo.

— Tudo bem, vem comigo.

51

O ESCRITÓRIO DE JACK CRAWFORD no quartel-general do FBI, em Washington, era pintado de um cinza opressivo, mas tinha janelas grandes.

Crawford estava de pé diante de uma delas com sua prancheta voltada para a luz, examinando uma lista praticamente ilegível de uma impressora matricial, que ele já queria ter jogado no lixo.

Tinha ido da casa funerária direto para lá e havia passado a manhã inteira trabalhando, pressionando os noruegueses para que apressassem seus registros da arcada dentária do marinheiro desaparecido chamado Klaus, insistindo com o pessoal de San Diego que investigasse as relações íntimas de Benjamin Raspail no conservatório onde ele lecionara, e cobrando da Alfândega o que eles deveriam estar apurando sobre importação de insetos vivos.

Cinco minutos depois da chegada de Crawford, o assistente do diretor do FBI, John Golby, líder da nova força-tarefa com gente de várias agências, enfiou a cabeça no vão da porta do escritório por um momento para dizer:

— Jack, estamos todos pensando em você; todo mundo admira o fato de você ter vindo trabalhar. Já resolveu tudo?

— O velório é amanhã à noite, e o enterro, às onze da manhã de sábado.

Golby assentiu.

— Vamos fazer uma doação em memória dela à Unicef, sob a forma de um fundo. Você quer que se chame Phyllis ou Bella? Vamos dar ao fundo o nome que você quiser.

— Bella, John. Vamos pôr Bella.

— Posso ajudá-lo com alguma coisa, Jack?

Crawford balançou a cabeça negativamente.

— Estou trabalhando, e tudo o que eu quero fazer agora é trabalhar.

— Muito bem — aprovou Golby. Ele ficou um tempo respeitosamente em silêncio e disse: — Frederick Chilton pediu custódia e proteção federal.

— Interessante. John, alguém em Baltimore falou com Everett Yow, o advogado de Raspail? Já mencionei o nome dele para você. Ele pode ter alguma informação sobre os amigos de Raspail.

— Sim, estão tratando disso agora de manhã. Acabei de mandar um memorando sobre o assunto para Burroughs. O diretor está colocando Lecter na lista de Mais Procurados. Jack, se você precisar de alguma coisa... — Golby ergueu as sobrancelhas, acenou com a mão e se retirou da sala.

Se você precisar de alguma coisa...

Crawford se voltou de novo para a janela. Tinha uma bela vista dali. Em frente, ficava o antigo e suntuoso edifício dos Correios, onde fizera parte do seu treinamento. À esquerda, o velho quartel-general do FBI. Ao se formar, tinha entrado numa fila diante do escritório de J. Edgard Hoover com os outros. De pé numa pequena plataforma, Hoover trocou um aperto de mãos com todos, um por um. Essa foi a única ocasião em que Crawford tivera contato com ele. No dia seguinte se casou com Bella.

Eles se conheceram em Livorno, na Itália. Crawford servia no Exército, ela, no escritório da Otan, e ela se chamava Phyllis. Passeavam um dia pelo cais e um barqueiro, do meio da água cintilante, chamou-a de "Bella". Depois disso, ela sempre fora Bella para ele. Ele só a chamava de Phyllis quando discutiam.

Bella está morta. Isso devia afetar o que sentia diante daquela vista. Não era justo que a vista permanecesse igual. Por que ela teve de *morrer*? Meu Deus! Eu sabia que ia acontecer, mas dói *demais*!

O que dizem sobre aposentadoria compulsória aos 55 anos? Você se apaixona pelo FBI, mas ele não se apaixona por você. Crawford já havia constatado isso.

Graças a Deus, Bella o salvara disso. Esperava que ela estivesse agora em algum lugar, e que houvesse, enfim, encontrado paz. Queria que ela pudesse ver o que se passava no seu coração.

O telefone estava dando o sinal de ligação interna.

— Sr. Crawford, é um dr. Danielson, de...

— Está bem. — Acionou o botão. — Aqui é Jack Crawford, doutor.

— Essa linha é segura, sr. Crawford?

— Sim. Desse lado, é.

— O senhor não está gravando, está?

— Não, dr. Danielson. Me diga o que pretende fazer.

— Quero deixar claro que isso não está relacionado a uma pessoa que tenha feito tratamento na Johns Hopkins.

— Entendido.

— Se isso gerar algum problema, quero que o senhor esclareça ao público que ele não é transexual, que não tem nada a ver com essa instituição.

— Muito bem. O senhor está certo. Absolutamente. — *Vamos, seu filho da puta pretensioso, desembucha logo!* Crawford estava prestes a explodir.

— Ele derrubou o dr. Purvis no chão.

— Quem, dr. Danielson?

— Ele se inscreveu no programa há três anos sob o nome de John Grant, de Harrisburg, Pensilvânia.

— Como ele era?

— Caucasiano, 31 anos, um metro e oitenta e seis, oitenta e seis quilos. Ele veio para fazer os testes e se saiu muito bem na escala de inteligência de Wechsler. Personalidade normal, mas os testes psicológicos e as entrevistas foram outra história. De fato, o teste HTP e o TAT correspondem perfeitamente à folha que o senhor me deu. O senhor me levou a crer que Alan Bloom era o autor daquela teoriazinha, mas o autor verdadeiro foi o dr. Hannibal Lecter, não foi?

— Continue com Grant, doutor.

— A diretoria ia rejeitá-lo de qualquer maneira, mas, quando nos reunimos para discutir, a questão foi encerrada porque as investigações sobre sua vida pregressa o condenaram.

— Condenaram como?

— É rotina verificarmos a vida do requerente na polícia de sua cidade. Ele era procurado pela polícia de Harrisburg por dois ataques a homossexuais. O último quase morreu. Ele tinha nos dado um endereço que descobrimos ser de uma pensão onde se hospedava de vez em quando. A polícia de lá coletou as impressões digitais e encontrou uma nota fiscal de cartão de crédito pela compra de gasolina com o número da carteira de motorista dele. Ele não se chamava John Grant, como tinha nos informado. Cerca de uma semana depois, ele ficou esperando na frente do nosso prédio e atacou o dr. Purvis, jogando-o no chão.

— Qual é o nome dele, dr. Danielson?

— É melhor eu soletrar: J-A-M-E G-U-M-B.

52

A CASA DE FREDRICA BIMMEL tinha três andares, era sombria e as telhas que a revestiam estavam avariadas, manchadas de ferrugem onde havia goteiras. Mudas de bordo que cresceram nas calhas resistiram muito bem ao inverno. As janelas do lado norte estavam cobertas com plástico.

Numa pequena sala de estar, muito abafada por causa do aquecedor, uma mulher de meia-idade, sentada num tapete, brincava com uma criança.

— Minha esposa — apresentou Bimmel quando passaram pela sala. — Nós nos casamos no Natal do ano passado.

— Olá — cumprimentou Clarice. A mulher sorriu vagamente para ela.

No corredor voltou a fazer frio, e por todo lado viam-se caixas empilhadas até a altura do peito, enchendo os cômodos, com passagens entre elas; caixas de papelão contendo cúpulas de abajures, latas de conserva, cestos de piquenique, edições antigas da *Reader's Digest* e da *National Geographic*, velhas raquetes de tênis, roupa de cama, uma caixa de alvos para arco e flecha, capas de assentos de carro numa estampa xadrez típica dos anos cinquenta. No ar, um cheiro forte de urina de rato.

— A gente vai se mudar muito em breve — comentou o sr. Bimmel.

Os objetos perto das janelas estavam desbotados pelo sol, as caixas pareciam empilhadas havia anos, estufadas pelo tempo, e os tapetes estavam desgastados.

A luz do sol atingia o corrimão quando Clarice subiu as escadas atrás do pai de Fredrica. A roupa do homem cheirava a mofo no ar frio. Ela via a luz do sol atravessando uma claraboia acima da escada. As caixas de papelão amontoadas no patamar estavam cobertas de plástico.

O quarto de Fredrica era pequeno e ficava sob o beiral do telhado no terceiro andar.

— Você ainda precisa de mim?

— Mais tarde eu gostaria de conversar com o senhor, sr. Bimmel. E a mãe de Fredrica? — A pasta dizia "falecida", mas não informava quando.

— O que a senhora quer saber? Ela morreu quando Fredrica tinha 12 anos.

— Entendi.

— A senhora achou que a mulher lá embaixo era a mãe de Fredrica? Depois que eu disse que só estou casado desde o Natal? Foi isso que a senhora pensou? Acho que a lei está acostumada a lidar com um tipo diferente de pessoas, minha senhora. Minha esposa atual não chegou a conhecer Fredrica.

— Sr. Bimmel, o quarto está mais ou menos como Fredrica o deixou?

A irritação dele se suavizou de repente.

— Sim — respondeu ele brandamente. — A gente deixou como estava. A roupa dela não servia para ninguém. Liga o aquecedor, se quiser. Não se esquece de desligar da tomada quando descer.

Ele não quis ver o quarto. Deixou-a no patamar da escada.

Clarice ficou parada por um momento com a mão na maçaneta fria de porcelana. Precisava se organizar um pouco antes de ocupar a mente com as coisas de Fredrica.

Ok. A premissa é que Buffalo Bill matou Fredrica primeiro, colocou pesos nas pernas dela e a escondeu bem, num rio longe da casa dela. Ele a escondeu melhor que as outras — ela foi a única que teve um lastro para afundar — porque ele queria que a seguinte fosse encontrada antes. Queria que a ideia de uma escolha ao acaso, em cidades muito espalhadas, ficasse bem estabelecida antes que Fredrica, de Belvedere, fosse encontrada. Era importante desviar a atenção de Belvedere. Porque ele mora aqui, ou talvez em Columbus.

Ele começou com Fredrica porque desejava a pele dela. Nós não começamos a ambicionar coisas imaginadas. A ambição é um pecado muito material. Começamos a desejar coisas tangíveis, começamos com o que vemos diariamente. Ele via Fredrica no curso de sua vida diária. Ele a via no curso da vida diária dela.

Como era o curso da vida diária de Fredrica? Vamos ver...

Clarice abriu a porta. Ela vivia aqui, neste quarto vazio cheirando a mofo. Na parede, um calendário do ano anterior para sempre no mês de abril. Fredrica estava morta havia dez meses.

Comida de gato, dura e escurecida, em um pires num canto.

Clarice, decoradora experiente que comprava artigos usados, parou no meio do quarto e começou a olhar vagarosamente em volta. Fredrica tinha feito um bom trabalho com o que dispunha. As cortinas eram de algodão florido. A julgar pelas costuras nas bordas, ela havia reciclado algumas colchas para transformá-las em cortinas.

Na parede, um quadro de avisos com uma faixa presa. Na faixa estava pintado com tinta brilhante: Banda da Escola de Belvedere. Havia pôsteres de Madonna, Deborah Harry e Blondie. Numa prateleira acima da escrivaninha, Clarice viu um rolo do papel de parede autoadesivo que Fredrica tinha usado para forrar as paredes do quarto. Não era um trabalho perfeito, mas melhor que a primeira tentativa que ela própria havia feito, pensou Clarice.

Numa casa comum, o quarto de Fredrica seria alegre; nessa casa sem encantos, o quarto parecia um grito; um eco de desespero ressoava nele.

Fredrica não expôs fotos suas no quarto.

Clarice encontrou uma no anuário da escola, no pequeno armário de livros. Clube de Canto Glee, Clube do Lar, Clube de Costura, Clube da Terra — talvez os pombos tenham sido seu projeto para o Clube da Terra.

O anuário da escola de Fredrica tinha algumas assinaturas: "A uma grande companheira", "A uma grande garota", "À minha colega de química" e "Você se lembra da liquidação de bolos?".

Será que Fredrica trazia amigas aqui? Teria uma amiga disposta a subir essas escadas cheias de goteiras? Ao lado da porta havia um guarda-chuva.

Olhe para esse retrato de Fredrica: aqui está ela, na primeira fila da banda. Fredrica é grande e gorda, mas o uniforme dela tem um caimento melhor que os das outras. Ela é grande e tem uma bela pele. Seus traços irregulares combinam compondo um rosto agradável, mas ela não é atraente pelos padrões convencionais.

Kimberly Emberg também não era o que se poderia chamar de bonita, não pelo julgamento irracional de garotos adolescentes, e algumas das colegas dela também não eram.

Catherine Martin, entretanto, seria atraente para qualquer um: jovem, grande e bonita, que teria de lutar contra o peso quando chegasse aos 30 anos.

Lembre-se, ele não olha para uma mulher como um homem o faz. A atração convencional não conta para ele. Elas só precisam ter peles macias e ser grandes.

Clarice se perguntava se ele pensava em mulheres como "peles", da mesma maneira que alguns cretinos as veem apenas como "um buraco para foder".

Teve consciência da própria mão traçando uma avaliação da foto do anuário, teve consciência do próprio corpo, do espaço que ocupava, de sua aparência e de suas feições, seu efeito, seu poder, seus seios sobre o livro, a barriga firme contra ele, as pernas por baixo dele. Que experiências ela e Fredrica teriam em comum?

Clarice se olhou no espelho de corpo inteiro que ficava na parede lateral e se sentiu satisfeita por ser diferente de Fredrica. Mas sabia que a diferença era uma matriz no seu pensamento. Como isso poderia impedi-la de enxergar?

Qual aparência Fredrica queria ter? Do que tinha fome, onde ela a procurava saciar? Que destino queria ter?

Ali estavam algumas listas de regimes para emagrecer, a Dieta do Suco de Frutas, a Dieta do Arroz, e um regime radical segundo o qual não se devia comer nem beber.

Grupos organizados de emagrecimento — será que Buffalo Bill os vigiava para encontrar garotas grandes? Difícil verificar isso. Pelo arquivo, Clarice sabia que duas das vítimas haviam pertencido a grupos de emagrecimento e que as listas de sócios tinham sido comparadas. Um agente do escritório de Kansas City, o tradicional Escritório dos Gorduchos do FBI, e alguns policiais obesos foram destacados para trabalhar no Slenderella, no Centro de Regime e se inscreverem no Vigilantes do Peso e em outros grupos de emagrecimento nas cidades das vítimas. Ela não sabia se Catherine pertencia a um grupo desses. Dinheiro teria sido um problema para Fredrica participar de um programa de emagrecimento.

Fredrica tinha vários números da *Big Beautiful Girl*, uma revista para mulheres gordas. Numa delas havia o conselho: "Venha para a cidade de Nova York, onde poderá conhecer recém-chegados de partes do mundo que valorizem seu tamanho." Certo. Por outro lado, "você pode viajar para a Itália ou para a Alemanha, onde não ficará sozinha depois do primeiro dia." Pode apostar. "O que fazer se seus dedos dos pés ultrapassarem as pontas dos seus calçados?" Meu Deus! Tudo o que Fredrica precisava era encontrar Buffalo Bill, que "valorizava" o tamanho dela.

Como Fredrica se cuidava? Tinha alguns itens de maquiagem, muitos cremes para a pele. Faz muito bem, *use* esses recursos. Clarice percebeu que torcia por Fredrica, como se isso tivesse qualquer importância agora.

Tinha algumas bijuterias numa caixa de charutos da White Owl. Nela ficava também um broche redondo folheado a ouro que provavelmente havia pertencido à sua falecida mãe. Tentara cortar os dedos de algumas luvas de renda velhas para usá-las ao estilo Madonna, mas elas haviam desfiado.

Tinha um toca-discos simples da Decca, dos anos cinquenta, com um canivete preso ao braço da agulha por tiras de borracha para fazer peso. Discos comprados em vendas de garagem. Velhas baladas de amor por Zamfir, o Mestre da Flauta de Pã.

Quando puxou a cordinha da lâmpada para iluminar o closet, Clarice ficou surpresa com o guarda-roupa de Fredrica. Tinha boas roupas, não muitas, mas o bastante para a escola, o bastante para trabalhar num emprego relativamente formal ou mesmo numa loja elegante. Observando brevemente, Clarice percebeu o motivo. Fredrica fazia as próprias roupas, e era boa nisso, as costuras tinham um belo acabamento, e os apliques eram cuidadosamente adaptados. Havia pilhas de moldes numa prateleira no fundo do closet. A maior parte deles era da *Simplicity*, mas havia alguns da *Vogue*, que pareciam mais complexos.

Provavelmente vestira o que tinha de melhor para a entrevista de emprego. O que teria usado? Clarice deu uma olhada em sua pasta. Lá estava: vista pela última vez usando roupas verdes. Qual é, policial, o que são "roupas verdes"?

Fredrica sofria do calcanhar de aquiles de um guarda-roupa econômico: tinha poucos sapatos — e, com seu peso, gastava muito os que tinha. Os mocassins já estavam ovais. Ela usava um produto para evitar mau cheiro nas sandálias. Os ilhós dos cadarços estavam alargados nos seus tênis de corrida.

Talvez Fredrica fizesse um pouco de exercício — tinha alguns moletons grandes.

Eram da Juno.

Catherine Martin também tinha algumas calças largas da Juno.

Clarice saiu do closet. Sentou-se ao pé da cama com os braços cruzados e ficou olhando para o closet iluminado.

Juno era uma marca comum, encontrada em muitas lojas que vendem roupas plus-size, mas isso foi o suficiente para levantar a questão das roupas na investigação. Qualquer cidade de qualquer tamanho tem pelo menos uma loja especializada em roupas para pessoas gordas.

Será que Buffalo Bill vigiava essas lojas, escolhia uma freguesa e a seguia?

Será que ele ia a essas lojas de roupas plus-size, vestido como mulher, para dar uma olhada? Toda loja para pessoas gordas tem clientes travestis e drag queens.

A ideia de Buffalo Bill tentando se transformar sexualmente fora introduzida na investigação muito recentemente, desde que o dr. Lecter havia exposto sua teoria a Clarice. E quanto às roupas dele?

Todas as vítimas deviam fazer compras em lojas para pessoas gordas — Catherine Martin devia vestir um número um pouco menor que o das outras, e deve ter feito compras numa dessas lojas para adquirir seus grandes moletons da Juno.

Catherine poderia vestir 46. Era a menor das vítimas. Fredrica, a primeira, era a maior. Por que Buffalo Bill estaria se contentando com um tamanho menor ao escolher Catherine Martin? Catherine tinha seios grandes, mas não era tão gorda quanto as outras. Será que ele havia perdido peso? Teria entrado recentemente para um grupo de emagrecimento? Kimberly Emberg ficava mais ou menos numa média: grande, mas com uma cintura bem marcada...

Clarice tinha evitado pensar especificamente em Kimberly Emberg, mas agora a memória tomou conta dela por um segundo. Via Kimberly na mesa de mármore em Potter. Buffalo Bill não ligara para suas pernas depiladas a cera, suas unhas cuidadosamente pintadas com esmalte com glitter; ele olhara para os seios pequenos de Kimberly, viu que não lhe serviam, pegou a pistola e desenhou no meio deles uma estrela-do-mar.

A porta do quarto se abriu alguns centímetros, e o coração de Clarice disparou antes de saber o que era. Um gato entrou no quarto, um grande gato cinzento com um olho dourado e o outro azul. Pulou em cima da cama e se esfregou nela. Procurando Fredrica.

Solidão. Garotas grandes e solitárias tentando satisfazer alguém.

A polícia havia eliminado anúncios de solteiros desde cedo. Será que Buffalo Bill tinha outro modo de tirar vantagem da solidão? A única coisa que nos torna mais vulneráveis que a solidão é a ambição.

A solidão poderia ter permitido que Buffalo Bill encontrasse uma abertura com Fredrica, mas não com Catherine. Catherine não era solitária.

Kimberly era. *Não comece a pensar nela.* Kimberly, obediente e relaxada depois de passado o *rigor mortis*, sendo rolada na mesa do necrotério para que Clarice pudesse coletar suas impressões digitais. *Pare com isso. Não posso parar.* Kimberly solitária, ansiosa para agradar, teria alguma vez rolado obedientemente para alguém apenas para sentir um coração batendo colado às suas costas? Ela se perguntava se Kimberly teria sentido alguma vez uma barba roçando a nuca.

Olhando para o closet iluminado, Clarice se lembrou das costas gordas de Kimberly, os pedaços triangulares de pele faltando nos seus ombros.

Olhando para o interior do closet iluminado, Clarice viu os triângulos nos ombros de Kimberly marcados nos riscos azuis de um molde de costureira. A ideia começou a se desfazer, circulou, e voltou de novo, chegando perto o bastante dessa vez para que ela a agarrasse, e Clarice o fez com um grito de alegria. SÃO REMENDOS — ELE TIROU ESSES TRIÂNGULOS PARA FAZER EMENDAS DE FORMA QUE PUDESSE ALARGAR SUA CINTURA. O FILHO DA PUTA SABE COSTURAR! BUFFALO BILL É BEM TREINADO EM COSTURA — ELE NÃO SE LIMITA A COMPRAR ROUPAS PRONTAS PARA VESTIR!

O que o dr. Lecter disse? "Ele está confeccionando uma roupa de mulher feita de garotas de verdade." O que ele me disse? "Você costura, Clarice?" Claro que eu costuro!

Clarice inclinou a cabeça para trás e fechou os olhos por um segundo. A solução do problema é uma caçada; é um prazer selvagem e nascemos para caçar.

Tinha visto um telefone na entrada da casa. Começou a descer a escada para ligar, mas a sra. Bimmel, com sua voz aguda, já a estava chamando para atender a uma ligação.

53

A SRA. BIMMEL passou o aparelho para Clarice e pegou o bebê que choramingava. Ela não saiu da sala.

— Clarice Starling.

— Jerry Burroughs, Starling...

— Bom. Jerry, escuta só, acho que Buffalo Bill sabe costurar. Ele cortou os triângulos... Um momento... Sra. Bimmel, posso pedir à senhora que leve o bebê para a cozinha? Estou precisando falar. Obrigada... Jerry, ele sabe costurar. Ele tirou...

— Starling...

— Ele tirou aqueles triângulos de Kimberly Emberg para fazer remendos, remendos de costureira, você sabe do que eu estou falando? Ele é habilidoso, não está só fazendo um trabalho rústico. O Departamento de Identificação pode pesquisar criminosos conhecidos para localizar alfaiates, homens que fazem velas, cortinas, estofamentos... Dar uma olhada em marcas distintivas à procura de "marca de alfaiate"...

— Certo, certo, certo... Estou tentando fazer uma ligação para o Departamento de Identificação. Agora escute um pouco... Talvez eu tenha que desligar. Jack queria que eu informasse você. Conseguimos um nome e um lugar que não parecem inviáveis. O Grupo de Resgate de Reféns já decolou do campo Andrews. Jack está instruindo o pessoal pelo rádio.

— Indo para onde?

— Calumet City, perto de Chicago. O nome do sujeito é Jame, pronunciado como "*name*", mas com J, e o sobrenome é Gumb. Também conhecido como John Grant, branco, 34 anos, oitenta e seis quilos, cabelos castanhos, olhos azuis. Jack recebeu uma dica da Johns Hopkins. Sua descoberta, a informação de que ele tem um perfil que seria diferente do de uma transexual, chamou a atenção do pessoal na Johns Hopkins. Esse cara solicitou uma cirurgia de redesignação sexual há três anos. Agrediu um médico depois de ser rejeitado. Ele forneceu à Hopkins o nome falso de Grant e um endereço fictício em Harrisburg, Pensilvânia. Os policiais encontraram um recibo de compra de combustível com o número da carteira de motorista e partiram daí. Isso foi parar numa instituição para menores infratores na Califórnia... Ele matou os avós e passou seis anos no hospital psiquiátrico de Tulare. O estado o deixou sair há dezesseis anos, quando fecharam a instituição. Ele desapareceu por um longo tempo. Gosta de espancar homossexuais. Teve alguns incidentes em Harrisburg e desapareceu de novo.

— Chicago, você disse. Como ficaram sabendo de Chicago?

— O pessoal da Alfândega. Eles tinham alguns papéis em nome do suposto John Grant. Há uns dois anos a Alfândega interceptou uma mala no Aeroporto de Los Angeles que tinha sido enviada do Suriname com pupas vivas... É assim que se chama? De qualquer forma, são insetos, mariposas. O destinatário era John Grant, aos cuidados de um negócio em Calumet chamado, e escuta essa, "Mr. Hide". Artigos de couro. Talvez a loja de costura bata com isso; vou enviar a informação da costura para Chicago e Calumet. Ainda não temos nenhum endereço residencial para Grant ou Gumb. A loja foi fechada, mas estamos chegando perto.

— Alguma foto?

— Só as da instituição para menores infratores do Departamento de Polícia de Sacramento. Elas não ajudariam muito... Ele tinha 12 anos. Parecia o Beaver Cleaver. De qualquer maneira, a sala de comunicação está enviando as fotos por fax.

— Posso ir até lá?

— Não. Jack sabia que você ia pedir isso... Eles já têm duas delegadas de Chicago e uma enfermeira para cuidar de Martin se ela for encontrada com vida. De qualquer forma, você não chegaria a tempo, Starling.

— E se ele estiver entrincheirado? Talvez seja necessário...

— Não vai ter nenhum impasse. Se a polícia encontra esse cara, ela já cai em cima dele. Crawford autorizou uma entrada explosiva. O maior problema com esse cara, Starling, é que ele já esteve numa situação com reféns antes. Nos homicídios que cometeu quando adolescente, ele foi cercado sem ter como fugir em Sacramento, mantendo a avó como refém; ele já tinha matado o avô, e a situação foi terrível. Ele foi com ela para fora, diante dos policiais, e havia até um pastor falando com ele. Como era um garoto, ninguém atirou. O miserável estava atrás da avó e perfurou os rins dela. A assistência médica não adiantou de nada. Ele fez isso com 12 anos. Por isso, dessa vez, nada de negociação, nada de aviso prévio. É provável que Martin já esteja morta, mas digamos que a gente tenha sorte. Digamos que ele teve um monte de preocupação na cabeça, várias coisas, e que ainda não se ocupou dela. Se ele nos vê chegar, ele acaba com ela na nossa frente, só de sacanagem. Não custa nada para ele, certo? Portanto, se encontrarem o sujeito... bum!... a porta vai abaixo.

A sala estava quente demais e cheirava a urina de bebê.

Burroughs ainda estava falando.

— Estamos procurando os dois nomes nas listas de assinantes de revistas de entomologia, na Associação de Cuteleiros, entre os criminosos conhecidos, em todo lugar... Ninguém descansa enquanto isso não terminar. Você está procurando os conhecidos de Bimmel, não é?

— Isso.

— Para a Justiça esse é um caso difícil de se resolver se Gumb não for pego com a mão na massa. A gente precisa dele com Martin, ou com alguma coisa que seja identificável, algo com unhas e dentes, na verdade. Não preciso dizer a você que, se ele já se livrou do corpo dela, vamos precisar de testemunhas para apresentá-lo com uma vítima antes dessa. De qualquer maneira, podemos usar o que você encontrar sobre Bimmel... Starling, eu pedi a Deus que isso tivesse acontecido ontem e por outras razões além da garota Martin. Eles afastaram você do curso em Quantico?

— Acho que sim. Admitiram alguém que estava na fila de espera numa reciclagem... Foi o que me disseram.

— Se a gente pegar o cara em Chicago, você vai ter contribuído muito para o caso. O pessoal de Quantico é cabeça-dura, como seria de se imaginar, mas eles *vão* ter que levar isso em consideração. Espere um pouco.

Clarice conseguia ouvir Burroughs gritando afastado do telefone. Depois ele voltou.

— Bem... Eles podem se mobilizar em Calumet City dentro de quarenta, quarenta e cinco minutos, dependendo do vento lá em cima. A SWAT de Chicago vai agir no lugar deles se o encontrarem antes disso. A Companhia de Força e Luz de Calumet forneceu dois ou três endereços possíveis. Starling, procure qualquer coisa que eles possam usar por lá para fechar o cerco. Se descobrir algo sobre Calumet ou Chicago, ligue imediatamente.

— Pode deixar.

— Agora escuta o seguinte, porque eu tenho que ir. Se acontecer, se o pegarmos em Calumet City, você se apresenta em Quantico às oito horas *mañana* com seu uniforme impecável. Jack vai à diretoria com você. E o instrutor-chefe de tiro, Brigham, também. Não custa nada pedir.

— Mais uma coisa, Jerry: Fredrica Bimmel tinha moletons de academia da Juno, uma marca de roupa para pessoas gordas. Catherine também tinha algumas peças, se isso vale alguma coisa. Ele poderia vigiar lojas de roupas plus-size para encontrar vítimas grandes. Talvez possamos perguntar a Memphis, Akron e outros lugares.

— Entendi. Se cuida!

Clarice foi para o quintal cheio de lixo em Belvedere, Ohio, a mil quilômetros de distância da ação que se desenrolava em Chicago. O ar frio no seu rosto era agradável. Ela deu um soquinho no ar, torcendo pelo sucesso do Grupo de Resgate de Reféns. Ao mesmo tempo, sentiu um leve tremor no queixo e no rosto. O que era isso? O que teria feito se tivesse encontrado alguma coisa? Ah, teria chamado a cavalaria, o escritório de campo do FBI em Cleveland, a SWAT de Columbus e a polícia de Belvedere também.

Salvar a garota, salvar a filha da senadora Foda-se Martin e as que poderiam vir depois dela — era isso que importava de verdade. Se conseguissem, todo mundo estaria certo.

Entretanto, se não chegassem a tempo, se deparassem com qualquer coisa horrorosa, queira Deus que pelo menos encontrem Buffalo... encontrem Jame Gumb ou Mr. Hide, ou como quer que se chame aquele desgraçado.

No entanto, ter chegado tão perto, quase ter colocado as mãos nele, ter tido uma boa ideia com um dia de atraso e acabar longe da captura e desligada da escola, tudo isso cheirava a derrota. Clarice havia muito suspeitava, e se sentia culpada por isso, de que a sorte dos Starlings azedara uns duzentos anos atrás, que tudo o que os Starlings faziam desde então era vagar por aí, cansados e confusos no meio das brumas do tempo. Se fosse possível encontrar a pista do primeiro Starling, ela conduziria a um círculo. Essa era a atitude clássica de um perdedor, e ela seria condenada se a aceitasse.

Se o agarrassem graças às informações que ela havia arrancado do dr. Lecter sobre o seu perfil, isso iria ajudá-la no Departamento de Justiça. Clarice tinha de pensar um pouco no assunto; as esperanças de uma carreira para ela estavam nebulosas e evanescentes como um fantasma no limbo.

O que quer que acontecesse, a ideia que lhe ocorrera sobre o molde de costura fora fundamental. Havia muito a explorar ali. Tinha encontrado coragem na lembrança da mãe e também na do pai. Conquistara e consolidara a confiança de Crawford. Essas eram as coisas que ela tinha de guardar em sua própria caixa de charutos da White Owl.

Seu trabalho, sua obrigação era pensar em Fredrica e descobrir como Gumb teria se apossado dela. Um processo criminal contra Gumb precisaria de todos os fatos.

Pense em Fredrica, com sua juventude inteira interrompida. Onde ela procuraria uma saída? Os anseios dela encontravam eco nos de Buffalo Bill? Isso os atraía um para o outro? Era horrível pensar que ele pudesse tê-la compreendido com base em sua própria experiência, e até simpatizado com ela, e mesmo assim ter se servido de sua pele.

Clarice chegou até a beira da água.

Quase todo lugar tem uma hora, um ângulo e uma intensidade de luz em que mostra o seu melhor aspecto. Quando se está preso num lugar, descobre-se esse momento e se anseia por ele. Aquele momento, no meio da tarde, era provavelmente a hora do rio Licking nos fundos da rua Fell. Será que essa era a hora que a jovem Bimmel sonhava? O sol pálido fazia subir da água vapor suficiente para ocultar as velhas geladeiras e os fogões atirados nas margens cobertas de mato da água represada. O vento nordeste, do lado oposto à luz, empurrava as tifas na direção do sol.

Um pedaço de cano branco de PVC emergia do galpão do sr. Bimmel em direção ao rio. O cano emitiu um gorgolejo, e uma breve descarga de água sanguinolenta saiu dele, sujando o restante da neve. Bimmel saiu para o sol. Estava com a frente da calça manchada de sangue e carregava alguma coisa cinza e cor-de-rosa num saco plástico de comida.

— Filhotes de pombo — explicou ele, quando viu que Clarice o encarava.

— Já comeu alguma vez?

— Não — respondeu ela, virando-se de novo para a água. — Já comi pombos.

— Nunca vai precisar se preocupar se vai morder chumbinho com esses.

— Sr. Bimmel, Fredrica conhecia alguém de Calumet City ou da área de Chicago?

O homem deu de ombros e balançou a cabeça.

— Ela já esteve em Chicago alguma vez, que o senhor saiba?

— O que a senhora quer dizer com esse "que o senhor saiba"? Acha que uma filha minha iria a Chicago sem que eu soubesse? Ela não ia nem a *Columbus* sem meu conhecimento.

— Ela conhecia algum homem que costurasse roupas ou velas de barco?

— Ela costurava para todo mundo. Sabia costurar como a mãe dela. Não sei de homem nenhum. Ela costurava para lojas, para senhoras, não sei para quem.

— Quem era a melhor amiga dela, sr. Bimmel? Com quem ela ficava por aí à toa? — *Não queria falar desse jeito... Bom, ele não se incomodou, está de saco cheio.*

— Ela *não* ficava por aí à toa. Sempre tinha algum serviço a fazer. Deus não fez com que ela fosse bonita, mas fez com que fosse ativa.

— Quem o senhor diria que era a melhor amiga dela?

— Stacy Hubka, eu acho, desde que eram pequenas. A mãe de Fredrica costumava dizer que Stacy só andava com Fredrica para ter alguém que ficasse à disposição dela, mas não sei.

— O senhor sabe onde eu poderia localizá-la?

— Stacy trabalhava com companhias de seguros. Acho que ainda trabalha. A Franklin Insurance.

Clarice caminhou até o carro pelo pátio esburacado, com a cabeça baixa e as mãos nos bolsos. O gato de Fredrica a observava de sua janela lá em cima.

54

O IMPACTO QUE CREDENCIAIS do FBI causam aumenta conforme se avança para o oeste. A identificação de Clarice, que poderia apenas erguer uma sobrancelha mal-humorada em Washington, mereceu a atenção total do chefe de Stacy Hubka na agência da Franklin Insurance em Belvedere, Ohio. Ele próprio substituiu Stacy no balcão e nos telefones e ofereceu a Clarice a privacidade de seu cubículo para o interrogatório.

Stacy Hubka tinha um rosto redondo e vívido e media um e sessenta e cinco de altura com saltos. Usava o cabelo cortado em camadas e fazia um movimento à Cher Bono para retirá-lo da frente do rosto. Observava Clarice dos pés à cabeça sempre que ela desviava o olhar.

— Stacy... Posso chamar você de Stacy?

— Claro.

— Gostaria que você me dissesse, Stacy, como acha que isso aconteceu com Fredrica Bimmel. Onde esse homem pode ter encontrado Fredrica?

— Eu fiquei *horrorizada*. Ter a *pele* arrancada, não é uma coisa horrível? Você viu como ela ficou? Dizem que ela parecia um *farrapo*, como se alguém tivesse esvaziado um balão...

— Stacy, ela alguma vez mencionou uma pessoa de Chicago ou de Calumet City?

Calumet City. O relógio na parede atrás de Stacy preocupava Clarice. Se o Grupo de Resgate de Reféns chegaria lá em quarenta minutos, eles estão a dez minutos do pouso. Será que estão com o endereço certo? Volte ao seu serviço.

— Chicago? Não — assegurou Stacy. — A gente marchou um dia em Chicago, no desfile do Dia de Ação de Graças.

— Quando?

— Quando a gente estava no oitavo ano, há uns... nove anos. A banda foi lá e voltou de ônibus.

— O que você pensou na última primavera quando ela desapareceu?

— No começo eu nem sabia disso.

— Tente lembrar onde você estava quando soube da notícia. Quando foi? O que você pensou naquele momento?

— Na primeira noite que ela não apareceu, Skip e eu fomos ao cinema e depois ao bar do sr. Toad para beber alguma coisa com Pam e os outros. Quando Pam Malavesi chegou e disse que Fredrica tinha desaparecido, Skip achou que nem *Houdini* poderia fazer Fredrica desaparecer. Então ele teve que explicar para todo mundo quem foi Houdini, ele está sempre querendo mostrar que é um sabichão, e aí a gente deixou o assunto de lado. Eu achei que ela só estava irritada com o pai. Você *viu* a casa dela? Não é o *fim* da picada? Quero dizer, onde quer que ela esteja, deve ter ficado com vergonha por você ter visto a casa dela. Você também não fugiria de casa?

— Você chegou a pensar que ela tivesse fugido com alguém? Alguma pessoa lhe ocorreu, mesmo que tenha sido um palpite errado?

— Skip disse que talvez ela tivesse arrumado algum cara que gostasse de gordinhas. Mas não, ela nunca teve ninguém assim. Ela teve um namorado, mas essa é uma história antiga. Ele fazia parte da banda no começo do ensino médio. Eu digo "namorado", mas eles só conversavam e davam risadinhas como duas menininhas e faziam as tarefas da escola juntos. Ele era afeminado; usava um desses chapéus de pescador que parecem uma boina, sabe? Skip achava que ele era, você sabe, gay. A gente mexia com ela por sair com um cara gay. Mas ele e a irmã morreram num acidente de carro, e Fredrica nunca mais teve ninguém.

— O que você pensou quando ela sumiu?

— Pam achou que ela havia sido pega por membros de alguma seita religiosa; eu não sabia, mas ficava com medo sempre que pensava no assunto. Nunca mais saí à noite sem o Skip. Falei para ele: "Ã-hã, amigão, depois do pôr do sol, a gente só sai *junto*."

— Alguma vez você ouviu Fredrica mencionar o nome Jame Gumb ou John Grant?

— Hummmm... Não.

— Acha que ela poderia ter algum amigo que você não tivesse ouvido falar? Havia períodos, dias em que você não a via?

— Não. Se ela tivesse um namorado, eu saberia, acredite em mim. Ela nunca teve um namorado.

— Você acha que seria possível, digamos, que ela tivesse um amigo e não dissesse nada a respeito dele?

— Por que ela faria isso?

— Talvez com medo de vocês zombarem dela.

— Com medo da gente zombar dela? Você está dizendo isso por causa da outra história? Do garoto afeminado na escola? — Stacy ficou enrubescida. — Não. De forma alguma a gente ia deixar Fredrica magoada. Eu só mencionei isso por acaso. Ela não... Todo mundo foi, vamos dizer, *legal* com ela depois que o garoto morreu.

— Você trabalhou com Fredrica, Stacy?

— Eu, ela, Pam Malavesi e Jaronda Askew, todas nós trabalhávamos no Centro de Barganhas durante o verão no ensino médio. Então eu e Pam fomos à Richard's para ver se a gente conseguia um emprego na loja, lá tem roupas bonitas, e eles me contrataram e depois contrataram a Pam. Então Pam disse para Fredrica: "Aparece lá, eles precisam de outra garota", e ela apareceu. Mas a sra. Burdine, a gerente comercial, disse: "Bem, Fredrica, a gente precisa de alguém que, você sabe, as pessoas possam admirar, que faça as pessoas entrarem na loja e pensar 'Eu quero me parecer com *ela*', e você pode dar conselhos sobre como elas ficariam com esse ou aquele vestido. Se você puder perder peso, quero que venha de novo aqui e me procure. Mas agora, se você quiser trabalhar fazendo consertos, posso oferecer um período de experiência para você; vou falar com a sra. Lippman." A sra. Burdine falou com aquela voz doce que tem, mas na verdade ela é uma escrota, só que no começo eu não sabia disso.

— Então Fredrica passou a fazer consertos para a Richard's, a loja onde você trabalhava?

— Aquilo deixou Fredrica chateada, mas ela aceitou. A velha sra. Lippman fazia todos os consertos. Era a dona do negócio e tinha mais trabalho do que podia aceitar, e assim Fredrica ajudava. Fazia os consertos para a velha sra. Lippman, que costurava para todo mundo. Depois que a sra. Lippman se aposentou, a filha não quis continuar no negócio, e Fredrica ficou com toda a freguesia e continuou a costurar para todo mundo. Era isso que ela fazia. Ela se encontrava comigo e com Pam e a gente ia para a casa de Pam jantar e assistir a *The Young and the Restless*, e ela trazia alguma coisa para fazer e ficava trabalhando o tempo todo.

— Alguma vez Fredrica trabalhou na loja tirando medidas? Ela tinha contato com os fregueses ou com os fornecedores?

— Às vezes, não muito. Eu não trabalhava todos os dias.

— A sra. Burdine trabalhava todos os dias? Ela saberia?

— Sim, eu acho.

— Fredrica alguma vez mencionou ter costurado para uma empresa chamada Mr. Hide, em Chicago, ou em Calumet City, talvez fazendo forros para roupas de couro?

— Não sei. A sra. Lippman talvez tenha trabalhado com isso.

— Você alguma vez viu a marca Mr. Hide? A Richard's ou alguma das lojas de roupa trabalhava com essa marca?

— Não.

— Você sabe onde posso encontrar a sra. Lippman? Eu gostaria de falar com ela.

— Ela morreu. Foi para a Flórida quando se aposentou e morreu por lá, de acordo com Fredrica. Nunca cheguei a conhecê-la; eu e Skip às vezes buscávamos Fredrica lá, quando ela tinha um monte de roupas para trazer. Você poderia falar com a família dela. Eu anoto o nome para você.

Isso era extremamente cansativo, quando o que Clarice queria eram notícias de Calumet City. Os quarenta minutos já tinham se esgotado. O Grupo de Resgate de Reféns já devia estar em terra. Ela mudou de posição para não ter de olhar para o relógio e continuou o inquérito.

— Stacy, onde é que Fredrica comprava roupas, onde ela comprou aqueles moletons da Juno?

— Ela fazia quase tudo. Imagino que ela tenha comprado os moletons na Richard's, você sabe, quando todo mundo começou a usar roupas realmente grandes, porque eram vestidas por cima de roupas mais justas. Um monte de loja vendia isso. Ela tinha um desconto na Richard's porque costurava para a loja.

— Alguma vez ela comprou numa loja especializada em roupas plus-size?

— A gente ia a todo lugar dar uma olhada, você sabe como é. Íamos à Personality Plus e ela procurava ideias, você sabe, estampas atraentes para garotas grandes.

— Alguma vez alguém se aproximou e incomodou vocês dentro de uma dessas lojas de roupas plus-size, ou Fredrica notou que era observada por alguém?

Stacy olhou para o teto por um momento e balançou a cabeça.

— Stacy, você já viu travestis na Richard's, ou homens comprando roupas grandes de mulheres? Alguma vez você viu algo assim?

— Não. Eu e Skip uma vez vimos alguns travestis num bar em Columbus.

— Fredrica estava com vocês?

— *De jeito nenhum*. A gente tinha ido, tipo, para passar um fim de semana.

— Você pode anotar os nomes de lugares que vendiam roupas plus-size aonde você tenha ido com Fredrica? Acha que pode se lembrar de todos eles?

— Só aqui ou também em Columbus?

— Aqui e em Columbus. E inclua a Richard's. Quero conversar com a sra. Burdine.

— Ok. É bom ser agente do FBI?

— Eu acho que sim.

— Você tem a oportunidade de viajar por aí? Quero dizer, para lugares melhores que esse.

— Às vezes, sim.

— Tem que ter uma boa aparência todo dia, não é?

— Ah, claro. Você tem que tentar parecer uma pessoa metódica.

— Como é que se faz para ser agente do FBI?

— Primeiro é preciso cursar uma faculdade, Stacy.

— É muito caro.

— Sim, é. Mas às vezes dá para encontrar bolsas de estudo e programas de auxílio financeiro que ajudam. Você quer que eu mande algumas informações para você?

— Sim. Eu estava pensando exatamente nisso, Fredrica ficou *tão* feliz quando eu arranjei esse emprego... Ela ficou realmente feliz. Ela nunca teve um verdadeiro trabalho de escritório, e achava que esse era um bom começo. *Isso*, arquivos de fichas e Barry Manilow no alto-falante o dia todo, ela achava isso o máximo. O que ela sabia da vida, pobre coitada. — Os olhos de Stacy Hubka estavam marejados. Ela os arregalou e jogou a cabeça para trás para não ter de se maquiar de novo.

— Que tal fazer minha lista agora?

— É melhor eu escrever na minha mesa. Lá eu tenho um editor de textos, e preciso da minha agenda, das minhas anotações — Ela saiu com a cabeça inclinada para trás, guiando-se pelo teto.

O telefone estava atormentando Clarice. No momento em que Stacy Hubka saiu do cubículo, Clarice ligou a cobrar para Washington em busca de notícias.

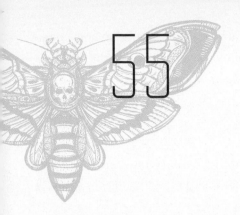

55

NAQUELE MOMENTO, sobre a ponta sul do lago Michigan, um jato comercial de vinte e quatro passageiros deixou o espaço aéreo de tráfego intenso e começou a longa curva de aproximação para Calumet City, Illinois.

Os doze homens do Grupo de Resgate de Reféns sentiram o estômago subir. Ouviram-se alguns bocejos de alívio de tensão aqui e ali, ao longo do corredor.

O comandante do grupo, John Randall, retirou o headset e passou os olhos por suas anotações antes de se levantar para falar. Ele acreditava ter a equipe de SWAT mais bem treinada do mundo, e talvez estivesse certo. Alguns deles nunca tinham sido alvo de tiros de verdade, mas, até onde as simulações e os testes podiam provar, eram os melhores entre os melhores.

Randall havia passado muito tempo em corredores de avião, e assim manteve o equilíbrio com facilidade durante a agitada descida.

— Cavalheiros, nosso transporte em terra é cortesia do DEA. Eles têm uma van de transporte de flores e uma caminhonete de encanador. Portanto, Vernon e Eddie, coloquem suas proteções de manga comprida e roupa à paisana. Se entrarmos atirando granadas de atordoamento, lembrem-se de que vocês não têm proteção no rosto.

Vernon e Eddie, que devem fazer a aproximação inicial, vão usar um colete à prova de balas fino por baixo das roupas civis. Os outros vão com blindagem comum, à prova de tiro de fuzil.

— Bobby, não se esqueça de colocar um dos seus rádios em cada furgão para a gente não fazer merda e acabar falando com os caras do DEA — pediu Randall.

O DEA usava rádios UHF em suas operações, enquanto o FBI usava VHF. Isso havia causado problemas no passado.

Eles estavam preparados para a maior parte das eventualidades, dia e noite: para escalar paredes tinham equipamento de rapel, para escutar tinham Wolf's Ears e um VanSleek Farfoon, e para enxergar tinham dispositivos para visão noturna. As armas com visores noturnos pareciam instrumentos musicais com seus estojos avantajados.

Essa seria uma operação com precisão cirúrgica e as armas refletiam essa condição.

O grupo levou às costas suas mochilas com o equipamento quando os flapes do avião baixaram.

Randall recebia notícias de Calumet no headset. Cobriu o microfone e falou de novo com o grupo.

— Pessoal, eles reduziram as possibilidades a dois endereços. Ficamos com o melhor e a SWAT de Chicago vai investigar o outro.

O pouso seria no Aeroporto Municipal de Lansing, o mais próximo de Calumet, no sudeste de Chicago. O avião recebeu autorização para pousar imediatamente. O piloto freou até parar com um cheiro de borracha queimada ao lado de dois veículos com os motores ligados na cabeceira mais afastada do terminal.

Houve breves cumprimentos ao lado da van de transporte de flores. O comandante do DEA entregou a Randall o que parecia ser um arranjo de flores enorme. Era uma marreta de arrombar portas de seis quilos, com a cabeça camuflada em papel-alumínio colorido, como um vaso, e a folhagem presa no cabo.

— Talvez você queira fazer essa entrega — disse ele. — Bem-vindo a Chicago.

56

O SR. GUMB levou seu plano em frente no meio da tarde.
Com lágrimas perigosamente constantes nos olhos, ele assistiu ao seu vídeo uma, duas, três vezes. Na pequena tela, mamãe subia no toboágua e tchibum!, mergulhava na piscina, tchibum!, mergulhava na piscina. As lágrimas molhavam a visão de Jame Gumb como se ele próprio estivesse na piscina.

Na cintura, um saco de água quente fazia as vezes da barriga da cachorrinha quando se acomodava no colo dele.

Não podia tolerar isso por mais tempo — aquela coisa que no porão mantinha Preciosa prisioneira, ameaçando-a. Preciosa estava sofrendo, ele sabia. O que não sabia era se conseguiria matar aquela coisa antes que ela machucasse Preciosa, mas tinha de tentar. Agora.

Tirou a roupa e vestiu o robe — ele sempre finalizava sua colheita nu e sujo de sangue como um recém-nascido.

Do enorme armário de remédios, tirou a pomada que havia usado em Preciosa quando ela fora arranhada pelo gato. Pegou alguns Band-Aids pequenos e cotonetes, assim como o colar elisabetano de plástico que o veterinário lhe dera para evitar que ela futucasse um local machucado com os dentes. Havia pequenos pedaços de madeira no porão que poderia usar como talas na pata quebrada do animal e um tubo de Sting-Eez para aliviar suas dores se aquela coisa estúpida a machucasse quando seu corpo se agitasse antes de ela morrer.

Um tiro preciso na cabeça, e sacrificaria apenas o cabelo. Preciosa era mais importante que aquela cabeleira. O cabelo era um sacrifício, uma oferenda pela segurança da cachorrinha.

Desceu vagarosamente a escada para a cozinha. Tirou os chinelos e desceu os degraus escuros que davam para o porão, sempre junto à parede para evitar que rangessem.

Não acendeu a luz. Na base da escada, virou à direita, seguindo para a oficina, movimentando-se pelo tato na escuridão familiar, sentindo as irregularidades do chão sob seus pés.

Sua manga roçou numa das gaiolas e ele ouviu o cricrido baixo e irritado de uma mariposa. Aqui estava o armário. Encontrou a lanterna de luz infravermelha e colocou os óculos. Agora o mundo estava verde. Parou por um momento, escutando o agradável borbulhar dos tanques, o chiado quente do vapor nos canos. Mestre da escuridão, rainha das trevas.

Mariposas livres, no ar, deixavam traços verdes de fluorescência em sua visão, breves respiros atravessando seu rosto quando suas asas adejavam fracamente a escuridão.

Verificou a Python. Estava carregada com balas especiais de chumbo .38. Elas penetrariam no crânio e se expandiriam, provocando uma morte imediata. Se a coisa continuasse de pé quando ele atirasse, e se ele atirasse de cima para baixo no alto da cabeça, a bala teria menos chance de sair pela mandíbula inferior e rasgar o peito do que uma munição de Magnum.

Em silêncio, em silêncio, de joelhos dobrados, os dedos dos pés com unhas pintadas tateando as tábuas do chão. Em silêncio, cruzou o chão de terra sobre a masmorra. Em silêncio, mas não tão devagar. Não queria que seu cheiro chegasse à cadelinha no fundo do poço.

A parte superior da masmorra emitia um brilho verde, as pedras e a argamassa se distinguiam, e ele via nitidamente a textura da madeira da tampa. Segurou a lanterna e se inclinou por cima da abertura. Lá estavam elas. A coisa estava de lado, enrolada como um camarão enorme. Talvez estivesse dormindo. Preciosa havia se aconchegado no corpo dela, certamente dormia; por favor, que não estivesse morta!

A cabeça da mulher estava exposta. Um tiro no pescoço era tentador, pouparia o cabelo. Arriscado demais.

Gumb se inclinou por cima da abertura, as lentes móveis de seus óculos voltadas para baixo. A Python tem uma boa empunhadura, o cano é mais pesado, é muito fácil fazer a mira com uma. É preciso mantê-la no feixe de luz infravermelha. Alinhou as miras ao lado da cabeça, perto da têmpora.

Ruído ou cheiro, ele nunca soube, mas Preciosa se levantou e ganiu, pulando para o alto na escuridão. Catherine Baker Martin se dobrou em volta do cãozinho e puxou o futon sobre as duas. Apenas vultos se movendo debaixo da manta, sem que ele pudesse distinguir Catherine da cadelinha. Olhando para baixo pela luz infravermelha, sua percepção de profundidade ficava prejudicada. Não podia dizer quais formas eram de Catherine.

Contudo, tinha visto Preciosa pular. Percebera que a pata dela estava bem e imediatamente concluiu outra coisa: Catherine Baker Martin não iria machucar a cadela, não mais do que ele o faria. Ah, que alívio! Diante dos sentimentos que compartilhavam, ele podia atirar nas malditas pernas, e, quando ela se abaixasse para colocar as mãos nas pernas, estourar a porra dos seus miolos. Não precisava tomar cuidado.

Acendeu as luzes, todas as malditas luzes do porão, e pegou o refletor que guardava no depósito. Sentia-se sob controle, estava raciocinando bem — enquanto estava a caminho da oficina se lembrou de deixar correr um pouco de água nas pias para que nada entupisse os sifões.

Quando se dirigia apressado para a escada, pronto para descer, carregando o refletor, a campainha da porta tocou.

A campainha pareceu ranger, se arrastar, e ele parou para pensar o que seria. Fazia muitos anos desde que a ouvira pela última vez, nem mesmo sabia se ainda funcionava. Instalada na escada, de forma que pudesse ser ouvida tanto em cima quanto embaixo, ela agora tocava, parecendo um sino de metal escuro coberto de poeira. Enquanto olhava para a campainha, ela tocou de novo e continuou a tocar, espalhando poeira. Alguém estava na frente da casa, apertando o velho botão em que se lia **SUPERINTENDENTE**.

Acabariam indo embora.

Ligou o refletor na tomada.

Não foram embora.

Lá embaixo, no porão, aquela coisa disse algo a que ele não prestou atenção. A campainha continuava tocando, naquele seu tinido que parecia rouco; alguém estava com o dedo apoiado no botão.

Era melhor voltar para cima e dar uma olhada. A Python de cano comprido não cabia no bolso do robe. Deixou-a em cima do balcão da oficina.

Estava na metade da escada quando a campainha parou de tocar. Aguardou alguns segundos, parado onde estava. Silêncio. Decidiu que, de qualquer modo, convinha dar uma olhada. Quando atravessava a cozinha, tomou um susto com uma batida à porta dos fundos. Na despensa, perto daquela porta, havia uma espingarda que ele sabia estar carregada.

Com a porta do porão fechada para as escadas, ninguém iria ouvir a coisa por mais que ela berrasse lá embaixo, por mais que gritasse, disso ele tinha certeza.

Uma nova batida. Ele abriu uma fresta da porta com a correntinha de segurança presa no lugar.

— Tentei a porta da frente, mas ninguém atendeu — justificou-se Clarice Starling. — Estou procurando a família da sra. Lippman. O senhor poderia me ajudar?

— Eles não moram mais aqui — respondeu o sr. Gumb, e imediatamente fechou a porta. Já se dirigia de novo para a escada quando as batidas recomeçaram, dessa vez mais fortes.

Voltou a abrir a porta, sempre sem soltar a corrente.

A jovem exibiu um cartão de identificação diante da fresta. O cartão dizia: FBI.

— Me desculpe, mas preciso falar com o senhor. Preciso encontrar a família da sra. Lippman. Eu sei que ela morava aqui. Peço que o senhor me ajude, por favor.

— A sra. Lippman morreu há anos. E, que eu saiba, não deixou nenhum parente.

— Não tinha um advogado, um contador? Alguém que possa ter guardado os registros do negócio dela? O senhor conheceu a sra. Lippman?

— Brevemente. Qual é o problema?

— Estou investigando a morte de Fredrica Bimmel. Quem é o senhor, por favor?

— Jack Gordon.

— O senhor conheceu Fredrica Bimmel quando ela trabalhava para a sra. Lippman?

— Não. Era uma pessoa grande, muito gorda? Talvez eu a tenha visto, mas não tenho certeza. Olha, não quis ser indelicado, eu estava dormindo... A sra. Lippman tinha um advogado, pode ser que eu tenha o cartão dele em algum lugar, vou ver. A senhora não gostaria de entrar? Eu estou congelando, e minha gata vai *fugir* por essa fresta num instante. Ele vai passar como um raio antes que eu possa segurá-la.

Ele se dirigiu até uma escrivaninha de tampo de enrolar no canto mais afastado da cozinha, abriu a tampa e procurou nos escaninhos. Clarice entrou na casa e pegou seu caderno de anotações dentro da bolsa.

— Que negócio horrível foi aquele! — comentou, vasculhando a escrivaninha. — Eu tremo só de pensar nisso. A senhora acha que estão perto de pegar alguém?

— Ainda não, mas estamos trabalhando nisso, sr. Gordon. O senhor ficou com a casa depois que a sra. Lippman faleceu?

— Fiquei. — Gumb se debruçou sobre a mesa, as costas voltadas para Clarice. Abriu uma gaveta e a examinou.

— Algum registro ficou por aqui? Registros de negócios?

— Não. Nada. O FBI tem alguma ideia? A polícia daqui parece não saber de nada. Eles têm uma descrição, impressões digitais?

De dentro de uma dobra do robe do sr. Gumb escapou uma mariposa-da-caveira. Ela parou no meio das costas, dele, mais ou menos na altura do coração, e abriu as asas.

Clarice deixou o caderno de anotações cair dentro da bolsa.

Sr. Gumb! Graças a Deus meu casaco está aberto. Tenho que sair daqui e chegar a um telefone. Não. Ele sabe que eu sou do FBI, se o perder de vista, ele mata Catherine. Perfura os rins dela. Se o encontram, caem em cima dele. O telefone dele. Não vejo nenhum. Não por aqui. Pergunto pelo telefone. Faço a ligação. Depois o prendo. Faço com que se deite de bruços, espero pelos policiais. É isso. Vamos. Ele está se virando.

— Aqui está o número.

Pego agora? Não.

— Obrigada. Sr. Gordon, o senhor tem um telefone que eu possa usar?

Quando ele pôs o cartão na mesa, a mariposa voou. Saiu das costas dele, passou sobre sua cabeça e pousou entre os dois, num armário acima da pia.

Ele olhou para a mariposa. Ao ver que o olhar de Clarice não se desviava do seu rosto, percebeu tudo.

Seus olhares se encontraram e eles se revelaram mutuamente.

Gumb inclinou a cabeça um pouco para o lado e deu um sorriso, dizendo:

— Tenho um sem fio na despensa. Vou pegá-lo.

Não! Agora! Ela correu a mão para o revólver, um movimento suave que tinha feito milhares de vezes, e lá estava ele onde devia estar, uma boa empunhadura com ambas as mãos, o mundo dela concentrado na frente da sua mira e no centro do peito dele.

— Parado!

Ele comprimiu os lábios.

— Agora, devagar! Levante as mãos!

Leve-o para fora, mantenha a mesa entre vocês. Leve-o para a frente da casa. De cara para o chão no meio da rua, e segure o distintivo.

— Sr. Gub... Sr. Gumb, o senhor está preso. Saia andando devagar na minha frente, para a rua.

Em vez disso, ele saiu da cozinha. Se tentasse enfiar a mão no bolso, ou levar a mão às costas, se ela tivesse visto uma arma, poderia ter atirado. Mas ele se limitou a sair do cômodo.

Ouviu-o descer rapidamente as escadas do porão. Clarice contornou a mesa e se dirigiu para a porta no alto da escada. Ele havia desaparecido, a escada estava iluminada mas vazia. *Uma armadilha.* Ela se tornaria um alvo fácil naquela escada.

Do porão veio um grito estridente e breve.

Ela não gostava de escadas, ela não gostava de escadas. Clarice Starling, seja rápida no que fizer. Ou você faz alguma coisa rápido ou não faz.

Catherine Martin gritou de novo. Ele a estava matando! Clarice desceu as escadas agarrada ao corrimão. O braço com o revólver estendido. O chão lá embaixo na frente da mira. O braço com a arma balançando junto com o movimento da cabeça quando ela tentou cobrir as duas portas, uma em frente à outra, ao pé da escada.

As luzes brilhavam forte no porão. Ela não podia atravessar uma porta sem dar as costas à outra. Rápido, vá para a esquerda, na direção do grito. Ela entrou no quarto da masmorra com seu piso de terra, passou correndo pela porta, com os olhos mais abertos do que jamais estiveram. O único lugar para se proteger era atrás do poço. Deslizou de lado ao longo da parede, com ambas as mãos na arma, os braços esticados e uma leve pressão no gatilho. Deu a volta no poço e atrás dele não havia ninguém.

Um grito distante veio do poço, volátil feito fumaça. Ganidos agora, um cachorro. Aproximou-se da abertura, chegou até a borda e espiou. Viu a jovem, olhou para baixo mais uma vez, e disse o que estava treinada para dizer, acalmar a refém:

— Eu sou do FBI, você está em segurança.

— Em segurança é o CARALHO! Ele está armado. ME TIRA DAQUI! ME TIRA DAQUI!

— Catherine, você vai ser salva. Cala a boca. Você sabe onde ele está agora?

— ME TIRA DAQUI. FODA-SE ONDE ELE ESTÁ, ME TIRA DAQUI!

— Vou tirar. Mas cala a boca e me ajuda. Fica quieta para eu poder escutar. Tenta fazer esse cachorro ficar em silêncio.

Entrincheirada atrás do poço, cobrindo a porta com a arma, o coração dela batia acelerado e sua respiração arfante levantava poeira da pedra. Ela não podia deixar Catherine Martin para buscar ajuda sem saber onde Gumb estava. Deslocando-se até a porta, protegeu-se atrás da ombreira. Conseguia ver o pé da escada e parte da oficina mais à frente.

Ou ela encontrava Gumb, ou se certificava de que ele tinha fugido, ou levava Catherine com ela — eram essas as opções.

Olhou de relance para o quarto onde ficava a masmorra.

— Catherine, existe alguma escada por aqui?

— Não sei, eu acordei aqui dentro. Ele baixava o balde com uma corda para tudo.

Aparafusado a uma coluna da parede, viu um guincho manual pequeno. Não havia cabo em seu tambor.

— Catherine, tenho que encontrar alguma coisa para tirar você daí. Você consegue andar?

— Sim. Não me deixa!

— Eu tenho que sair daqui só por um minuto.

— Sua piranha de merda, não me deixa sozinha aqui embaixo, minha mãe vai estourar a porra dos seus miolos...

— Cala a boca, Catherine. Você tem que ficar quieta para eu conseguir ouvir. Fica quieta para *se* salvar, entendeu? — Depois, falando alto: — Os outros policiais vão chegar daqui a alguns minutos, por isso cala a boca! A gente não vai deixar você aí embaixo.

Precisava encontrar uma corda. Onde haveria uma? Vá procurá-la.

Clarice cruzou o vão da escada e correu até a porta da oficina. As portas são os piores lugares. Entrou rápido, correu de um lado para o outro ao longo da parede mais próxima até se localizar no cômodo. Percebeu formas familiares nadando nos tanques de vidro, mas estava alerta demais para ficar espantada. Atravessou rapidamente o quarto, passando pelos tanques, pelas pias e pela gaiola onde algumas grandes mariposas voavam. Ignorou-as.

Aproximou-se do outro corredor, inundado de luz. O som da geladeira a fez se agachar e se virar rápido, o cão da Magnum armado. Em seguida relaxou a pressão sobre ele. Prosseguiu até o corredor. Não havia aprendido a espreitar. Cabeça e revólver ao mesmo tempo, mas numa posição baixa. O corredor estava vazio. Viu o estúdio exageradamente iluminado no fim do corredor. Apressou-se, arriscando passar por uma porta fechada, até a porta do estúdio. Era pintado de branco e revestido de carvalho claro. O inferno é passar pela porta. Certifique-se de que todo manequim é um manequim, e todo reflexo no espelho é o reflexo de um manequim. O único movimento nos espelhos deve ser o *seu* movimento.

O grande armário estava aberto e vazio. A porta mais afastada dava para a escuridão, o porão por trás dela. Nenhuma corda, nenhuma escada. Do outro lado do estúdio não havia luzes. Fechou a porta que dava para a parte sombria do porão, puxou uma cadeira e colocou o encosto embaixo da maçaneta, escorando-a com uma máquina de costura. Se pudesse ter certeza de que Gumb não estava nessa parte do porão, arriscaria subir por um momento, em busca de um telefone.

Voltou para o corredor, para a porta pela qual havia passado antes, posicionou-se no lado oposto às dobradiças e a escancarou num só movimento.

A porta bateu com força na parede. Não havia ninguém lá. Um velho banheiro cheio de cordas e ganchos. Resgatar Catherine ou procurar um telefone? No fundo do poço, Catherine não seria morta por acidente, mas, se Clarice fosse morta, Catherine também morreria. Levar Catherine com ela até o telefone.

Clarice não queria ficar muito tempo no banheiro. Ele poderia aparecer de repente e fuzilá-la. Olhou para os dois lados e avançou rapidamente para pegar a corda. Havia uma grande banheira no cômodo, quase cheia com uma argamassa dura, roxo-avermelhada. A mão e o pulso de alguém saíam da argamassa, a mão escura e toda enrugada, com unhas pintadas de cor-de-rosa. No pulso, um relógio delicado. Clarice observou tudo num só relance: a corda, a banheira, a mão, o relógio de pulso.

Um pequeno inseto rastejando foi a última coisa que ela viu antes que as luzes se apagassem.

Seu coração bateu tão forte que sacudiu seu peito e os braços. A escuridão a deixou tonta, precisava tocar alguma coisa, a borda da banheira. O banheiro. Sair do banheiro. Se ele encontrar a porta, vai varrer esse quarto de balas, e não havia nada para servir de escudo. Ah, meu Deus do céu, saia daqui! Saia daqui agachada para o corredor. Todas as luzes estão apagadas? Todas. Ele deve tê-las desligado no quadro de fusíveis, puxando a alavanca. Onde ficaria? Onde ficaria o quadro de fusíveis? Perto da escada. Em geral ficam perto da escada. Se for assim, ele vai vir daquele lado. Mas ele está entre mim e Catherine.

Catherine Martin está se lamentando de novo.

Esperar aqui? Esperar para sempre? Talvez ele tenha ido embora. Ele não tem como saber que não existe nenhum reforço a caminho. Sim, ele tem. Mas em breve vão notar minha falta. Essa noite. A escada fica na direção dos gritos. Resolva o que fazer agora.

Clarice se mexeu devagar, o ombro apenas roçando a parede, um toque leve demais para fazer qualquer ruído, uma das mãos esticada à frente, o revólver perto da cintura, junto ao corpo no corredor estreito. Estou na oficina agora. Sinto o espaço se abrir. Um cômodo aberto. Agachada no espaço aberto, segurando o revólver com ambas as mãos. Você sabe exatamente onde a arma está: abaixo do nível dos olhos. Pare, escute. A cabeça, o corpo e os braços virando ao mesmo tempo, como a torre de um tanque. Pare, escute.

Na escuridão total, o chiado dos canos de vapor, a água pingando.

Em suas narinas, um forte cheiro de bode.

O grito agudo de Catherine.

Encostado na parede estava Gumb usando os óculos de visão infravermelha. Não havia perigo de Clarice esbarrar nele — entre os dois estava a mesa com o equipamento. Ele a varreu com sua luz infravermelha, de cima a baixo. Magra demais, não tinha nenhuma utilidade para ele. Lembrou-se, no entanto, dos seus cabelos, que observara na cozinha. Eram espetaculares. E seria rápido. Podia arrancá-los com facilidade. Colocá-los em si mesmo, debruçar-se sobre o poço e dizer àquela coisa: "Surpresa!"

Era divertido vê-la querendo se esgueirar. Agora ela estava com o quadril ao lado das pias, caminhando em direção aos gritos com o revólver à frente do corpo. Seria divertido passar um tempo caçando-a — jamais havia caçado uma presa armada. Teria apreciado *imensamente*. Mas não havia tempo para isso. Uma pena.

Um tiro no rosto seria um sucesso, a menos de três metros. Agora.

Ele engatilhou a Python e a ergueu e ergueu e ergueu, e de repente a imagem ficou borrada, a visão cada vez mais dominada pelo verde, e a arma saltou da sua mão, e o chão se chocou violentamente com suas costas, a luz da lanterna infravermelha estava acesa, e ele viu o teto. Clarice estava no chão, cega com os relâmpagos dos disparos, um zumbido nos ouvidos, ensurdecida pelo barulho dos disparos. Trabalhava às cegas enquanto nenhum dos dois conseguia ouvir, descarregou os cartuchos vazios, virou a arma, apalpou-a para ver se todos tinham saído. Pegou o carregador rápido, sentiu-o na mão, ajeitou-o, inseriu-o e fechou o tambor do revólver. Tinha disparado quatro tiros. Dois e mais dois. Gumb havia atirado uma vez. Ela encontrou os dois cartuchos perfeitos que deixara cair. Onde colocá-los? Na bolsa do carregador rápido. Permaneceu parada. Devia se mover antes que ele pudesse ouvir?

Não existe nada parecido com o som de uma arma sendo engatilhada. Ela havia atirado na direção do som, sem ver nada além da luz forte que saiu do cano das armas. Tinha agora a esperança de que ele atirasse na direção errada e lhe oferecesse um novo clarão para ela atirar. Sua audição estava voltando, os ouvidos ainda zumbiam, mas já conseguia escutar.

Que som era esse? Um assobio? Feito uma chaleira, mas com interrupções. O que seria? Como uma respiração. Isso sou eu? Não. Sua respiração saía quente de encontro ao chão e voltava em seu rosto. Tome cuidado, não respire poeira, não espirre. É uma respiração. Parece uma ferida no peito aspirando ar. Ele foi ferido no peito. Haviam lhe ensinado como lidar com uma ferida dessas, colocando algo em cima dela, uma capa de borracha, um saco plástico, qualquer coisa impermeável, e depois amarrar com força. Deixar o pulmão voltar a se encher. Então ela havia acertado o peito dele. O que fazer agora? Esperar. Deixá-lo se esgotar e sangrar. Esperar.

O rosto de Clarice ardia. Não tocou nele. Se estivesse sangrando, não queria que suas mãos ficassem escorregadias.

Os gemidos do poço voltaram. Era Catherine, implorando e chorando. Mas ela não podia responder a Catherine. Não podia dizer nada nem se mexer.

A luz invisível de Gumb batia no teto. Tentou movê-la e não conseguiu, assim como não conseguia mover a cabeça. Uma grande mariposa-luna, passando pertinho do teto, recebeu a radiação infravermelha, desceu descrevendo círculos e pousou sobre a lanterna. As sombras pulsantes das suas asas, enormes no teto, eram visíveis apenas para Gumb.

Acima da aspiração crepitando no escuro, Clarice ouviu a voz sepulcral de Gumb, sufocada:

— Como... você... se... sente... sendo... tão... bonita?

E depois outro som. Um gorgolejo, um estertor, e o assobio parou.

Clarice também conhecia esse som. Ela o tinha ouvido uma vez antes, no hospital, quando seu pai morrera.

Procurou a beirada da mesa e se levantou. Tateando para encontrar seu caminho e seguindo a voz de Catherine, encontrou a escada e subiu por ela no escuro.

O tempo parecia se arrastar. Encontrou uma vela na gaveta da cozinha. Com ela, Clarice localizou o quadro de fusíveis ao pé da escada e estremeceu quando as luzes voltaram. Para chegar até o quadro e apagar as luzes, ele deve ter saído do porão por outro caminho e voltado para baixo, contornando-o por trás.

Clarice precisava ter certeza de que ele estava morto. Esperou até os olhos se adaptarem bem à luz antes de voltar à oficina, e mesmo assim fez isso com muito cuidado. Viu os pés nus e as pernas saindo por debaixo da mesa de trabalho. Manteve os olhos na mão próxima à arma, até chutá-la para longe. Os olhos dele permaneciam abertos. Contudo, estava morto, com um tiro no lado direito do peito, um sangue grosso escorrendo para baixo dele. Gumb usava algumas das peças do armário, e ela não conseguiu olhar para ele por muito tempo.

Foi até a pia, colocou a Magnum na mesa e deixou a água correr pelos pulsos, lavando o rosto com as mãos. Não havia sangue nelas. Mariposas se lançavam contra as telas em torno das lâmpadas. Ela precisava dar a volta naquele corpo inerte para pegar a Python.

Quando se aproximou do poço, gritou:

— Ele está morto, Catherine. Não pode mais fazer mal a você. Vou até lá em cima e...

— Não! ME TIRA DAQUI! ME TIRA DAQUI!

— Presta atenção, ele está morto. Esse é o revólver dele. Lembra? Vou chamar a polícia e os bombeiros. Tenho receio de içá-la sozinha, você poderia cair. Assim que eu tiver feito a ligação, volto e fico esperando aqui com você. Ok? Ok. Tente fazer esse cachorro ficar em silêncio. Ok? Ok.

As EQUIPES LOCAIS DE TELEVISÃO chegaram pouco depois do corpo de bombeiros e antes da polícia de Belvedere. O capitão dos bombeiros, irritado com as luzes das câmeras de TV, expulsou as equipes do porão, enquanto montava uma estrutura tubular para resgatar Catherine Martin, sem confiar no gancho do sr. Gumb preso à viga do teto. Um bombeiro desceu ao poço e prendeu Catherine numa cadeira de salvamento. Catherine subiu agarrada à cachorrinha e continuou com ela na ambulância.

Não era permitida a presença de cães no hospital, e não deixaram a cachorrinha entrar. O bombeiro que havia recebido instruções para deixá-la no abrigo de animais a levou para casa em vez disso.

57

HAVIA CERCA DE CINQUENTA pessoas no Aeroporto Nacional em Washington, aguardando o voo noturno de Columbus, Ohio. Quase todos esperavam parentes e pareciam sonolentos e mal-humorados, com a camisa para fora da calça.

Do meio do grupo, Ardelia Mapp teve a oportunidade de ver Clarice quando ela saía do avião. Estava abatida, com olheiras. Alguns grãos pretos de pólvora tinham ficado aderidos ao seu rosto. Clarice avistou Mapp e elas se abraçaram.

— E aí, garota! — disse Mapp. — Alguma bagagem?

Clarice fez que não com a cabeça.

— Jeff está lá fora, no furgão. Vamos para casa.

Jack Crawford também estava lá fora, com seu carro estacionado atrás do furgão na pista para limusines. Ele havia passado a noite com os parentes de Bella.

— Eu... — começou ele. — Você sabe o que fez? Você calculou bem, garota! — Tocou a bochecha dela. — O que é isso?

— Pólvora das armas. O médico disse que vai sair sozinha em uns dois dias; é melhor que tentar tirar.

Crawford lhe deu um abraço forte que durou um breve momento, depois se afastou e deu um beijo na testa de Clarice.

— Você tem ideia do que fez? — repetiu. — Vá para casa. Trate de dormir. E durma bem. Falo com você amanhã.

O novo furgão de vigilância era confortável, projetado para longas vigílias. Clarice e Mapp viajaram em confortáveis poltronas nos fundos do veículo.

Sem Jack Crawford no furgão, Jeff dirigia um pouco mais depressa. Fizeram uma viagem rápida até Quantico.

Clarice viajava com os olhos fechados. Depois de alguns quilômetros, Mapp tocou no joelho dela. Mapp tinha aberto duas garrafas de Coca-Cola. Entregou uma a Clarice e tirou da bolsa uma garrafinha de Jack Daniels.

Elas tomaram um gole da Coca e viraram na garrafa uma dose do destilado. Em seguida, enfiaram o polegar no gargalo das garrafas, agitaram-nas e beberam a mistura espumante.

— Ahhh! — exclamou Clarice.

— Não derramem isso por aí — recomendou Jeff.

— Não se preocupe, Jeff — prometeu Mapp. Depois, num tom mais baixo, disse para Clarice: — Você devia ter visto nosso amigo esperando por mim na porta da loja de bebidas. Parecia estar cometendo um crime...

Ao perceber que o uísque começava a fazer efeito, quando Clarice, relaxada, afundou mais na cadeira, Mapp perguntou:

— Como está se sentindo agora, Starling?

— Ardelia, não faço ideia!

— Você não tem que voltar para lá, tem?

— Talvez um dia, na semana que vem, mas espero que não seja necessário. O promotor público veio de Columbus para conversar com os policiais de Belvedere. Prestei um depoimento que não acabava mais.

— Algumas boas notícias — comentou Mapp. — A senadora Martin procurou você por telefone a noite toda lá de Bethesda; você sabia que levaram Catherine para Bethesda? Consta que ela está bem. Ele não a machucou fisicamente. Quanto a um trauma emocional, ainda não tem como saber, ela vai precisar ficar em observação. Não se preocupe com o curso. Tanto Crawford quanto Brigham ligaram. A audiência foi cancelada. Krendler mandou que devolvessem seu memorando. Essa gente consegue ser bastante volúvel; você não vai ter problema nenhum. Não vai ter que fazer o exame de busca e captura amanhã às oito, ficou para segunda, e logo depois vai fazer o teste habilidade física. Vamos recapitular a matéria durante o fim de semana.

Acabaram com a garrafinha de uísque já perto de Quantico e jogaram a prova do crime num tonel que estava na beira da estrada.

— Aquele Pilcher. O dr. Pilcher, do Smithsonian, ligou três vezes. Ele me fez prometer que diria a você que ele ligou.

— Ele não é doutor.

— Você acha que vai poder fazer algo por ele?

— Talvez. Ainda não sei.

— Ele parece ser muito divertido. Concluí mais ou menos que ser engraçado é a melhor característica nos homens. Quero dizer, *exceto* dinheiro e certa capacidade de ser manipulado.

— Claro, e boas maneiras também, você não pode excluir isso.

— Certo. Me dê um filho da puta com bons modos e eu fico com ele.

Clarice tomou um banho e foi para a cama feito um zumbi.

Mapp deixou a luz de leitura acesa por algum tempo, até a respiração de Clarice ficar regular. Clarice teve um sono agitado, um músculo do seu rosto se contraía, e uma vez seus olhos se abriram completamente.

Mapp acordou pouco antes de o sol nascer com a sensação de que o quarto estava vazio e acendeu a luz. Não viu Clarice na cama. Mas também não viu nenhum saco de roupa suja, nem seu nem de Clarice, então Mapp soube onde poderia procurá-la.

Encontrou Clarice na lavanderia, cochilando enquanto ouvia o vagaroso som da máquina de lavar, com um cheiro de sabão e amaciante no ar. Clarice era formada em psicologia — Mapp, em direito —, mas era Mapp quem sabia que o ritmo da máquina de lavar se assemelhava às batidas do coração e o barulho da água era o som que um feto ouvia — nossa última memória de paz.

58

Jack Crawford acordou cedo no sofá do escritório de sua casa e ouviu o ressonar dos parentes da falecida esposa. Nesse momento livre, antes que o peso do dia caísse sobre ele, lembrou-se não da morte de Bella, mas da última coisa que ela lhe dissera, com os olhos calmos e puros:

— Como vão as coisas no jardim?

Pegou a concha de grãos de Bella e, de robe, saiu e alimentou os pássaros, como havia prometido que faria. Deixando um bilhete para os enteados que ainda dormiam, escapuliu da casa antes de o sol nascer. Crawford sempre se dera razoavelmente bem com os parentes de Bella, e eles o ajudavam mantendo algum movimento na casa, mas se sentiu contente por ir a Quantico.

Estava examinando o movimento de telex da noite e vendo as notícias da manhã na TV no escritório quando Clarice encostou o nariz no vidro da porta. Ele tirou alguns relatórios de cima de uma cadeira para que ela se sentasse e os dois ficaram ouvindo as notícias em completo silêncio. Então apareceu na tela o que estavam esperando.

Viram a fachada do velho prédio de Jame Gumb, em Belvedere, com a fila de lojas vazias e vidraças opacas cobertas por grades pesadas. Clarice quase não reconheceu o lugar.

— Masmorra dos Horrores — foi como o âncora do jornal o chamou.

Fotos confusas e tremidas do poço e do porão, máquinas fotográficas diante das câmeras de TV, um bombeiro sério mandando os fotógrafos recuarem. Mariposas tontas por causa das luzes da TV, voando de encontro a elas, um espécime de costas no chão, batendo as asas até um tremor final.

Catherine Martin recusando uma maca e caminhando para a ambulância com o casaco de um policial protegendo-a, um poodle metendo o focinho por entre as lapelas.

Uma imagem de perfil de Clarice caminhando apressada para um carro, com a cabeça baixa e as mãos enfiadas nos bolsos do casaco.

O vídeo tinha sido editado para excluir as cenas mais horríveis. Nas partes mais afastadas do porão, as câmeras puderam mostrar apenas as soleiras dos quartos pintados de cal onde ficavam os quadros de Gumb. Chegava a seis o número de corpos que estiveram naquele porão.

Duas vezes Crawford ouviu Clarice bufar forte pelo nariz. Depois das notícias, um intervalo comercial.

— Bom dia, Starling.

— Olá — disse ela, como se tivesse acabado de chegar.

— Durante a noite, a promotoria pública de Columbus me mandou por fax seu depoimento. Você vai ter que assinar algumas cópias... Fiquei sabendo que você foi da casa de Fredrica Bimmel para o local de trabalho de Stacy Hubka e depois procurou a sra. Burdine na loja para a qual Fredrica costurava, a Richard's Fashion. E foi a sra. Burdine quem lhe deu o antigo endereço da sra. Lippman, aquela casa.

Clarice fez que sim com a cabeça.

— Stacy Hubka tinha ido ao local algumas vezes para buscar Fredrica, mas quem dirigia era o namorado de Stacy, e ela só tinha uma vaga lembrança do endereço. A sra. Burdine é que tinha o endereço.

"A sra. Burdine não mencionou que havia um homem morando na casa da sra. Lippman?"

— Não.

As notícias da televisão mostravam uma imagem do Hospital da Marinha de Bethesda, com o rosto da senadora Ruth Martin enquadrado na janela de uma limusine.

— Catherine estava em posse de suas faculdades mentais na noite passada. Ela está dormindo, sedada. Tivemos muita sorte. Como eu já disse, ela ficou em estado de choque, mas perfeitamente lúcida. Sofreu alguns ferimentos e está com um dedo quebrado. E também está desidratada. Muito obrigada a todos vocês. — Tocou nas costas do motorista, mandando-o seguir. — Obrigada. Claro, ela mencionou o poodle ontem à noite. Não sei o que vamos fazer com a cachorrinha, já temos *dois* cachorros.

A reportagem terminou mencionando um especialista em estresse que iria ver Catherine Martin naquele dia para avaliar os possíveis danos emocionais.

Crawford desligou a TV.

— Como você está encarando as coisas, Starling?

— É como se eu estivesse anestesiada... O senhor também?

Crawford fez que sim com a cabeça e continuou:

— A senadora Martin passou a noite inteira ao telefone. Ela quer ver você. Catherine também, assim que receber alta.

— Bem, eu estou sempre em casa...

— Krendler também quer vir aqui. Ele pediu que devolvêssemos o memorando dele.

— Pensando melhor, não é sempre que estou em casa...

— Vou lhe dar um conselho. Use a senadora Martin. Deixe que ela expresse o quanto está agradecida, deixe que ela mostre provas disso. E o mais rápido possível: gratidão tem vida curta... Você pode precisar dela qualquer dia desses.

— Foi exatamente o que Ardelia disse.

— Sua companheira de quarto, Mapp? O superintendente da Academia disse que Mapp está decidida a ajudar você a se preparar para os exames de recuperação na segunda. Ele me disse que ela acabou de passar seu arquirrival, Stringfellow, por um ponto e meio.

— Para ser oradora da turma?

— Esse tal Stringfellow é duro na queda, e ele disse que Mapp não é páreo para ele.

— É melhor ele se preparar para uma surpresa...

Em cima da bagunçada mesa de Crawford estava o origami de galinha que o dr. Lecter tinha feito. Crawford levantou e baixou a cauda do origami. A galinha mexia a cabeça.

— Lecter está sendo premiado: é o primeiro na lista de Mais Procurados — comentou Crawford. — Mesmo assim, é capaz de ficar solto um bom tempo. Por falar nisso, você precisa adquirir certos hábitos.

Ela fez que sim com a cabeça.

— Ele anda ocupado agora — prosseguiu Crawford —, entretanto, quando não estiver mais, vai querer se divertir. Precisamos deixar um ponto bem claro: ele vai querer se divertir com você, assim como ele faz com qualquer um.

— Não acho que ele vai me atacar; isso seria rude, e ele não seria rude comigo. Mas é claro que ele vem para cima de mim assim que eu o aborrecer.

— Repito que você deve adquirir certos hábitos. Quando sair da Academia, mantenha sempre sua carteira bem protegida. Não aceite perguntas por telefone sobre seu paradeiro sem uma identificação positiva. Vou pôr um sistema de acompanhamento e alerta no seu telefone, se não se incomodar. Ele vai manter sua privacidade, exceto quando você apertar um botão.

— Não acho que ele vá me perseguir, sr. Crawford.

— De qualquer modo, você ouviu o que eu disse.

— Ouvi. Ouvi muito bem.

— Leve esses depoimentos e os examine. Acrescente o que achar necessário. Vamos abonar sua assinatura assim que tiver terminado. Starling, estou orgulhoso de você. Brigham também. E o diretor também. — A declaração soou formal, não como ele gostaria que soasse.

Crawford a acompanhou até a porta do escritório. Ela começou a se afastar pelo corredor deserto. Apesar de se sentir dominado pela dor, ele conseguiu dar um aceno alegre.

— Starling, seu pai está vendo você.

59

JAME GUMB passou semanas nos noticiários depois de ter encontrado seu descanso final. Os repórteres reconstruíram sua história, começando com os registros do condado de Sacramento.

Sua mãe estava grávida de um mês quando foi desclassificada no concurso de Miss Sacramento em 1948. O "Jame" na sua certidão de nascimento aparentemente havia sido um erro do escrivão que ninguém se preocupou em corrigir.

Sem alcançar sucesso na carreira de atriz, a mãe dele se tornou alcoólica; Gumb tinha 2 anos quando o condado de Los Angeles o colocou num lar para adoção.

Ao menos dois jornais especializados explicaram que essa infância infeliz era a razão pela qual ele matava mulheres no seu porão para arrancar a pele. As palavras *louco* e *mau* não apareceram em nenhuma das duas matérias.

O vídeo do concurso de beleza ao qual Jame Gumb assistia sempre, quando adulto, era de fato de sua mãe, mas a mulher no filme da piscina não era ela, conforme revelou uma comparação de medidas.

Os avós de Gumb o retiraram de um lar adotivo insatisfatório quando ele tinha 10 anos, e ele os matou dois anos depois.

A Escola de Reabilitação Vocacional de Tulare ensinou Gumb a ser alfaiate durante sua estada no hospital psiquiátrico. Ele demonstrou um tremendo talento para a profissão.

O histórico de empregos de Gumb é descontínuo e incompleto. Os jornalistas descobriram que ele havia trabalhado sem registro em pelo menos dois restaurantes e que trabalhara esporadicamente na indústria de roupas. Não foi provado que ele matou durante esse período, mas Benjamin Raspail afirmava que sim.

Trabalhava na loja de antiguidades onde eram feitos ornamentos com borboletas quando conheceu Raspail e viveu à custa do músico por algum tempo. Foi nessa época que Gumb ficou obcecado por mariposas e borboletas e por suas metamorfoses.

Depois que o músico o deixou, Gumb matou o novo namorado de Raspail, Klaus, decapitando-o e esfolando-o parcialmente.

Mais tarde, encontrou Raspail na Costa Leste. Sempre atraído por rapazes mau-caráter, Raspail o apresentou ao dr. Lecter.

Isso foi provado quando, uma semana depois da morte de Gumb, o FBI requisitou do parente mais próximo de Raspail as fitas das sessões de terapia do músico com o dr. Lecter.

Anos antes, quando o dr. Lecter foi declarado louco, as fitas das sessões de terapia foram entregues às famílias das vítimas para serem destruídas. Contudo, os litigiosos parentes de Raspail as guardaram, esperando poder usá-las para anular seu testamento. Haviam perdido o interesse em ouvir as fitas iniciais, que eram apenas cansativas reminiscências escolares de Raspail. Após a cobertura pela imprensa do caso de Jame Gumb, a família de Raspail ouviu o restante. Quando os parentes ligaram para o advogado Everett Yow e ameaçaram usar as fitas numa nova investida ao testamento de Raspail, Yow ligou para Clarice Starling.

As fitas incluíam a sessão final, quando Lecter matou Raspail. Mais importante ainda, revelavam tudo o que Raspail havia contado a Lecter sobre Jame Gumb.

Raspail disse a Lecter que Gumb era obcecado por mariposas, que tinha esfolado pessoas, que matara Klaus, que tinha um emprego na fábrica de roupas de couro Mr. Hide, em Calumet City, mas estava extorquindo dinheiro de uma velha senhora em Belvedere, Ohio, que fazia forros para as roupas da Mr. Hide S.A. Um dia, Gumb iria roubar tudo o que a velha senhora tinha, previu Raspail.

— Quando soube que a primeira vítima era de Belvedere e que tinha sido esfolada, Lecter logo percebeu quem havia cometido os crimes — disse Crawford a Clarice enquanto escutavam juntos a fita. — Ele teria entregado Gumb a você e pareceria um gênio se Chilton não tivesse se metido.

— Lecter me deu uma pista escrevendo na pasta do arquivo que os locais onde as vítimas apareciam eram "ao acaso" demais — observou Clarice. — E em Memphis ele me perguntou se eu costurava. O que ele queria, afinal?

— Apenas se divertir — respondeu Crawford. — Ele tem se divertido por muito, muito tempo.

Não apareceu nenhuma fita sobre Jame Gumb, e suas atividades após a morte de Raspail foram estabelecidas pouco a pouco por meio de correspondência sobre negócios, recibos de gasolina e entrevistas com donos de lojas de roupa.

Quando a sra. Lippman morreu, numa viagem para a Flórida com Gumb, ele herdou tudo: o velho prédio com sua parte habitável, uma fileira de lojas vazias, um vasto porão e uma boa quantia em dinheiro. Deixou de trabalhar para a Mr. Hide S.A., mas manteve um apartamento em Calumet City por algum tempo, e usava o endereço do negócio para receber pacotes em nome de John Grant. Tinha uns poucos clientes preferenciais e continuava a viajar para lojas de roupa por todo o país, como fazia para a Mr. Hide S.A., tomando medidas para roupas que confeccionava em Belvedere. Aproveitava suas viagens para procurar vítimas e para se livrar delas depois de usá-las. A van marrom rodava horas a fio pelas estradas interestaduais com roupas de couro com um ótimo acabamento balançando em cabides na parte traseira, por cima de sacos estofados com borracha para corpos que viajavam no chão do veículo.

Tinha ainda a maravilhosa liberdade do porão. Espaço para trabalhar e para se divertir. A princípio eram apenas jogos: perseguindo mulheres jovens através da sombria prisão, criando quadros divertidos em quartos afastados e trancando-os, abrindo as portas unicamente para jogar um pouco de cal.

Fredrica Bimmel começou a ajudar a sra. Lippman no último ano da vida da velha costureira. Fredrica foi buscar um trabalho na casa da sra. Lippman quando conheceu Jame Gumb. Fredrica não foi a primeira jovem que ele matou, mas foi a primeira que matou por causa da pele.

As cartas de Fredrica Bimmel para Gumb foram encontradas entre as coisas dele.

Clarice mal conseguiu ler as cartas, por causa da vã esperança nelas contidas, por causa da terrível necessidade que percebia nelas, por causa das palavras carinhosas de Gumb que ficavam implícitas nas respostas de Fredrica: "Meu caríssimo amigo secreto do meu coração, eu te amo! *Jamais* imaginei que diria isso um dia, e o melhor de tudo é dizer *em resposta* a alguém!"

Quando Gumb teria se revelado a ela? Será que Fredrica havia descoberto o porão? Como sua fisionomia se alterara ao vê-lo mudar, por quanto tempo a mantivera viva?

O pior de tudo é que Fredrica e Gumb foram realmente amigos até o fim; do fundo do poço ela lhe escreveu um bilhete.

Os jornais trocaram o apelido de Gumb para Mr. Hide, e, aborrecidos por não terem pensado no nome por si mesmos, praticamente recomeçaram toda a história.

Em segurança no interior de Quantico, Clarice não precisava se expor à imprensa, mas os jornais cuidaram dela.

O *National Tattler* comprou do dr. Frederick Chilton as fitas do interrogatório de Clarice com o dr. Hannibal Lecter. O *Tattler* usou suas conversas para a série "A noiva do Drácula", dando a entender que Clarice tinha feito revelações sexuais ao dr. Lecter em troca de suas informações, e chegou a fazer uma oferta a Clarice para o *Velvet Talks: o jornal do sexo por telefone.*

A revista *People* publicou uma matéria curta e agradável sobre Clarice, usando fotos do anuário da Universidade da Virgínia e do Lar Luterano em Bozeman. A melhor foto era a da égua, Hannah, em seus últimos anos, puxando uma carroça cheia de crianças.

Clarice cortou a foto de Hannah e a colocou na carteira. Foi a única recordação que guardou.

Suas feridas estavam se cicatrizando.

60

Ardelia Mapp era uma excelente professora — conseguia detectar uma pergunta para um teste numa palestra mais rápido que um leopardo enxerga sua presa —, mas não era boa corredora. Ela dizia a Clarice que isso ocorria porque ela estava muito sobrecarregada de fatos.

Tinha ficado para trás na pista de cooper e só alcançou Clarice perto do velho DC-6 que o FBI usava para simulações de sequestro. Era domingo de manhã. As duas passaram dois dias agarradas aos livros, e o sol pálido era agradável.

— Afinal, o que foi que Pilcher disse ao telefone? — perguntou Mapp, encostando-se no trem de pouso.

— Ele e a irmã têm uma casa na baía de Chesapeake.

— Sim, e daí?

— A irmã está lá com os cachorros e as crianças, e talvez também com o marido dela.

— E?

— Eles estão numa ala da casa, é um casarão velho à beira-mar que herdaram da avó.

— Vá direto ao ponto.

— Pilch fica com a outra ala. E nos convidou para ir lá no próximo fim de semana. Ele disse que tem muitos quartos. "Tantos quartos quanto se possa precisar." Acho que foi isso que ele disse. A irmã ficou de ligar e confirmar o convite.

— Sério? Eu não sabia que as pessoas ainda faziam isso.

— Ele descreveu um belo cenário: sem nenhum transtorno, se agasalhe bem e vá passear na praia, volte para casa e à sua espera há uma bela lareira, com cães pulando em cima de você com as patas enormes cheias de areia.

— Idílico, ai, ai, patas enormes cheias de areia, continue.

— É muita bondade da parte dele, considerando que a gente sequer saiu. Ele disse que, quando faz muito frio, dorme-se melhor com dois ou três cães enormes. Ele disse que tem cães suficientes para cada pessoa dispor de uns dois.

— Pilcher está preparando você para o velho golpe do conforto e paz de espírito, você já percebeu isso, não?

— Ele disse que sabe cozinhar. E a irmã confirmou.

— Ah! Então ela já ligou.

— Sim.

— Como foi?

— Ok. Parecia que ela estava do outro lado da casa.

— Qual foi sua resposta?

— Respondi: "Sim, muito obrigada, muito obrigada."

— Muito bom — disse Mapp. — Isso é muito bom. Comer alguns siris. Pegar Pilcher, dar umas beijocas no rosto dele e nos divertir!

61

AO LONGO DE UM TAPETE FELPUDO no corredor do Hotel Marcus Hotel, o garçom do serviço de quartos empurrava um carrinho.

Ele parou diante da suíte 91 e bateu suavemente à porta com a mão enluvada. Inclinou a cabeça para o lado e bateu de novo com mais força para ser ouvido acima da música que tocava no aposento — Bach, *Invenções a duas vozes* e *Invenções a três vozes*, Glenn Gould ao piano.

— Entre.

O cavalheiro com a atadura no nariz, usando um robe, escrevia em sua mesa.

— Deixe ao lado da janela. Posso olhar o vinho?

O garçom trouxe o vinho. O cavalheiro o examinou à luz de sua luminária de mesa e encostou no rosto a parte superior da garrafa.

— Pode abri-la, mas a deixe fora do gelo — recomendou, e deixou uma generosa gorjeta embaixo da nota. — Não vou prová-lo agora.

Não queria que o garçom lhe servisse o vinho para provar, pois achava o cheiro da pulseira do relógio do homem desagradável.

O dr. Lecter estava de excelente humor. Sua semana havia sido magnífica. Sua aparência vinha melhorando e, assim que algumas manchinhas desaparecessem, poderia tirar as ataduras e posar para as fotos de um passaporte.

O trabalho estava sendo feito por ele mesmo — pequenas injeções de silicone no nariz. Gelatina de silicone não exigia receita médica, mas as agulhas hipodérmicas e a Novocaína exigiam. Contornou essa dificuldade roubando uma receita numa movimentada farmácia perto do hospital. Apagou os garranchos do médico com corretor e fez cópias da receita em branco. A primeira receita que preencheu, uma cópia da que havia roubado, foi devolvida à farmácia, de modo que nada ficou faltando.

O efeito do nariz de silicone sobre os seus traços não era agradável, e ele sabia que o silicone se deslocaria se não tomasse cuidado, mas esse serviço serviria até que ele chegasse ao Rio de Janeiro.

Quando começou a ser absorvido pelos seus hobbies — muito antes da sua primeira prisão —, o dr. Lecter tinha tomado providências para o caso de precisar se tornar um fugitivo. Na parede de uma cabana no rio Susquehanna escondera dinheiro e credenciais de outra identidade, incluindo um passaporte e os cosméticos que usara para tirar as fotos para o passaporte. O documento já estava vencido, mas podia ser renovado rapidamente.

Preferindo ser guiado através da alfândega com uma grande placa de turista no peito, já havia se inscrito para um tour com o nome horrível de "Esplendor da América do Sul", que o levaria até o Rio de Janeiro.

Lembrou-se de que seria melhor assinar um cheque do falecido Lloyd Wyman para pagar a conta do hotel e ganhar uns cinco dias de folga enquanto o cheque era processado no banco, em vez de mandar um débito da American Express direto para o computador.

Nessa noite ele estava pondo em dia a correspondência, a qual teria de enviar por um serviço de postagem em Londres.

Primeiro, mandou para Barney uma generosa gratificação e uma nota de agradecimento por suas muitas gentilezas no hospital-prisão.

Em seguida, escreveu um bilhete para o dr. Chilton, que estava sob custódia federal, sugerindo que iria lhe fazer uma visita num futuro próximo. Depois dessa visita, escreveu, faria sentido o hospital tatuar na testa do dr. Chilton instruções sobre como alimentá-lo para evitar uma papelada explicando.

Por fim, serviu-se de uma taça do excelente Batard-Montrachet e endereçou uma carta a Clarice Starling:

E então, Clarice, as ovelhas pararam de balir?

Você ainda me deve uma informação, como bem sabe, e eu gostaria que você o fizesse.

Um anúncio na edição nacional do Times e no International Herald Tribune no primeiro dia de qualquer mês será ótimo. É melhor publicá-lo também no China Mail.

Não ficarei surpreso se a resposta for sim e não. Por enquanto as ovelhas vão ficar quietas. Porém, Clarice, você se julga com toda a piedade das balanças da masmorra em Threave; você terá de ganhar o direito ao abençoado silêncio de novo e de novo. Porque ele é o compromisso que a guia, enxergar o compromisso, e o compromisso jamais acabará.

Não faço planos de procurá-la, Clarice, o mundo fica mais interessante com você nele. Certifique-se de me estender a mesma cortesia.

O dr. Lecter encostou a caneta nos lábios. Olhou para o céu escuro da noite e sorriu.

Eu tenho janelas.

Órion agora está acima do horizonte e, perto dela, Júpiter, mais reluzente do que jamais voltará a ficar antes do ano 2000. (Não tenho a intenção de lhe dizer que horas são e a que altura o planeta está.) Mas espero que você também possa vê-lo. Algumas de nossas estrelas são as mesmas.

Clarice.

Hannibal Lecter

Muito a leste, na costa da baía de Chesapeake, Órion estava alta na noite clara, acima de uma casa antiga e enorme e de um quarto onde o fogo se inclinava para a noite, sua luz bruxuleante soprada pelo vento acima da chaminé. No grande leito havia muitos cobertores e, sobre eles e por baixo deles, vários cães enormes. Volumes adicionais por baixo dos cobertores podiam ou não ser Noble Pilcher — era impossível determinar com a luz ambiente. Mas o rosto sobre o travesseiro, rosado pela luz da lareira, certamente era o de Clarice Starling, e ela dormia profundamente, no silêncio dos inocentes.

Em sua nota de condolências para Jack Crawford, o dr. Lecter fez uma citação de "The Fever", sem se incomodar de dar o crédito a John Donne.
A memória de Clarice Starling altera linhas de T.S. Eliot em "Ash-Wednesday" para sua própria satisfação.

T. H.

Este livro foi impresso na tipografia ITC Charter, em corpo 10,5/16pt, e impresso em papel off-white na Gráfica Santa Marta.